轉譯現代性

1960-70 年代臺灣現代詩場域中的現代性想像與重估

解昆樺 著

臺灣 學生書局 印行

轉譯現代性：
1960-70 年代臺灣現代詩場域中的現代性想像與重估

目　次

附圖目次

附表目次

第一章
一九六〇年代迄一九七〇年代初臺灣社會之公共語境

一、情感結構與公共語境：從詩史區櫃化的概念談起

> 假如哲學是一種回憶或回歸本源的學問，那麼我所從事就不能看作是哲學；假如思想史只是要把已經湮沒的形象重新復活，那麼我們從事的也不能稱之為歷史。
>
> ——傅柯《知識的考掘》

對於戰後臺灣現代詩史的陳述，向有所謂「一九五〇年代戰鬥文藝」、「一九六〇年代現代主義」、「一九七〇年代現實主義」、「一九八〇年代後現代主義」之說。這先將詩史進行十年斷代，並為其加上「一種」書寫方式（系統）的結構主義式語言，無疑將詩史時區化、符號化。

論者如何有意識地面對這臺灣現代詩史研究的指稱現象，及其合理的應用方式，或可以藉下面的譬喻作為論述據點進行開展——筆者以為將時代時區化，無非是暫時將其區櫃化。所謂的「一九五

〇年代」、「一九六〇年代」、「一九七〇年代」的時區指稱，只是開啟區櫃的手把，僅負擔初步指涉以及協助拉開討論的動作。

區櫃內那被時區化的歷史，儘管如何標界，仍因其本質上的時間性，使之呈現多元紛雜的面貌。由於語言陳述、傳播上之必要，詩史論者總試著將之秩序化，為各區櫃擺下的櫺格。這些櫺格不只在整理出各種場域的區塊範疇，更在安排時區內現象的秩序，凸顯其所意會的「戰鬥文藝」、「現代主義」、「現實主義」等詩史區櫃焦點。因此使用各種詩史斷代界稱，本身就在快速、便利地提取一個秩序化的詩史結構印象。

然而，此終非現代詩史實況，稍加思辨或環顧當下，即可知在各種時空當下，所有書寫者怎會只追求一種書寫方向？文學書寫者，其中又特別是詩人，無不都暗藏了一個邊緣者與獨立人的身份，在自我語言書寫中進行對現實的凝視、抽離又復返的動作。如果為了在研究與言談中便於指涉討論，而將取徑各異、多種脈流交錯的現代詩史時區化乃是不得不然之舉。那麼，在我們運用之際，便必須抱持著「去單一符號指涉」的使用意識。

本書的研究問題在於探討：以一九六〇到一九七〇年代臺灣現代詩場域中，「西方現代」這個話語如何被翻譯傳播，進一步架構為現代詩文體內部重要的文法概念，而後續又如何發生語言的在地調適。

而作為詩史區櫃這則譬喻的設喻者，筆者所要開展的工作，便是拉開「一九六〇年代現代主義」、「一九七〇年代現實主義」這兩道符號手把，以解構視角窺探一九七〇年代區櫃那陳舊，又充滿論述細縫、死角的結構——我們不只關注在現代詩場域中，「現代主義」如何被區別出來，更旨在於探討以「現實主義」指稱一九七〇年代現代詩的文體特質，以及所調配之一九七〇年代現代詩史秩序感，本身所存在的適用性問題。

本書的細部論述作業將置於微觀「現代性話語」在一九六〇年代至一九七〇年代間，如何發生細膩的轉型。在論述方式上，則透過「場域」以及「知識考掘學」的概念，檢析現代詩內外部場域間的各話語質素間，彼此交鋒／疊的縱橫競和關係，如何影響現代詩文體知識的建構。可以發現，一九六〇年代漸次成為現代詩文體核心知識的「現代主義」，在一九六〇年代中末其實已漸漸開始發生轉型現象。此一現代性「轉型」，其本質上是對西方現代性話語的「轉譯」。在戰後臺灣此一對現代性的轉譯，凸顯了臺灣現代性自身內在的「翻譯性」。

事實上，若我們對於歷史當下那多元實況恆保著關注與理解，便不可能無意識地使用這些時區符號。而必須一方面打探那其中的論述細縫，以及必須介入且開展的論述空間。另一方面將過往版本化的現代詩史中被排擠、遺忘、壓縮的史料，進行重新理解。「重新理解」過往詩史論述的方式，自然是一個充滿解構意圖的動作。筆者以為此意圖本身問題意識的焦點，尚不在於抨擊那界分結構切割剔除不合其定義準則史料的暴力性，而在指出其對前後兩分期界分點中那關鍵的詩語言型變化，於陳述上的弱勢。結構主義的概念，往往長於指出特定時區內各種語言論述的概況，但一旦放入歷時性的討論中，卻對於原本強勢結構何以轉變，以及語言型的「轉型」往往不易說明。

只是，現代詩文體的「語言轉型」何以比描述「語言變遷」更為重要？

因為語言轉型關注的主軸並不在於文學的現象轉變，表現、比較轉變前後的狀況，其重點在於探討文體「語言法則」，特別是文本修辭經營方式的形態轉變。因此促使詩語言法則變動的新語言質素、論題其生成、組織，與既成的文體結構間的衝突、調和，所產生出的細膩變動過程，和新語言法則所衍生出（或被視為可審美對象）的新文體類型，都是必須探掘的論題——事實上，這也才正是詩文體研究的本質。

在此，取徑雷蒙・威廉斯（Raymond Williams）著名的情感結構（Structure of Feelings）理論，明顯可提供我們探掘此論題的進路，特別是本論文所要深入檢視的公眾語境與現代詩場域語言型轉變過程中彼此的影響關係。

作為新馬克斯主義學者，雷蒙・威廉斯（Raymond Williams）並不認同馬克斯對於社會歷史發展乃是由下層建築（經濟生產資本形態）決定了上層建築，這樣單純僵硬的論見。雷蒙・威廉斯（Raymond Williams）以為人類社會各社群組織間彼此的互動關係是並列的，由於社會群體內外擁有相同的感覺結構——亦即共有（存）的生活形態、主軸，乃至經驗，故彼此交互影響。若能理解一社群乃至一國家（族）的經驗結構，便能有效分析其整體活動趨向與精神意識。

作為人類指涉經驗基本且主要的工具，語言不只具有傳達意旨的效力，同時也可透過修辭策略形塑成象徵符號。場域本身雖具有界分、系統的概念，但是各場域間恆存著網絡關係，一場域部份的改變，本身都有可能促使其他場域發生異動。語言因其指陳、溝通、傳播效力，使之成為連結各場域輸出輸入訊息經驗的媒介，進而成為提供共感經驗的器具（最具代表性莫過於以語言所建構的國族敘事、象徵）。因此，指涉公有共存經驗的情感結構，本身便有一對應的語言結構，並成為我們探討情感結構重要的媒介。

語言之含涉幅度等同於人類的經驗幅度，故本身亦具有相當的層次性，小至個體，大到社（族）群、場域、國家都自有其語言層次。投身於社會網絡中的個人主體本身生而便同時歸屬且參與不同場域（如宗教、職業、族群），主體的多重身份屬性使得其本身存在著極複雜的情感結構必須進行自我調適，並自然形成自我與群體的話語類型。在文學場域中，主體自我的話語經驗會與文學藝術語言美學法則相結合，進而累積辯證形成一特定的文體知識，影響文學場域內文體創作者的語言書寫。

如果，一個群體語言型的成形，暗示的正是一個群體情感結構的完成；那麼，一個公眾語言型的轉變暗示的可能正是公眾經驗的轉變。值得注意的是，控制群體語言也可以控制群體經驗。因此在國家社會各場域中，總存在著政治場域中國族話語的滲透。企圖藉此主導公共語境，以形構國民共同的經驗。這說明了一時代國民（族）各場域公共語境本身的生成，表面看來是由國民所「自然」共築累積，實則經歷一繁複的論述生產。因此，身處其中的現代詩人其語言文本，不可避免地與公共語境產生各種形式（如認同、抵抗）的對應。

語言既為群體所使用的傳播工具，同時也意謂著，語言也會成為壓迫群體的工具。語言象徵是文化表達符號，象徵符號本身濃縮匯聚了各種複雜抽象思考與龐雜敘事。也正因為語言的反映與解釋現象乃至價值系統的能力，使其（特別是群眾輿論、文學創作）往往成為官方必須管理控制的工具。可以說只要控制了主體語言，便能控制主體的內在思維與表達力量。

戰後臺灣跨語言一代詩人的出現，正是政治場域對官方用語的指定與限制，如何連帶影響文學場域內部的最佳案例。官方指定的書寫語言也成為資本的一部分，一九五〇年代初《新詩週刊》上本省籍詩人發表量極少，主要原因正在於他們仍在嘗試練習使用新的「國語」進行習作。這平白出現了一個將近二十年的空缺期，說明了他們在戰後初期在掌握話語生產媒介上的弱勢，進而使其書寫語言資本寡少，使得他們在戰後臺灣詩壇的位置在一開始便顯得邊緣。

不過，儘管政治場域對公眾語言結構的塑建具有強大的主導力，但在不同場域中其影響效力並不全然那麼機械化，一呼而百諾。這乃是因為各場域內部各有其語言系統，對各語言信息進行過濾、調整，展現了輸出／入與整編適應的能力，例如現代詩場域內部對反共文學、戰鬥文藝的評價。不過，一旦場域內部語言系統無法對外部語言訊息進行調節、或反省（應）力減弱時，系統便會發生危機。各場域有時更會出現彼正而此反的排斥狀況，亦即有時一場域發生的正向改善，卻有可能使另一場域產生瓦解效應，此又特別以文化、文學場域中猶然。

基本上，一九七〇年代新興詩社與戰後第一世代詩人群❶現代

---

❶ 在本研究中戰後第一世代詩人乃指戰後 1945-1955 年代出生之詩人。但在此必須指出此專有名詞中在使用上的可能出現的問題，「戰後世代詩人」原指

詩文體知識的轉型中，所夾帶的詩學聲明，以及對詩語言型的建構、調整、再建構，本身實自一九六〇年代末一直跨越到一九八〇年代初。這波現代詩文體的論述時區，本身就有別「傳統」的十年分期，加之以此段時間所交錯出現的政治文學事件，如冷戰結構冰解、越戰、釣魚臺事件、退出聯合國、現代詩論戰、鄉土文學論戰、中美斷交、美麗島事件、爾雅前衛詩選論爭等。這都使本研究需要有持之一貫的立體（政治、文化、島內島外）視野，但在此以詩學、文學研究為主的研究系統中，筆者認為重點並不在恢復此論述時區內臺灣的歷史背景。而在於考察情感結構在戒嚴體制下於各場域如何「建構」，而其所形成的公共場域語境如何與各場域中自成脈絡的語言產生互動，這連帶生成的語言經驗影響由戰後第一世代詩人主導的一九七〇年代初新興詩社的詩話語意識，促引現代詩文體發生轉型。

本章筆者先行鎖定了一九六〇年代末至一九七〇年代初這個現代詩文體轉換的關鍵起點，考察這段期間各場域公共語境的生成與

戰後出生的詩人，其衍生的用法是所謂的戰後第一世代、戰後第二世代詩人，這樣一直衍生下去，一九九〇年代出生雖也可標明戰後第五世代詩人，但這除了有數字指稱的繁贅問題外，更重要的還是「戰後」這歷史記憶對一九九〇年代出生之詩人其影響性，自然不如對一九四〇年代末出生的詩人。因此筆者在相關前行研究《詩不安：七〇年代新興詩社及詩人之精神動員與典律建制》、《青春構詩：七〇年代新興詩社與 1950 年世代詩人的詩學建構策略》乃依此世代詩人出生年，以 1950 年世代詩人指涉之，此一界稱優點在於避免前述「戰後世代」此一使用向一九八〇年代後推進會發生的問題，缺點則在於目前學界對此界稱較為陌生，並不習慣將 1945-1949 年出生者的詩人歸入 1950 年世代之中。

轉譯現象。首先，「社會場域中國族話語的凝塑」將逐次考察戰後政經、教育文化、文學場域中，國族的政治概念如何被「語言化」，進而成為一種公共（開）的話語。其次，「文化場域中對中國性的建構」則將探討在文化場域中被投置的官方文藝政策如何被落實，進而在一九六〇年代中後期在面對強勢的西方現代風潮時，透過中華文化復興運動將政治話語轉譯聚焦為一「中國性」話語。

最後，「國族公共話語在 1960 年代詩／文壇的延伸」則細部探討國族公共話語，如何藉彼時最重要的文藝傳播工具——報紙副刊進行傳播。筆者將細部分析報紙副刊版面的編排，呈顯國族公共話語如何具體地被空間化，或者說，影響報紙副刊的空間架構方式。藉此逐步解析報紙副刊背後所隱喻的語言空間，以及國族公共話語與文化、文學話語間的空間對應關係。

二、社會場域中國族話語的凝塑

> 國家本是精神產物。
>
> ——錢穆《國史大綱》

國家在語言中被建構著——透過剛性憲法的綱目條文完成對自我國體的描述，提供政府機器運作的秩序與程序。憲法細微字句上發生的增刪、調動、競爭，往往足以牽動整個國家結構的變化，語言及其在精神指涉與行動指導間溝通連貫的功能之重要性，在此被體現。誠如羅蘭・巴特（Roland Barthes）所言：「每一個政權都有自己的寫作」❷政治寫作不只是在字面上完成語言建構，更於社會各場域中鋪建其語言規範、邏輯與象徵，藉以完成群眾之國家共（認）同感的經營。國族語言的介入，與各場域自我語言的指導、對應、混同關係，成為探討國家群體情感結構與公共語境最重要的部分。

在文學場域中以詩文體最能凸顯公共語境與場域話語間的複雜問題，除了乃因詩語言高密度地統合意象、音樂的修辭策略，本身使詩語言具有象徵效力外，更因為詩語言本身所追求的獨創性，使之與公共語言間產生繁複且接近弔詭的「獨創性／公共性」、「個性／大眾性」辯證關係。一詩人之詩觀與文本狀態，本身就是詩語言內在個性與公共性論題的一個答案。

不過，此一詩語言與公共語言之論題儘管攪擾難解，但它的前提卻非常穩定——詩語言不是獨立語言，它是在歷史語境中透過詩學修辭構成的，也可以說，歷史語境是詩語言與公共語言的辭庫。以詩語言為素材的詩學，又何嘗不是？

傅柯在其知識考掘學研究中，極為刻意地要封鎖一個特定的時代，使之成為獨立的斷層，排除歷史連續性的干擾，藉以檢視一時代斷層內知識建立的語言法則。然而，儘管傅柯的考古學如何刻意抵抗歷史式（同時也是傳統式）知識建構的方式，最後他仍不得不與其系譜學交相輔助，才能協助他進行探論推進。傅柯在方法論上有所退卻、妥協，但也唯有如此他才能完成了對知識的探掘。傅柯

❷ 羅蘭·巴特（Roland Barthes）[著]、李幼蒸[譯]《寫作的零度——結構主義文學理論文選》（臺北：時報文化出版公司，1998年），頁29。

的研究進程，正為我們實際體察「時間」在知識裡的無所不在。而為我們後續要進行探究的戰後第一世代詩人更是如此，因為，他們在詩學論述的起點上所遭逢的歷史危機，逼使他們在自我詩語言中明確對歷史與公共語言進行標的。這幾乎不可迴避地，讓我們必須檢視一九六〇、七〇年代戒嚴時期將公共語言制式化的政經場域語言。

戰後二十年間臺灣政治情境的走向，主要是由島外冷戰結構，以及島內的戒嚴體制所主導。

國際間冷戰結構的形成，基本上可視為美國、蘇俄兩國之國際對抗的結果。第二次世界大戰珍珠港事變後，美國改變其原本不積極涉入國際事務的立場，開始介入國際政治，一方面維護美國安全，另一方面則在爭取國際利益。美國這樣國際立場的轉變，馬上便與蘇俄國際共產政策發生摩擦，而形成美蘇對抗局勢並呈現一東西陣營冷戰結構。1947 年美國對蘇俄扶植的共產國家勢力採取圍堵策略，亦即著名的「杜魯門主義」，而貫徹這樣政策的便是美英主導之 1949 年北大西洋公約的簽訂，蘇俄則於 1954 年組成華沙公約國家以為對抗。❸自此國際間以國家為單位的集團形式，劃分成左右兩翼陣營進行對抗。

此左右兩翼看似是以美蘇間之民主與共產制度進行界分，但真正引發抗衡的顯然並不全是精神價值面上，很大成分還在於政治背後所連帶的經濟利益競爭。因此在這樣的考量下，在一九五〇年代

---

❸ 早在二〇年代開始，蘇聯即積極拓展國際共黨路線，在亞洲中國大陸越南、歐洲扶植共黨勢力。此路線正式與西方利益（主要以美英）產生衝突。

初期，美國政府並未將原本其設於大陸的美國大使館一同隨國民黨國民黨政府「轉進」至臺灣，僅派遣領事處層級之官員來臺，已可看出其傾向與中共政府建交的端倪。但是，中共在一九二〇年代開始便早受蘇俄支助控制，此時政府方成立，國力未固，本不能發展與蘇俄路線相左的政策。因此，在這樣國際冷戰結構體制下，在一九四〇年代末，美國欲拉攏甫於大陸建立政權的中共政府，並未獲得中共政府的回應。直至 1950 年韓戰爆發，美國才轉而支持遷至臺灣的國民黨政府，並於 1954 年美國與臺灣國民黨政府簽訂了中美協防條約，並於 1951 年至 1965 年間提供一年一億美元的援助（即所謂的美援），正式挹注臺灣。

至此對蘇俄東部的圍堵路線，基本上以太平洋島鍊作為主幹。臺灣的國民黨政府在國際政治上雖劃歸為親美的民主陣營，但實際上，內部（在臺灣）政治於 1959 年 5 月 20 日起，卻採取高壓封閉的戒嚴體制。「戒嚴法」限制人民的民權，「動員戡亂時期臨時條款」凍結了部分憲法條文，擴充總統權力。在這一壓抑一提高之間，國民黨政府強勢控管臺灣政治、經濟、文化、教育、傳播等各社會領域，形成以「反共復國」為核心語意的公共話語。而其最常使用之簡短、有力的標語形式，在各場域及其場域語言中也強勢、生硬地出現。

國際冷戰結構確實有助國民黨政府強化其島內的戒嚴體制，但連帶而至的美援也對國民黨政府主導建構的政治場域產生了影響。當時行政院撤銷「經安會」，另設「行政院美援運用委員會」，可見美援金額之巨大，促使政府體制連帶進行改造。

國民黨政府在一九五〇年代末其內部官員與領導菁英之類別，

可概分為「革命菁英」、「技術官僚」、「民選政客」（民間拔擢之）三者❹。在美援過程中，國民黨政府內「技術官僚」地位逐次提昇，彭懷恩《臺灣發展的政治經濟分析》中曾指出：「隨美援而來的顧問及受到西方教育的技術官僚影響到國家機關，他們自由經濟的理念雖不被臺灣決策者全盤接受，但資本主義的觀念卻已影響到經濟決策的方向。」❺儘管美援資源在當時以反共為核心的國策下，主要被調配至國防戰備方面的花費，臺灣全島經濟建設開發仍略居次要，但技術官僚參與了政府機器的運作，確實促引了戰後臺灣整體經濟建設開始以現代化為主的走向。

利用美援資助，臺灣在一九五〇年代末至一九六〇年代，主要實行進口代替為主軸的經濟政策。即對外國一般消費進口品課以高關稅，並在國內（特別是國營企業）生產消費財代替進口貨。❻一方面接受外援，另一方面卻節制外國傾銷，有助於累積創造資本，發展國內相關工業。因此臺灣一九六〇年代經濟提升，也端賴於其在國際原本的勢弱地位。二次大戰後，第三世界興起，儘管在政治上獨立，但依存關係存在，其兜轉於聯合國中所爭取到的關稅等相關經濟優惠，對於至一九五〇年代起，便以外銷作為主要經濟管道的海島臺灣有直接助益。❼

---

❹ 彭懷恩《臺灣發展的政治經濟分析》（臺北：風雲論壇出版社，1992 年），頁 152。

❺ 彭懷恩《臺灣發展的政治經濟分析》，頁 158。

❻ 侯家駒〈光復後臺灣經濟發展階段劃分之研究〉引見《中華民國建國八十年學術討論集第四冊》（臺北：近代中國出版社，1992 年），頁 378。

❼ 因此長期以來外匯存底的數目，也被視為臺灣經濟成長的代表數值。

1961 年美援已由贈款轉為貸款，已預現了即將結束之徵兆❽，因此在一九六〇年代初國民黨政府開始調整經濟政策，1960 年提出的「獎勵投資條例」，說明了此時的經濟政策主軸在於吸引外資設廠促進外銷。1965 年開始設立亞洲第一個加工出口區——高雄加工出口區，將直接由國外進口的機械原料進行加工後輸出❾，確實使國內經濟提升並加速轉型，1969 年復又加設楠梓、臺中兩個加工出口區。1973 年 12 月 16 日啟動十大經濟建設計畫，此以島內基礎經濟建設為主的計畫有別過往以工業強化國防的概念，正式確定島內現代化發展路線。

臺灣內部的現代化發展初步帶動了臺灣各區域的發展，但在一九六〇年代至一九七〇年代初，整體基本走向主要仍集中在日治時期已形成的都市進行再開發。因此都市越都市化，市鎮則趨於沒落，此亦資本主義與現代化發展過程的慣性現象，加以高速公路的設立，強化全島交通更有利原料物流與人員調動，使得鄉鎮人口向城市遷移成為了極普遍的經驗。統合上面分析，此一臺灣一九六〇年代中至一九七〇年代初的「現代」公眾經驗本身便混雜了政治與經濟因子，並共同轉化為一九七〇年代初文學作品重要的主題。

一九六〇年代中末，儘管島內經濟提升，但在臺灣的國民黨政府其所代表的「中國」，在國際上的位置卻越見緊迫。臺灣既劃歸於美國所代表的右翼民主陣營，其國際地位便繫之於美國在兩岸問

❽ 1965 年 6 月美援正式終止。

❾ 出口商品中以輕工業產品（主要是加工業）取代農產品。並免除出口商品的營業稅與印花稅。

題的態度。政治，特別是國際政治，其競和都僅是一時，1968-1969 年是美國對臺灣之中華民國政策轉變的關鍵期，首先，1969 年上任的美國總統尼克森於競選時便以中止越戰為口號因而當選，在季辛吉主導下開始進行與中共間「關係正常化」（nomalization of relations）政策。在尼克森（Nixon, Richard Milhous）《七十年代的美國外交政策：塑造持久的和平》這份重要的國會報告，其在開宗明義的「我們所發現的世界」❿一節中，在簡單交代美蘇對抗的局勢後，馬上進入對中國的分析：「中國的影響力位於國際體制外」⓫、「我們不跟北京談判，就無法有效地減少亞洲的緊張情勢。中國的孤立構成了它本身的不安全感。」⓬這些觀點、字句在這份報告重複出現。而「越南戰爭主宰了我們的注意力，並且削弱我們的自信心。我們的任務和費用一直在增加，對戰爭卻沒有決定性的影響……也助長了國內的異議與自疑。」⓭的越戰越南化觀點，也說明了尼克森這一系列亞洲政策的立場轉變，本身實是受美國內部黑人、學生反體制運動以及城市貧困危機的影響。

誠如宋文明《當代美國外交政策：從甘迺迪－柯林頓》所言：「美國的對華政策，長期以來部分為兩個方面。一面是對大陸中國

---

❿ 尼克森（Nixon, Richard Milhous）《七十年代的美國外交政策：塑造持久的和平》（臺北市：美國新聞處，1973 年），頁 1。

⓫ 尼克森（Nixon, Richard Milhous）《七十年代的美國外交政策：塑造持久的和平》，頁 2。

⓬ 尼克森（Nixon, Richard Milhous）《七十年代的美國外交政策：塑造持久的和平》，頁 2。

⓭ 尼克森（Nixon, Richard Milhous）《七十年代的美國外交政策：塑造持久的和平》，頁 3。

的政策，一面是對臺灣中華民國政府的政策。這二者互為影響，變則同變，不變同不變，永遠無法分離。」⓮ 1969 年後美國決定將琉球歸還日本，連帶產生了釣魚臺主權爭議，臺灣海內外知識分子籌組保釣運動，引發大陸、臺灣間的國際法問題。在此背景下，1971 年 10 月 25 日聯合國通過「阿爾巴尼亞決議案」，由北京中華人民共和國取代臺灣中華民國在聯合國的代表權。退出聯合國，在當時，徹底重創了國民黨政府的中國法統地位，也使島內政治公共語言發生信心裂痕。

整體來說，在戒嚴體制以及國民黨政府在一九五〇年代以降緊迫的政治局勢，強力控制、塑建一公共政治話語體系。除了於學校以及各公私營單位內普遍設置的軍訓室、人二室等情治單位外，從公眾傳播更可展現政治對公眾話語的控制狀況。在一九七〇年代以前受限於資訊科技，因此臺灣整體傳播情境紙媒傳播，仍佔有極重要的位置，當時對於報紙、雜誌等出版品都受到「出版法」、「臺灣省戒嚴期間新聞紙雜誌圖書管制辦法」的約束。另外，與一般大眾有最直接關係，且每日發行的報紙，更有報禁限制。國民黨中央青年工作會編印的《報禁問題問答錄》中，曾對「報禁」做以下解釋：「所謂『報禁』是指『限制新聞紙申請登記』、『限制新聞紙的篇幅』以及『限定新聞紙應在申請登記時載明所在地印刷出版』；亦即報業有三禁：『限證』、『限張』與『限印』」⓯其他

⓮ 宋文明《當代美國外交政策：從甘迺迪—柯林頓》（臺北縣：宋氏照遠出版社，2003 年），頁 197。

⓯ 中央青年工作會《報禁問題問答錄》，第 1 頁，無出版項。

仍有「限價」、「限紙」——即由主管機關決定報紙售價，以及統一核發白報紙，不得自由收購。透過這些版面、張數設限，以及相關新聞審查，使得各家報紙內容大同小異，公共語境內的語言傳播既有了極其相同的模式，意謂公眾對臺灣乃至世界的經驗也趨於同質，使得集體經驗乃至記憶「被」建構，連帶完成了整體公共語境與情感結構的建制。

戒嚴時期政治場域，乃至其以政治力向其他場域箝入的公眾話語，乃是以恢復中華、維護政府控制力⑯為主軸。這樣的政治語言，透過一系列政治、傳媒、出版等管道機制，於社會場域建立以「反共抗俄」、「一年準備、二年反攻、三年掃蕩、五年成功」等為代表的強勢公共政策話語⑰，並從一九六〇年代冷戰結構角度，調配臺灣國民的世界觀，以及對全球左右翼的國家之「認識」——這主要表現在對美國、日本、俄國上。例如中央日報編《我們的敵國——蘇俄現況的介紹》，從封面繪圖便可看出其運用負面符號，將敵對他者（共產主義）暴虐形象極端物化的語言策略。這可看出被建制的公共話語，本身如何透過傳播印刷管道傳輸公民國族經驗，以及塑建「合法」世界觀的話語作用。

---

⑯ 「臺灣省戒嚴期間新聞紙雜誌圖書管制辦法」的重要取締事項便有：「詆毀政府與政府首長之文字足以混亂人心影響國策者」、「違反反共抗俄之國策之記載」、「挑撥政府與人民情感之記載與言論」。

⑰ 政策語言本身就是一話語策略，一方面對反抗論述政治者進行消音，另一方面則是以最有效率，同時也毫無否定可能的語句，聚焦出自我政治語意的重心。

中央日報編《我們的敵國》書影	李石樵畫作「大總統」(1964)

附圖 01：一九六〇年代官方與民間的政治視覺符號編製比較圖

當然，也因為背後的政治目標以及戒嚴體制框架，使得政治公眾話語不具詮釋空間的強大排除性格。在政治場域中，所謂的「和諧」並不意謂平等或共同同意，最直接展現「權力」或者相對性的「義務」的運作狀況。戒嚴體制中，政府機構的分配並不均等，除了考量能力外，且依據族群、社經地位決定。《自由中國》被打壓以及雷震案，不只可點出無論是西方自由主義，還是臺籍政治菁英[18]，與共產主義國家般，都是屬於被排除的對象，更凸顯出此一被

[18] 主要指 1960 年參與雷震組黨運動的臺籍政治菁英。

塑建的公眾話語，本身是不具有他（衍）義的詮釋性。戒嚴時期公眾場域的政治符號運用使用方式，依照政治敘事的內容進行絕對化的處理，本身沒有語意游移的空間，這同時也意謂：政治主導掌握的公共語言權是不可以被共享、挑戰的。這也是為何釣魚臺事件後，臺大內部保釣學運略現導入高知識分子爭取言論權趨勢時，官方即開始進行打壓。⓳

此時差異化的政治語言往往必須轉入私領域的文學藝術象徵系統，才有被表達的可能。李石樵「大總統」以繪畫語言進行政治表達，幾乎毫不掩飾乃是以蔣介石輪廓為大總統的擬象底本。漆黑的背景以及微弱的光源，強化「大總統」面部輪廓以及胸前琳瑯滿目的戰爭勳章，不只凸顯大總統此一國體中心的軍事化、法西斯特質，更說明了此畫作中的幽暗背景，並不是母性子宮的孕生空間，而是雄性戰場的亡靈空間。可以說，李石樵對主體中心（大總統）的視覺，違反了戒嚴時期「合法的」、「光明的」、「民族救星」的形象傳統。畫家撤去了意象、隱喻修辭的使用，在一九六〇年代，幾乎也等於同時完全撤去了對自我的政治保護。這般政治視覺符號的民間編制，其透過民眾史觀點對國族話語進行的檢視所存在的衝突感與張力感，呈現了戒嚴時期政治話語投射至私領域的轉譯狀況。

⓳ 臺大保釣運動時期臺大自由主義者的活動、互動細部情況，鄭鴻生《青春之歌》有所詳述。

三、文化場域中對中國性的建構

一九五〇年代以降，透過「三民主義的」⑳文藝政策以及官方相關文藝單位，政治場域與文化場域間向來有極穩固的匯通管道，使文化場域兩者有相當程度的疊合，官方塑建的公共語境在文化場域中也可以看見。從政治場域而出的政治語言，故可以生硬的標語形式強勢介入各場域，但若要產生對國民個體精神與意識型態真正潛移默化的影響，則必須經過另一複雜的語言轉化機制，方可突破場域語言侷限，創造國族共同的語言－經驗模式。其中以一九六〇年代末的「中華文化復興運動」，最能看見戒嚴時期——同時也是本研究論題時區中——政治場域至文化場域的話語細膩轉置作業。

1966 年 11 月 12 日，蔣介石發表〈國父一百晉一誕辰中山樓中華文化堂落成紀念文〉強調中華文化復興的重要性，旋即孫科、王雲五、孔德成、張知本、韓介白、陳大齊、莫德惠、於斌、閻振興、谷鳳翔、曾寶孫、馬超俊、錢思亮、劉季洪、孫亢曾、黃國書、謝東閔、羅家倫、王世傑、陳立夫、張道藩、張其昀、陳啟天、餘家菊、畋翼翹、向構父等一千五百多人，即連署〈請　總統明令定　國父誕辰為中華文化復興節啟事〉㉑，於是將孫文生日訂為中華文化復興節，而〈國軍響應中華文化復興運動宣言〉等類似文字相繼湧現，在「各界」響應下，開展中華文化復興運動。這項

---

⑳ 1942 年毛澤東發表〈在延安文藝座談會上的講話〉是中共黨中央最具代表性的文藝政策主張，同時國民黨後續推出「三民主義的」中央文化運動其在運作上，都有對應、參考其推動模式的現象。

㉑ 丁迺庶《中華文化復興論文集》（臺北：五洲出版社，1968 年），頁 6。

運動的推展目的，有二：第一、意在對應該時中共大陸的文化大革命，透過復興中國文化建立國民黨政府中國文化法統的地位。第二、一九五〇年代末隨美援進入，臺灣的「中華民國」整體社會雖益加現代化，但同時文化體質也同時開始洋化，此並不利於國民黨政府。

上述第一點容易理解，第二點則需稍加細論。美國所以願意願意大量挹注資金，主要乃是此時全球的冷戰結構，臺灣在東亞島鍊中經濟、政治的戰略要鍵位置。但一九六〇年代美援所帶來的影響，卻並不僅止於政經層面，還在文化面上。可以說，美援背景下的西方文化，與臺灣戰後現代文化幾乎是一體兩面。政經國策語言是政經現象與走向的摘要，可以發現，相對於從「以農業發展工業」到「進口替代到出口」乃至於「十大經濟建設」的轉換，民間常民以及知識分子則另有語言對應方式，其中最典型的莫過於「來來來來臺大／去去去去美國」，這展現了一九六〇年代末以來，臺灣鄉村－臺北城市－美國間的政經階層，也凸顯了聚集臺北的臺灣官方政府本身在常民文化價值觀中的「位階」。

因此在文化上，面對社會普遍對西方現代化的崇仰現象，官方的文化教育政策則勢必有所因應，這個調整常民價值觀的工作，雖不至於將西方現代文化的接受，絕對激化成「崇洋媚外」。但從其強調「中華文化」的「復興」概念，與一連串的跨場域傳播實踐，可以看見其意在鞏固「中國文化」在社會文化價值系統中骨幹地位的用心。

中華文化復興運動既是國民黨政府一九六〇年代末文化政策的主軸，於是迅速透過政治、媒體管道，在公眾話語結構中被傳播，

1966 年 12 月 15 日即有〈中華民國孔孟學會、中國文藝協會、中華科學協進會等四十七個學術文藝團體為復興中華文化聯合宣言〉，1967 年 5 月 4 日《中央日報》社論則為〈紀念五四談中華文化復興〉。中華文化復興運動既有其文化與政治目標，那麼，其所形塑出的公共話語之模式與質地便須細談。前述〈中華民國孔孟學會、中國文藝協會、中華科學協進會等四十七個學術文藝團體為復興中華文化聯合宣言〉（以下簡稱〈文化聯合宣言〉）這樣寫到：

> 中華民國五十五年十一月十二日國父孫中山先生百年晉一誕辰紀念，我　總統蔣公明令以此日為中華文化復興節。此一重大昭示，在我中華文化史上將永留其繼往開來之神聖任務。中華文化，經過中華民族之智慧，不斷地創造與發展。自前五千年有文字記載以來，詩書易禮之所載，金石甲骨之所遺，已經創造了其特有的風格。有周一代，典章具備，百家爭鳴，在中國古代文化史上放出異彩。夷考其故，實有一傳統思想負之以趨，起於堯、舜、歷禹、湯、文、武、周公，至孔子而集其大成。……降及近代，由於東西思潮之相互激盪，進而促使中西文化發生交流，我　國父孫中山先生高瞻遠矚，胸羅萬象，乃本其卓越智慧，崇高思想，揭櫫三民主義，主張恢復固有道德之優點，發揚民族優美智能，同時吸收西方科學文明，而迎頭趕上！使中華文化隨時代之進步而發展，更創造而為倫理、民主、科學之三民主義新文化。……在反攻復國基地的臺灣，我們首先響應　總統蔣公

復興中華文化的昭示，我們要摧毀殘民以逞的毛匪偽政權，紛碎毛匪的所謂「文化大革命」。

這篇公開聲明，本身具體而微地傳達了中華文化復興運動其後塑建的公眾語言與公眾文化經驗的模式。蔣介石特於孫文誕辰紀念日宣佈其〈民生主義育樂兩篇補述〉，本意在將這份檔形成一基礎文本，為之接續上「正統」的政治與歷史脈絡，確建一傳統系譜。〈文化聯合宣言〉開頭便將這份內在意旨語言化，並且放大其中的脈絡，從三代、周公、孔子開始進行時序譜列，無非意在連結此次中華文化復興運動的推動者——蔣介石。

但值得注意的是，此次運動的重心在於文化的「復興」，而非「復古」。因此在強調中國文化傳統的永恆性時，必然指出其如何有益於現代。㉒在〈文化聯合宣言〉將中國文化傳統與「倫理、民主、科學」及三民主義進行連結，其中「民主、科學」正是五四運動的關鍵詞。當然這樣的連結，都意在與政經場域語言交互結合：強調東方重階序的「倫理」，自然意在對應大陸文化大革命以及西方文化；凸顯「民主」，則是在對比大陸當時的共產政治狀態；重視「科學」，則與一九五〇年代以來的現代化有關。

是以，中華文化復興運動的話語內容既嘗試將中華文化傳統與五四話語結合，又要達成此刻此在的政治文化目標，這樣古今語言

㉒ 亦可稱之為傳統的現代性，但必須注意的是，此非指西方十九世紀以來的「現代性」論見。兩者間的差異，實有東亞「現代」此一詞語的使用概念問題值得深究。

的結合必然便需要一系列複雜的傳播、轉譯、落實工程。中華文化復興運動推行委員會[23]之秘書長谷鳳翔〈中華文化復興運動的回顧與前瞻〉便曾如此歸納中華文化復興運動的工程要目：

> 中華文化復興運動推行委員會，根據成立大會通過的推行綱要……歸納起來約有下列六項：一、教育的改革與促進；二、國民生活現代化與合理化的促進；三、中華文化之宣揚與中外文化溝通之促進；四、展開倫理、民主、科學之新文藝運動；五、推展海外中華文化復興運動；六、加強對匪文化作戰。[24]

第六點清楚地交代與中共文革間的對抗，並與其他教育、文藝的改革、復興運動交相輔助，都在向島內島外強化臺灣官方政府自身的中國道統地位。第二點刻意強調的國民生活現代化的「合理化」，則是將針對美國現代（消費）文化，對（中國臺灣）國民文化影響的「改善」工作曖昧地包裝，因此，在這運動下提出的「國民生活禮儀須知」、「民生主義育樂兩篇補述」、「國民」，都意在建構一標準的中國國民身體。

像〈文化聯合宣言〉中強調「中華民國孔孟學會、中國文藝協會、中華科學協進會等四十七個學術文藝團體」的復興中華文化

---

[23] 中華文化復興運動推行委員會內部實際組織概況，可參閱中華文化復興運動推行委員會祕書處編《中華文化復興運動推行委員會法規彙編》（臺北市：中華文化復興運動推行委員會祕書，1974 年）。

[24] 丁迺庶《中華文化復興論文集》，頁 410。

「聯合宣言」，已可看見「各界響應」背後的組織狀況。從當時重要的《中央日報》中頻繁傳播的中華文化復興運動訊息㉕，如 1968 年 12 月 25 日第四版中的「推行文化復興運動　教部確定明年重點　省府令各縣市加強推動」，以及 1969 年 1 月 5 日第四版「救國團文化局聯合舉辦『文化講座』座談會（昨日）」，1969 年 1 月 11-12 日第九版「張知本〈再論如何推行中華文化復興運動〉（上）、（下）」等新聞便可知，此一官方的文化運動在各界的推動狀況。霍布斯邦（Eric Hobsbawm）曾指出：

> 為了創發傳統，舊史料必須為了新目的而有新的形態。過去任何時空都堆滿了這類的材料，而其中象徵操作和溝通的精準語言，總是派得上用場。有時候新傳統會輕易地接合在舊事物上，有時候從參照下列事物中獲得發展：官方大量的館藏檔案、文化的象徵系統、道德勸誡……。㉖

因此在中華文化復興運動中，大力推動「經典今註今譯」的工程，無論是今註，還是今譯，無非嘗試將中國古典經典建構出一個可被當下（一九六〇、七〇年代臺灣的中華民國）口語模式言說、理解的話語。而從中華文化復興運動中負責整合、匯聚、傳播其理論文

㉕ 而具救國團色彩的文藝雜誌《幼獅文藝》亦時常出現中華文化復興運動的訊息文字，可參《幼獅文藝二十年目錄索引》。

㉖ 霍布斯邦（Eric Hobsbawn）等[著]、陳思仁等[譯]《被發明的傳統》（臺北：貓頭鷹出版，2002 年）。頁 16。

本的《中國文化復興月刊》㉗來看，其有效組織大專院校中的學者，進行相關對儒、道、法等諸家學術的研究㉘，搭配刊物中繁複地刊載各種蔣中正照片、文字，無形中鞏固官方政治體制的法統。傳統在每個歷史區段依詮釋者的經驗與需求，被製作、轉譯成為龐大且可供此在印證的知識系統，確乎是其所以「可長可久」必要過程。整體來看，中華文化復興運動的話語具有「源流性」與「轉譯性」兩個特色。

因此，中華文復興運動的理論話語總在特殊節日時間點出現，除了它的啟動點設在國父孫中山誕辰紀念日外，「五四」更成為此源流性、轉譯性話語的重要回憶、轉譯目標。例如 1967 年 5 月 4 日《中央日報》第二版的社論「紀念五四談中華文化復興」，一再為五四調整㉙出合於「官方」的「中國現代」意義，以作為中國古典到中國現代間重要的傳統之中的重要據點。

不過，從中華文化復興運動實際向公眾進行話語建構的過程中，所帶有的排除性，可以看見傳統本身並非「兼容並蓄」——傳統的呈現，在此充滿編輯、製作的痕跡。舉例來說，「中華文化復興運動推行委員會學術研究出版促進委員會工作實施計劃」中除鼓勵將經典（主要是十三經）進行今註今譯外，也有關於編印臺灣文獻的工作事項，只是其目的是：「研究並整編臺灣文獻，以證實臺

㉗ 發行範圍為 1968-1991 年，共 24 卷。

㉘ 至於臺灣新儒家學術發展則稍晚至一九七〇年代中後期方啟動。又，《中華文化復興月刊》歷期各篇目，可參閱《中華文化復興月刊總目錄（一至一百期）》。

㉙ 從其中陳獨秀的被陳述方式便可知道此調整本身的排除性。

灣文物屬於中華源流。」此外也呼應一九五〇年代末的國語運動持續，指出「凡推行方言之主張，有違此一政策，不宜予以提倡」㉚並且策動省新聞處翻印《臺灣姓氏源流》、《臺灣文化源流》等書㉛，意在從歷史、血統、宗族等方面建構臺灣與中國的主支脈流關係。因此，中華文化復興運動壓抑了客家話與閩南話、原住民語，也強化了中華文復興運動之「轉譯」語言，也建立了臺灣住民語言、血緣文本㉜中的歷史感。

可以說，中華文化復興運動透過對群體的官方語言限制，來顯現其國民語境的共同感，其所復興的傳統，不是一個能為國民內部各種方言系統所能言傳的價值。共同，未必能通向認同，族群的過往記憶並不易被刪除，因此對族群內部新世代的「經營」便顯得重要。谷鳳翔在一九七〇年代初也提出中華文化復興運動的組織重點，乃在：

> 今後在工作上，在文化資料的整理上，在機構的設施上，應如何使其精神貫注於全國的觀念，對於年輕的一代，應如何消除其僅偏於臺灣一隅的狹小觀念，增強其光復大陸的信心，可函請中央四組、救國團、教育部、文化局等有關單位

㉚ 《秘書處第二十次擴大處務會報》，1979年12月2日，頁8。

㉛ 關於中華文化復興運動推行委員會所推動的出版品，可參中華文化復興運動推行委員會編《中華文化復興運動推行委員會出版圖書目錄》（臺北市：中華文化復興運動推行委員會，1984年）。

㉜ 以祖譜為代表。

加以注意及研究。㉝

其所指的「年輕的一代」即指在「國內成長」的青年，其所含括的正是本文後續要討論的戰後第一世代詩人。戰後年輕的一代，相對於族群內部的老一代，並沒有鮮明的族群文化乃至 1947-1950 年的政治受難記憶，因此先行一步在他們的（家）族群記憶未鞏固前，建立牢靠的文化系統（傳統）意識，使被特意創造的傳統，可以跨越族群、世代的界線，影響他們對自我當下，乃至於未來之國族角色的理解。

中華文化復興運動也成為文化與教育政策的重點項目，透過教育體制力求廣泛落實。事實上，自中華文化復興運動開始之際，便已在教育文化政策被落實了，1968 年 12 月 25 日《中央日報》的第四版便有「推行文化復興運動　教部確定明年重點　省府令各縣市加強推動」的新聞。學校本身便是對人進行一次社會化（socialization）的過程，為其塑建一個合於社會標準的認知、活動模式。但主導此一社會標準的，除了教育信念、道德知識外，更多是由政治觀念來畫構其中的藍本。因此，1968 年開辦九年國民義務教育，在 1971 年正式產生畢業生，使就業人力資源之水準提升，為後來臺灣產業升級提供一個有利的背景。但我們也可以發現這些畢業生，多少擁有相當標準的世界觀與文化思維。

著名課程學者 Apple 即指出，教育不是一個中立的事業，學校

㉝ 中華文化復興運動推行委員會《秘書處第三十三次擴大處務會報紀錄》（1971 年 2 月 2 日），頁 8。

教育扮演著階級關係中政治、經濟、文化再製的有力行動者，同時教育在性別關係、種族關係的議題上也是一個重要的影響力量。[34]這些標準世界觀與文化思維，間接影響主體特定行為模式，同時，並為各種層次現象提供一個為主體所（不自覺）能接受的適當解釋。透過文化管道對主體的影響，相對於透過政治法令進行硬性地懲戒限制，無疑更能撤卻主體的抵抗意識，進而形成群體在社會知識行動上的共同慣習與情感結構。官方政府在國家治理上，往往藉公眾利益的維持，乃至社會共識[35]的建立，透過官方對教育法令的介入，影響教育系統的知識傳輸、教學。這而這介入的管道，莫過於教科書的編撰工程。

教科書可說是教育系統的核心，教科書依據教育理念和教學動作轉化成一個語言的程序，透過不斷的說解、輸入、考試，在學生的身體建構一個語言再現機制。教科書雖是一「合理」地對傳統文化、社會變遷、政治經濟發展進行總體解釋的文本語言。但教科書的功能也有政治、意識型態等的先天限制，這形成教科書本身的複雜多樣的問題性。[36]

知識的選擇和分配過程並非價值中立的，而是階級、政治、經濟、文化等權力交互作用的結果，亦是顯著的、潛在的各種價值衝突下的產物。過去教科書統編的制度下，教科書的編審人員由政府單位選擇遴聘，教科書的編審過程由政府單位掌控，教科書儼然成

[34] Apple, M. W. (1976). Making curriculum problematic. Oxford Review of Education, 2(1).

[35] 國民對社會國家以及對自我生活時空的認同感，是社會安定的基石。

[36] 藍順德《教科書政策與制度》（臺北：五南圖書出版公司，2006年），頁2。

為當權者傳播利於其統治意識型態的主要工具。[37] 1962 年教育部公布國民學校及中學課程標準，其中國民學校國語、算術、社會、地理、自然、公民與道德、等教科書及常識等教學要目及各科教學指引，由國立編譯館負責編輯。而中學教科書方面，國文、公民、歷史、地理四科仍是由國立編譯館負責編輯。1968 年 2 月 10 日「革新教育注意事項」：「今日我國各級學校不論小學、初中、高中之課程、教材與教法，希根據倫理、民主、科學之精神，重新整理，統一編印」此一倫理、民主、科學即為後續中華文化復興運動的核心運動精神，而教育部即依此指示，並配合 1968 年公布的「國民中學暫行課程標準」、「國民小學暫行課程標準」之實施，決定將國民中小學教科書全部交由國立編譯館統一編輯。

權力影響知識。官方透過建立規範（norms）的方式主導教科書編輯標準，提供知識「合理」再現的方式。當再現有系統地組織起來，並在學生乃至社會人落實，便成為一可影響現實的語言模式。而接受此一教科書教學，乃至於考試升學制度等制度化（institutionalized）規範的強化下的學生，可說是此一標準的投射物，他們對事物的理解與行為，本身就是另一知識的重複再現。

語言的指涉、取代功能，使得話語接受者的身體「毋須親臨」便可「感同身受」，接受到語言內部的經驗、情境。戰後臺灣教育，中國文化本位知識的傳授向來為重點之一，即便是一九六〇年代末的「倫理、民主、科學」亦不脫此大方向。在兒童至青少年這段「九年」的「國民義務教育」中，不斷將中國價值觀以及政治敘

[37] 吳密察、江文瑜[編]《體檢國小教科書》（臺北市：前衛出版社，1994 年）。

事透過教科書語言予以內化（internalization），使在臺灣的國民擁有共同的可遠紹三代大漢盛唐的中國經驗，以及對日治時期臺灣文學文化的無經驗感。

國小中學教育可透過教科書進行有效的知識控制，但在強調學術自主、自由精神的大專教育體制，卻無法比照辦理，因此主要透過學校、學院行政組織力量才能進行影響。大學軍訓課程、軍訓室的設置即為代表，但值得注意的還是一九七〇年代官方舉辦高等教育系統中的「國家建設研究會」。如 1973 年的暑期「國家建設研究會」計畫綱要，其主旨即為：「為使政府施政與青年教育相貫通，國家前途與青年前途相結合，政府各有關部們特於本（六十二）年暑期繼續舉辦『國家建設研究會』，研究當前我國國際事務、財政、經濟、司法、教育、交通、新聞及地方行政等各項問題與實際概況。」㊳內部一國政領域細分出各研究會，其中國際事務研究會，由外交部主辦，政治大學外交研究所協辦；財政研究會，由財政部主辦，政治大學財政研究所協辦；經濟研究會，由經濟部主辦，臺灣大學經濟研究所協辦；司法研究會，由司法行政部主辦，東吳大學協辦；教育研究會，由教育部主辦，師範大學教育研究所協辦；交通研究會，由交通部主辦，成功大學協辦。新聞研究會由新聞局主辦，政治大學新聞研究所協辦；地方行政研究會，由臺灣省政府主辦，中興大學協辦。而其中的協調單位，則為中國青年反共救國團。從其主協辦單位、協辦單位甚至是協調單位，都可以看到官方與學院間的緊密關係。

㊳ 見《六十二年暑期國家建設研究會》（無出版項），頁 1。

在一九六〇年代末世界各地迭起的學運背景下，「國家建設研究會」的設置一方面是意在培育具可塑性的青年知識分子，以為官方政治動員的對象，另一方面則在戒嚴時期稍開青年參與政治論議的管道，以疏減一九七〇年代初臺大保釣運動後大學知識分子對官方一股隱然成形的學運壓力。

此時中國本位的教育政策，也與僑務政策相結合，相對於大陸文化大革命時期的紛亂與封閉，臺灣當時吸引東南亞華人青年來臺就學。一九六〇年代的王潤華、陳鵬翔（相對一九五〇年代的葉維廉），以及一九七〇年代的神州詩人自成一臺灣現代詩壇中馬華詩人系譜，這些臺灣所吸納、培養的文化知識分子，豐富了臺灣國體結構內部的人才層次，他們所發酵的中國性，也凸顯了一九七〇年代現代語言型的轉型趨勢，對此筆者於後續章節將予以細論。

四、國族公共話語在一九六〇年代詩文壇的延伸

國族公共話語固可透過學校教育制度對學生進行教化，其影響力亦不容低估。不過，一個公共語境的完成與呈現，同時必須仰賴公共媒體方可能使不同場域擁有共同的語言以及情感結構。儘管公共語境與公共媒體有緊密的關係，但媒體本身混雜著許多政治文化價值觀，以及資本經營、大眾消費的問題，探討其對公共語境的形成與製作並非易事。但由於戒嚴時期對於公共媒體的強制管控，以及當時網路科技尚未突破，篩減了分析媒體的論述變項。因此，若要探看此時政經教育文化場域中的公共話語，在一九六〇年代文學

場域延伸，以及所產生與場域語言間的辯證現象，媒體無疑成為重要的文本，其中又以雜誌、報紙副刊最為重要。

作為主導戰後官方文藝政策的核心人物，張道藩在〈社會教育與文藝〉一文中這樣寫到：

> 不過請諸位注意，我是說「優良的文藝，才是最好的最有效的社會教育。」而不是說不論好的壞的文藝作品都是最好的最有效的社會教育。以音樂歌曲來說，如果社會上衹有靡靡之音，就會無形中養成社會人士一種萎靡不振的現象，一個民族的精神就會受莫大的損害；如果衹有淫蕩的歌曲、詩詞，也就會造成社會淫蕩的風氣；如果戲劇電影小說淨是提倡驕奢淫逸，提倡不合理的戀愛，提倡暴力鬥狠，甚至提倡不合國家民族利益的主義、政策，或不合民族需要的風俗習慣，不特會使社會人士受到莫大的惡劣影響，甚至於造成亡國滅種的禍害。因此我們希望倡導社會教育或主辦社會教育的機關和團體，對於和社會教育關係最大的各種文藝，必須特別注意給予培植和協助。[39]

張道藩強調「優良」文藝的「社會教育」功能，本身反映了官方對文學傳播效力的理解，同時也反映了官方對文學社會傳播的有意識介入，因此自一九五〇年代起便已有相關官方、半官方的文藝單位與獎助的設置，相關論者亦頻繁探討。在此，為扣合本研究論

---

[39] 張道藩《張道藩先生文集》（臺北市：九歌出版社，1999年），頁106。

題，我們不妨直看一九六〇年代末一九七〇年代初，官方文藝在文學場域所傳播介入的話語，在《中央日報》1967 年 5 月 5 日第五版「文藝界昨歡度佳節頒發獎章激勵創作　文藝協會會員舉行二十四次大會」這則新聞中寫到：他（按：全國文藝協會理事長陳紀瀅）說：「毛匪政權現正驅使紅衛兵摧毀我國固有的文化，為了保障我國的文化，發揚文化，文藝界人士應當響應並實踐中華文化復興運動，擔負起更大，更艱鉅的任務。」這段官方文藝話言除說明此時文藝政策基本上沒有偏離戰鬥文藝的基本方向外，也與此時中華文化復興運動的語言交相合流以更新其詞彙。

一九六〇年代末結合各文藝單位的文藝活動，如 1969 年 3 月 30 日下午 2 時中華民國新詩學會、國軍戰鬥文藝工作隊、中國青年寫作協會於臺北市南海路國立臺灣藝術館主辦之「新詩朗誦會」，儘管依舊方興未艾。但真正最能細膩地看到官方現代化與中國性公共話語向社會公眾文學場域，所進行一系列延伸、涉入、鋪建現象的，顯然還是在那每日向公眾傳播的報章媒體副刊。

一九六〇年代中至一九七〇年代初，重要副刊有三：《中央日報·中央副刊》、《聯合報·聯合副刊》、《中國時報·人間副刊》。㊵報紙由版面紙張構成，本身便具有一平面空間概念，其版面欄位的設計以及擺放，本身便能呈現公共話語在是時文學場域中的空間感與位置。為求論述具體，筆者以下面三個實際案例進行比較討論。

㊵　必須指出這三份副刊的重要性在一九七〇年代持續加強，特別是瘂弦主持的《聯合報·聯合副刊》，以及高信疆主持的《中國時報·人間副刊》。

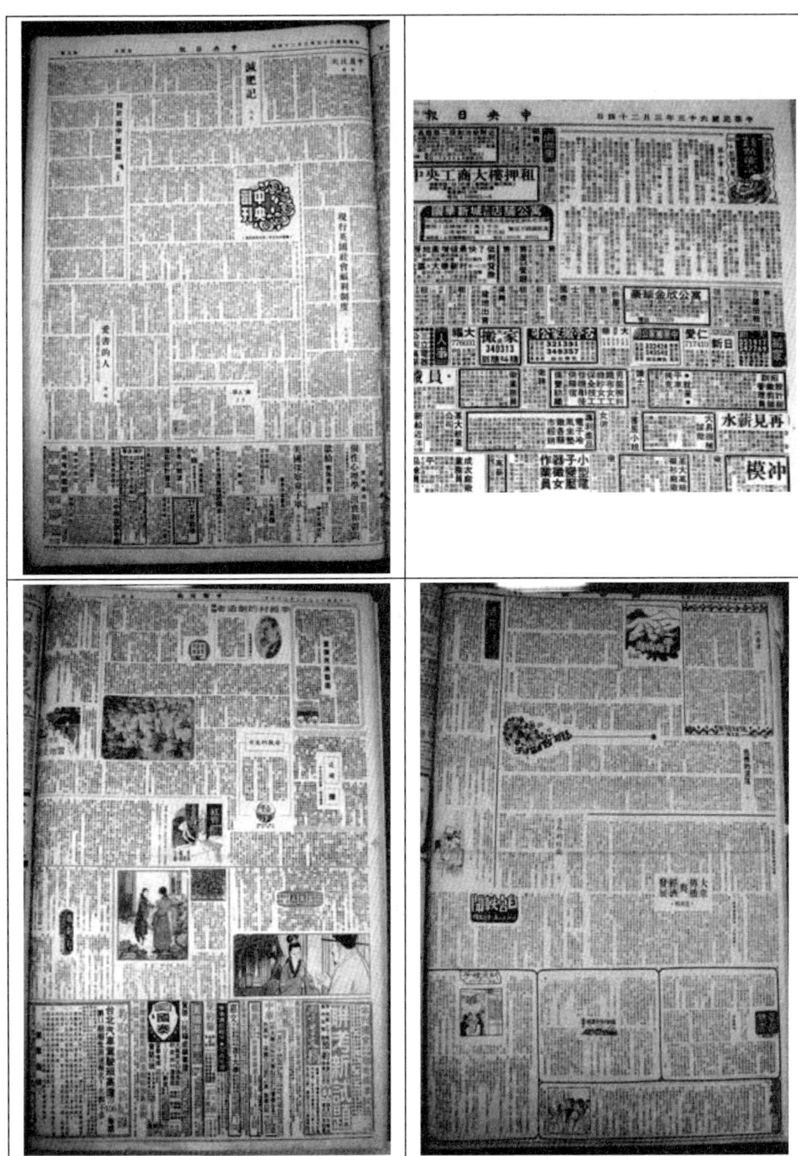

說明：
1. 四張版面由左而右，由上而下，分別是：《中央日報·中央副刊》（第九版）、《中央日報》綜合廣告（第十版）、《中國時報·人間副刊》（第十二版）、《聯合報·聯合副刊》（第十二版）。
2. 所以附上《中央日報》綜合廣告（第十版），乃是 7.臥龍生[撰]：《金筆點龍記》應屬副刊版內容。

附圖 02：中央副刊、聯合副刊、人間副刊 1974.3.24 版面對照表

附表 01：中央副刊、聯副、人間副刊 1974.3.24 各欄目文章對照表

中央副刊	聯合副刊	人間副刊
1. 師琦[撰]：〈中庸技術〉 2. 魚兒[撰]：〈減肥記〉 3. 丁眾孚[撰]：〈關於「國中」圖書館〉 4. 徐永泰[撰]：〈現行英國社會福利制度〉（下ㄧ連載） 5. 「我的故事」——君立[撰]：〈識「人頭」〉 6. 彭歌[撰]：《愛書的人：威爾森和他的公司》（19－連載） 7. 臥龍生[撰]：《金筆點龍記》（661－連載）（按：因稿擠與廣告關係，該文排至下一版面）	1. 「隨緣隨筆」——阮文達[撰]：〈「一代暴君」〉 2. 藍蔭鼎[撰]：〈雪化山非〉（文末標上：楓取材自「世界論壇社」稿） 3. 瓊瑤[撰]：《浪花》（24－連載） 4. 雲[撰]：〈色情的沒落〉（文末標上：取材自「世界論壇社」稿） 5. 王洪鈞[撰]：〈大眾傳播與經濟發展〉（上ㄧ連載） 6. 永[撰]：〈意外的結論〉 7. J.B. WEST[撰]、黃文	1. 「人間閒話」——〈重振民族藝術〉 2. 單簡《世界鉅富列傳》之一：〈李維村的創造者〉（上ㄧ連載） 3. 渡邊淳一[撰]、余阿勳[譯]、蔡靖國[圖]《愛情實驗第一部：雪地之死》（5－連載） 4. 張伯權[譯]：《卡夫卡的故事》〈這堵牆〉 5. 潘馨·斯屈朗[撰]、周增祥[譯]：《人生道上》〈母親的生日〉 6. 李藍[撰]、孫密德[圖]：《紅唇》（5－連載） 7. 南宮搏[撰]、長愷

<table>
<tr><td></td><td>範[譯]：《白宮軼聞》（13－連載）
8.陳紀瀅[撰]：《華裔錦胄》（24－連載）
9.鍾肇政[撰]：《馬力科彎英雄傳》（34－連載）
10.高陽[撰]、海虹[圖]：《狀元娘子》
11.朱陽[撰]：《北雁飛》</td><td>[圖]：《花蕊夫人》（128－連載）
8.朱羽[文]、海虹[圖]：《死亡客棧》（46－連載）
9.東方玉[撰]：《孤劍行》（346－連載）</td></tr>
</table>

說明：

1.三報紙副刊各欄位文章，筆者依「由右而左，由上而下」原則進行排列。

2.各篇目標上「數字－連載」，指該文之連載狀況。

3.人名後加[撰]指作者，[譯]指翻譯者，[圖]指為該文章繪製副刊插圖者。

在一九六〇年代，事實上，應該說一九五〇年代至一九八〇年代中，比起專業的文學雜誌、書籍，帶有大眾傳播效能的報紙副刊一方面因其刊登的文本包括了文學作品，而與詩文壇的脈動息息相關，另一方面，也因其發行網的公共性，與潛在的政治公共話語的運作，影響了文學作品的再現方式。只是我們要採取怎麼樣的論述角度，才能準確剝顯出其複雜生產機制的運作邏輯呢？

對此提問，必須點出版面與空間的互喻關係，才能迎刃而解。筆者以為，版面本身就是一個空間，其透過相關的標線、插圖零件進行「隔間」，製造出不同的「位置」，不同的位置其意義也不同，而不同的文本被放置在不同的位置，本身便存在的評價意義。實際分析長方形、文字直排的報紙副刊版面空間，特別是公眾話語的問題，有兩點必須注意：(1)編輯對各欄位之重要性與評價的基本邏輯，大抵是上欄位與右欄位之重要性，大過下欄位與左欄位。(2)但通常在實際排版中，中上欄位則往往會劃的較大，容納副刊今日中較具份量的文字，這考量到一般人的視覺慣性之故，因此有時重要性又大過右上欄位。不過，副刊比起政治版較為單純，較少須衡量平衡報導的問題，亦即平行欄位雖有類別的層次差別，但並不至於隱含誘導性的臧否判斷。

附表二即依「由右而左，由上而下」原則對《中央日報·中央副刊》、《中國時報·人間副刊》、《聯合報·聯合副刊》內文進行編號排列，依上述第(1)點理論來看，最前面，亦即編號越小者的文章重要性最高，三個副刊第 1 號篇目分別是師琦〈中庸技術〉、阮文達〈「一代暴君」〉、「人間閒話」（未列作者）之〈重振民族藝術〉。這些文章凸顯了在報禁限制下，副刊在拮据的版面中，本身卻從不是單純僅刊載文學作品的空間，在一九六〇、七〇年代《中央日報·中央副刊》、《聯合報·聯副》、《中國時報·人間》，可知其亦大量刊載文化論見之文字。文學副刊必須與文化論述分享空間，或可以從(a)主編編輯理念[41]、(b)文學文化本一體、(c)副刊與其他版面間共同議題焦點的企畫編輯，以上三點原因進行解釋。

但若細讀上三篇文章之篇目與內文，便可知其與政治文化官方話語（特別是中華文化復興運動）間的互通狀況。這樣的「一致性」，不僅止於 1974 年 3 月 24 日這一天，若放大考察時間範疇，

[41] 例如一九七〇年代高信疆主編的《中國時報·人間副刊》便重視文化副刊的概念。

可以發現在一九六〇年代中至一九七〇年代初，副刊最重要的右上欄位大抵皆為這類型的文章所「盤據」。因此，副刊右上欄位空間排置的恆定感所呈現的邏輯性，顯然並非上面三點原因所能解釋。副刊右上欄位空間的政治版文化論述，本身正可具體看到官方公共話語在文化場域（特別是文化傳播層次）中具體的延伸狀況，以及所佔據的中（重）心位置。

不過就上述第(2)點理論來看，可以發現三個副刊的第 2 號文章，便轉換到不那麼有官方色彩，以文藝創作為主的文章，且欄位空間不只較右上欄位為大，多數並會配上插圖。從魚兒〈減肥記〉、藍蔭鼎〈雪化山非〉與單簡《世界鉅富列傳》之一：〈李維村的創造者〉，可知這個欄位會考量讀者閱讀意願以及提升讀者經驗層次等問題，來選擇作品刊登。上欄位元左邊部分可視為一個分野，通常一跨越此上左欄位，或自此欄位元開始，作品的呈現方式便帶有濃厚的大眾文藝觀點，因此三個副刊的下面版面都留給連載小說，而且長期都以武俠小說或英雄故事類型為主。小說的連載形式，巧妙地借用了原本說書「欲知後事，下回分解」製作懸念的方式，培養副刊長期讀者，這部分考量的是如何刺激讀者再消費的問題。

而針對《中央日報・中央副刊》、《中國時報・人間副刊》、《聯合報・聯合副刊》的版面編排現象，筆者試著將之歸納整理成下面的「一九七〇年代初報紙版面空間權力示意圖」，以具體點出副刊內部空間結構如何對政治、文化、文學、經濟進行整合，以及場域內部政治公共話語的鏈結影響關係。

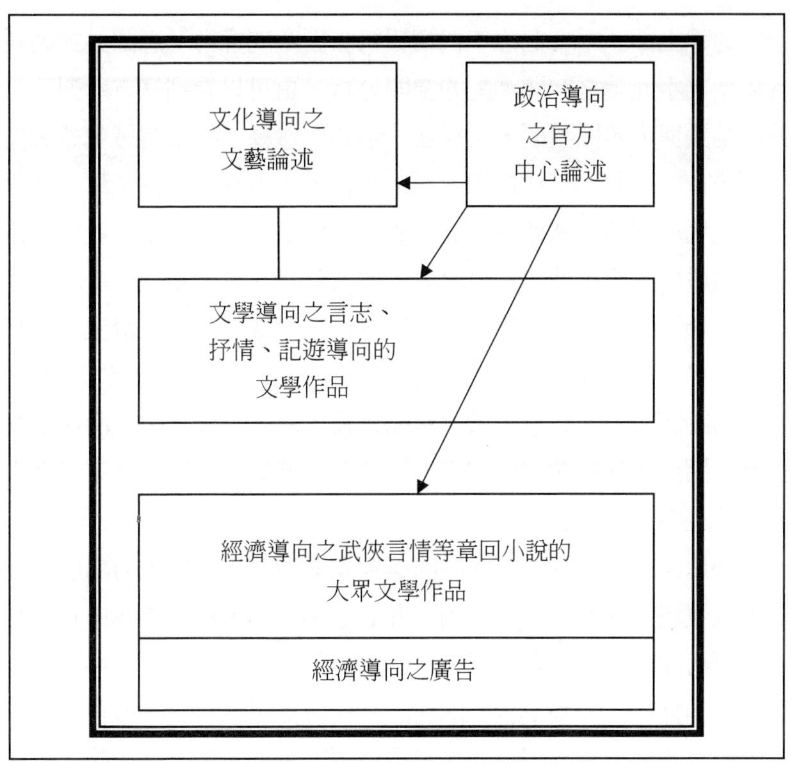

說明：

1. 副刊版面存在著：「政治導向」→「文化導向」、「文學導向」、「經濟導向」的基本控制象徵空間。
2. 但內部也存在因時事、經濟等因素（如政治重大事件、廣告商廣告）的權宜調配。
3. 文化導向與文學導向的空間有時會因來稿、時事、作者等因素進行溝通調配。
4. 「→」代表指導、控制。「—」代表溝通。

附圖 03：一九七〇年代初報紙版面空間權力示意圖

透過上面「一九七〇年代初報紙版面空間權力示意圖」對副刊各類型文字元號之空間調配的空間分析，更可以看到官方所塑建的公共話語與大眾閱讀間，所存在「中心－邊緣」的語言層次感與控制關係。一九七〇年代初的副刊空間結構，本身便隱喻了政治話語在文化場域的延伸狀態與空間位置。特別是一九七〇年代並無網路等電腦虛擬媒介，傳統接收訊息的方式就是「打開報紙」這個實體紙張，進行二元平面的接受。相對於依主體觀視意欲以滑鼠自由點選電腦標題㊷，較不會其他差異全景影響的電腦螢幕閱讀方式㊸，報紙的閱讀方式對訊息的觀視焦點以及次序感，極易受版面構成的影響。因此，什麼類別的文字，被放在什麼副刊位置，決定了文字的影響性與「地位」。

據此深入探討官方公共話語與大眾閱讀間的影響效力問題，我們可以發現，在一九六〇年到一九七〇年代初，政治場域中官方話語雖擁有獨語者的絕對位置以及宏大音量。但一旦向不同場域進行強制性延伸——特別是我們關注的文化傳播場域時——雖在表面形式上擁有重要位置，卻仍與專業場域語言有另一番組合搭配，故其影響力也可能必須再評估。

投射在副刊右上欄的公共話語，居高臨下地審視著其他版面欄位與政治話語在各版面的匯通狀況，使之幾乎等同於副刊版的社論編語。但其擴張、呈現的寫作方式，並不單純只是複製教條。從版

㊷ 因此此一媒介上的標題製作便更顯得重要。

㊸ 當然如果電腦螢幕版面過大，而必須以橫槓移動才能觀看其訊息全景的話，則自然也存在類似報紙版面的編成問題與策略。

面設計概念、商品消費以及當時報禁背景來看，副刊版本身在設計上仍要避免重複政治版、教育版、海外版㊹。儘管有時部分作者有黨政身份（如彭歌），在書寫上，無論編者還是作者都有意識地避免了那樣的教條抄寫。潘家慶在〈副刊內容傳統與新聞理論的解釋能力〉中曾指出：「媒介體制深受一國政經制度的影響，也直接反映到副刊內容的變化；媒介霸權理論或文化霸權理論，隨著政經意識型態，伸入副刊內容，使副刊也成為當時社會整合的工具之一。」㊺官方話語向文學文化場域中最重要的媒介之一副刊延伸時，必須透過具文化導向的詮釋話語，與較貼切、整合公眾經驗的說理方式，才能發揮較佳影響力。因此其重心尚不在說明官方公共語境的正確性，而在於凸顯其適切性。

不容否認，透過這樣的詮釋話語、傳播機制的運作，民間知識分子首先也會發展類似官方公共話語的一系列思考，提出對中國性與現代化的看法，進而擴張公共語境層次，深化群體共同文化經驗。例如 1974 年 4 月 2 日，《中國時報·人間副刊》推出「回顧與前瞻」的長期專輯，其中寫到：

編者按：經過廿餘年的艱辛建設，國內各方面都已達至了前

㊹ 當時並不直接如此稱版，而是以數字稱版。因為有廣告量、版面限制問題，有時會混雜，但大致來說各版主題皆相近。例如《中央》副刊多在第九版，有時會延伸到第十版。這只是大致分類。舉例：《中央》、《中時》、《聯合》。

㊺ 見瘂弦、陳義芝主編《世界中文報紙副刊學綜論》（臺北：行政院文化建設委員會，1997 年），頁 107-108。

> 所未有的境界。目前，我們似乎正跨在一個新社會的轉型期中。此時此地，對於當前文化現象的通盤檢討，可能是一樁值得的事。「回顧與前瞻」就是這樣的一個專欄，歡迎各界人士一起參與、討論。您的一篇文章，也□□□[46]未來「中國新文化」誕生的藍圖。[47]

其後自 1974 年 4 月 2 日的顏元叔〈建設文化大國〉起，接連刊登了楊月蓀〈看什麼？怎麼看！——對國內電視節目的批評與改進意見〉（1974.4.3-4）、李永熾〈傳統與現代化〉（1974.4.5）、孫同勛〈西化與現代化〉（1974.4.6）、葉洪生〈中國傳統戲劇該走那條路？〉（1974.4.8-9）、施淑青〈平劇的劇本〉（1974.4.13）等。具有相對獨立之知識分子特質的他們所使用的語詞，與官方塑建之公共語境略有互通，如李永熾〈傳統與現代化〉：「經由傳統的瞭解，我們不但可以瞭解現在，以從事自我的變革，更可以學得輸入外國事物的技巧」[48]對此，筆者以為，不能生硬地即認為他們在呼應官方話語，因為就文學文化層次來看，姑且不論其中對抗中共的政治意指部分。中華文化復興運動的主軸現代與傳統，確實比起反共文藝那所謂的戰鬥文藝，在論題上顯得重要且深刻。

這再次凸顯了在戒嚴時期，即使官方話語能透過強大的政經力量，向各場域語境進行結構性的延伸，並在其中獲得絕對重要位

---

[46] 印刷油墨脫落，暫以「□」代替。據推測應為「可能是」三字。

[47] 引見 1974 年 4 月 2 日《中國時報・人間副刊》（第十二版）。

[48] 引見 1974 年 4 月 5 日《中國時報・人間副刊》（第十二版）。

置，但如果本身話語系統內部並不具豐沛的意義層次，即時擁有絕對音量，卻也容易被在文化文學場域內部既定話語系統中，被視為一「他者」話語，以看似巨大，實則空缺的姿態被再現。

筆者以為，中華文化復興運動本身儘管帶有反中共文革與抵抗美式現代文化的文藝政策目的，但其透過中國古典傳統發展出的「源流性」與「轉譯性」語言特性本身，確實使政治公共話語得以進入文化文學場域。因為儘管中華文化復興運動有其政治功能，但其連貫「傳統－現代」的概念，相較一九五〇年代的反共文藝，的確有著不只超越一個層級的文化論述層次。也正因其豐富的詮釋可能，故使許多知識分子投入這對中國古典傳統詮釋活動——或者也應該說，使他們本來便在進行的詮釋活動，因中華文化復興運動而得到向公眾傳播、再現的管道，這便形成副刊中帶有濃厚知識分子色彩的文化導向之文藝論述。筆者以為，此區塊版面對文壇公共話語帶有實質上的塑造意義，與文學導向之言志、抒情、記遊導向的文學作品交互搭配、匯通。

政治公共話語在文學文化場域的延伸狀況，或者說，其國族話語方式之普遍性與大眾性，也可從此時副刊空間中「最邊緣」的經濟導向「大眾文學作品」與「文學廣告」中來進行分析。

副刊中「大眾文學作品」，固有其經濟導向思考，也凸顯一九六〇年代到一九七〇年代初副刊作品，本身已脫離生硬戰鬥文藝的現象。但是就「附圖 02：中央副刊、聯合副刊、人間副刊 1974.3.24 版面對照表」可知其武俠作品之內容，乃至配圖都洋溢著濃厚的中國趣味，而其扣人心弦的情節基本上所維持著忠孝節義、邪不勝正的英雄論述㊾，基本上對反共大業乃至中國情境的再製都能提供大眾生活化的效力。

遠景出版黃春明小說之廣告引自《中央日報》1974 年 10 月 2 日第十版。	華欣出版司馬中原小說之廣告引自《中央日報》1974 年 10 月 5 日第十版。

附圖 04：黃春明與司馬中原作品廣告對照圖

㊾ 《聯合報·聯合副刊》（1974.4.8）鍾肇政連載小說〈馬利科彎英雄傳〉。

至於文學作品的廣告，也可看到政治公共話語的置入。廣告語言講究以最有效率的符號，引發接受者的新奇感、認同感，進而刺激其購買欲。不同時期的廣告語言，本身也可以反映不同時期公眾普遍認同的經驗狀態。檢視附圖 04 中的兩則廣告，儘管司馬中原、黃春明兩人無論就其世代、籍別，甚至投射在其文學作品上的語言都有不少的差距，但廣告上都極強調「中國」、「民族」這組詞彙，其用意自然不在觸動讀者們的新奇感，而在引發他們對國族的認同感。

司馬中原《淩烟閣外》的廣告介紹詞，將這部小說錘鍊國族的「特殊意旨」強調出來，自然是提綱挈領。至於黃春明的廣告中還特別轉引彭歌的介紹，為黃春明小說中那洋溢著「臺灣」城市、鄉土地景與小人物，賦予一種官方式的閱讀經驗視角。廣告中「讀者」、「都能」、「體會」這三組詞，其實反映了當時文學場域內的讀者（公眾）與官方公共話語間在語言經驗上的匯通，因此廣告期待藉此鼓動讀者對民族、鄉土乃至國族所擁有（語言）共感經驗，以刺激他們進行購買。司馬中原的中原（國）大鄉土小說，如此處理自無疑義，但在黃春明的小說廣告中，其透過引述所進行的「國族話語＋鄉土小說」應用，今日看來，不免令人有違合之感，但在當時讀者看來卻可能極其自然，此也見證了不同時代情感結構的變化。

國族可成為引動消費的廣告話語，固然凸顯了此時國族話語本身生產機制的綿密與完整。但我們也必須注意到，這些文學讀者本身可能是偏屬於中產階級或知識分子，因此這樣的分析，也可能主要反映在此一「類型」的公眾。

上面的版面分析，乃是透過空間呈現角度進行分析，以版面位置與文本內容之比例搭配，檢視政治公共話語在文學文化場域中的延伸、結構化作業，但這樣的文本檢視，也產生了一個盲點，那便是忽略了為版面框架所排除的文本。當時為報紙副刊的語言空間邏輯所排除的文本，最具代表性的便是戰前臺灣文學作家，以及跨語言一代詩人。後者凸顯了在戒嚴時期國語政策下，「國語」的使用本身就是一種文化資本，跨語言一代詩人在詩文壇上的「遲到」甚至被排除，影響了戰前臺灣詩傳統在文學場域，以及現代詩場域中詩史詮釋權與文本寫作上的競爭力。至於前者亦處於相同的文學史現象脈絡，而他們要在一九七〇年代後期才被以抗日、民族的角色定位呈現。

第二章
一九六〇年代的「現代」「主義」：現代性想像暨其話語的崩解

一、主義意欲與被發明的現代：一九六〇年代現代詩壇對現代性文學知識的需求與生產

> 詩在表面上看來即使不談什麼，終究還是決定性地，最後地，要談某種事情的。
>
> ——鮎川信夫〈關於幻滅〉

現代主義在戰後臺灣的出現，本身涉及了一個龐大翻譯傳播工程。具體來說，其本身有兩個路徑，其一為紀弦所代表的大陸上海現代派，其二則為臺灣本島內部戰前的風車詩社與銀鈴會。然而，無論大陸還是臺灣，這些現代主義知識其「本文」則都可向前追蹤至法國、日本、英國。由此可以宏觀地勾勒出現代主義是如何經歷叢密交綜的多／跨國傳播網絡，進行一系列文本旅行而抵達東亞臺灣。

對現代主義的翻譯，從來就不是一個單純的直譯過程。在二十

世紀，從東亞諸國知識分子對西方的解讀史料，我們一再看到其中是如何進行各種適己為用的轉譯作業，藉以滿足東亞知識分子對改造國／文體的現代想像。我們更看到，大時代的動盪、官方政經控管機制如何中斷、篩選過往現代主義在兩岸積累的傳統，使之成為沈澱於歷史地層中知識瓦片。

這使得現代主義在戰後臺灣一九五〇年代此一區間宛如新生異端，也引發了戰後首次的現代詩論戰。於報紙副刊此一公眾傳媒場域啟動的現代詩論戰，不只是展現對現代詩現代主義手法持正反意見論者們辯證與調適的過程。如果理解戒嚴時期報紙所具有凝塑公眾話語的傳媒效能，我們便會發現國族公眾話語如何在報紙佔據中心版面，具體地以文字排版方式完成對各社會教育文化等場域的話語指導。而報紙副刊啟動的現代詩論戰的本身，其實還折顯了國族話語對現代詩文體知識概念的強勢介入。

在戒嚴時期官方機制總是以國／群體的層次建構國民主體，極力排除國民主體內的個體概念。現代詩人對「現代」的追求本身，其實還隱存著藉著提取西方現代的前衛、摩登質素，以完成對自我個體／性的建構。因此同一個「現代」會因個體之翻譯資源、需求，而產生不同現代主義乃至於現代性版本。

在現代主義向東亞的理論旅行過程中，儘管歷經頻繁的翻譯、詮釋與論戰，「現代」仍漸趨成為一不確定的論述符號，乃是其理論本源地與東亞傳播地間本身所存在的現代化時差。要克服源發地與接受地間因傳播情境的不平行所造成的現代化時差，不只依賴科學知識的傳輸，以及工業經濟建設的提升，有時更需要東亞知識分子的解釋與想像，才能與東亞各地既成脈系的傳統價值與精神邏輯，進行交叉運作、調適，進而完成現代主義的在地性轉譯。

在戰後臺灣場域中，最佳範例莫過於與大陸五四遙相呼應的中西文化論戰。不過，在此點出這一對西方現代主義的轉譯想像工程並不讓我們感到滿足，我們要更深入的問題是，戰後臺灣現代詩壇對現代主義的傳輸為何產生「版本化」現象，從中譜建的「現代」與其「主義」存在著怎樣符號具與符號義的「組裝」？在這其中又如何反映出詩人在一九六〇年代至一九九〇年代初，在國族與私己間對主體層次的義界意識？

論者對現代主義在戰後臺灣現代詩壇發展史，通常準確集中在幾個論述物件，這主要包括：一九五〇年代政治文化情境、反共戰鬥文藝、《新詩週刊》、紀弦的現代詩社與現代派六大信條、一九五〇年代現代詩論戰各階段論題等，並藉此頻繁地生產對這段詩史的回憶。❶然而，面對各論者建構戰後臺灣現代主義上如此穩定的「發生學」，筆者卻想從「取消」談起。

1962 年 12 月余光中發表〈再見，虛無〉，1965 年 4 月 24 日紀弦在《徵信新聞報》，亦即後來的《中國時報》以及此一半官方的中國文藝協會❷宣布取消「現代詩」之名。紀弦這樣的宣告之舉自然是依賴他「自認」現代詩的火種，是其由大陸帶來臺灣這樣的概念支持。因此本身即為「現代詩」詩壇語系根源的他，自然能決定現代詩的存在與否。

---

❶ 這其中形成的「詩史陳述模式」，其實在一九九〇年代中戰後一世詩人詩史論中便已積累出現。

❷ 當時中國文藝協會由國民黨第四組指導，又，中國文藝協會之成立與發展可參閱鍾雷[編]《文協十年》（臺北：中國文藝協會，1960 年），頁 1-7。

只是，此一事件後，以現代主義為知識中心的「現代詩」卻沒有消失。在今天看來，除了再次說明詩史，同時也是文學史之本質、發展及其被表述，並非單源、單向的，而有嚴格宗主階序味道的文學流派，基本上在近代也並不存在。更重要的，筆者以為，這還說明了現代詩的發展開始更明晰地呈現出一公有想像的脈絡，這可具體分成兩個層次來說：

首先，現代詩已是一共同的文學書寫工程，「現代」已引發（跨詩社）書寫群體各自的符號想像。其次，對現代這個符號的解釋，也已非單一個體言說格式，而擁有各種（自）的解釋語言，並對「現代」進行一系列的知識黏著，創造出「類型化」的現代主義知識，形成了以詩社為單位的社團結群。

在一九五〇年代現代詩論戰後，現代詩正式取得一個與官方文藝、大眾文藝（包括軟性抒情文學）、學院文藝相對應的邊緣空間，這也使上述現代主義詩學論述版本化現象愈趨明顯。誠如奚密〈從邊緣出發〉所言：「『邊緣』的意義具雙重的指向；它既意味著詩之傳統中心地位的喪失，亦暗示新的文化空間的獲得，使詩得以與中心文體展開批判性的對話。」❸在戒嚴時期，只要在國族政治上進行澄清或表態（例如「現代派六大信條」最後那帶有備忘錄意味的國族話語）。那麼，現代詩及其引動的「現代」符號，其「合法化」的邊緣位置反而獲得一個可自由發展的間距，透過一系列翻譯、寫作、評論的現代性轉譯工程，鮮明地形塑出其前衛、叛逆的形象。相對地，這也反顯出官方文藝系統在表現「現代時空」

❸ 奚密《現當代詩文錄》（臺北：聯合文學出版社，1998 年），頁 27。

上的模糊感與缺乏個性。

在一九五〇年代現代詩論戰中，覃子豪從紀弦版現代主義的對立面，進而到與蘇雪林論辯現代詩美學的接受問題，其從對現代主義立場的微妙轉變❹，到建構自我以象徵主義為主的現代主義版本之歷程是很明顯的。創世紀詩社在一九六〇年代進行詩刊改版後，其詩刊編撰、班底成員與相關的《六十年代詩選》、《七十年代詩選》，亦逐漸呈現出一個中國超現實主義❺的現代主義版本。即便是如今被多數學者「認識」為當然的本土詩學代表的笠詩社，其於一九六〇年代在林亨泰主編機關刊物《笠》，以及壓抑自我省籍色彩以免干犯政治禁忌❻兩因素影響下，也呈現出其重現實、知性的現代主義的風貌。❼

在筆者看來，此時各版本的現代主義其陳述語言，大多都帶有強大的「黏著語」特性，亦即以現代主義為詞幹，黏附一系列主

---

❹ 事實上在一九五〇年代現代詩論戰時期，覃子豪 1957 年之間的《復興文藝》，可發現他已開始翻譯馬拉美等象徵主義詩人作品。

❺ 這「中國」的超現實主義，乃涉及文化立場的申明以及中國古典傳統純粹性論述的「應用」。

❻ 杜國清在筆者 2002 年的訪談中這樣表示：「笠詩社成立的時候，我們都知道臺灣人聚集在一起是一個很敏感的問題，可是我們居然還是把一群臺灣詩人聚集在一起辦一個詩刊，主要就是有一個信念便是我們不介入政治，我們就是把《笠詩刊》，本省人聚在一起辦詩刊難道也會有問題嗎？我們不能相信因為這樣就會出問題，所以在那上面就是有一個自覺，對於政治認為是不介入的。」引見解昆樺《論臺灣現代詩典律的建構與推移：以創世紀詩社與笠詩社為觀察核心》（嘉義：中正大學中文所碩士論文，2003 年），頁 788。

❼ 詳見解昆樺《臺灣現代詩典律的建構與推移：以創世紀詩社與笠詩社為觀察核心》（臺北：鷹漢出版社，2004 年），頁 59-63。

義，這主要包括：超現實主義、象徵主義、存在主義、立體主義、達達主義。❽這以一己，或一社群之力進行的西方現代主義的轉譯傳播行為，可說展現了強大的黏附擴張效力，為臺灣詩壇乃至於整體文化場域引領入多樣繽紛的現代主義「們」。

傳播轉譯者（詩人）對西方現代主義的傳播現象，除了在印證歐洲現代主義內部知識系統的龐雜外，他們背後的傳播意欲可能還在於伺機摩擦、帶動出各種新風格的創作修辭。只是，若將此時臺灣所傳輸引介入各個輪廓「近似」的現代主義版本，不以並置而改將之半透明化。並且進一步以西方原版的現代主義作為底層核心，將各半透明化的臺灣版現代主義貼覆其上，便可發現各種近似的「現代」交疊形成一個膨脹暈影。頻繁多樣的現代主義版本，因為語言及背後的翻譯創作意圖，終而模糊。

彼時的現代主義傳播者何嘗不知道現代主義在臺灣的暈影現象，姑且不論現代詩壇外部批評，其內部大小不一辯證，又何嘗不帶著罔兩問影的主體焦慮？更何況其中論者如紀弦、余光中等對「現代」的取消與告別之舉？因此投身臺灣一九五〇、六〇年代現代主義那稠密交錯的論陣，可以發現真正被清晰地咬字，而具有音節重心的，可能不在於那因黏附各種想像詞素而雜沓的「現代」，而在於「主義」（Ism）二字。在一九五〇年代末至一九六〇年代，主體對「主義」一詞的潛意識，正成為我們探討一九五〇、六〇年代現代主義多版本化的一個新理解進路。

「主義」（Ism）在雷蒙・威廉斯（Raymond Williams）《關

---

❽ 立體主義與達達主義較多地在繪畫場域中發酵。

鍵詞》的字源學式追蹤中，這樣被解釋：

> 文獻紀錄上，一直都有 isms（主義）與 ists（持……主義者）。Ism 與 ist 是希臘文的接尾語。Ism 在英文裡是一個表示行動的名詞（baptism——受洗）；一種行為（heroism——英勇的行為）；某種團體所具有的信仰與行動（Atticism——雅典風格；Judaism——猶太教主義）；流派（Protestantism——新教教義；Socialism——社會主義）或是學派（Platonism 柏拉圖主義）。❾

接受者對現代的翻譯，儘管有各種多樣版本的印象與想像，但是不變（且頻繁顯現）的是，都反映了他們的動員欲求。詩人們發明各自的「現代」想像，在寫作與媒體進行頻繁的動員，除反映了主體渴望獲得行動力的意識外，也初步暗示了他們無法動員、行動的主體處境。因此，現在的問題顯然是：為何詩人主體陷入無法行動、動員的情境？使他們必需仰賴現代此一符號，藉此凝聚飽足其行動需求？

筆者以為李歐梵看法，可成為一關鍵性的觸媒，刺激我們進行更深一層的辯證思考：

> 西方的現代主義也是從瀰漫的危機意識中生長出來的——一

---

❾ 雷蒙·威廉士（Raymond Willams）[著]，劉建基[譯]《關鍵詞：文化與社會的詞彙》（臺北市：巨流出版社，2003 年），頁 200。

種歷史與文化的危機可追溯到十九與二十世紀之交（在維也納），或第一次世界大戰末期（在法國和德國），或愛德華時代末期（在英國）。在二十世紀初期，西方的現代作家對過去幾百年文明累積的遺產，已不再感到樂觀；相反的，他們受到一股現存的壓迫感驅使，要從全然空虛之中創造新的藝術形式。……無論如何，臺灣在一九六〇年代時，顯然沒有這種危機意識。❿

上述論見，其重點不在於臺灣一九六〇年代「沒有」危機，而是在於沒有「那種」危機，亦即，西方現代主義的現代性焦慮，乃起自於：⑴對現代化過程中，主體產生新的現代化時間感與空間感⓫；⑵個體向城市遷移或鄉村城市資本化時，主體為高效率、利益追求的資本主義剝削，使主體被異質化為生產工具；⑶兩次大戰造成的政治、文化、宗教價值體系以及對自我生命存在感的破壞。

參照前章對臺灣一九六〇年代政治經濟的分析，即可知道臺灣因戰爭而被迫中斷的現代化發展仍在緩慢地在進行起步，不可能擁有西方「那種」現代性焦慮（特別是上述⑴、⑵）。儘管臺灣一九六〇年代沒有現代背景下的危機，但是卻因為其戒嚴政治體制使詩人擁有一種「類」西方現代性情緒。為求論述具體，筆者透過以下

---

❿ 林耀德[編]《當代臺灣文學評論大系.2.文學現象》（臺北市：正中書局，1993 年），頁 153。

⓫ 這最能表現在高速科技化的交通、傳播工具出現後的影響，對主體產生所謂「天涯若比鄰」的感覺，亦即人的空間遠近感，是由移動的時間、效率（也可說是由現代化工具）來決定。

「西方與臺灣一九五〇、六〇年代現代性焦慮經驗比較表」進行申說。

附表 02：西方與臺灣一九五〇、六〇年代現代性焦慮經驗比較表

西方 A	主體遷移 鄉村 ——→ 城市
西方 B	主體被資本主義剝削 城市
臺灣 A	主體流亡 大陸 ——→ 臺灣
臺灣 B	主體被戒嚴體制禁錮 臺灣

就西方 A 與臺灣 A 比較來看，原本西方主體在鄉村城市的「遷移」過程，為一九五〇年代臺灣大規模政治轉進的「流亡」所替代。因此，很清楚地發展出西方 B 與臺灣 B 間「所謂」的「現代性」經驗差異。原本西方主體在主導城市運作的資本主義的剝削中，所感受到自我異化的現代性焦慮；在臺灣一九五〇、六〇年代實則為因政治體流亡所引動的：⑴外省族群自身大陸文化母體，以及⑵本省籍在自身母體（土）上缺乏政治參與乃至於母語、寫作語（即一九三〇、四〇年代臺灣作家普遍使用的日語）使用權⓬的政

⓬ 用較文學的方式來說，本省籍跨越語言一代的詩人在一九五〇、六〇年代，本身在自我母土（臺灣）上也歷經了一次政治與語言上的流亡。

治禁錮焦慮。因此嚴格說來，一九五〇、六〇年代現代主義書寫中所浮現的主體意象，並非卡謬那在現代資本機器運作中的局外人，而是在戒嚴體制政治機器機制中的異鄉人。⓭

面對個體自我被政治異化、單位化為戰鬥員、生產員⓮的箝制困境，詩人唯一的排解方式便是寫作。⓯在戒嚴體制下，作為一個「國民」，無論內外省籍詩人，他們的政治危機感都已大半在政治（軍事）的國族動員中鼓動塑建，也已在戰鬥文藝中克盡了表述任（義）務。因此，他們勉力所求的且具解放效力的現代書寫，本身都含有私體個性寫作的特質。

在公／私形成的詩書寫介面，公領域的官方書寫越要將書寫單一平版化，現代主義詩人在私領域書寫中便越要千變萬化。筆者以為，現代主義主導的現代詩文體寫作，本身的前衛感無疑帶有著青春期執拗叛逆的情緒張力。也因此，私體個性寫作，更需要一種精神意義上的認同、共鳴與結群。臺灣的現代「主義」，無疑是被公眾政治頻繁動員的主體，一次在公領域解散後的私領域再動員運動，以滿足主體在政治與文化⓰公領域上被剝奪的自主行動力。

⓭ 卡謬的在大陸主要被翻譯成局外人，在臺灣則主要翻譯為異鄉人，兩種翻譯差異或許也反映了兩地所謂的「現代性」經驗。

⓮ 在彼時戒嚴體制對人民選舉權的壓抑，國民主體的政治單位，甚至還不等同一張選票。

⓯ 這也是為何軍旅詩人在臺灣現代詩壇中自成一書寫群體的原因。

⓰ 這裡指的是對官方文藝政策面的文化影響力。

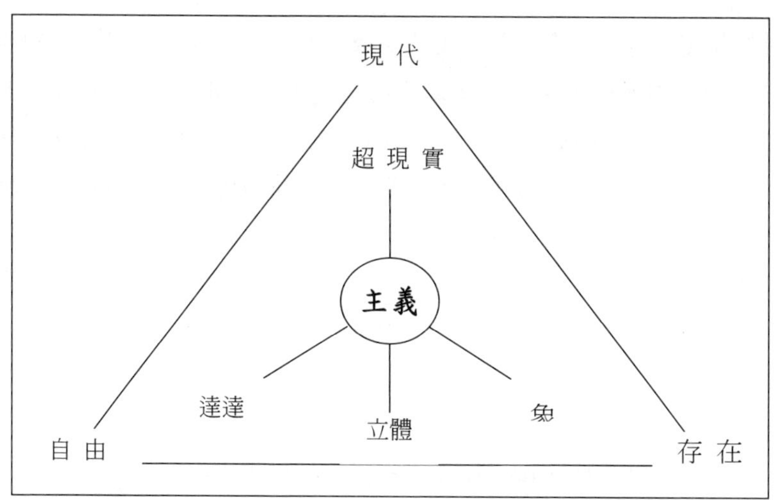

附圖 05：一九五、六〇年代臺灣對西方文藝思潮的接受、傳播結構圖

主體尋找解放感，無非是在追求自由。「一九六〇年代」現代主義的「多版本化」，一方面呈現西方現代主義詞素的繽紛，另一方面則呈現詩人在戒嚴體制壓抑下的「創作力」。這說明了一九六〇年代臺灣現代詩場域對於現代主義的大量轉譯，並不單純只是一文學、詩學事件，而必須放在整體政治文化場域的「創作」力活動來進行理解。

整體來說，一九六〇年代臺灣知識分子對西方「現代」的吸收，是在自由主義、存在主義、現代主義共同組成的大框架進行的。儘管《自由中國》被禁，但其自由主義影響下，或與之接近的文藝刊物在文學藝術方面承繼下來，成為知識分子抒發自由主義精神的舞臺。陳芳明在〈臺灣現代文學與五〇年代自由主義傳統的關係〉一文中即指出：「文學上的現代主義（modernism）與政治上的自由主義（liberalism），在五〇年代的臺灣曾經有過微妙的結盟。」⑰至於存在主義則是伴隨著自由主義與現代主義風潮進入臺灣，初步看來，其在文學、哲學、藝術上具有普遍論述效力，並且在知識分子團體內相當風行，進而在一九六〇年代與自由主義、現代主義擁有同等的結構關係。這中間介入了什麼因子，使得在戰後稍晚於自由主義與現代主義，且亦不如前兩者擁有相關概念刊物的存在主義，擁有如此重大的知識影響力？

在筆者訪談中，創世紀詩人辛鬱曾這樣指出：

> 五〇年代後期到六〇年代，存在主義風行於學術界以及青年群，我們少數有很好英文素養的詩人也做了些介紹，另外我們也透過香港報刊等等媒體瞭解到存在主義的文學部分，不是哲學的部分，是文學這個部分……後來發現我們這邊某一些狀況下的情景，就很像存在主義文學所描述的那樣，那種無可奈何的心境……就像神話中推落石的息西佛斯一般……⑱

辛鬱微妙地將存在主義的影響區分成文學面與哲學面，並強調自己主要是在詩創作上進行吸收，不禁引發我們的關注。事實上，

⑰ 陳芳明《後殖民臺灣：文學史論及其周邊》（臺北：麥田出版社，2002 年），頁 173。

⑱ 引見解昆樺《論臺灣現代詩典律的建構與推移：以創世紀詩社與笠詩社為觀察核心》（嘉義：中正大學中文所碩士論文，2003 年），頁 775。

從當時主要翻譯、介紹的學者陳鼓應等受殷海光的影響背景看來，可知道存在主義與自由主義，在當時受戒嚴體制介入的知識傳播情境中，是擁有著同樣的潛在政治解放力。

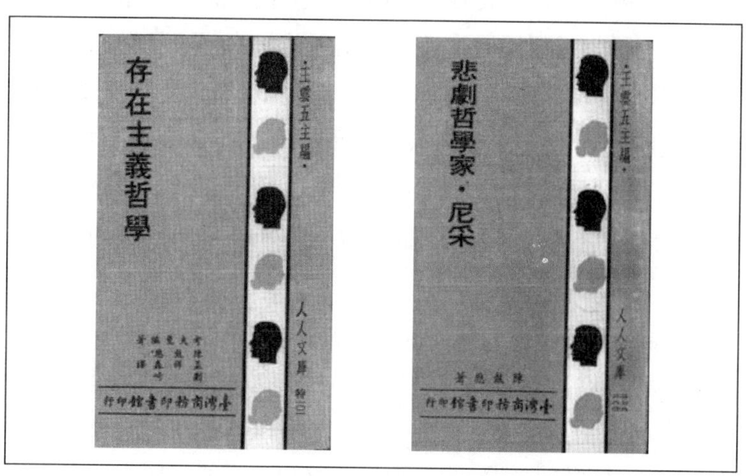

附圖 06：陳鼓應一九六〇年代對存在主義的一系列翻譯介紹作品書影

對此，同樣在筆者的訪談中，李豐楙也如此指出：

> （按：在一九六〇年代）存在主義為什麼會流行起來？存在主義的流行是世界性的，就戰後對卡謬、沙特的閱讀是很普遍的，相關的演講更是數不清。所以臺灣在六〇年代知識比較貧乏，媒體的傳播也比較被控制，但是那時候，你只要講存在主義，馬上就會有滿滿的聽眾，師大都如此，更不要講

臺大了……。⓳

可見當時知識分子是透過對存在主義的吸收，克服自己莫名所以的虛無感⓴，且此一吸收同樣擁有「主義」的——即群眾的、狂熱的運動特質。這與現代主義、自由主義般的閱讀潛意識一般，所存在主體對自我處境的不自覺指涉。這也更加凸顯出，此時知識分子自我閱讀的西方文本與自我處境間，所存在的一種「自由／禁錮」、「存在／虛無」、「現代／保守」的二元對立關係，因此他們的主義話語也潛存著不易被論者甚至他們自身所意識到的補償心理。

在討論一九五〇、六〇年代之交現代文學發展的過程中，除了《文學雜誌》以及《現代文學》㉑、《筆匯》外，《文星雜誌》在這方面的表現極為重要。㉒事實上，筆者以為，相對於存在主義、現代主義，《文星雜誌》的自由主義路線，最能逼顯出一九六〇年代一系列主義話語內在與戒嚴體制那隱性、辯證性的對抗關係。這

⓳ 解昆樺《詩史本事：戰後臺灣現代詩人的詩史對話》（苗栗：苗栗國際文化觀光局，2010 年）〈尋找李弦及七〇年代新興詩社——訪談李豐楙教授〉。

⓴ 在當時並不是所有知識分子都知道自己的空無感是導致於不可違背的官方的政治大敘述與政治機器的運作。

㉑ 又據向憶秋〈自由主義、現代主義文藝思潮與臺灣文藝期刊——20 世紀五六十年代臺灣文壇的一種考察〉統計《文學雜誌》共刊有在中文小說 111 篇、在 51 篇散文、89 篇文學評論，而 1960 年《現代文學》創刊到 1965 年第 26 期，共有中文小說 121 篇、詩歌 132 篇。

㉒ 此外，今日出版社、志文出版社所出版的一系列書籍，也對臺灣文化界現代主義氣氛的營造有直接影響。

主要乃是自由主義本身在雷震《自由中國》事件後，在政治上的行動被阻絕禁止後，轉而平移至文化、文學場域發揮帶頭引領的效應。《文星雜誌》中的王尚義〈達達主義與「失落的一代」〉、〈現代文學的困境〉，陳紹鵬〈主觀的詩和客觀的詩〉、〈詩應否清晰〉，何政廣〈超現實主義與一九五〇年以後的新繪畫〉等文，所介紹的各種「主義」，與現代詩場域中內在的現代主義追求彼此交互策動，共同累積了現代文藝資源，發展了臺灣對現代的認識方式。廖炳惠曾在〈臺灣文學中的四種現代性〉指出：

> 一個現代性的計畫推展到另外一個地區的時候，各地區還面臨一個前現代的環境之中，在翻譯以及旅行的過程，常常導致這些落差顯得更為明顯以致於計畫的動作者（agents）在這個時間跟空間的落差上面，對自己的現代性計畫常常產生更多層面的思索……。[23]

只是在一九六〇年代現代詩場域中此思索並不全然樂觀的，或者應該說是弔詭的，在戒嚴時期中，一九六〇年代現代主義文學論者的反思，本身在詩語言修辭上既有克復落差之處，卻也在其「國族屬性的聲明」，以及進而推展的「詩語言修辭技術」上的修正，拉大了那落差之處。以下，筆者分別予以探討：

第一、在詩語言修辭的突破部分：

---

[23] 見廖炳惠《臺灣與世界文學的匯流》（臺北市：聯合文學出版社，2006年），頁 64-65。

引動一九六〇年代臺灣現代主義詩人突破自身詩語言修辭技術的，主要乃是意識到自身書寫技術上的保守陳舊，因而力求吸收西方「進步的」現代主義。當然，把現代主義認為是一種全然「進步的」文學藝術系統，本身就帶有戰後臺灣西方現代主義傳播者的誤讀想像，對此下文會論及。但回到一九六〇年代情境，筆者以為，存在主義的悲劇主體形象。對戰後臺灣現代詩人所觸發的認同效力，顯然也更能呈現他們突破詩語言修辭上的動機。

帶動一九六〇年代現代詩人精神認同的，並非尼采所謂「上帝已死」的論見，更多的可能是卡謬（Albert Camus）㉔〈薛西弗斯的神話〉一文中對的悲劇形象：

> 薛西弗斯一切沈寂的喜悅均包容於此。他的命運屬於自己，那塊石頭為他所有。同樣地，當荒謬的人思量著自身的苦刑時，一切偶像都噤若寒蟬。當宇宙突然間恢復了沈寂時，世間無數的詫異之聲會轟然而起。無意識的、那秘密的呼喚，千萬面孔所發出的邀請，他們都是勝利的必然逆轉和必然代價。㉕

在神話「本文」中薛西弗斯的狡黠以及他囚禁死神影響世界秩序（生死）的行徑，都被卡謬（Albert Camus）排除掉了，薛西弗

㉔ 卡謬（Albert Camus）於 1957 年獲得諾貝爾文學獎，該年正是臺灣一九五〇年代末現代詩論戰文字最交錯緊密的一年。

㉕ 卡謬（Albert Camus）[著]、張漢良[譯]《薛西弗斯的神話》（臺北市：志文出版社，1974 年），頁 142-143。

斯的無盡反折升降，本身暗示主體挺身面對存在即苦難之宿命的勇氣。薛西弗斯被悲劇化，同時也被美學化，投注了卡謬（Albert Camus）對自我存在意識的反省，以及對現代社會制度的控訴。西方存在主義版本的薛西弗斯自有其文本情境，儘管臺灣一九六〇年代現代主義詩人所「身受」政治與現代資本情境與之有所差異，但在精神氣氛卻能有所「感同」。對處於一九四〇至一九六〇年代的臺灣現代主義詩人來說，閱讀這樣的符號表面層次，對他們內在因政治戒嚴而起的空曠感就已「夠用」。

因此可以發現，卡謬（Albert Camus）滾石神話在一九六〇年代現代詩被頻繁的應用、詩化，成為許多詩作意象的原型。除了如大荒〈薛西弗斯的季節〉、朱沉冬〈石楣之歌〉：「緜延的存在塑造自我貶抑／我們的迷惑逼切荒謬的時空／升至神與薛斯弗斯囚於自己融合的盤石」直接符號式的取用外，薛西弗斯神話中那重複推上又墜落的石頭，也被隱喻轉化為臺灣一九六〇年代現代主義詩文本中重要的意象零件——百無聊賴地每日升降的太陽，與孤懸在頸上似也在時間流逝中無意義地醒睡輪替的頭顱。

洛夫〈醒之外〉一詩即如此寫到：「你猛力抛起那顆塗磷的頭顱／便與太陽互撞而俱焚」進而將頭顱、太陽意象重複結合，使形而上與形而下的意象事物暴力撞擊，凸顯主體存在意義的悲劇性。碧果〈齒號〉：「我們就是你們　　關於／。　　落」則刻意使用符號與空格製造卡謬滾石神話的空間感，詩中「。」（句號）一方面「象形」了那石頭以及太陽甚至頭顱，另一方面其本身也同時是代表語意（序）時間終止的標點符號，強化了原本要傳達的主體枯守在一九六〇年代戒嚴政治中，自我時間無意義延續著又墜落的意象層次。

為表現「無意義延續」這意象感，詩人們也重現了薛西弗斯那重複推石的動作。因此可以發現一九六〇年代臺灣現代主義詩文本中，主體總在重複無（存在）意義的動作，例如羅門〈死亡之塔〉：「在耶穌也放假的假日裡　你便攜著雲／去跳　去跳你那永遠也跳不完的天地線的繩子」主體即使在沒有救贖可能的此時此刻，依舊不斷地跳躍，企圖提升自我的存在。商禽〈門或者天空〉一詩中，主體在應該是出口的門，沒頭沒腦地重複反折，而這有方向卻始終抵達不到目的的旅途，也化成沙牧〈死不透的歌〉：「如一頭被激怒的困獸／因為找不到出口與仇敵／而撲擊自己的影子」那被戒嚴體制封閉的世界裡尋找出口與仇敵的征途。詩人們在詩作書寫中不約而同地展演了自我幾近無意識地重複動作，無非意在化減自我潛意識內在的存在焦慮。只是，一九六〇年代詩人們詩作中那虛無感意象的價值本體，固為他們初期文本表達的重要主題之一。但我們也不能忽略，他們同時進行的技巧論開發本身也存在著超越、反叛自身政治困境的意識。

可以說，臺灣一九六〇年代現代主義詩人本身便是致力透過對現代（感）的追蹤，在政治鐐銬中發展千變萬化的姿勢來獲得「解放感」，這些詩文本的繁複技巧本身便是各種主體精神意識的掙扎動作的隱喻，企圖藉此印證自己在被政治戒嚴體制下被單一化的世界中，自我還能擁有的存在可能性。此時，對西方各種主義的大力吸收進而形成自我轉譯版本，本身即在成就自我主體的層次。試看洛夫在一九六〇年代對自我群體吸收西方各種主義的描繪：

> 「象徵主義」使他們由外在的有限物象世界進入了內在的無限精神世界，「立體主義」為他們提供了「造型意識」，使在形式上作新的嚐試，「印象主義」使他們懂得如何捕捉心象，使想像的經驗得以呈現，「超現實主義」使他們瞭解到潛意識的真性，並在技巧和語言的排列上作革命性的調整。西洋現代詩大師諸如里爾克、梵樂希、波特萊爾、阿保里萊爾、T.S.艾略特、E.E.卡明斯、葉慈、戴蘭・湯瑪士等的詩作都成為他們精神上和藝術上療饑的對象。㉖

洛夫這段對一九六〇年代現代主義風潮的當下寫真，對我們理解一九六〇年代現代「主義」的工程來說，看似提供了非常細部且有效率的論證文本。然而，仔細考究他一口氣詳列一九六〇年代對西方的傳播翻譯大結構下細部接受的各種主義資源，可以發現臺灣一九六〇年代所援用的西方修辭技術，如所謂的自動書寫、注重潛意識，只是方法論上的符號詞障。真正為詩人貫徹表現出來的，還是：知性文學觀念、不同系統感（官）覺的聯結互喻、物像拼貼（collage）、黑色幽默諷刺等修辭。這些被凸顯出來的修辭方式，以當時流行的用語來說，的確給了萬物新的名字，發展出各種象徵化的意象零件，在詩語言詞句中發展各種語法組合，企圖發展出多層次的意義連結可能。

第二、在國族屬性的聲明部分：

文化場域的自由主義對西方各種主義的翻譯傳播無論是否只是

㉖ 洛夫《洛夫詩論選集》（臺北：開源出版社，1977 年），頁 31-32。

單純介紹，還是有進一步進行自我在地性的轉譯，在官方系統國族文藝視角看來，其政治可能發展的衝撞力依舊隱見其徵。也可以說，在一定的程度上，自由主義帶動的傳播，刻畫出現代詩場域內部的現代主義內在可能發展的前衛效力，顯影了其內部，甚至連其主導傳播的詩人也未必盡知的反官方戒嚴體制之政治性能。

一九五〇年代「現代派六大信條」、《文學雜誌》宣言中那些政治備忘錄語言，雖交代了他們「背對」而不「反對」官方政治體制的主體姿態。但檢視一九六〇年代《文星》所引動的中西論戰，可以發現當自由主義者以西方現代來凝聚、強化其主義行動時，政府機器與政治體制下的文化思想論者又何嘗看不出其內在關榷所在？

因自由主義而「再次」出現的中西學之爭，本身在政治上逼迫現代主義者進行表態、確認的意義比較多，其整體論述範圍與層次並不超越過往大陸五四時期的論見。且看余光中〈迎中國的文藝復興〉所論：「目前中西文化論戰似乎轉入地下，暫時告一段落，然而問題並未解決……，我同意某些人士的看法，即問題不是中國之西化，而是中國之現代化。」、「它（文學現代化）必須先是中國的，然後才是世界的，必領先是現代中國的，然後才是現代世界的。」㉗在上面的陳述中，余光中表達了他在現代計畫對國族的定義與程序。首先，引文中暗暗呈現了論戰前，或者也可說是知識分子普遍潛在「西方即現代，西化即現代化」這兼具肯定表述句型與

㉗ 該文原刊於《文星雜誌》第 58 期（1962 年 8 月），本引文則錄於李敖《文星雜誌選集》，頁 511、515。

譬喻句式的文化（學）邏輯。其次，則以「不是中國之西化，而是中國之現代化」的聲明，破壞了前述知識分子的文化（學）邏輯中那具有主詞與喻體地位的西化，這消解「西化」動作，並將之「去蕪存菁」為現代化的動作本身就存在政治意欲，意在彰顯中國在文化詮釋上應具備的主動權。

而傅斯年先生亦曾在〈怎樣做白話文〉內提出：「白話文必不能避免『歐化』，只有『歐化』的白話才能夠應付新時代的需要。歐化的白話文就是充分吸收西洋語言的細密的結構，使我們的文學能夠傳達複雜的思想，曲折的理論。」㉘簡單來說，東西之間的現代化差距，並不可以簡單化約為政治上的階序，而是混雜了一種對文明現代的表述需求。因此，在一九六〇年代現代詩場域中現代主義論者在其轉譯工程中，總不斷添加「中國」此一名詞，似乎並非片面之舉，而與自我政治、文化場域存在交錯的場域關係。例如洛夫在《洛夫詩論選集》〈中國現代詩的成長〉便論及：「從若干具有代表性的詩人作品中，當可發現他們確已認識到詩發展的時代性，且已日漸掌握了中國文學的整體性。」㉙而紀弦在〈給趙天儀先生的一封公開信〉更聲明：「我提出我的『新現代主義』：那是不同於法國的，亦有別於英美的『中國的』現代主義。」㉚這些現代主義詩人明確地表達他們對現代主義的接受意識與立場，其論述中一再被加註「引號」的中國，確立、恆存在地中國於轉譯工程的

㉘ 轉引何欣[編]《當代中國新文學大系　文學論爭集》，頁97。

㉙ 洛夫《洛夫詩論選集》，頁30。

㉚ 引見《笠》詩刊第14期（1966.8），頁4

主體位置。在臺灣一九六〇年代轉譯現代主義的工程中，這樣加註中國的修辭動作，可說實具有維持民族自信心國族情緒的效力。

相對一九五〇年代那些政治備忘錄，這樣「中國立場」的再申明，不只是在回應一九六〇年代中西文化論戰對文化中國立場要求所進行的一次回憶，本身還在「明確地」排除西方現代主義系統中內在的政治性。布勒東〈第二次超現實主義宣言〉（1930 年）明確地宣示：「我們接受歷史唯物主義的原則……人們是無法玩弄這一類詞句的。」㉛臺灣現代主義論者在一九六〇年代的傳播、介紹過程中，當然會發現原本自己對其自動書寫等技巧的需求、推銷與想像，還真是「誤入敵營」。因此相對西方正文的「本意」，作為翻譯介紹者的現代主義論者自然必須有所因應，發展一系列國族屬性的再聲明以及理論的誤讀。例如洛夫在〈超現實主義與中國現代詩〉便表示：「我國的超現實風格的作品，並非在懂得法國超現實主義之後才那麼寫的，更不是在讀過布雷東的〈超現實主義宣言〉，或其他有關史蹟，傳記，以及法則以後才仿效而行的。」㉜這「中（我）國」版本的超現實主義「聲明」，消除社會現實的動能（特別是左翼的），也「淨化」了他過往對超現實主義本文的閱讀履歷。

因此，摘去了西方符號的冠帶，將西化界尺為對「現代化」的追蹤，以及對「中國體性」的聲明，本身就是一連帶的轉譯工程。

㉛ 見柳鳴九[編]《未來主義、超現實主義、魔幻現實主義》（臺北：淑馨出版社，1990 年），頁 292。

㉜ 洛夫《洛夫自選集》（臺北：黎明文化公司，1975 年），頁 263。

現代詩文體內部這樣的思索，很類似晚清五四對西學的集體吸收過程，內部發展出的「中體／西用」的理解模式。一九六〇年代現代主義傳播者將西方資源進行「現代化」，亦即將之移轉至器物技術面，成為單純提供創作方法技術的系統。這可說再次完成了對自身（中國）國族意識的交代，同時更強烈地說明了，現代主義詩人詩文本內主體所存在著的在地虛無感。他們流洩出與官方戒嚴體制語言有所差異的私語言，或許能為後續論者（包括他們自己）解讀出所可能存在的政治前衛效力，但在中國本位的立場上，國族與私己間並沒有難以逾越的裂痕。

總結前述兩點的分析，可以發現，若延續前述現代主義理論旅行的差異性視角，對一九六〇年代臺灣現代主義運動本身在主題書寫與方法論的發展進行檢視。可以發現，如同在書寫主題層次上，西方現代主義「對現代資本主義的剝削」移至臺灣則轉變對「政治戒嚴體制的箝制」的反映一般；在技巧論層次上，原本西方現代主義對「布爾喬亞庸俗文藝觀的反叛」，也與「官方單一化反共戰鬥文藝觀的反對」存在著相互替代的痕跡。意之所存，率見於辭章，只是在一九六〇年代中期後臺灣現代主義詩系統無論其所被矚目、批判的，還是內在書寫所發展的，都漸漸以「辭章」技術的可能性為主。而那政治封閉感受的「意」則日趨單薄，進而成為被消費的書寫目標。至於卡謬滾石神話強調勇於面對壓抑現代主體的「現實」情境，並以行動進行對抗的精神，則從未在臺灣現代詩場域中被強調，發揚出對「現實」官方政治體制的挑戰。

因此，一九六〇年代現代詩的現代主義計畫其複雜面向，是以對應政治禁忌中心發展出來的，卻也因之產生國族式的轉譯。其一九五〇年代政治備忘錄與一九六〇年代自我國族身份的再聲明，已重複為這波主義行動設下了界線，它是一個對文體內部單純（官方、五四、抒情等）的書寫技術不滿的運動，而不是一個社會改革運動。它排除西化，直取現代化申論，將「中國」的現代主義行動視為一（更新）文學書寫技巧論的現代化機制，因此它在「現實」中的前衛行動也僅止步於官方文藝，不可能向官方文藝背後的政治敘事進軍。所以其與西方所謂的現代精神間只是形容詞，而非名詞上的共鳴。在東西時空落差中，其所思索呈現的背對姿勢成為面對戒嚴政治現實情境的方式，那在詩文本中主體無意識的舉動，以及對公用語法的碎化、重組裝，只是自我在政治封閉世界裡對主體的悼念儀式。相對於布勒東，臺灣一九六〇年代的現代主義詩人仍不過是一哀憫自我主體為政治鐐銬的行吟人，本身並沒有社會改革行動力。

儘管如此，邊緣的現代詩文體內部確實在一九六〇年代形成一略可與官方文藝抗禮的場域機制。誠如張誦聖〈「文學體制」與現、當代中國／臺灣文學〉所言：「臺灣四九年以後文學體制受大環境影響有一些明顯印記：如早期現當代中國臺灣文學教學在教育體制裡突兀地缺席……。」㉝一九六〇年代在以中國古典為主的學院文學教育中，新文藝課程是否設置都顯得困窘，1972 年 3 月 10 日至 1973 年 3 月 2 日《中華日報》更爆發了大學是否應增設現代

㉝ 張誦聖《文學場域的變遷》（臺北市：聯合文學出版社，2001 年），頁 139-140。

文學系的論戰[34]，此亦可見現代詩在學院文學教育中的境況。是以在一九六〇年代現代詩在學位文學教育中仍未被正式化、學科化，主要是在校內社團演講、文學欣賞課程中偶見其蹤。因此儘管當時已有所謂的學院詩人（如余光中）在學院任教，但整體來說，現代詩的運動力及場域機制主要還是自社會傳播媒體系統中逐步構建起來的。

從本章前節對副刊版面分析可知，在紙媒傳播極端強勢的一九六〇年代，由於大報副刊並不頻繁刊登高度藝術性作品，主要以文化簡論、散文、小說為主，現代詩幾乎無版面空間。因此肩負現代詩推廣任務的，還是以文學雜誌與詩刊為主。其中又以專門性的詩社詩刊最具累積、傳播現代詩資源的效力，一九六〇年代《創世紀》、《藍星》與《笠》的詩刊發展幾乎濃縮了此段時間臺灣現代詩典律系統成形與演變。

除了如張默等堅守詩刊編輯崗位外，前行代詩人如瘂弦、羊令野等，在一九六〇年代末至一九九〇年代，也分別在官方（黨、軍）的文藝刊物（如《幼獅文藝》、《青年戰士報》），進而於社會公眾傳播媒體（如《聯合報副刊》、《國語日報》）任職。在文藝刊物與詩刊擁有主導權與編輯權的現代詩人，使現代詩的創作、介紹、評論等文本逐步豐繁，助長了現代詩的社會傳播。此外，他們不只自官方民間傳播體系中謀獲資源，同時也與相關出版系統

---

[34] 此一論戰由《中華日報》1972 年 3 月 10-11 日趙友培〈我國大學文學教育的前途〉一文而起，一系列論戰文字收於中華日報[編]《大學文學教育論戰集》。

（如創世紀與大業書店）發展緊密的合作關係，出版一系列現代詩集與詩選。而在詩人、詩社間的詩學與書寫競爭外，其實也可看見詩社間彼此結盟、協力的現象。

由此可見，一九六〇年代現代詩場域內部已逐步發展出創作、評論、教學、歷史敘述等機制。不過，也由於現代詩初期邊緣、前衛的姿態，使得現代主義詩人往往必須一身包辦「詩作者－詩出版者㉟－詩編者－詩讀者－詩評價」工作，這也是一九五〇、六〇年代現代詩發展的特殊現象之一。

附圖 07：《詩與木刻》雜誌書影

㉟ 當時個人著作都必須掛有出版社名，因此許多詩社如創世紀、笠、藍星除出版社內詩人詩集外，也曾為許多詩人詩集掛名「背書」。

在一九六〇年代中期後體制完整，而最能旁證展現此現代詩場域系統的效能的，無疑是跨場域地與其他現代文體、藝術間的翼助合作關係。例如 1961 年 7 月 15 日創刊的《詩・散文・木刻季刊》便標明他們「撒詩如滿天星斗」、「有散文如明月」、「刻生命入畫，給古老的木刻藝術注入現代精神質素」㊱的三個希望，其中為傳統藝術灌注現代精神一句說明了不只現代詩場域，幾乎各藝術（音樂、繪畫）場域都是在前述「現代－自由－存在」主義的大結構下追求「現代化」。因此，在其他現代藝術場域也幾乎都複拓了一次「現代詩論戰」——必須面對保守、學院藝術論者的批判，探討現代與傳統、隱晦與明朗、技巧與內容的論題。

其中最具代表性的莫過於現代畫的爭議，黃朝湖在〈中國現代繪畫運動的回顧與展望〉便描述到：「保守派及學院派人士，更是大肆抨擊，指為離經叛道、怪誕不經、亂畫亂搞，此時幸有藍星、筆匯、文星等報章雜誌及詩人楚戈、商禽、辛鬱、羅門、紀弦撰文聲援，才得以壓制保守派的叫嚷。」㊲這段往日記實，說明現代詩人如何跨場域地為現代畫發展提供了策應，現代詩與現代畫儘管運用的創作媒介不同，但是他們彼此的繪畫與文字共用了一種「現代」語言㊳，這理念上的共鳴與跨領域合作㊴，強化了一九六〇年

㊱ 引自《詩・散文・木刻季刊》創刊號（1961.7.15），頁 6。

㊲ 見臺北市立美術館[編]《中國現代繪畫回顧展》（臺北：臺北市立美術館，1986 年），頁 11。

㊳ 相反地，也共享了保守、學院文學藝術論者們的批判用語，如晦澀、怪誕、無意義。

代「現代」本身「主義行動」內在的伙伴關係。

劉紀蕙〈超現實的視覺翻譯〉亦言：「在二十世紀上半期文學與畫風皆採保守寫實路數的中國與臺灣藝文界中，畫界的李仲生與詩壇的紀弦借用西方的超現實風格，皆是以此文化／藝術『他者』為棧道，暗渡當時政治高壓時期被社會潛藏壓抑的革新企圖。」㊵點出現代詩與現代畫各自以文字聲音、顏料媒材形成了的現代語言，其製造的前衛叛逆感本身可以交相翻譯，擁有共同尋求突破被政治單面化的語意，但也必須指出的是，臺灣現代主義雖具有轉嫁社會文化解放感的語言效力，但這解放企圖所付諸的行動並不超越於文本理論，特別是方法論之外。即使現代畫與現代詩彼此交互推動，但也沒有突破一九六〇年代「臺灣」現代主義以背對、隱語方式面對、陳述自我「現代」現實的「格局」。

即便如此，時代侷限下的現代詩人所開展極其巧變的語言技術，卻是現代詩文體發展之必要歷程。筆者以為，如果沒有詩人確實挑戰詩語言各種彈性、音樂性的可能，測度語言內在歧異（義）的效力，就不能理解這被單一化語言㊶陳述的世界，內在本身所交錯的真實與弔詭的意義游移。詩人由於刺探了詩語言變化的極致，

㊴ 同時現代畫與現代詩人之間私誼亦篤，在臺北時相交遊，季季於《印刻》第 26 期（2005.10）〈大盆吃肉飯碗喝酒的時代：追憶一個劫後餘生的故事〉依自己的親身經歷，用散文細膩筆觸描述了現代畫家與現代詩人們之間的生活互動，可資參照。

㊵ 劉紀蕙《孤兒・女神・負面書寫一文化符號的徵狀式閱讀》（臺北：立緒文化，2000 年），頁 264。

㊶ 此最具代表性的案例便是官方營造的國族歷史敘事。

才能凝塑出詩語言內最高層次的內容與技巧平衡感。

確定了我們對一九六〇年代現代主義詩語言的觀點後，後續筆者則將企圖嘗試進行現代畫與現代詩的比較討論。一方面探索一九六〇年代以現代主義為知識核心的現代詩文本其內在的語言方法論與修辭思考，另一方面則有助於我們客觀地理解、評斷一九九〇年代現代詩論戰以及戰後第一世代詩人群（以下簡稱戰後一世詩人）對一九六〇年代現代詩的批判論見。

統合一九五〇年代末與一九六〇年代的現代詩與現代畫進行檢視，筆者以為現代詩社的紀弦〈阿富羅底之死〉、藍星詩社的覃子豪〈髮〉，與五月畫會的許武勇「迪化街 1」、東方畫會的霍剛「舊夢」最能交錯顯示出這段時區的臺灣式現代主義文本，其內在對彼岸西方與此在中國（臺灣）㊷，對與此在的「現代」間的翻譯、應用與創作，所涉及的修辭技巧與意識。

㊷ 在此將臺灣打上括號，意在表現：(1)一九六〇年代對臺灣此一名詞的使用禁忌，(2)相關作家對臺灣潛意識、遮掩性的表現。

附圖 08：五月畫會許武勇「迪化街 1」（1965）

附圖 09：東方畫會霍剛「舊夢」（1962）

同樣是上下水平的 V（或 W）的構圖，許武勇「迪化街 1」與霍剛「舊夢」明顯呈現立體異化與模糊異化兩種差別。然而，這兩個看似衝突的畫法，實則同歸於現代主義的創作概念，正可成為我們理解紀弦與覃子豪這兩位曾發生論戰的詩人其〈阿富羅底之死〉、〈髮〉兩詩的方式。

許武勇繪於 1965 年「迪化街 1」，以畢卡索立體派畫法呈現了他一九六〇年代迪化街視覺經驗。在這有別透視法的「另一種」理性觀看中，畫家在迪化街各方形建築結構，創造了各物件的三元視角。亦即在二元平面的輪廓內部，將原本透視法不可見的另一面抽離出來，再拼組結合進去，因此畫作中迪化街的建築成為方塊稜鏡。這為立體派理性構建的迪化街，其畫面夾帶著大量攻擊性的折曲稜角，呈現了冷竣異化的城市感。這種混雜理性、破壞、重組的立體派畫法，點出我們所習慣接受的近者大遠者小邏輯的透視畫法看似「準確」，其實以觀畫者、畫者的視角為向度抽離組裝出的物像秩序。這個抽離、破壞的立體派繪畫語言，也可在紀弦的現代詩作中看見，紀弦對立體派藝術的接受史，可遠紹自其 1936 年春東渡日本的旅程。紀弦自言是時他在日本：「直接間接地接觸（到）世界詩壇與新興繪畫，這使我眼界大開，於是大畫特畫立體與構成派的油畫，也寫了不少超現實的詩。」㊸紀弦最能呈現立體派抽離、重組修辭語言的，便過於其〈阿富羅底之死〉一詩。在該詩，紀弦如此寫到：

把希臘女神 Aphrodite 塞進一具殺牛機器裡去

　　切成
　　塊狀

把那些「美」的要素
抽出來
製成標本；然後

㊸　紀弦〈三十年代的路易士〉，引見《聯合報副刊》（1993.8.28-29）。

一小瓶
一小瓶

分門別類地陳列在古物博覽會裡，以供民眾觀賞
並且受一種教育

這就是二十世紀：我們的

——1957

熟識紀弦詩作的論者必然知道，紀弦詩中往往呈現狂飆、睥睨、巨大、叛逆調性的主體形象，如狼、檳榔樹、摘星少年、塔等，因此他的詩作往往帶有雄性的、激烈的悲劇語調。因此相較之下，這首也往往被視為紀弦代表作的〈阿富羅底之死〉，本身的語言就顯得異常冷靜。詩人不帶感情地描述了希臘女神 Aphrodite 的現代死刑[44]——代表希臘女神的 Aphrodite，在現代，也會被丟進殺牛機器，被切割成易於整理、囤積的塊狀。「切成／　　塊狀」、「一小瓶／　　　　　　一小瓶」善用中國文字形式特性，製造出方塊結構，本身是圖像詩的技法。不過此一象形卻又是極具諷刺意味的「抽象」，亦即他模擬的是被宰殺後方形、規格化的美。而全詩真正具備立體派修辭概念的，還在那抽離「美」又將

[44] 紀弦〈未完成的傑作〉詩中「而劃破妳『神秘的微笑』的／是一把狂人的小刀。」對蒙娜麗沙畫像的破壞姿態，則又復見其典型形象。不過必須指出的是，〈未完成的傑作〉與〈阿富羅底之死〉的主題並不相同。

之「製成」方塊瓶子的語意。

值得注意的是，詩文本兩段宰殺 Aphrodite、抽離美的死亡儀式中，都是沒有主詞的。一旦將之問題化為：「是誰」「把希臘女神 Aphrodite 塞進一具殺牛機器裡去」？「是誰」「把那些『美』的要素抽出來」？便使詩文本中那「殺牛機器」，以及強調便利感、規格化的方塊，本身所隱射資本主義予以彰顯。詩人對主詞的隱遁，本身或者就在暗示那看不見卻無所不在的資本主義，對個體的宰制、控制的暴力性。全詩末尾「這就是二十世紀：我們的」這將原本「這就是我們的二十世紀」調動語序的修辭方式，更為全詩形塑了冷靜定止的語感色澤。〈阿富羅底之死〉呈現主體的質素化、抽離、重組的動作，除說明了紀弦詩作本身所帶有的立體派思維，更呈現了紀弦對二十世紀資本主義現代性的理解，以及在連神都可以撲殺、規格化的時代裡，主體本身所存在的悲劇性。

筆者以為，紀弦〈阿富羅底之死〉一詩的確是在「二十世紀」才可能被寫出來的詩，該詩並不是透過單純羅列西方摩登名詞來完成他的現代感，而是透過背後那對西方資本主義現代性的批判結構。但一如筆者本章前節所述，此時臺北仍處於漸現代化的歷程，紀弦〈阿富羅底之死〉本身的意義結構或許是詩人自「西方」現代存在焦慮的觀察構成，但卻未必能直指、解釋「自我」二十世紀的困境。因此這詩中的「我們」，到了一九九〇年代現代詩論戰便成為一個無法被唐文標、關傑明等論者參與的群體指稱代名詞。

不能否認，臺北城市漸趨現代的空間確實便於提供那樣的技巧發展背景。當時一九六〇年代許武勇自路竹搬至臺北，臺北漸漸現代化的情境提供了鄉村難見的城市建築㊺，也使得立體派藝術概念有了落實的對象。㊻只是考察許武勇「迪化街 2」、「迪化街 3」等系列作立體派色彩逐漸寡淡的趨勢看來，現代主義藝術家們顯然已對西方技法所呈現的現代臺北城市與自我經驗的臺北城市有了反省。因此，當現代詩人紀弦在〈阿富羅底之死〉中，示範了如何以知性、理性語言成就一首現代的詩的同時，現代畫家許武勇則漸漸離開了曾在自己筆下座落過的「西化」迪化街。

霍剛雖自一九五〇年代末起便開始研究「超現實主義」，但整體說來其現代畫作的調性還是偏向於象徵主義，誠如曾長生所言：「早期的此類作品僅能稱之為類超現實主義者，像前輩及中壯輩的超現實作品，大多充滿了情感暗示力的經驗，較具有象徵主義的特徵」㊼這點出了：⑴超現實與象徵主義彼此在修辭語言上的互通性，以及⑵臺灣初期現代藝術，同時也包括現代詩本身在一九六〇年代發展初期，就存在著對各種主義進行雜揉應用的創作現象。

此時現代畫、現代詩繁複地運用象徵、暗示的方式經營感官意象，因此作者文本看似脫手定稿，實則往往依賴讀者參與才得以完成。這連帶使單一作品擁有不同的解讀版本，霍剛的「舊夢」便是這樣的作品。「舊夢」以油畫筆和畫刀塗括，以黑、灰色此相近的顏色作為主調，使全畫表面看來帶有中國水墨寫意畫的特質，但抽

㊺ 蘇建宏《許武勇繪畫藝術之研究》（屏東：國立屏東師範學院視覺藝術教育學系碩士論文，2005 年 6 月），頁 45。

㊻ 至於瘂弦〈溫柔之必要〉末尾「觀音在遠遠的山上／罌粟在罌粟的田裡」也安插了對臺北空間的隱喻。

㊼ 曾長生《超現實主義藝術》（臺北：藝術家出版社，2000 年），頁 17。

象之中卻又另有殘蝕斑剝的層次立體感。

細看這在中西繪畫間擺盪的霍剛「舊夢」，其內在結構與曲線，所圖繪的應為一片山水。畫家透過模糊變形的繪畫語言，圖景自我朦朧的山水「舊夢」，亦即他已無法準確經驗的大陸故土，因此在象徵技法中這見與不見，似與南宋繪畫馬遠夏圭的一角半山有意義共鳴的結構。被模糊的山水，詭譎似霧，使觀畫人對其投注各自的想像與詮釋，例如：圖中那最深的，隱約自成焦點黑色區塊，透過畫刀蝕刻彷彿一群於山水中踽行的旅人。而觸撫象徵詩的讀詩人又何嘗不是？陳紹鵬在〈英美近代詩的淵源〉中整理布林寧（J.M. Brinnin）對法國象徵詩三種傾向，曾指出純技巧傾向部分的特色在於：

> 專門以詭奇的謎樣的表現法，暗示美的意象。可以拿馬拉美（Mallarme）和梵來希（P.A. Valery）為代表。其中尤以馬拉美善於運用省略辭句，不尋常的句法，與濃縮的比喻。他的詩往往在一個中心比喻以外另有若干附屬比喻，讓人讀起來，如墜五里霧中。㊽

這點出象徵主義詩語言本身兩個重要的修辭方式：⑴結合複數感官方式對比喻進行濃縮，⑵以省略、交錯方式組合、經營複數比喻（包括中心比喻與附屬比喻）的關係。時間性的語序藉此表現出空間性繪圖的模糊感，此半隱半顯的象徵特性，正是筆帶馬拉美象

㊽　陳紹鵬《詩的欣賞》（臺北：遠景出版社，1976 年），頁 196-197。

徵主義調性的覃子豪其詩作之風格。且看覃子豪在〈髮〉如此寫到：

（前略）
投在牆壁上的是我破碎的影子
我看出是一個流浪於二十世紀的
荷蘭飛行人現代的憂鬱的面像
他將焚去舟楫
葬於你密髮的靜謐之中
同快樂的精靈們
聽你心跳的聲音預示一個死亡的吉兆

——1962

在覃子豪與紀弦交錯論戰之際，於當時的《復興文藝》中卻可以看到覃子豪對現代詩「橫的」追蹤。覃子豪其對西方梵樂希（Paul Valery）、魏崙（Paul Verlaine）等象徵主義詩人的翻譯介紹㊾，便已看到其與紀弦之間，在對現代的表現「路數」上確乎庭徑有別。覃子豪對象徵主義詩人的翻譯，不只表達了他在閱讀上認同，也在筆下成就開發了自己對二十世紀的象徵。「我看出」無疑是是全詩詩意以及象徵修辭的引動點，這個「主詞＋動詞」具有隱

㊾ 可參見《復興文藝》第 2 期（1957.1.1）、第 4 期（1957.3.1），又第 3 期亦翻譯了「匈牙利最偉大的愛國詩人」斐多非的詩作，此自也與臺灣一九五〇年代氣氛有所呼應。

喻句法中那喻詞效力，上接「投在牆上……」，更重要的是，下啟「荷蘭飛行人……」。就象徵修辭的策略來說，牆上碎影是對中心比喻，本身象徵了邊緣主體的拘禁感與破碎感，他本身是亟待細看、想像的模糊圖像，而被轉化、外延出的荷蘭飛行人則是附屬比喻。從「我看出」（喻詞）所接的前後句子，很自然可以看到牆壁這扛負詩人影子的載體本身的隔絕意象，與荷蘭飛行人所擁有的自由天空間，那對比所展現出詩人的幽閉焦慮與自由渴望。

然而，也必須指出的是，詩人在「我看出」以下所開展的詩句走向，並不在解釋為詩中「幽室牆壁」象徵的一九六〇年代臺灣中，是因為什麼歷史時代的光線（源），使詩人自己的影子「碎裂」了？因此，可以說〈髮〉本身的可讀性，並不在於他對歷史的解釋力，而是對自我歷史感覺的表現力。顧影的詩人，也不在縫補自己彷彿被釘在牆上的碎影，而是企圖透過象徵技巧，為自己的影子，甚至是自己，提供一次解放。

詩人製造或尋找事物對感情的暗示，開散其各種感官據點，進而發散語言，進行意象的連攜。牆上破碎之影，亦如畫中朦朧之象，詩人同是觀畫人，調整了自己的焦點，以自身具象徵效力之眼，將自身模糊碎影拼組（異化）為異國他者。詩人將自己的影子看成荷蘭飛行員，彷彿也擁有飛行的可能，這帶想像象徵效力的錯看，無疑為自己提供了一次精神上的遠行。

但值得注意的是，荷蘭飛行員所擁有的兩個形容詞：「現代的」、「憂鬱的」。這樣形容詞的組裝用法，雖帶有浪漫的口吻，但這將「現代」由名詞轉形容詞的應用，也暗示了詩人內在是將「現代感」與「憂鬱感」交互等同的。因此，憂鬱感也正是他對現代「二十世紀」的感覺。

詩人的憂鬱也表現在自我影子與對他者想像間，彼此無法疊合的事實上。因此在詩意內在的語脈中，這譬喻影子的隱喻物，終歸只能被「埋葬」在與自我影子相同闃黑色澤的密髮之間。「我看出」之後的詩意旅程，是浪漫的他者朝向不可能實體化的他者間的語言流動，由抽象之影中構成而復歸於無的荷蘭飛行人，陳述了詩人對自由渴望以及所感覺到自身獲得自由的不可能。因此，此文本，或者說此文本中的幽室，這由精神想像作業揉合出的他者，其所隱藏的他（遠）方行動力乃至所象徵的自由，只是詩人在生理上必然走向死亡的旅次時間裡，以及此在被侷限的居所空間㊿中，一個用以撫慰自身傷痕的時空。

總結上面的分析，可發現紀弦與覃子豪，以理性知性語言及語意結構表達現代化對主體的異化、破壞，以重疊譬喻、碎散語法調散模糊語言焦點。儘管他們在一九五〇、六〇年代各自追蹤的「西方」二十世紀感覺，無法解釋自己在政治上的根本困境，但在對現代（二十世紀）的陳述方式展現的文字風格，卻描摹出了自我當時本身複雜、混亂的歷史狀態。極端的立體、模糊概念各自形就冷靜、感傷的語調，完成了自我對二十世紀的理解，表現了自我「現代」心理的焦慮樣貌。

檢視此時詩人們對於現代技巧內在的主義意欲與意識，與其說是要以新技法製造現代新感覺，不如說是要以新技法表達自我的政

㊿ 洛夫《石室之死亡》本身也帶有侷限空間的意味，但相較覃子豪的浪漫感傷，則顯得極端地暴力憤恨，呈現了另一座不同的「現代」空間感。

治封閉感。因此，紀弦、覃子豪等一九六〇年代嚴肅現代主義詩人的代表作一再破壞文法：或以極端理性的立體概念呈現自我為現代資本主義壓制、切割、物化的狀態，或以模糊抽象的象徵隱遁自我對遠方的想像與追求等等技巧，無不都是在嘗試開發出對各種物像的新聯想。這些製造、推衍歧義可能性的語言，凸顯了現代主義詩修辭本身，與科學語言迥異的邏輯性，以及古典詩乃至一九二〇年代五四嘗試期的新詩美學性格——破壞實像秩序的修辭所創造的技巧可能，不只能提供戲謔感，更能分別提供反映內心躁動與受創經驗的理性與象徵語言。一九六〇年代現代主義系統這樣的修辭概念，為臺灣現代詩文體史提供一個專注於發明自我，亦即「臺灣式現代」之語言工藝與技巧論的必要時間。

二、文體之敝／斃：一九七〇年代初現代詩論戰的後中國經驗分析

自動書寫向為臺灣現代詩超現實主義論者所標榜的修辭技術，藉以明確標誌其創作體系內創作方法論，但在西方超現實主義的臺灣理論轉譯旅程中，另一重要的超越理性束縛之修辭方法「精緻的屍體」卻遺失其身影。「精緻的屍體」源自法國兒童文字遊戲，這個語言遊戲是這樣的：參與遊戲者至少三人以上，第一個人在紙片上寫一個名詞折好不讓人看見，第二個人接著另一張紙片上填上形容詞折好，第三個人則同前兩人一樣在紙片上填上動詞折好。依此類推，最後大家依序打開紙張，唸出這組裝出的句子。這通過遊戲機

制所隨機產生的語言，是透過理性的程序所產生非理性的結果。[51] 此一隨機組裝構成的句子本身就是一具精緻的語言屍體，這不可能會在合文法的日常中組裝出的詞物，具有令人愉悅、發噱的語感與形式。

精緻的語言屍體放置在現實世界[52]，確實成為一異胎怪種，其存在本身或許就在完成一次對秩序意義的諷刺。就此看來，精緻的屍體或與前述現代主義詩人們的創作動機相似，實則不然。自動書寫強調對潛意識主體存在性並不相同，比較偏近於遊戲概念。將書寫本身視為可諷刺、嘲弄的遊戲，這仿似逼近了後現代書寫的概念，但對一九六〇年代現代主義詩人來說，卻並不是一個可接受的觀念。儘管他們在一九六〇年代如何擁有著前衛、叛逆的面貌，但在本質上他們仍是維持著書寫引領救贖、自由的信念。

因此，我們也可以說，臺灣一九六〇年代的現代主義其一系列共鳴、暗示感覺的修辭方式，是異質書寫，不是反書寫。布勒東〈第一次超現實主義宣言〉所指：

> 超現實主義的書面文章，或曰初稿，亦即定稿。……落筆要迅疾而不必有先入為主的題材；要迅疾到記不住前文的程度，並使你自己不致產生重讀前文的念頭。第一個句子會自動地到來，這是千真萬確的，以致於每秒鐘都會有一個迥然不同於我們有意識的思想的句子，它唯一的要求便是脫穎而

---

[51] 曾長生《超現實主義藝術》（臺北：藝術家出版社，2000 年），頁 42。

[52] 注意，並不是指理想、完美的世界。

出。……如果寫出了一個你覺得來源不甚清楚的字，那麼就隨便加上一個字母，例如 l，就是 l 罷，即以它作為下一字的頭一個字母，這樣你就恢復了隨心所欲的狀態。[53]

參照臺灣現代詩人（如洛夫等）所崇尚意象、修辭重複經營的詩論（觀）看來，恐怕還沒有詩人真正依此進行詩作的自動生產。由於夾帶著詩人們另有所圖的書寫意識，因此現代主義在「臺灣化」的應用、實踐過程中，總涉入了複雜的辭章修飾經營，其在實際創作中「不自動」的、刻意的後續作業顯然成分更濃。

外在辭章其巧變易為，內在情志其糾結卻難理，根本上，一九六〇年代臺灣現代主義詩人由於並沒有卡謬的主體超越意識，也沒有布勒東的左翼思考，被「現代」隱喻的戒嚴政治困境其現實性既無法被理解、被挑戰，遂使得其詩文本主體無意識的行動、情境不斷沈溺於晦暗色澤之中。而群體對現代詩文體的發展，也只能聚焦在（或徒務於）現代技巧論的開發，尋找語法各種隨機性的破壞、重組可能公式。因此，弔詭的是，精緻屍體這在一九六〇年代現代主義方法論史不被傳播的創作方法論，卻成為了一九七〇年代現代詩論戰的批判用語。唐文標〈僵斃的現代詩〉提供了他對一九六〇年代現代詩文體那華麗屍身的觀察：

在歐美、在中國今日詩還一樣地為少數人迷戀。有些是遺老

---

[53] 柳鳴九［編］《未來主義・超現實主義・魔幻現實主義》（臺北：淑馨出版社，1990 年），頁 258-259。

遺少他們吸毒似的囚困在自己和文字之中，繞著自己的尾巴儘自打轉。……今日的新詩已遺毒太多了它傳染到文學的各形式甚至將臭氣閉塞了青年作家的毛孔；我們一定要戳破其偽善的面目，宣稱它的死亡，而希望中國年輕一代的作家，能踏過其屍體前進。(54)

對於現代詩文體，唐文標誇稱其「斃」，看似要終結現代詩，實則意在細點其「弊」，為當時的「年輕一代」，亦即戰後第一世代，尋找現代詩的新可能。唐文標為文體之死的驚世語，考究其立言年代，不如說是為一九七〇年代初緊迫世局所驚而復得斯語。彼時現代主義詩人藉以確證自身存在的語法創造活動，在唐文標的國族視境看來，無非只是對精緻、瑣碎詞物的雕琢迷戀。唐文標另一〈詩的沒落〉其文脈發展大抵緣就〈殭斃的現代詩〉，據其附記稱該文乃是 1970 年於美國加州完成的，而後適逢葉珊主編《現代文學》「現代詩回顧」專號向其邀稿，便投給葉珊，儘管「葉珊曾來信說是到得最早的稿件。可是，此後便石沈大海……事後亦不向我交代不刊出的『理由』」(55)這段文本背後的故事，這個數學教授得不到的文學答案，呈現了一九六〇年代末、一九七〇年代初的《幼獅文藝》第 186 期（1969.9）「詩專號」、《現代文學》第 46 期（1972.3）「現代詩回顧專號」、《中外文學》第 25 期（1974.6）

(54) 引見《中外文學》第 2 卷第 3 期（1973.8），頁 20。

(55) 見趙知悌[編]《文學休走——現代文學的考察》（臺北：遠景出版社，1976 年），頁 89。

「詩專號」在進行現代詩史的製作與發明時，本身所涉及的文體知識淘汰問題。

洛夫在《幼獅文藝》第 186 期（1969.9）「詩專號」所發表之〈超現實主義和中國現代詩〉曾言：「凡細心研讀近年來我國現代詩的創作及其理論的人，都會發現一個事實，即若干重要詩人的作品幾乎都有超現實主義的傾向。」(56)這般將現代詩現代主義路線進行超現實主義的聚焦，本身就有排除覃子豪所代表的馬拉美式象徵主義系統。事實上，洛夫此論文對詩史傾向的「發現」，又未嘗不是對創世紀詩社（張默、洛夫、瘂弦合編）以「超現實主義」為編選觀的《七十年代詩選》進行一次再解釋。由創世紀詩社編選製作的詩選提供（製作）了詩史事實，復由洛夫以詩史評論「發現」，再由瘂弦負責的《幼獅文藝》提供對此版本詩史的傳播，這立體化的作業，鞏固了一個詩美學典律對詩史的介入效力。

相較之下，葉珊的詩史製作，便有意識地為現代詩史本身留下差異化版本，在其所主編之《現代文學》第 46 期（1972.3）「現代詩回顧專號」時曾說：

> 我們同意二十年或許便是文學史上的一個「時期」。基於這種認識，回顧過去二十年現代詩發展的路向，難免看到些自然順遂的水流，也看到些扭曲刻意的斧鑿。此時此地，集各家之言，懇切反顧，檢討批判，便是我們出版此一專號的目

(56)　《幼獅文藝》第 186 期（1969.9）「詩專號」，頁 173。

的。[57]

在葉珊此一「現代詩回顧專號」的詩史製作其構成的方式，隱存以「詩社」為陳述單位的概念，因此除邀藍星、創世紀詩人（余光中、張默）回顧各社團史外，其亦自撰〈關於紀弦的現代詩社與現代派〉，另則有星座詩社整理之〈自由中國詩集目錄彙集〉，至於笠詩社部分之評介則因撰稿人不及交稿，故葉珊在肯定「（按：一九六〇年代詩社）其中最有主張的是『笠』」[58]，而「『笠』詩社資料之闕如，最使我耿耿於懷……」[59]可以說，透過並列各家詩社對其社團史的回顧，間接展現各詩社版本對戰後二十年來詩史與詩學議題的看法，是葉珊存詩史之異的第一種方式[60]。

第二種存異方式，則是明確地在詩史敘事中「保存」一個反調、批判的空間，葉珊言：「除敦請各詩社自為解說以外，並選刊一位文學教授的『反調』文章。撰稿者學識淵博，文名亦盛，一向鼓舞新文學的創作……由他反串魔鬼，以精誠的批評精神『攻擊』現代詩，正好可以做為一般詩人反覆思維的憑藉……」[61]此文學教授的文章即顏元叔〈對於中國現代詩的幾點淺見〉，從該文點出一九六〇年代臺灣在機械形式，不能連接的意象、假文言白話等問

---

[57] 《現代文學》第 46 期「現代詩回顧專號」（1972.3），頁 8。

[58] 《現代文學》第 46 期「現代詩回顧專號」（1972.3），頁 6。

[59] 《現代文學》第 46 期「現代詩回顧專號」（1972.3），頁 9。

[60] 同時也間接突顯了重要詩社經營與彼此詩學關係，是葉珊觀察臺灣一九五〇、六〇年代現代詩史的重要焦點。

[61] 《現代文學》第 46 期「現代詩回顧專號」（1972.3），頁 9。

題，確已善盡此現代詩回顧專號中批評現代詩文體的友直之責。事實上，在楊牧原初編輯計畫中，並不具有這任務的余光中〈第十七個誕辰〉一文，亦有：「現代詩的病情，十年來並無減輕的徵象。」[62]之語。可見在「現代詩回顧專號」此一編輯計畫中，所自然發生的詩史編成、建構現代詩文體經典性的效應中，葉珊是有所意會的，所安排的反面文字，乃在一九五〇、六〇年代現代詩史中留下史鑑針砭，以利現代詩文體未來的發展。

總此看來，葉珊主導的「現代詩回顧專號」本身就具備了陳述現代詩文體本身詩學病理的機制。排除掉外部編輯作業原因（刊期頁數限制、印刷廠排版遺失等），以及不符合原本以詩社為單位的詩史書寫方式等原因。唐文標的〈僵斃的現代詩〉所以無法為「現代詩回顧專號」此一機制所能承載，最大的問題顯然還在於他對現代詩體質與現象的「屍體」、「沒落」定義，本身並不符合建構詩史連續性的語法。亦即：此一「回顧」一九五〇、六〇年代現代詩的編輯計畫，本身就存在著建構現代詩知識系譜的儀式性能，他是在透過「反覆述說」現代詩的「時間連續性」來確定現代詩的「傳統」。「現代詩回顧專號」對差異、異質性文字的留存機制，已是這製作現代詩史及其傳統（榮耀）感的最大底線。而唐文標文體之死的宣示，以及「過度」、「悲憤」地折射現代詩文體知識系譜的異質的文字，本身就是一反儀式性的語言。

暫且不論唐文標後來在《文季》與《龍族評論專號》中，如何將此飽富國族焦慮的反儀式語言，引導入對現代詩文體現實性的述

---

[62]　《現代文學》第46期「現代詩回顧專號」（1972.3），頁18。

說。以及先放下一九六〇年代以現代主義為主體知識現代詩文體，如何在文化場與文學傳播場域與《文星》、《文學雜誌》、《筆匯》、《現代文學》、《幼獅》等刊物媒體交錯助長出對西方現代的主義行動，連帶強化現代詩在學院外本身的正確性。回歸到最本質的詩文本來檢視，紀弦、瘂弦、商禽，乃至於為論者容易忽略的黃荷生等，都已在這段時間完成他們大部分的代表作，其中余光中大抵完成了「迴繞音感（新月派）、孺慕中國、現代情緒這三個他詩作中永恆輪轉的軸心」[63]，洛夫亦在《外外集》確定了「接繼中國古典傳統的關鍵性轉變」[64]，整個來說，一九六〇年代末是臺灣前行代詩人們風格底型的完成期，是足以在一九六〇年代末、一九七〇年初啟動一次莊嚴的詩史回眸。

一九六〇年代中臺灣在美援後政經結構趨於穩定之際，卻在一九六〇年代末突然遭逢釣魚臺事變、退出聯合國等事件的衝擊。唐文標的國族視境介入、破壞這就要寫就定型的詩史回顧，可說在國體與文體史中弔詭地完成一次歷史呼應，這也暗示了現代主義在臺灣的轉譯，已顯露出轉型或變形的徵兆。當然，回到本論文對一九七〇年代現代詩史的研究基本面，這國族式的觀看，確實引動我們對當時「正在發展中」的詩史表述系統所未申明之文學社會學的事實，進行一次觀察。張良澤在〈現代詩與大學生 之一〉中曾這樣寫到：

---

[63] 解昆樺《青春構詩：七〇年代新興詩社與戰後一世詩人的詩學建構策略》（苗栗：苗栗縣文化局，2007年），頁632。

[64] 解昆樺《青春構詩：七〇年代新興詩社與戰後一世詩人的詩學建構策略》，頁620。

> 最近由於幾個詩刊內及文藝刊物連接出版詩論專號或詩專集，似乎有意檢討二十年來現代詩成長的過程與今後發展的趨勢，我便想起和現代詩同年齡的現代大學生到底接受了多少現代詩，現代詩又對他們的文學興趣影響了多少？於是，在成大中文系三年級的文藝欣賞課程上，做了一次試驗。[65]

在這次現代詩的隨堂測驗最後，張良澤歸納出「現代大學生」對現代詩所抱持的「狂熱派」、「讚賞派」、「虛榮派」、「排斥派」、「可有可無派」這五種態度，其中虛榮派的特徵是「深知現代詩為現代人的產物，為標榜自己是現代人，手中常拿現代詩集一冊……不屑參加狂熱派同學所舉辦之活動，但有校外名牌的詩人蒞校演講，則必前後鑽仰。」[66]這種細分，或許不能反映整個社會大眾對現代的態度，但其高等知識階層讀者視角對一九六〇年代現代主義，與張誦聖從作者視角所觀察到的「臺灣的現代主義運動在某些方面強烈地反映出西方現代主義的另一特色：菁英式的美學觀念。」[67]立體呈現了一九六〇年代現代主義的「高階級性」的現象，特別是在一九六〇年代中期後現代詩已製成「版型」的語言與所謂的「名牌」詩人，可以進行一種符號上的複製、消費，現代在此跟摩登時尚的概念漸趨結合。

筆者以為，必須變更的詩語言技巧只是書寫策略的一部分，它

---

[65] 見《大學雜誌》第 81 期（1975.9），頁 52。

[66] 見《大學雜誌》第 81 期（1975.9），頁 53。

[67] 張誦聖《文學場域的變遷》（臺北市：聯合文學出版社，2001 年），頁 8。

需要現實體驗的持續擴增、制約，或者說彼此拉扯，方能彰顯出詩藝術性張力。如果說一九六〇年代的現代主義詩語是要打破官方中心話語慣性的話，那麼，從其被消費的狀況看來，也不能否認在一九六〇年代中末期他自己形成了一種在技巧模式上的「慣性」，在現實陳述上的疲乏。

就本章前節之分析可知，一九六〇年代現代詩本身就是書寫主體對應（置處）於戒嚴時期政治、文化、文學場域，建構出的詩語言狀態。被轉譯的現代主義擁有戰後二十年此一時區中，書寫主體對時代感受的象徵、表現與解釋效力。彼時以現代主義作為精神軸心的文體本身（包括創作、評論）便是 1949 年後至一九六〇年末在冷戰結構中，交錯在西方現代主義的吸收與政治備忘錄、政治再聲明的後中國語言經驗[68]產物。誠如陳建忠〈尋找臺灣詩的航向——試論戰後多次現代詩論戰的時代意義〉：

> 以追求現代性（以洛夫的超現實主義為代表）與中國性（以余光中的新古典主義為代表）為主導的五、六〇年代的自由中國現代詩，這兩種路線其實是並行不悖的，一個是追求西方式的超現實主義而缺乏民族性，一個則是追尋中國傳統的聲韻、意象而缺乏正視臺灣現實的視角，它們所遺留的問題要到七〇年代之後才得到清理。[69]

[68] 也可以說，臺灣一九六〇年代的後中國語言經驗，是因冷戰結構而成形。

[69] 引見《文學臺灣》第 36 期（2000.10），頁 186-187。

現代詩文體內部中國性與現代性，其成形與矛盾的結構感，既呈現一九六〇年代現代詩本身後中國經驗的文本內容，更凸顯其本身的時區性。亦即，如果不是在歷時性的時間序列過程中，發生了一九六〇年代末與一九七〇年代初世界冷戰結構冰解，依一九六〇年代現代詩獨立於學院外，籌措運用傳播資源建構其創作、評價系統的能力看來，現代詩內部中國性與現代性並列（行）的對抗結構，是無法產生崩毀的可能。

如今從這個視角看來，在一九七〇年代初，一九六〇年代現代詩那種後中國經驗語言模式的僵化與消費，本身已經不能解釋中國（臺灣）的再解構事實。所以，其不復是「可經驗」的語言，這曾能暗示國族徬徨糾結心境的語言，其較長、繁瑣的解讀程序，已非在此「國族危急存亡之秋」的緊迫時間中，「有志之士」所願意參與的。可以說，一九六〇年代的後中國語境經驗，是中國在「版圖空間」上被解構的語言感受；一九七〇年代的後中國語境經驗，是中國在「法統時間」上被解構的語言感受。

一九七〇年代初被視為現代詩論戰重要基礎文本的關傑明、唐文標詩論，其對現代主義評論批判主要使用的詩學詞彙，統括來看乃是「傳統、現實、民族、中國」這已在一九六〇年代現代詩場域中隱伏出現的中國性論述物件。可見現代詩文體史書寫計畫中，社會現實文體理念的衝突事件，其與批判對象間共用的詞素，其實反映了一九七〇年代初後中國經驗本身的不穩定狀態。

但仔細比較關傑明、唐文標兩人詩論的文字，卻也可以發現彼此各有著重，所要誘導詩學動能之走向也有所不同。因此，筆者以下焦點並不在交代現代詩論戰此一事件，而在討論關唐文字內在的詩學意識，對現代詩文體知識轉型的詩學推動效能。為求論述細膩，筆者先進行關傑明與唐文標的分論，再進行細部比較。

關傑明在一九七〇年代初任教於新加坡時，亦擔任中國時報「人間副刊」海外專欄家，他引發論爭的〈中國現代詩人的困境〉（1972.2.28-29）及〈中國現代詩的幻境〉（1972.9.10-11），便是從他自己在海外的故事說起——某次他正在閱讀葉維廉編譯的《中國現代詩選》，有事暫時離座，他的研究生拿起來翻看，跟老師發表了他的讀後感：「我沒有想到這麼多中國詩人寫英文詩。」[70]

這故事本身就是一個象徵。

沒有在現代詩史留下名字的這位研究生偶然的一句話，竟點出了臺灣現代詩困境與幻境。關傑明首先肯定了葉維廉的中、英文藝（譯）術，但他對於被擱置在「新加坡」一間大學研究室桌案的一本失去中國語言色澤的「英譯」文本的凝視方式，顯然還是如帕嗒・恰特界（Partha Chatterjee）所述，在大多數非西方現代社會裡，高層文化通常是舶來品[71]的看法靠攏。因此這間地處東方熱帶的華人研究室，這本《中國現代詩選》交叉著十九世紀東南亞歷史，以及現代主義由東亞臺灣而東南亞新加坡理論旅行，本身就極具引發我們深探現代主義轉譯工程在一九七〇年代轉（變）型議題的資源。

何以中國現代詩要「彷擬」異國的語法、意象？這不露痕跡的

[70] 趙知悌[編]《文學休走——現代文學的考察》，頁 137。

[71] Chatterjee, Partha Nationalist Thought and the Colonial World: A Discourse. Minneapolis: University of Minnesota Press. (1986) 1993, p.6.

模倣，這戴白人面具的黃種人[72]，是要成就自我？還是他者？這兩個反詰，化成關傑明文字中的兩難：「雖然由中國文學中消除了使用舊形式與舊技巧的缺點，然而，也不可能再回到只單純地繼承舊的中國文學上去；中國文學寫作的命運已和西洋文學有著牢不可破的關連。這正是態度認真的中國作家們所面臨的進退兩難的困境。」[73]關傑明將現代詩文字的翻譯現象論題化，本身便啟動了一第三世界之後殖民語言反省。西方現代，原初在五四的設定，便是將西方與東方定位為「前／後面」的空間位置，因此在文學語言的譯介學習，也呈現政治、科學制度上那「急起直追」的動作感。但異國他者的現代意象，卻未必代表是進步的、樂觀的，誠如前述現代性本質上不是代表一個現代化的觀念，根本上是針對資本主義與布爾喬亞而來。

不過，關傑明發揮的論點倒不在此現代主義的「正義」隨著轉譯工程的進行，在東西方所呈現的意義差距，而在於東方現代詩人對西化追蹤入迷，以致於迷失自我的「民族性」。是以在〈再談現代詩〉中，關傑明批判了瘂弦對自我詩作無法「調出焦距」的意見。迷失的詩人，其語言中失真的中國性與失卻的民族性，因一九七〇年代初這特殊歷史場域，而成為嚴肅的詩學問題。

臺灣一九六〇年代的現代主義意象的異化方式中，確實包括了異國化意象經營的部分，他們追求遠征情境[74]，所以以想像進行旅

---

[72] 也可以說是戴白人面具的黑人的東方版後殖民形象。

[73] 趙知悌[編]《文學休走——現代文學的考察》，頁 139。

[74] 《七十年代詩選》序中即有一目專論「遠征情境」，其中指出「詩中活用這種近程者大不乏人，而其情境與騎士或吉軻德的進程亦極相似」（頁 10）。

行，最具代表性的莫過於瘂弦「斷柱集」中一系列的異國書寫。確實豐沛了當時以再現中國大陸故鄉為主的懷鄉寫作，滿足現實中(75)所不可能到達之遠方的造訪，同時這種異地（國）風土陌生感也給文本一種新鮮感。但在一九七〇年代，這實際上不可能完成的「遠征」經驗，在關傑明看來，其羅列異國符號的詩作更像是一張寄自陌生地的風景明信片，其世界性只帶有濃郁的漂流感與拼貼刻痕。聯帶著此現代主義系統生產出的《中國現代詩論選》，其詩論文字也只是「文學殖民地主義」(76)的產品。

該以什麼樣的方式將現代詩那「身份與焦距共同喪失」(77)之歷史扭轉過來？關傑明將批判現代詩西化、世界性之用語反向對調為中國化、民族性，以此作為解決現代詩弊端的答案。那些轉譯的痕跡，本身既是對西方追求的隱喻性記載，那麼，抹去記載，消去戳記無疑就是最理所當然的手段。詩人最終的追求無非在建立自我獨具的風格語言，因此一再從西方他者中揑塑自我的文字，本身就是一種抄寫的行為。

以取徑中國風格作為詩人風格化的方式，嚴格來說，並沒有進入最細部的修辭問題，還是偏屬於比較外部地對文本「理想」形象風格的描繪。關傑明要求詩人的中國風格，無非也在要求詩人拓展詩語言中文化「主體性」，他為詩人尋找自己國籍，無非要詩人不

(75) 特別是對被軍事制度束縛的軍中詩人來說。

(76) 引自關傑明〈中國現代詩的困境〉，見趙知悌[編]《文學休走——現代文學的考察》，頁 142。

(77) 引自關傑明〈再談現代詩〉，見趙知悌編《文學休走——現代文學的考察》，頁 144。

要沈溺在離心、隱異的吟遊旅人精神形象之中。他對詩語言中那西方翻譯質地的拒絕，本身的意義性顯來還在於啟動一個文化工程的重建「契機」上。

過往學者論唐文標向來只從其引動現代詩論戰的文字入手，至今仍無論者指出，以詩論家形象出現在臺灣一九七〇年代文學史中的唐文標，在為其嚴厲批判的《創世紀》詩刊中，也曾留下他青春詩人的蹤跡。且看他發表於《創世紀》第十六期（1961.6）的〈夜船〉一詩：

我是那患傷寒的太陽向空白尋覓
南北極智慧的弧度或千萬神底習作
零亂野魯如我在子宮內固執的強求
啊！穿過苦難的人間我找到你，你！

神啊！銀燭裡，你底聲音葬在
滿佈憂鬱的樂譜樂譜裡，你底臉是塗以恐懼顏料之畫版而
我似曾背負地球而逃避，竟不能站在人樹上
二十世紀的嫩枝，——遂墜落在怒憤的世代樹根中。

我要給明天什麼玩具呢？你學那
躡足永恆鏡後的寒冷，凍我以千年的情感
學那歷險萬磅炸藥書櫃之古代精靈閂閉一代一代
墨水的災洪，遺我遺我以思潮之火柴。
（中略）

但未來擦著人樹的皮取火，煎熬思想者的油，
裝飾以情感之琉璃燈，忍這個寒冷——
時間的長長黑夜，穿過這無知「現在」的銹門，
呵！發覺我，發覺我是超人史前的標本，而懷有你。

唐文標詩中帶有存在主義超人式的時間的意識，企圖在「現在」與「二十世紀」尋找自我存在意義，確實與本章前節所分析的紀弦〈阿富羅底之死〉與覃子豪〈髮〉有相同之處。而〈夜船〉雖透過複疊句製造音樂性的流動感，但文本內拗長字句與大量形容詞營造出的幽深晦暗的空間，仍讓讀者感到閱讀上的艱困，或許，此亦正在象徵詩人對自我存在艱難盲目的摸索。細加檢視唐文標這為前論者遺失的現代主義詩作，並不在於補足唐文標的履歷，而在於說明曾「現代主義」過的唐文標，因其過往的書寫經驗，使其能將關傑明所沒有辦法更深入看到的文學社會學問題點了出來。

〈夜船〉中的「世代樹根」顯示唐文標在一九六〇年代初已隱微地在自我時代情緒中，感受到世代結構的壓力感，這樣的感覺脈連到了他一九七〇年代的現代詩論述之中。在〈詩的沒落——臺港新詩的歷史批判〉中那「救救這一代的青年吧。」這彷彿是魯迅文字的回聲，使他的筆調走向直取現實主義，並在左翼論述前左右徘徊。另外，多少說明了他為何在一九七〇年代詩論中總不時預設戰後第一世代詩人群（以下簡稱戰後一世詩人）作為他潛在的讀者，以致進而與當時的《龍族》、《大地》有相關論述上的互動。因此可見在一九七〇年代，他不只關注現代詩系統對西方的翻譯仿擬失去了中國性與民族性的現象，更從中看到了在階級上所存在的架空

性質（artificiality）。

唐文標稱「二十年來香港、臺灣的新詩，並沒有繼承五四以來新文學改革的階統，反之，它卻是蔓生在幾個城市的奇種。」[78]現代主義書寫的邊緣性，還在點出其區塊性，在空間上，偏屬「城市」，在階級上，其讀者與作者都屬於「高階級」，這基本上與前引張誦聖之詩論與張良澤對大學生現代詩的「民調觀察」彼此呼應。但值得注意的是，唐文標在文中港臺並稱，觀察到兩地城市現代主義詩人間同氣連枝的現象[79]中，所涉及公眾文體異質為私文體的雅痞消費問題。

唐文標在〈詩的沒落——臺港新詩的歷史批判〉中對臺灣現代詩逃避現實的現象，再細分成「個人」、「非作用」、「思想」、「文字」、「抒情」、「集體」六種逃避。這樣的區分未必精密，但區分的企圖是很明確的：企圖凸顯現代詩文體在現實呈現上的力度不夠，並確定以現實性的補足作為強化文體功能的目標。自唐文標的國族視境看來，過往現代主義的風格與方法論，都成為「強心劑的藉口」、「塑膠面具」、「尼龍防空洞」[80]。事實上，如果一九六〇年代現代主義書寫系統的群眾效力是製作（複製）出同規格的獨立空無主體，相對應此在的國族現象，當然會讓知識分子感到不安。臺灣一九六〇年代現代主義與大眾讀者隔絕，適為高階級消費文化的發展態勢，無論是從五四、左翼，還是文學出版傳播觀點

[78] 何欣[編]《當代中國新文學大系　文學論爭集》（臺北市：天視文化出版公司，1979 年），頁 319。

[79] 例如《創世紀》中便可見創世紀詩人與香港李英豪、崑南頻繁互動的狀況。

[80] 何欣[編]《當代中國新文學大系　文學論爭集》，頁 328。

來看，都是令人難以理解的，我們也不禁要問：為何現代詩文體對大眾讀者「無意識」地如此「自信」？

一九六〇年代現代詩所以不把大眾當作文體知識思考的議題，與詩人一身包辦「詩作者－詩出版－詩讀者－詩評價」有直接關係。這僅是詩人與詩人，及其消費者間私密循環的「私」文體語言系統，使邊緣者在政治相關聲明後便已在大眾書寫上「了事」，而遠離五四書寫的啟蒙精神。儘管唐文標批判了現代詩弊病，誇稱現代詩文體已死，似可在一九六〇年代初紀弦取消現代詩與余光中告別虛無之舉中找到影子。但整個檢視唐文標詩論，瀝除其偏激語氣，他要進行的不是現代詩文體的摧毀，而是「文體觀念」的批判，以促成現代詩文體「轉型」。

唐文標既從中國屬性、民族出發，又企圖將大眾詩書寫知識化，因此他很自然地在中國古典傳統尋找資源，且在中國古典詩一系列的傳統系統中，也特別注重標出《詩經》與《楚辭》的時代性（亦即現實性）與大眾性意義。必須特別注意到的是，在這個對傳統內容的篩選動作中，唐文標除持續對現代主義進行批判外，也批判了在一九六〇年代伏流的中國古典傳統之應用書寫。他把焦點放在周夢蝶、葉珊、余光中上，認為他們是舊詩固體化、氣體化、液體化新詩的代表。如何有意識的消化傳統，尋找以資當下要進行的時代現實書寫之資源，也成為他在《龍族評論專號》〈什麼時代什麼地方什麼人〉與《大地詩刊》第二期（1972.11.1）給大地詩社的信件中，批判、提醒戰後一世詩人的重點之一。唐文標貶抑中國古典詩傳統中的文人詩，認為文人詩是中國詩的沒落，這當然也與他反對私書寫、高階級消費書寫的理念交互匯通。這復歸於現實性的傳統應用觀點，比關傑明的東方、中國風格顯然更深一層。

必須指出的是，唐文標對余光中、周夢蝶等前行代詩人的批判，間接印證了一詩史現象，在一九六〇年代現代詩場域強勢的現代主義風潮中，確實存在著中國古典傳統伏流狀況。除了前述代表性詩人外，詩宗也可視為代表性的詩社。此外，也必須指出的是：嚴格地以發表時間看來，唐文標〈什麼時代？什麼地方？什麼人？〉刊登於第九號（1973 年 7 月 7 日）《龍族評論專號》中，雖然有著某種對戰後一世詩人進行「指導」的姿態。但是其實在《主流》第四號（1972 年 4 月）〈主流的話〉，大地詩社在《大地詩刊》創刊號（1972 年 9 月 1 日）的〈發刊辭〉的詩學聲明[81]都已看見戰後一世詩人對中國古典詩的《詩經》、《楚辭》傳統的理解，因此唐文標對於戰後一世詩人的影響性也有細部釐清之處。

透過上述對關傑明與唐文標詩論的個別分析，可以發現一般被視為現代詩論戰基礎文本「之一」的關、唐詩論，其內部其實也所存在細膩的差異：

第一、關傑明主要著重提出中國民族風格的書寫，運用傳統資源產生與西方現代詩辨識性，對現實論題的探討則較為零星。

第二、唐文標提出要呈現中國民族的現實，有意識地擇選出現實中國古典傳統，展現時代性，完全扣準現實性。

在關唐文章發表後，也引發了詩文壇前行代的反駁意見，如：《中外文學》第 2 卷第 5 期顏元叔的〈唐文標事件〉、傅禹的〈一棒子打到底——問唐文標〉及 2 卷 3 期余光中〈詩人何罪？〉，

---

[81] 兩詩社的聲明筆者將於下節詳細討論。

《創世紀》第 35 期周鼎的〈為人的精神價值立證〉等。事實上，關唐引發的現代詩論爭，呈現了一九六〇年代臺灣現代主義此一系統看似強大，但實是於各場域正／負（＋／－）效力交互折衝後的一個「平衡」結果，並不具備實質上的「穩定」。例如在媒體上，臺灣現代主義沒有獲得重要報章副刊（中央副刊）青睞，但藉著轉譯詩人們所籌辦之機關刊物得到傳播可能；在與文化學場域的評論系統中，其雖為言曦、蘇雪林等批判，但獲得覃子豪、余光中等人的維護。同時，更重要的是，前行代現代主義詩文本所喻指呈現的政治封閉拘禁感[82]，並沒有被官方文化系統「絕對化」為一反官方政權的文化系統。[83]上述各種阻力與助力正負效力的折衝，使現代主義在微妙的平衡中進行發展，然而一旦遭遇一九七〇年代初冷戰結構崩解這新的、巨大的歷史動能撞擊，就非過往現代主義系統所能調節因應，進而陷入崩解的危機。

前行代詩人們在一九七〇年代現代詩論戰中的反駁意見，無疑也是他們「現代」主義行動一部份，但相對於一九五〇年代現代詩論戰，他們引人注意的不是對現代的想像，而是他們的政治性話語。必須指出的是，對他者政治立場的指控，或者政治備忘錄的應用，都不是此時「現代主義」詩人面對歷史危機的最佳方式。因為一九七〇年代歷史的冷戰崩解走向，本身已非島內「官方敘事」的陳述方式所能含括。如何理解政治文化系統中所存在的遮掩與現

---

[82] 在軍中詩人則呈現的是反戰意象。

[83] 亦即官方文藝系統對現代主義不鼓勵，但也不實質反對。不過，這主要是指現代詩場域的部分。在政治文化場域中屬於自由主義的《文星雜誌》便不如此樂觀，同時也呈現官方對現代主義傳播的紅線。

實，並進行詩學知識的連動調整，以呈現歷史與語言的真實，才是此時國體與文體之間的命題。

仔細來說，就關傑明、唐文標的詩論中包括中國、民族等詞素看來，理應獲得屏障的余光中卻也被「波及」，這正反映此時論者乃是以反映現實與社會性作為批判理論核心。不過值得注意的是，從洛夫、余光中、周鼎他們的立論中對官方政治修辭的使用，說他們沒有政治現實感顯然並不準確。誠如傅柯（Foucault）所言：「若沒有一個溝通、記錄、積累和轉移系統，任何知識都不可能形成，這系統本身就是一種權力形式，其存在與功能同其他形式的權力緊密相連。反之，任何權力的行使，都離不開知識的汲取、佔有、分配和保留。」[84]關傑明、唐文標與余光中積累的中國性論述，說明中國性已積累出一光譜特質的形式，政治結構的官方中國、冷戰結構下的現實中國、精神結構的文化中國，便被析離而出。過往現代詩論爭，「中國」在陳述「立場」上那簡易便利的辨識效力已然不復見。中國的光譜化過程，正意謂有一邊陲論述正在成形。而這被析離、檢測色澤的論述，在當時被暗示為一左翼中國。但在現代詩場域中現實與左翼的溝通之路，從一九七〇年代末至一九八〇年代初的這段歷程看來，似沒有洛夫、周鼎、余光中等論者看來那麼「理所當然」，擁有那麼堅定的接受信心。

筆者以為，當時批判唐文標的論者那對左翼氣息的嗅覺雖是靈敏，但唐文標本人，乃至已開始進行現實詩書寫的戰後一世詩人，

---

[84] 轉引自劉北成[編]《福柯——思想肖像》（北京：北京師範大學出版社，1995年），頁219。

其精神面貌還處於一相當混雜的狀態，因為他們還在消化因時勢巨變產生的徬徨情緒。這讓我們不禁注意到謝然之在《幼獅文藝》1969.1的新春年號開頭，所曾留下的官樣文字：

> 為擴展中華文化復興運動之成效與影響，必須在三民主義及倫理、民主、科學的指導原則下，積極改進文學、舞蹈、戲劇、美術、電影、電視等內容，以奠定文化復興的基礎。因此，我們希望所有文化藝術工作人員加強自律，一體摒棄無病呻吟之文學，淆亂是非之評論，消極頹廢之音樂，褻蕩浪漫之歌舞，以及傷風敗俗之影劇，代之以發揚民族文化，重整倫理道德，培養革命精神，及激發救國熱忱的新文藝活動，俾作喚醒國魂，警覺人心的暮鼓晨鐘。時值新春，願與青年朋友共勉之。

這新春賀詞無非也在貫徹謝然之所參與中國文化復興的政治工作，他「塑建國魂」的文字寫來輕便，完全合乎官方政治的邏輯——總之就是要透過「光明、健康」的書寫，找到國族的未來。面對冷戰結構漸次崩解後那後中國國體的破碎實況，戰後一世詩人還真如國魂般裊裊無依，只是，已在官方大敘述中經歷一次信仰破滅的戰後一世詩人，又豈能為官方中國文化復興運動的國體建構工程所塑建？

三、病體／主體／國體：戰後第一世代詩人晦暗的青春自畫像

在前述一九七〇年代初唐文標與關傑明等鋪建現代詩論戰的戰場中，戰後一世詩人要扮演什麼的角色，是旁觀者？還是參與者？這將決定此一世代，亦即戰後第一世代知識分子面對時代的基本姿勢。在一九七〇年代初同時參加龍族與大地詩社的陳芳明，在《主流詩刊》第 8 期（1973.2.1）發表的〈檢討詩的晦澀與時空性〉一文寫到：

> 特別是在民國六十一年這是對晦澀詩全面揭發的一年，從詩刊到報紙到雜誌，無論是新詩的創作者或是新詩的旁觀者，都紛紛為文予以徹底的檢討，使得晦澀詩頓時暴露本身「無理」的一面。最具代表性的是民國六十一年九月十一、十二日在「中國時報」發表文章的關傑明他針對晦澀詩給予有力的痛斥……使得部份暴理詩人感到非常不能容忍，欲鼓動「現代詩總檢討」之名，行攻擊關傑明之實的運動，甚至聯絡某文藝雜誌同時開火，果真如此，則暴理集團已成為暴力集團了。事實上，攻擊一個關傑明也不能使晦澀詩獲得澄清，更何況關傑明之後，還有一位李國偉，李國偉之後又出現一位史君美（見「中外月刊」第六期），史君美之後又有一位高準（見「大學雜誌」第五九、六十期）。[85]

---

[85] 見《主流詩刊》第 8 期（1973.2.1），頁 80。

這是一九七〇年代初兼具青年史家身份的陳芳明，對當時現代詩場域歷史現場的寫真，其史評觀以其當時他對晦澀現代主義的批判成就。陳芳明字句中點出當時現代詩內部現代主義以公共傳媒為平臺架構的典律經營機制，在面對一九七〇年代初反現代主義論述浪潮時所進行的反擊，但現代詩論戰之烽火卻未止歛。一九五〇年代末現代詩論戰，其帶入的時代性討論乃是以國族敘事的立場進行命題。而一九六〇年代在文本生產已夥的現代主義作品，一如前節所述，早在一九五〇、六〇年代反覆以在文本（包括宣言與簡單評論）中補綴政治口號的方式，決定他們背對但不反對國族敘事的姿勢。李國偉、史君美（唐文標筆名）、高準這波在不同層次定位之媒體[86]的回擊，簡單來說，就是要「統整」現代主義詩人的政治與詩學立場。而現代主義詩人就「理應」放棄他們字句拗曲的書寫技術以及複合感官體驗的意象嗎？

身處於越焦慮的時代，越需要簡單的答案，以立即決定主體的行動。過往時代的激情，總引動另一個時代的同情。現下，我們已擁有了歷史距離，可以用全景的視點，對多數選擇參與翻轉前行代現代主義詩人姿勢的戰後第一世代詩人群（以下簡稱戰後一世詩人），進行這樣的個人書寫史提問：

戰後一世詩人直接就進入與現代主義相對的對立面嗎？

參與龍族詩社的黃榮村如此回答：「那時候我仔細看自己的作品，好像都是在反應自己閱讀以及自己感覺的結果，以及當時的流

[86] 《中外文學》可視為綜合文藝雜誌，《大學雜誌》則是對政治、教育、藝術等各場域進行檢討的文化刊物。

行現象與社會正在發生的事情。這裡面包括什麼？如果試著把它聯想起來，包括當時知識界與學校裡面流行的存在主義，還有所謂的地下文學。」[87]戰後一世詩人在一九六〇年代以「流行文化」接受者的角色「發展」了他們的現代主義語言經驗。其中存在主義顯然是他們共同的青春閱讀記憶，羊子喬即言：「我早期從民國五十五年便接觸存在主義，高一那時候根本不懂，但是那時候是非常流行，不懂也是拿來看。」[88]而參與嘉義八掌溪詩社的林承謨亦提及：「國中就是考試而已，我們那時候讀尼采，讀什麼存在主義，然後王尚義，反正很多灰色的東西也都是從那邊來的。」[89]兩位詩人的回憶，為筆者前節論述提供旁證，說明了存在主義在一九五〇、六〇年代臺灣對西方文藝的接受傳播風潮中，與自由主義與現代主義所擁有同等的結構位置。誠如前述，一九六〇年代官方學校教育系統本身就是政經文化公共語境的示範版本。因此當時處於就學階段置身其中的戰後一世詩人，對西方存在主義此一知識系統的參與，儘管在閱讀上充滿著障礙，但這艱困的閱讀無疑已具有一種反抗中心的社會行動意涵。也可以說戰後一世詩人對西方現代主義的一系列的閱讀行為，與其說是趕流行，不如說此一動作本身透顯、滿足了戰後世代青年反體制的意識。

---

[87] 見解昆樺《詩史本事：戰後臺灣現代詩人的詩史對話》（苗栗：苗栗國際文化觀光局，2010年）。

[88] 見解昆樺《詩史本事：戰後臺灣現代詩人的詩史對話》（苗栗：苗栗國際文化觀光局，2010年）。

[89] 見解昆樺《詩史本事：戰後臺灣現代詩人的詩史對話》（苗栗：苗栗國際文化觀光局，2010年）。

艱澀的西方一系列現代主義理論本身不只翻譯了西方，同時為一九六〇年代戰後一世詩人們的苦悶困頓提供了暫時性的解釋。從現代主義與存在主義中，在臺灣一九六〇年代戒嚴情境中成長的他們與西方現代焦慮情緒發生了共鳴。檢視他們一九六〇年代中期至一九七〇年代初的詩作，可以發現他們提（借）取了西方現代主義與存在主義的詞彙對自我主體進行「表現」。

從上面對戰後一世詩人一九六〇年代對現代主義閱讀記憶的重建，對照戰後一世詩人一九七〇年代初反西方現代主義的詩學論述。我們可以知道其斬釘截鐵的論述姿態，必然經歷了對自身一九六〇年代現代主義此一前閱讀經驗的排除。微觀戰後一世詩人一九六〇年代末與一九七〇年代初對現代主義的拒迎掙扎，詩學史中其主體躁鬱、多層次的暈影，可以發現他們對西方價值系統的脫離關係，並非瓜熟蒂落般的自然，其中實涉及了對自身主體文化結構的癥狀辨識。

前節所論陳芳明〈臺北落霧〉：「霧悄悄離去／為我們留下一堆冷卻的名字」展現他一九七〇年代初以感時憂國的筆觸吐露對往昔政治敘事的驚疑，霧散夢醒之後，詩人明日對家國的追尋不始於足下，而始於對自身主體的名實考辨。陳芳明在那時代的情感歷程並非個案，在另一個重要的戰後一世詩人李豐楙也可以看到這樣的思索與尋找出路的衝動。陳芳明在〈激流亂雲〉、〈臺北落霧〉中對臺北空間感與自我的描述，由李豐楙〈室友畫像——贈 W 君〉中那他大學所寓居的宿舍房間以及室友 W 君所隱喻著：

> 他自畫的一張像：濃濃的眉睫、沈思的瞳子、烏黑的一大把

頭髮很有個性地披在頭上，背景我仍然記得，是重疊著的一大片一大片墨黑。……我們一入學就同擠在一間「大」寢室內……他的桌子正面對著我。桌上不很整齊的擺著書，有他老師寫的一些哲學書——有一本叫做《失落的躍昇》的哲學詩集……另外還有幾本《孔子的思想研究》、《中國人的哲學思想》等……桌子的橫板上釘著一張馬蒂斯的抽象畫……他襯著黃紙寫著「朝聞道，夕死可矣」，因此寢室他的尊號是「孔夫子」，還有他抽屜裡藥罐子特別的多。剛進寢室裡，他是很囁嚕的，不習慣團體生活……不久他的老毛病復發了，氣喘著躺在床上，半夜裡，我常聽見他的咳嗽聲和氣喘聲。……最後還曾參加國術班，他是想繼他的「八段錦」之後把一切毛病「打」出去的。他皺眉頭說：「我試圖超越，自我的超越，一種精神境界之完成。可是我進步得很慢。」他又說：「我試作一個平凡的人，而我的意識中又常常迫我追求高超；我試去愛人，而我的心引我去輕視人。」他就是這樣的，恆在內心裡衝突著。最後他又發出無限的感慨：「我是一株樹，自然生長、衰老死亡。」這話雖灰色的略帶宿命論的意味，可是我知道他會很認真地生活著。……愛綯起的眉睫，愛沈思的瞳子，富個性的黑髮，這是他素描的簡單幾筆。不過我知道他心中有交織的黑色的衝突和黑色的昇華的寧靜。[90]

---

[90] 見李弦《蝶翼——李弦散文集》（嘉義市：嘉市文化局，2000年），頁18-19。

W 君以狂野筆觸在自畫像塗上一片墨黑，如夜的背景烘托畫作主體姿態，強化那面孔上黑色的髮、眉，以及那沈思著的眼瞳，也凸顯 W 君對外在空間的視覺體驗。此黑暗擁有陳芳明〈臺北落霧〉濃霧的戲劇功能，成為一片隔離主體與世界的帷幕，讓隻身孤立於畫面的主體以沈默豢養著對世界的憤怒與哀傷。

W 君藉黑色青年這幅自畫像完成對自己的隱喻，但這幅畫像卻依賴李豐楙散文細膩的描述，才穿過了一九六〇年代那座時間甬道，成為我們閱讀想像的對象。黑色青年的自畫像本身的存在既歷經顏料炭筆的表現，還介入了語言的再現。因此分析李豐楙〈室友畫像——贈 W 君〉的文本結構，可以發現全文首先聚焦描述了 W 的自畫像，點出其黑色調性，其次則透過李豐楙的觀點為畫外的 W 君造（畫）像，呈現了「畫中畫」的形式。

「他的桌子正面對著我」——在狹窄的宿舍房間內一隅正對 W 君的李弦，既是觀畫者，又是畫作的參與者與互動者，這使「畫中畫」中兩畫產生微妙的隱喻與解喻關係。如果 W 君自畫像以陰鬱獨立的形象與空間「暗示」主體的意識狀態，那麼，李豐楙無疑撤去 W 君刻意設下的黑色幕景，以散文再現的技術將作畫者 W 君的現實主體，以及與世界間被省略的對話進行「明示」。

因此，李豐楙這篇散文以精簡字句，對 W 君手繪的黑色自畫像進行瞬間凝視後，便停止對那幅畫像的觀視，轉而大量補足 W 君在自畫像外的「行止」，鋪建一道溝通畫中人物與觀視者間的橋樑。藉此，我們可以發現一九六〇年代青年知識分子以黑色隱喻主體與空間，其本身的「心路歷程」與修辭動機，實與前行代詩人版本的現代主義主體存在微妙的差異。

在李豐楙的目光投影下，原本自己自畫像裡極具個性的黑色青年 W 君，在其畫外現實中[91]，卻顯得蒼白、矛盾許多。明顯地，自畫像成為一個介面，畫裡是 W 君的精神象徵，畫外則是 W 君現實形象。畫裡那叛逆意識，極不相稱地，是由那副瘦弱帶病的「藥罐子」身體所承載。檢視這樣的反差，「藥罐子」自然代表 W 君現實「本我」的主體實貌，但筆者以為，畫裡的黑色青年所象徵並非 W 君超我層次。因為就內文看來，「朝聞道夕可死」這樣「孔夫子」的精神境界，甚至是其所代表道統國體（族），顯然才是其追求的超我姿態。

從「孔夫子」到「藥罐子」，此超我與自我的反差，牽涉到國體與少年身體間的矛盾。用身體特質喻代國體興衰至晚清民初已然張幟，其中最具代表性的莫過梁啟超「少年中國說」。筆者曾於拙著《心的隱喻——文學場域中知識分子的書寫意識》曾論及：「〈少年中國說〉揭示的，實是開啟政治革命的勇氣，而非最終的政治圖景的完成，梁啟超在當時報章媒體上傳播的是一種『嚮往』與『希望』，為當時形同破滅的民族信心帶來某種向上的可能……梁啟超藉由傳播行為來完成『新中國民族主義』」[92]梁啟超此一身體與國體的論述思考要鍵在於提取少年壯盛積極的身體精神風貌，將傳統代表穩定價值觀的「道」，進行某種程度的異質化，使之擁有創造求變的內涵，以促動國體的現代化改革。[93]

---

[91] 也可以說是李豐楙以散文為其繪製的畫像中。

[92] 解昆樺《心的隱喻——文學場域中知識分子的書寫意識》（苗栗：苗栗縣文化局，2003 年），頁 194-195。

[93] 此中自然也涉及了晚清民初對西方現代的想像。

然而，從寫於 1900 年的〈少年中國說〉到一九六〇年代末的〈室友畫像〉，作為國體重要身體象徵的少年體質明顯產生轉變。彼時國體精神寄託的少年體質，到一九六〇年代竟卻呈現著現代主義病理特質。W 君自言：「我是一株樹，自然生長、衰老死亡。」W 君必然無法寫下西洋詩人「我的離去，是因為我知道我下次還會回來」這樣自信的字句，少年只取樹片段時間內的一榮一枯比喻自己，把自我的意義窄化成一「有限」的線性時間，捨去樹榮枯「輪轉」的強健生命力形象。如果，他一味只發散此現代主義的語言，那麼有違梁啟超「少年中國」的少年病體，最終只能以懷舊的姿態召喚老年中國。

一九六〇年代少年以現代主義語言呈現自我陰翳病體，不是因為對西方現代主義文本的入戲太深，而是無法（力）解釋自我根本的困境。他對群體的不適應感或為生性使然，但就整個政治文化場域看來，筆者以為，可能還是其對社會改造權利被閹割的「後果」，而這才是 W 君超我與自我間發生衝突的根本原因。但以 W 君，或者說整個戰後第一世代的青年來說，依其在一九六〇年代整個社會結構上的位置，雖暫時無法啟動關鍵的提問，以為自我幾如牢獄的存在困境解鎖，但他們也未必消極耽美於此一病體形象。

細細剖析李豐楙對 W 君現實生活的捕捉，我們終於知道其自畫像的黑色青年絕非勝利的英雄形象。W 君是透過黑色青年的繪畫「表現」，暫時性的「掃除」意識內部焦慮。畫內縱恣塗抹的黑色都具有烙印的力道，藉以排解、治療 W 君自我對超我的實踐焦慮。W 君雖將自己投放入畫作內的黑暗，但並不表示他安逸於其中，相反地，那躁動突破的意欲本身就擁有一個突破可能，亦即在現實失落處境中尋找提升的可能。因此，在現實中 W 君試圖參加國術班改造自我的身（國）體，但更具有象徵意味的，可能還在於透過象徵符號的擺放所呈現的空間狀態。

自畫像背景的黑暗拒絕其他符號的呈現，以錯綜筆法呈現了封閉意味，但實際上，此黑暗同時也帶有遮掩主體於現實生活中無法處理的東／西方價值系統的象徵性能。不過相較於畫內遮掩，在畫外，W 君則透過其房間，又特別是桌案書籍的擺置，提供一個自我梳理的方案。

二十世紀以來，兩岸文學家對自我空間的描繪，往往呈現出「房間」的意象。這房間從不向家屋調性發展，更多帶有牢籠冷硬幽暗的色澤。此一特質，與第一次世界大戰以來西方「巨大空屋」（The cuormous rooms）既有「互通」之處，但主體受空間限制展現的侷促受虐感，實又為兩岸作家另所發揮。試看紀弦〈畫室〉這首散文詩：

> 我有一間畫室，那是關起來和一切人隔絕了的。在那裡面，我可以對著鏡子塗我自己的裸體在畫布上。我的裸體是瘦弱的，蒼白的，而且傷痕纍纍，青的，紫的，舊的，新的，永不痊癒，正如我的仇恨，永不消除。
>
> 至於誰是用鞭子打我的，我不知道；誰是用斧頭砍我的，我不知道；誰是用繩子勒我的，我不知道；誰是用焰鐵燙我的，我不知道；誰是用消鏴水澆我的，我不知道。
>
> 我所知道的是在我心中猛烈地燃燒著有一個復仇的意念。

本詩的「我」與魯迅在鐵屋禁錮的主體般，都同樣帶有憤怒的音量。魯迅作品始終都意在透過書寫來展現國民性的反省。但是魯迅為受禁主體所暗示的國體尋找現實解放力量的企圖，在臺灣一九五〇、六〇年代的現代主義詩作中看不到。相對於紀弦的名詩〈狼之獨步〉以極具個性的方式，將我與狼進行隱喻，呈現主體狂飆率性的「行動」。紀弦〈畫室〉卻反倒是在追溯魯迅《狂人日記》一般，我只是在自我（受）封閉的畫室描繪自己的傷痕，彷彿在藉此雕刻自己的悲劇。儘管依舊呈現紀弦一貫激烈、愉悅的個性筆法，但那與《狂人日記》我相同的「獨語」形式，似乎呈現出我與外在他者的不能對話，以及害怕被吞噬的恐懼。

臺灣一九六〇年代現代主義本身就是一關於主體與空間焦慮的語言藝術，其複雜句式在誦念上的拗口，本身就在以音色上的崎嶇與字句的摺曲，暗示自我處境上的困頓。儘管也帶有所吞噬的本能恐懼，但筆者以為，與魯迅那般帶有國體（族）興亡式的書寫，顯然臺灣現代主義書寫，還帶有主體害怕為封閉單調情境同化的焦慮。因此臺灣現代主義詩人，建造字辭華麗的、具個性的監牢，與主體的受難形象相互搭配，以確定主體的存在意義。

除了紀弦裸（展）露斑剝傷痕的畫室外，洛夫的石室也在拗曲的字面形式建構一闃暗躁動的文本情境，以及變形與斷裂的主體。這以絕對私領域語彙所拼貼組構出之極富自我個性的受難房間，以及拘守其中的主體，可視為是詩人預先對自我肉身可能遭逢死亡結局的意象規劃。詩人將自我封閉在自我語言的牢房，同時也將世界隔絕在牢房之外。詩人藉由自我房（空）間與公眾世界的極端對比，確立自己的風格，這份對比說明了對當時現代主義詩人來說，國民與公眾非其思考主題。這自然也使他們在自己的詩文本中，塑建出一個不易被讀者閱讀的語言形式。

W 君在室友共居房間所保有的一隅之處，揮灑了自己的個性，透過東西文化符號的擺設方式，給了這小小天地一個空間表情。共有的房間與公共性，自身私有一隅與個性交互喻代，這與紀弦那全然私有封閉的畫室空間明顯存在差異。這兼具公共性與個性的空間，既非荒蕪的巨大空屋，也非受難的個人化監牢，此從 W 君房間桌案上所匯聚具轉喻效力的符號，可從其空間規劃一見端倪：

W 君桌案上書籍的擺置，展現的不是物理的房間機能，而是心理上對知識的排列，特別是精神世界的鋪排與價值系統的結構狀態。《失落的躍昇》、《孔子的思想研究》、《中國人的哲學思想》、馬蒂斯抽象畫，以及寫著「朝聞道，夕死可矣」的黃紙……這些文化符號「不很整齊的」擺置，不只在裝飾房間，還在對主體心靈狀態進行擬像式的擺設。房間不是容納主體的空間，而是表達主體的象徵。

分析這些文化符號，其屬性上，有東西文化屬性；其數量上，則是東方多於西方；其擺置上，在錯雜中則又有以東方符號覆蓋於西方符號之上的意欲。李弦沒有替 W 君（同時也是李弦自己的）宿舍房間上鎖，這群體房間不是一個吞滅主體的空間，他不是洛夫、瘂弦筆下的石室或深淵，相反地，吸納融入了此時大量的文化符號。只是，東、西這兩組符號價值系統中，是何者確定主體自我的行動規範？

事實上，隨著論述脈絡中上述問題的被提出，至此，我們終於釐清 W 君的主體焦慮感，乃在於如何在拉拒之中，對何者進行放手，對何者進行擁抱？

從 W 君襯著黃紙所寫的「朝聞道，夕死可矣」一行字貼在馬蒂斯畫上的舉動看來，其在這個並立結構的覆蓋，清楚呈現其文化立場。這樣饒有意會的符號鋪排，其修辭觸感並不在於嘲弄世界，而是呈現了主體改動、重組世界的意識。只是這寫上儒家精神標語的黃紙並無法完整地將西洋畫覆蓋完全，因此並不是單純地能取代（消）西方文化系統之舉，只是在東西文化符號間建立次序關係。

主體無法決定自己的空間大小，卻能決定那內在的情境。W 君以個性化的方式，布置了自己宿舍房間的一隅之處，但主導他進行審美式的空間架構的，卻是內蘊於主體其中的文化系統。透過本章前節鋪建的島內政經文化場域看來，此系統即冷戰結構連鎖帶動的島內中國文化結構。在東西文化符號緊張的平行中，那微弱沒有政治行動力的病體所建構的文化符號秩序，筆者以為，終而也只是一種帶想像性的文化關係，並無法超出公有宿舍 W 君自處的一隅。

在中國本位的國族文化思考下，這間房間建立的文化符號秩序中，主體「理論上」應是透過一連串政治、文化行動中膨脹的雄性國體。但「實際上」政治參與力量的被剝除，終使 W 君，同時也包括其所影射的戰後第一世代知識分子只能擁有孤絕的現代主義體質，在自己房間透過文化符號的擺設，進行調和（理）超我與自我間差異困頓的想像習作。

筆者以為，除了政治行動力的被剝除外，在戒嚴體制下，被隔絕的戰前傳統，也是造成戰後第一世代知識分子在一九六〇年代，儘管努力尋求中國古典傳統，內在視境卻依舊感到荒涼空匱的原因之一。在一九六〇年代末，他們未必能正確理解這件事。但在他們的現實精神驅動下，已將要剝顯出這問題的核心所在。其中去國（臺灣）的留學經驗，最具強烈撞擊性的力道，使他們走出了自己房間所隱喻於臺灣內部建制的中國文化結構空間，重新發現自我主體與國體。楊澤〈有關年代與世代的〉一文中的「尋找一張『自畫像』」一節，正以此角度為自己留下了一幅自畫像：

> 我生於一九五四年，算是戰後出生的第二代。大戰結束後，世界各地對美國製造的東西，從可口可樂、冰箱、電視機到汽車、到好萊塢電影，皆有一份說不出的，直覺的嚮往和喜好。尤其是好萊塢及美國流行音樂，大量炮製了美國的生活方式與意識形態，影響力深廣，至今未滅。事實上，長久以來，美式大眾文化挾其無形的滲透力，主導第三世界人心的趨勢好惡，方興未艾，功過實在不易斷定。……一九七一年保釣在美爆發、年底臺灣退出聯合國，七五年越戰結束，七九年中美正式斷交——這一切都與臺灣的歷史命運，也與美國有關。從封閉到開放，從威權到民主，美國曾經是臺灣社會的一面「鏡子」——心理學上所謂「想像的他人」（Imaginary Other）……我在美西旅次悠悠醒來，匆匆領悟到——原來隱藏在白人眼中的我是什麼「長相」。首先，感謝臺灣外文系的師長，我的英文發音大抵準確無誤。在不少美人眼中，事實上，我的用字措詞、說話方式，像一個典型的文學研究生，反而顯得文文謅謅：「He talks like a

> book!」我的頭髮黝黑，眼睛淺褐，身量中等，但卻吻合白人對東方人身材偏矮的想像。另一方面，我又知道，那怕在國外留學多年，我仍是一個土生土長的臺灣人，在行動舉止、談吐應對上，多少有一股臺灣鄉下人的土氣與頑固。不過，比這些更重要的，悠悠醒來，在一個偏遠的美西小鎮——一個寂寞荒涼的美國早晨，忽然我記起了我來自何方。我來自，假如你不介意的話可歐洲朋友口中的「蔣介石的臺灣，美國的殖民地」。我來自——產業、文化一般落後的第三世界，一個相當「法西斯」，假如你介意的話，相當威權的國家。[94]

戰後一世詩人都曾在一九六〇年代西化風潮的激流中，投影出自己的形貌。大學時代對西方文化藝術「直覺」地「嚮往和喜好」的青年楊澤抵達了美國——他精神上那牛奶與蜜糖的迦南地。只是沒想到由嘉南而迦南的旅程中，臺北反而成為了楊澤轉折反省的據點。在異國自己租貸的房間醒來，透過西方他者的目光為鏡，楊澤回看一九六〇年代的自己。這幅在異國以語言構成的自畫像，不只是可觀看的獨白，他更透過兩個筆法重複描繪了自己：其一是以自己的回顧目光，描繪自己；其二，則以美國人的眼光，描繪自己。這帶有前生後世的夢境筆觸，兩個自己彼此重疊產生複雜的暈影。在對主體暈影的辯證過程中，主體終而瞭解過往的那份「直覺」本

---

[94] 見楊澤［編］《七〇年代——懺情錄》（臺北：時報文化出版公司，1994年），頁 6-7。

身，實是西方直取主體潛意識價值觀的結果。只是，筆者該以何角度檢析其中主體細膩的意識流動，以及國體重解、再現的過程呢？對此，楊澤說的明白，當由「想像的他人」（Imaginary Other）入手，亦即——拉岡（Jacques Lacan）鏡像階段（Mirror Stage）理論。

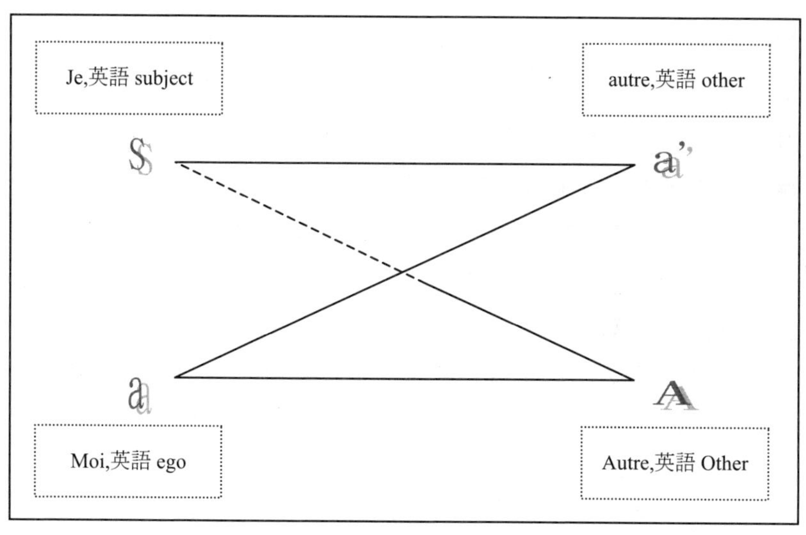

附圖 10：拉岡鏡像階段（Mirror Stage）理論示意圖

拉岡認為嬰兒出生，儘管脫離母親子宮，但在嬰兒的感覺中，自我與世界其他事物是一體的，並沒有主客體的差異。但嬰兒在十五個月進入鏡像階段，逐漸產生你我他的概念。在這段期間由於主體尚無法自由活動，必須藉由他者這面鏡子來認識自己，這認識是透過想像在進行的，我們可透過上圖來說明：

S 是主體本質的位置，但是主體並無法準確掌握自己的位置。a' 是他者，但是此他者為「想像的他者」，主體是透過 a' 的折顯才得以呈現出自我形象，此自我形象即 a。因此，主體 S 在鏡像階段所呈現的自我 a，本身實帶有虛構特性。而唯有發現、釐清想像本身牽涉的誤認問題，主體才真正誕生。

楊澤的海外留學經驗引動的不是「雖信美而非吾土」的懷鄉之思，而是哀痛地發現過往「誤認」為一體的自我與他者所存在的裂痕。蓋洛普（J. Gallop）：「鏡像階段是一個決定性的時刻。不但自身從這裡誕生，『支離破碎的軀體』也是從這裡誕生的……鏡像階段本身卻是一個自我誤認的時刻，是一個被虛幻的影像所迷困的時刻。」[95]楊澤這異國旅程中，自我過往的、誤認的主體如蛋殼滋生裂紋的脫蛻過程，亦可透過「附圖 10：拉岡鏡像理論示意圖」細部可分成三個段落：

第一、異國實體的白人他者（A）主動否決了楊澤想像自我（a），指出其僵化與不真實，這同時也否認了 a' 的實存性。面對被瓦解的想像自我（a），楊澤發覺了自我（S）與想像自我（a）間的斷裂。

第二、想像自我（a）的出現本身為自我（S）透過自我所想像的異國他者（a'）所建構出的想像鏡像。異國實體的白人他者（A）對想像自我（a）的撞裂，本身也使自我（S）體認到自我所想像的異國他者（a'）本身只是一個誤認。

第三、理解誤認，同時也開始進行主體「S／a」與異國白人他

---

[95] Gallop, J. (1986), Reading Lacan. Ithaca: Cornell University Press. pp.80-81.

者「a'／A」的交錯析離，這使 S 與 A 恢復成原初未定義的狀態，必須由前三階段中成形的我、你、他概念進行重新辨識。

主體誕生於分離，經歷了前面三個階段，主體從過往精神文化資源的（西化）母體「獨立」而出，本身面臨了無比而原始的創痛，因為不只看到自己獨立的孤單，還介入實際的異國時間體驗，發現自我在世界政治文化結構上邊緣次級（第三世界）的位置。這撕裂感成為辨識自我主體與國體的契機，文化心理上的鏡像辨識，幾乎成為普遍的文化經驗，逼使主體從想像自我碎殼而出。

拉岡鏡像理論指出嬰兒在鏡像階段結束之際，同時也開始學會使用語言，此時正是嬰兒由想像進入象徵的時期，亦即透過象徵重新理解、再現他者與自我的關係。楊澤從白人他者對自我國族身體的想像，看到了自己「長相」，這異質化的體驗，使楊澤完成（獲得）了一非官方的政治敘事。這白人他者對楊澤國體的想像是另一副面具，也是簡稱為中國的臺灣在世界結構所扮演的角色。

楊澤於「異國」房間發動一連串帶有第三世界的鏡像辯證，不只凸顯了李豐楙對 W 君的觀視終究不是一個對他者的觀看，而是戰後一世詩人對自我世代主體的描繪。更重要的還在於，楊澤在析離想像的自我與（異國）他者將自己主體化同時，自我也呈現第三世界的後殖民體感一個非中心的姿態，這相較於 W 君於「島嶼內」房間的「東西符號並列」是很耐人尋味的。1974 年陳芳明在美加邊境因為自己的中華民國護照不被承認，竟讓自己人生第一次雪景既呈現出自我旅次的疲憊，還投影出過往信仰的國體本質上的困頓尷尬。這無疑地，凸顯出一九六〇年代身處臺灣島內文化結構中的青年知識分子，本身可能所存在但卻無法意會的文化僵局。回到陳芳明〈在美加國界上遇雪〉，且看詩人如此細寫：

> 雪，落在國界的那邊……
> 我踽踽而行不敢回首
> 此去，我赴的是白茫茫的約
> 舉步過關
> 如舉棋越過楚河
> 雪花片片迎來
> 似我當年初當人間的苦；單
> 抬頭放眼望去，寒氣襲人
> 但見白雪湧路
> 照映我的人生：美麗而艱難
>
> ——《龍族》第 15 期（1975.10.10）

詩人將自我比喻成不能回首的過河卒子，他在異國隻身前進，清掃內心憂患的戰場。在面對雪景映照出的自我，詩人不只與自己過往靈魂對話，還在翻檢那靈魂中的國族戳記。透過湧路的白雪，詩人還預視到了自己未來人生的美麗與艱難。因為他這人生的第一場雪景中所呈現的自我，帶有原來中華民國護照不被加拿大承認的驚慌，對年少的詩人來說，對過往信仰的中國及連貫而下的歷史再認是痛苦的。因為只要發現那套中國敘事裡一絲一毫的虛偽，都是對過往自我主體的巨大背叛。他的語言經驗與肌膚，都已在異國雪景感受到冷冽與崩壞，並在一次次地反省與感受中，緩慢地發現在臺灣、中國與美國間交錯糾結的國體。只是該用什麼文化與歷史觀讓自己清晰，釐清其中的影像重影，正是詩人這幅自畫像所預示的主題。而「湧路」在此用得精準生動，甚至預言了將來擁有與官方敘事大所不同的自我主體，其來日回臺之途的崎嶇。

李豐楙也鋪排了一片雪景世界，艱困地為自己尋覓突圍的可能，在〈蝶異〉他這樣寫到：

密密的霜冬之牆緊緊幽囚著
一個懸掛的繭
激流孵生　自渾沌的胚胎
冬眠的地底有隱隱的蠕動
季節的巨手緩緩伸出
自冬牆以外微微波動的呼息中

裂繭的上午遂爆響著
春雪崩裂的聲息
從幽囚一冬的黑暗中
光明的呼喚憤怒地爆放著
生命的歡樂
（後略）

李豐楙在〈室友畫像〉中描繪 W 君的精神與現實困境，卻也如此如實展現一九六〇年代主體在符號世界的拉鋸狀態。在文本中自己雖設下他者的身份，但書寫過程中，其實也在建構自己。檢視李豐楙個人的詩書寫史中，其一九六〇年代的早期詩作如〈三個象徵的解說〉、〈致杜瑪〉、〈不協奏的都市之夜〉等詩都帶有現代主義特質，特別是存在主義課題的反思更是此一階段的書寫主題。對於自身在一九六〇年代對存在主義的接觸，李豐楙曾言：

> 我進去師大的時候，為什麼認識他（按：王拓）呢，因為我參加那時很流行的存在主義演講，演講人正是王拓。……所以我《蝶翼》裡面的文章也剛好自然呈現兩種類型，一種是文學的，另一種則是把哲學文學化，就是用散文的方式去思索、沉思一些問題。……這些文章在當時來講，很自然地折顯出我那時候內心漣漪。身處在那時候的政治、文化的氣氛當中，我既有個人的，也有集體的思考。……那時候因為存在主義這個原因，我就認識了王拓。這件往事其實也代表我那時候，既對文學有興趣，也對哲學有興趣的成長狀況。[96]

〈蝶異〉中的主體——繭，明顯陷入一九六〇年代現代主義詩作中以意象鋪設的「典型」困境，「霜冬之牆的幽囚」似乎濃縮了葉維廉〈降臨〉：「冬之囚牆緊觸著／明朗的空漠，憂傷的／冷冽的腳鐐搖鳴（後略）」的意象，而繭的「懸掛」姿勢略近於商禽〈大地〉「他們把我懸掛在空中不敢讓我的雙腳著地／他們已經瞭解泥土本就是我的母親（後略）」所呈現的「失根」焦慮。這樣意象的相近使我們必須逼問，在前行代詩人脫筆之詩外，李豐楙在詩

[96] 見解昆樺《詩史本事：與當代詩人的詩史對話》（苗栗：苗栗文化局，2010年）。

作中埋設的主體隱喻其獨特性之所在？

空間上的限制、光線上晦暗，溫度上的失溫，高度上的懸空，李豐楙冷酷暴力地將主體進行各種向度上的擱置、遺棄。就此極端斷裂、死寂的語言空間，似可為此詩定評。但詩人特地以繭為主體的象徵物，卻暗示讀者不可以與臺灣一九六〇年代「傳統的」現代主義等而觀之。全詩先以極濃縮意象點出文本空間後，旋即棄守對此空間的再呈現，而著重於寫繭內部死生未定的成長歷程。繭的生死掙扎，以一生當作量詞：繭之死，那主體的一生就停止在那自我黑暗裡；繭之生，那主體在繭之外就擁有另一個光明的來世。此中的苦澀徬徨，又何嘗不是另一幅黑色青年自畫像？又何嘗不是另一病體形象的再現？但誠如筆者拙作《青春構詩：七〇年代新興詩社與戰後一世詩人的詩學建構策略》中所指：

> 當下那繭內主體的掙扎，是生是死，雖是未定之天，但能肯定的是，主體對自身存在必然是具有變異、突破的行動力。可以說這拘禁於繭內的主體，正是戰後一世詩人的「前身」，也是他們六〇年代末的自畫像。無論是 W 君還是李弦，他們並不沈溺在現代主義的氛圍與戒嚴體制而虛無而蒼白，試圖要「爆放」的個體處境，尋找出路——這正是李弦所謂的「黑色的衝突和黑色的昇華的寧靜」。[97]

[97] 解昆樺《青春構詩：七〇年代新興詩社與戰後一世詩人的詩學建構策略》（苗栗市：苗栗縣文化局，2007 年），頁 281。

囚禁主體的霜冷冬牆，是詩人不能掙脫的一九六〇年代，少年 W 君介處於西方與中國的情境，也無非是他正要梳理其青春困局。筆者以為，文本中呈現一系列的陰鬱受限意象所呈現近如囚室的空間，並非如紀弦等前行代詩人般，是用以展現自我憤世嫉俗的悲劇形象，而是李豐楙要奮力掙脫（對決）的對象。背景空間成為詩人要排離的客體異物，也暗示了詩人主體蛹變為蝶的歷程，是一建構自我與外在價值世界的辯證工程。繭內的黑暗，雖是主體在自我突破前的必然狀態，而不是主體最終「安身立命」的所在。因此，我們要注意的不是這首詩中所透露的黑暗空間，而是他們在黑暗中尋找方向的死生掙扎。

全詩中後段，詩人用極具張力與音響的動態語言（爆響、爆放），以及詩行推展中伴隨著春雪[98]崩裂、解放牆內幽暗囚室的意象，這都為裂繭而出（生）的主體製造一兼具噴泉煙火般的喜悅感，以及朝陽陡升的明亮感。李豐楙的〈蝶異〉透過裂繭為蝶，完成了解放、昇華現實中自我精神困境的寓言。且不論其中所潛藏著李豐楙一九七〇年代拓展的敘事性詩學議題，我們已可看見一九六〇年代末的李豐楙雖帶有現代主義的筆觸，但他詩作所埋設下的主體行動力，與一九六〇年代崇尚虛無感、苦悶感的現代主義間實存在著層次差異。

戰後一世詩人以筆下的字句，為一九六〇年代中至一九七〇年代的自我世代主體所建構的自畫像，其所顯影的片段空間，並非只是時代的一個段（角）落，相反地，其還隱喻、象徵了那個時代的

[98] 這裡的雪，同時也形象化地用以形容繭的蒼白。

精神困境。W 君表現了自己，李弦解釋了自己，楊澤發現了自己，在這非黑即白的衝突空間中，鬱結、躁動與突破是這世代詩人青春自畫像的筆觸。

在對自我的描繪中，我們總可以看到他們身上所覆蓋的現代主義陰影色澤。在一九六〇年代，閱讀西方現代主義文本為主體苦悶提供了缺口，但在他們一幅幅看似強調個性完成的現代主義自畫像中，實反映自我與超我征戰的焦慮。身處在戰後官方在不同場域通貫營建的集體情感結構中，他們暫時以中國古典傳統作為掙脫陰影的策略。而這營構主體的書寫策略本身，其實也帶有營構國體的信仰。因此，我們可以看到 W 君在影射自我精神困境的黑色自畫像外，饒富意味地，透過對東西文化符號的並列，乃至於以中國傳統符號取代西方符號的方式，布置著自己的房間，展示著理想的國體精神。

只是從青春主體在現實中總呈現尷尬、受拘禁的病體形象，我們可以發現自畫像內外呈現的本身，終非抒解主體精神焦慮的良策。他們唯有辨識出島內官方敘事與現代主義的結構力量，才可能完成對他者與自我的鏡像辯證。楊澤、陳芳明的海外之旅，使他們各自得到異國之眼以及異國雪景，析離辯證了過往對主體與他者的「想像」。他們終於看見了自我主體與國體，在世界冷戰結構下，本身所潛藏的第三世界邊緣體感了。在自我身體與政治社會的交互指涉關係中，他們的痛苦在於如何承認過往歷史的虛偽與殘缺，尋找重新繪製自己的方式。

儘管戰後一世詩人的青春影像有著價值系統困攪的苦悶，有著析離鏡像的痛苦，但檢視一幅幅戰後一世詩人的自畫像唯一缺少的是嘆息。正如同李豐楙〈蝶異〉那終從以英雄姿態裂繭為蝶的主體寓言般，戰後一世詩人在一九七〇年代所展現的現實、叛逆精神，終將使他們度過主體、病體與國體交互辯證的陣痛期。而他們對強健主體與國體的潛在意欲，也在一九七〇年代至一九八〇年初他們所啟動的現代詩文體改革運動中得到實踐。

第三章
一九七〇年代初新興詩社所啓動的戰後現代詩文體改革運動

一、世代動員與文本實踐：戰後第一世代詩人現代詩文體運動的特殊性

一部現代詩歌的真實歷史就是這些修正式轉向的精確記載。

——布魯姆《影響的焦慮》

相對本書第二章所論一九六〇年代因追求西方現代而起的「主義行動」，一九七〇年代戰後第一世代詩人啟動的詩學運動，本身可以視為另一波針對——或者應該說是針鋒相對——「現代」的「主義行動」。只是為什麼這波詩學運動是在臺灣一九七〇年代發生，又為什麼由戰後第一世代詩人主導？這世代與時代間的諳合，對詩壇與詩文體結構、文學史格局，如何發生較之一九五〇、六〇年代更具扭變意義的興變效應？對戰後臺灣現代性的在地轉譯，乃至於原初以現代主義做為文體知識的現代詩書寫又產生了怎樣的影響？

著名的社會學者 Ralph E. Anderson 與 Irl Carter 向來重視以社

會系統探究法探討人類行為，以為「不同學科提供一個共通語言的潛能」❶。在《人類行為與社會環境》一書中，他們指出人類行為本身主要來四種來源及特性，分別是「生物的、心理的、社會結構的、文化的」。以下，筆者即先藉此具體分析戰後第一世代詩人的文體革新活動。

在生物特性上來看，據筆者《七〇年代新興詩社及其核心詩人與詩刊訪查研究》（國家文化藝術基金會 95-2 期審查補助計畫）對於一九七〇年代活動的新興詩社之詩刊、詩人之普查，可發現乃是以一九四〇年代中末出生至一九五〇年代末在臺灣出生者為主，班底成員則以男性為主。

在心理特性上，在一九七〇年代初他們對現代詩缺乏反映國族現實的文本狀況感到不滿，並且不認同前行代詩人對詩壇論述權與文本刊登權的掌控。同時，誠如本論文第二章所述，他們在一九六〇年代末雖仍帶有西方存在主義式的焦慮情緒，但已開始努力試圖尋找自我精神的現實出路。

在文化特性上，從他們一九七〇年代初的詩學聲明（語言）中強調中國性與現實性的鏈結❷，可知他們兼具中國國族傳統、現代化、現實的辯證整合意識。這也影響了他們對現代詩文體的評價概念，使之重視現代詩文體語言與歷史、文化系統的交互指涉。

在社會結構特性上，在一九七〇年代初他們多屬大專學生，部

---

❶ Robert L. Berger, James T. McBreen, Marilyn J. Rifkin[著]、陳怡潔[譯]《人類行為與社會環境》（臺北：國立編譯館，1991 年），頁 4。

❷ 對戰後第一世代詩人詩學聲明的結構狀態筆者於下節會詳細分析。

分則已投入社會職場，或出國進修，經濟狀況尚屬不穩定，至於當時其所能掌控文化資本（編輯權、論述權），並不如前行代詩人豐沛。在知識習得背景上，他們是戰後第一個接受戒嚴體制教育的世代，在當時自然融入了政治敘事主導的感覺結構中。但歸屬於知識分子階層的他們由於在知識追求上有其主動性，因此在文化論述的撰述上則開始呈現自主性的看法。

上述對戰後第一世代詩人行為的四種特性，初步凸顯了其在現代詩壇中的世代性。然而，在一九六〇年代以前，世代性在詩學與詩史論述上並不是一有效的議題。可以發現，在一九五〇、六〇年代時被歸類為前行代的詩人或有在現代詩詩學議題上的發生爭議，但是彼此並不會訴諸於世代差異進行交互辯駁。因為，前行代詩人的語言文本都展現大抵相同的中國近代史經驗。當然，此中因族群呈現出細膩的層次差異：大陸省籍詩人以身體體驗作為素材，落實、擴充這套語言記憶；本省籍詩人則在文藝控管制度下，也在公開發表的作品零星標的官方語言（口號），他們是以語言符號的鋪排，表現出這樣的歷史記憶。

由於在一九五〇、六〇年代詩壇在官方國語政策與戰鬥文藝政策影響下，主要由大陸省籍的前行代詩人領銜各重要傳媒，連帶也明顯呈現出前行代詩人以中國本位為共同情感結構的現象。但至一九七〇年代，在詩壇開始嶄露頭角的戰後第一世代詩人，他們全然是從語言（習得）的方式來建立他們的中國經驗，這決定了他們與前行代詩人在歷史經驗上存在著重大層次差異。

因此，戰後第一世代在戰後現代詩史中首次引動的「世代」現象，本身也連帶反顯了戰後知識分子世代交替所發生的震盪過程。

稍加換算，可以發現戰後第一世代詩人在一九七〇年代初大約正是 20-30 歲之間，正處於青年後期與成年期最具衝撞性的生命階段，但他們此時處身對應的卻是戰後全球最穩固的政經結構。這時代與世代的交相搭配，微妙地為戰後現代詩扣下了文體革命的扳機。

我們不妨檢視下面「世界各地學潮迭起　我國學校安定進步謝然之推崇訓育工作貢獻」這則 1968 年 12 月 23 日，《中央日報》第四版有著豐富討論空間的新聞。該則新聞內容這樣寫到：「中國訓育學會昨日上午在臺北市黨部禮堂，舉行五十七年會員大會……國民黨中央黨部副秘書長謝然之，曾於會中致詞，說明歐美、日本等國學潮迭起，而我國學校均在安定進步之中，當以育訓之功為多……。」❸文中所謂的歐美日本學潮，主要指的是 1968 年巴黎學運、1960 年日本安保鬥爭反美學運等學潮。這些學潮的主導者，正是與本文所討論的戰後第一世代詩人同屬戰後第一世代知識分子，他們推動的學運本身就在反抗戰後由舊世代主導的政經文化結構。

而在一九六〇年代的臺灣，誠如謝然之所言，正因為「訓育」的「成功」，使「我國學校」極其「安定」❹（也可以說封閉）。使戰後世代知識分子在一九六〇年代的反抗聲音壓抑下來的，是戒嚴體制下政治話語在各場域強大的制衡力，以及教育文化體制的馴服力。戰後第一世代詩人在一九七〇年代初多屬於在大學就讀的青年知識分子，他們在一九七〇年代初啟動的現代詩文體改革運動，

---

❸ 《中央日報》1968 年 12 月 23 日第四版。

❹ 此也是一種對學生進行「社會化」的養成。

其對一九六〇年代以「現代」主義、前行代詩人為中心結構的大力批判，本身可視為一個遲到的學潮。誠如科塞在《社會衝突的功能》中指出：「在針對原初對象的衝突行為被阻止的情況下：1.敵對的情緒會轉向替代目標；2.只有經由緊張狀態的釋放才會得到替代性的滿足。」❺在戒嚴體制對主體政治參與權的禁制，使他們無法發展政治行動力，而在文化文學場域找到拓展主體存在性的可能。如果一九六〇年代末他們詩文本中那在封閉情境困頓突圍的主體，是對現實自我所進行的悲劇認同，那麼，一九七〇年代初他們對詩壇以現代主義為主的權力知識架構的反抗，就是對己身無力（也缺乏反抗可能）不可反抗的封閉政經架構，一次群體壓力的釋放。

一九七〇年代初戰後第一世代詩人對「現代」發動的「主義行動」，並不在建構對「現代」更深或者更確定的接受觀。從所啟動之聲明的動機與內容來看，他們顯然更接近大陸五四「感時憂國」的傳統。戰後第一世代詩人其所感之「時」為一九七〇年代，其所憂之「國」自是中國。對國族煩憂的理解固為知識分子的精神傳統，但一系列的政治方案不是以詩學為志業的詩人所能真正介入❻。在一九七〇年代初，現代詩內部權力架構本身成為了外部戒嚴政經架構的替代指稱物，成為他們實際反抗的對象。

臺灣一九六〇年代在詩壇內部具主導地位的現代主義，何以成

---

❺ 科塞（Lewis A. Coser）[著]、孫立平等[譯]《社會衝突的功能》（臺北市：桂冠圖書公司，2002 年），頁 32-33。

❻ 例如投入共產黨政治活動後的郭沫若，其詩創作水平便每下愈況。

為戰後第一世代詩人反抗的目標？創世紀詩社於 1961 年、1967 年分別出版《六十年代詩選》、《七十年代詩選》，與 1972 年由洛夫等主編之《中國現代文學大系・詩》的部份正是最佳文本。

首先，洛夫在該詩選的序言反映了現代主義論者，透過對現代詩文本編選權的掌握，進而展現其歷史詮釋權。而洛夫甚至延續創世紀《六十年代詩選》、《七十年代詩選》的預視方式，對當時的年輕詩人——亦即戰後第一世代詩人進行天啟式的觀看，預言他們不可能主導後來詩壇。這展現了前行代現代主義詩人本身對整體詩壇的階序思考所蘊含的暴力性。

其次，臺灣一九六〇年代現代主義的發展，乃至其呈現以存在虛無感為主的風格調性，自有其特殊生成背景。洛夫與創世紀以現代主義乃至超現實主義為編輯概念的詩選，本身就是為冷戰後的中國經驗留下了詩語言的「遺跡」與「見證」。❼但在一九七〇年代初，面對這在臺灣島內島外被挑戰的中國，這樣以虛無頹廢的現代主義詩語言，作為展示中國，建構中國的方式，其實只是在消解中國。

由上述分析可知，戰後第一世代詩人所以反抗現代主義，乃是其既代表一個封閉僵化的層級結構，同時也代表一個「後中國」的末世經驗。反現代主義作為戰後第一世代詩人詩文體改革運動的重要目標，本身即在透過反詩壇體制階序的行動，創造合理的詩壇

---

❼ 《後浪詩刊》第 5 期（1973.5.15）夢嬋〈大義滅親〉即指出：「非常感謝詩選編輯人替後輩小生留下豐富的『遺產』，只是這『遺產』的意義竟被詩選編輯人指為對『詩史』的功績，而且詩選編輯人以及其同仁等皆未死，就愛把自己的東西列為遺產，愛把後輩小生當作孝子，實令人可恥。」（頁 1）

（國體）結構，並扭轉文體風格中所暗示的末世中國，藉以重建國體風格。而在一九七〇年代初爆發的現代詩論戰，正是其反體制運動的重要進路。

相對於目前學界對一九五〇、六〇年代現代詩論戰重複而了無新意的「勤加耕耘」，一九七〇年代現代詩論戰不只在研究上缺乏深化，甚至在「定義」上也相當的模糊。論者多以關傑明、唐文標對一九七〇年代初出版一系列詩選❽所發表的文字，作為一九七〇年代現代詩論戰主要的文本。唐文標、關傑明批判文字，當然引發臺灣詩壇的反擊，但嚴格來說並沒有引發所謂的論戰。若我們將詩史視角放大進行立體檢視，可以發現為一般論者忽略的史料：施善繼在《夏潮通訊》第 2 期（1985.7）所發表的〈相期應努力，天地正風塵——懷念唐文標〉一文中即指出：

> 論者皆認為，發表在 1972 年至 1974 年間，關傑明和唐文標二位先生，一系列批評臺灣現代詩的文章，是臺灣詩壇自 1950 年以來的第三次「論戰」。事實上當我們現在回顧那一段詩史，無論如何是談不上「論戰」的，因為被關唐二位先生嚴厲批評的臺灣詩壇，並沒有提出足以服人的辯解，有的只是扣帽子，掄棒子，誣告，打理，歇斯底里，顯出一付氣急敗壞的模樣，批評者和被批評者兩造根本不成比例。而所謂「唐文標事件」（顏元叔語：見《中外文學》二卷五期、1973.10.1），為七〇年代後期的臺灣鄉土文學論爭，種

---

❽ 除了洛夫詩選外，還有葉維廉所編之詩選。

下遠因。

這是身處於現場的施善繼的紀錄，說明關唐與反駁者的文字，在數量與質量上並未形成對話關係。《創世紀》第 30 期（1973.9）關傑明刊載的信件似也表示並無意批評臺灣現代詩壇，這反倒使其引發爭議的文字減低了其批評效力，而唐文標也無更具延伸性的回應。因此若要以關唐之評論與引發的反駁（抗）意見視為現代詩論戰的全景，似並不妥當，筆者以為是時顏元叔以「事件」界定其規模，是比較準確的。

嚴格說來，代表一九七〇年代初對現代詩現代主義（包括超現實主義）批判風潮的現代詩論戰，除了關唐的評論文字，應該還包括：⑴傅敏（李敏勇當時筆名）於《笠》第 43 期（1971.6）發表〈招魂祭——從所謂《一九七〇詩選》談洛夫的詩之認識〉一文後，引發創世紀與笠詩社兩集團詩人的交互論戰。❾⑵一九七〇年代初的新興詩刊透過一連串評論與專輯活動，抨擊一九六〇年代以來的詩壇現象。其中最具代表性的便是龍族詩社《龍族詩刊》第 9 期評論專號（1973.7.7）、大地詩社一系列前行代詩人論，以及主

---

❾ 對此筆者於拙著《臺灣現代詩典律的建構與推移：以創世紀詩社與笠詩社為觀察核心》（臺北縣：鷹漢出版社，2004 年）中「第五章 異典律的交鋒與推移：文學論戰」之「李敏勇〈招魂祭〉引發的兩詩社論戰」一節（頁 341-348）中有所細論。在筆者看來，所謂的論戰至少是批判文字間的往返，還包括「再」往返，因此比起關唐「事件」，創世紀（當時以《水星》、《詩宗》為主要發表版面）與笠由〈招魂祭〉而起的交鋒，更具有嚴格的論戰規格。

流詩社《主流詩刊》第 10 期評論專號（1974.3）。❿

實際檢視史料，在上述一九七〇年代這波現代詩論戰風潮中，唐文標與一九七〇年代新興詩社存在實際的互動關係。例如唐文標最關鍵的〈什麼時代什麼地方什麼人〉一文即發表於《龍族詩刊》第 9 期評論專號（1973.7.7），並與龍族詩人施善繼時相往來，此外，對一九七〇年代新興詩刊與戰後第一世代詩人也多所關注，時給予相關批評意見。因此若要進一步深化對戰後第一世代詩人現代詩文體運動的討論，筆者以為，就必須透過與唐文標論見的比較，方能凸顯其特殊性所在。

與唐文標論見相較，戰後第一世代詩人在自我世代詩刊中的現代詩論見有何特殊性，始終是相關論者所輕忽之處。這也連帶地消減，或者說擱置了戰後第一世代詩人現代詩文體運動，在對戰後現代詩文體美學置換過程上效力的理解。這樣的忽略，其影響所及，便是臺灣現代詩史家們筆下所呈現出一段段快節奏、粗糙的現代詩史敘事。

既要從比較方式入手，首先我們必須要清楚描繪出彼此的對應關係。從最具體的篇目發表時序關係來看，唐文標的重要詩論〈詩的沒落〉、〈什麼時代什麼地方什麼人〉、〈殭斃的現代詩〉⓫主

---

❿ 一九六〇年代新批評出現，一九一九七〇年代新批評在顏元叔引發的相關論爭（颱風季論戰），但必須注意這樣的批評視域的征戰其實並未深入影響一九七〇年代現代詩的創作與理論，因為此時的重要論題並不在此，這僅是一九一九七〇年代新詩發展的小插曲。

⓫ 三文分見《文季》創刊號（1973.8.15）、《龍族》第 9 期（1973.7.7）、《中外文學》2 卷 3 期。

要集中在 1973 年發表。而戰後第一世代詩人的詩論，有在其前者，有與之同時者，也有在其後者，其時空範圍大過唐文標，因此不能以發表的先後狀況，斷定彼此的影響關係。不過就論述文字的內容來，便可以發現戰後第一世代詩人對唐文標詩論，既有認同之處，亦有否定之處。

戰後第一世代詩人最常回應唐文標詩論的文字，莫過於「什麼時代什麼地方什麼人」此一提問。

早在《大地詩刊》第 2 期（1972.11.1）便刊登了唐文標的來信，該信便明確寫到：「不妨問，為什麼要寫詩呢？在什麼時候，在什麼地方寫詩呢？寫詩是給誰看的呢？」⑫一九七〇年代初的國族危機使得戰後第一世代詩人更需要定向感，因此唐文標這經典三問在 1973 年後，於戰後第一世代詩人的詩論中不時產生了回應，表達了他們為此時此在中國定標的脈絡化語言。李豐楙在〈請聽！詩人〉中便這樣寫到：「認清什麼時代，什麼土地，寫給什麼人看！否則詩刊再多，詩集再多，也只能算是詩人的遊戲而已。」⑬在此脈絡書寫的思考驅動下，遂使詩人現下之筆，旋成過往今來之根脈，在稿紙上筆陣羅列之間，所求無非現實的中國性問題。

現實精神的發揚，使得詩人不再是文體文本的作者，而書寫此一動作本身，因其脈絡企圖，也成為社會行動的一部分，羅蘭·巴特（Roland Barthes）作者已死的解釋效力在此處於模糊不定的狀態。陳芳明在《含憂草》中便指出其自身的創作走向由「沉溺於夢

⑫ 《大地詩刊》第 2 期（1972.11.1），頁末。

⑬ 《大地詩刊》第 12 期（1975.3.25），頁 2。

境到面對現實、投身社會」，而李豐楙於〈悲歌——白萩「天空象徵」的略析〉一文中亦指出：「若是詩的創作是紮根於生活層面、從其中去感興、進而體悟到更深一層的哲理那就不致陷於孤絕、而與『人』——廣大的群眾息息相關。」⓮可見大地詩社詩人之詩論意見，乃至創作轉變，並非單純只是要使文本發生和聲現實的效果。事實上，在這一系列現代文體之公眾化乃至國族化的脈絡思考下，根本地在強化作為文學文體的現代詩，其在一九六〇年代未健全的社會功能。

但戰後第一世代對唐文標詩論，並未完全接受而有所辯駁。最具代表性的是黃進蓮（黃勁連當時筆名）這篇發表於《主流詩刊》第 10 期評論專號（1974.3）的〈黑白講——檢視唐文標『詩的沒落』一文〉，在這篇長文中黃進蓮指出：

> 現在我們把時空距離拉近一點，看看目前的現代詩，現代詩中能得到民歌精神的真傳的詩人，也是所在都有；瘂弦的民謠風格的變奏，是最著名的例子，他詩中那種複疊句法的聯接、跳躍，都是民歌的形式……我要特別強調的，即是活躍在「笠」詩刊的一些本省藉詩人，他們的詩帶有田園泥土的芳香，他們詩精神的動向是屬於這一塊地的，他們的語言也是屬於這塊土地的……為何，唐文標的眼睛沒有看到，沒有關心到？

⓮　《大地詩刊》第 1 期（1972.9.1），頁 37。

黃進蓮認為唐文標對《詩經》與魏晉南北朝文人詩的認識過於簡化刻板，缺乏流變承衍實況的文學史理解，這使其強調訴諸於歷史架構而成的詩論文字打了折扣。特別是唐文標認為臺灣現代詩沒有繼承到任何五四現實以及中國《詩經》民歌傳統，更為黃進蓮所不能苟同。因此黃進蓮便以瘂弦與笠詩社做為實際例證，凸顯唐文標詩論在臺灣現代詩文本實際舉證上缺漏與片面。至於龍族詩人辛牧在〈牆外之什〉一文亦指出：

> 唐文標的文學見地雖然百分之九十九是一派胡言亂語，但是只要還有一分真在，也就值得我們自省一番的。問題是我們看了這些論，態度怎樣？如果只是一味的「從否定出發」；如果只是情緒沸騰，眼裡充血；尤其是當事人，只是跳腳，甚或意氣用事才是最可怕的。⓯

以及游喚於〈明月與溝渠——淺顧現代詩〉一文中所言：

> 雖然唐文標與關傑明一口咬定現代詩人的作品，明言現代詩的困境稍有偏激，而且言過其實，但值得詩人們反省，當我們很冷靜而且不帶任何偏見地檢視已經為我們留下成果的幾位現代詩人篳路藍縷的作品時，我們不得不油然產生像唐文標提出的這樣一個問題：什麼時代？什麼人？寫什麼詩？這個問題的答案，除非那一批不講詩的主題詩的結構，而大唱

⓯　《龍族》第 11 期（1974.1.1），頁 11。

詩是「情感發洩」是「不受任何外在意識的自我挖掘」的超現實主義外，每個人都該正視這個問題……⑯

上面辛牧與游喚的兩段意見，其內在對唐文標詩論的探討，都有相當一致的論述邏輯。即從其錯誤中尋找未來促引臺灣現代詩史朝正確之路發展的可能，這樣的態度也反映了戰後第一世代詩人屬於辯證性的接受，而彼此也建構出一反一九六〇年代現代主義弊病的精神堡壘。因此總的看來，並不能以傳統的呼應、認同方式，理解唐文標與戰後第一世代詩人間的詩學史關係。戰後第一世代詩人以唐文標詩論為據點，所發展出一連串引文、回應、啟發、互證、強化的作業，可視為對唐文標詩論一辯證性的接受。當然，這也暗示著他們與唐文標詩論間，所存在的細膩差異。

筆者以為兩者的差異乃在於，戰後第一世代詩人透過自我籌辦的詩刊，使其對現代詩的意見，帶有更積極的⑴聲明實踐力、⑵詩學的辨析性、⑶重視實際文體修辭概念，此三點正是戰後第一世代詩人現代詩文體運動的特殊性。以下筆者分點論述之。

第一、聲明實踐力：

戰後第一世代詩人籌辦的詩刊，既是傳播媒體，也可視為他們透過世代動員進行的集體創作文本。此一集體文本，比唐文標的個人詩論，不只展現集體的世代性，更重要的，因詩刊本身的傳播特質，以及守門人必然存在的選題策略、文件編輯機制，使其內容負

---

⑯ 原文載於《臺大青年》第 73 期，本引文則轉自趙知悌[編]《文學休走——現代文學的考察》（臺北：遠景出版社，1976 年），頁 207-208。

載的訊息，包括宣言、發刊詞、社論、詩論，接近於詩文本創作的社名意象，以及詩刊核心文本——詩作，都具有世代聲明的效力。

主導《龍族評論專號》（1972.12.12）的高信疆在給主流詩社詩人文采的信件中這樣提及：「『卅年內沒有新人』的狂言讕語，只是上一代思想脆弱，內容空洞的詩人們，一個裝腔作態的可悲架勢。……『龍族』詩刊評論專號之事，想你已有所聞……」⑰這封私人信件，間接呈現了一九七〇年代新興詩刊在媒體製作過程中的動員狀況與聲明動機。他們營造的自我媒體空間成為了戰後第一世代詩人詩學的胎器，醞釀了傳播訊息效度與運動向量。聲明作為一個語言動作與形式，乃是在語句與語意上，將「我們應該」進行副詞式的鍵入。此一鍵入，既要強化論述必要性，更要在詩刊傳播中，引動論述的實踐。特別是詩刊中以發刊詞、宣言為形式的詩論，本身更明確地不是以個人單數主詞，而是以社群此一複數主詞為單位，為社群內部成員互動、激盪後的訊息。這份聲明的提出，至少已具體地為自我社群未來的文本創作進行預約。

因此與單純只是進行詩論撰寫的唐文標詩論相較，戰後第一世代詩人的「書寫」是投射在「世代－媒體－訊息－聲明－實踐」的立體空間中。身兼傳播者與創作者的戰後第一世代詩人其籌組詩刊，本身的動員目標乃歸止於對現代詩文體的實踐，而非單純地對現代詩現象的批判。

第二、詩學的辨析性：

戰後第一世代詩人對臺灣一九五〇、六〇年代積累的現代主義

---

⑰ 《主流》第 8 期（1973.2.1），頁 71。

傳統進行有意識的認知，與有系統的辨析工作，本身既是一種聲明，同時也是對聲明的實踐。在《主流》第 10 期（1974.3）中信德給莊金國的信件中如此提到：

> 我對六十年代及七十年代詩選中以往前喜愛的某幾首，或某幾個作者，現在完全沒胃口了。因為我怕讀到模仿或抄襲的所謂「現代討」……我近讀英美詩，再讀中國現代詩（以前是先讀中國現代詩，再偶而翻翻翻的譯英美中譯詩。這個次序的轉變實應歸功於我近四年來學習第二外國語之賜，我能直接閱讀），發現臺灣百分之七十以上的詩人都是在抄或模仿外國詩。幾乎到處可見英美詩的影子。……因之，我對好些原本心儀的詩人，遽然感到失望和絕望。原來「中國現代詩」是這樣弄出來的！我相信那些始作俑者當初未必想到會斲傷中國新詩到這步田地……現在我讀中國新詩抵揀林亨泰，鄭愁予再加個敻虹的讀讀，近來的余光中也不壞，其他的我暫時不去接觸，免得「消化」不良。但我並不一口否定其他詩人某些具有中國血肉的作品，就如瘂弦有好作品，但他的「深淵」絕不是中國的（以前我最愛讀的了）。⓲

戰後第一世代詩人所接受的養成教育與學院訓練，使得臺灣戰後現代詩論史在一九七〇年代進入新的階段。擁有基礎的外語能力，使得他們能直追外國現代主義本文，透過比較研究篩檢出臺灣

⓲　《主流》第 10 期（1974.3），頁 80。

一九六〇年代被轉譯的現代主義理論，以及相關衍生出詩作中的仿作身影。這些觀察部分已為關傑明詩論所見，不過戰後第一世代詩人更致力於深入探討西方現代主義在臺灣一九五〇、六〇年代的傳播過程中，其所發生的誤讀現象，《龍族評論專號》的導言，便以「再檢討」與「重估」面對一九五〇、六〇年代現代詩史：

> 這次的討論（按：指一九七〇年代初現代詩論戰）與以往任何一次新詩論戰，都有其顯著的不同——它的評論者，幾乎大部份是年輕一代的學者、詩人，或與詩人關係極為密切，對新詩發展一向關懷的學術界朋友；他們大多對西方現代文學思潮耳熟能詳，對中國新詩的變遷也都歷歷如數……展示了臺灣現代詩已開始進入學術研究的範疇，不再是詩人自己的事了；一方面，卻也顯現了年輕一代的詩論者、詩作者，對於起步階段的中國現代詩，意圖作一重新估價與認真檢討的試探。就整個中國現代詩的發展來看，這誠然是值得我們慶幸的現象；特別在一個文學的轉型期間……

在一九七〇年代初，戰後第一世代詩人對現代詩文體知識本源的重估與重整，往往需要更多專業學科知識以為支援，在這方面，則以一九七〇年代初最具學院特質的大地詩社，表現最為突出。大地詩社詩人如李豐楙、陳鵬翔、古添洪、陳芳明⓳等都有相當厚實的外文、文學與史學素養，使得《大地詩刊》創刊號中「積極建立

⓳ 陳芳明同時參加龍族與大地詩社。

起較為嚴謹的詩批評……亦擬討論中外古今之詩論」這論述聲明得到落實。我們不妨以《大地詩刊》第 8 期（1974.3.3）古添洪〈論洛夫的「長恨歌」讀後〉一文，對該期所刊登之彩羽〈論洛夫的「長恨歌」〉的立即回應為例證。古添洪該文乃是以按語的形式，針對彩羽之文十二點謬誤逐一進行細部討論⓴，在第九點中古添洪提到：「『科學精神』何所指？把左拉及陀斯妥也夫司基的的『小說』來和『詩』比較，不敢說不可能，但比較困難，因為不同類。以不同來比，就不得不詳加說明，否則別人無法透過『小說』來了解『詩』中的用心所在。」㉑其實彩羽〈論洛夫的「長恨歌」〉——同時也是一九五〇、六〇年代詩論（可以《六十年代詩選》、《七十年代詩選》對所選詩人之按語為代表）普遍的詩論謬誤之處，主要為⑴喜用與泛用西方作家或批評形容詞以「比擬」臺灣現代詩人的作品風格㉒，⑵文體概念與批評邏輯在運用上的不清楚。古添洪在《大地詩刊》第十四期（1975.10.15）〈奠基於中國文化的心態上〉中亦指出：

> 如果一首現代詩所表現的思想型態完全是外國的，雖然是用中文寫成，我們實也難以稱之為中國詩㉓，我們寧稱之為用

⓴ 這也展現戰後第一世代詩人對前行代詩人詩論的快速對應力。

㉑ 見《大地詩刊》第 8 期（1974.3.3），頁 36。

㉒ 例如《七十年代詩選》的葉珊小評〈古典的狂想〉這樣寫道：「一種許拜維艾爾（Jules Supervielle）式的輪迴，一種洎羅美德（Promethee）式的激盪，一種希門涅茲（J.R. Jimenez）式的灑脫……。」（頁 67）

㉓ 在一九七〇年代初期的主流詩社也有此中國詩意見。

> 中文寫成的外國詩。……臺灣的現代詩就充滿了「性」、「虛無」、「戰爭」、「死亡」、「失落」等灰色的情調，更以為非此就不是「現代」似的。㉔

古添洪的一系列意見指出一九六〇年代現代詩對於西方現代主義的接受與使用，其內部已陷入詞義不清的誤讀狀態。受限於一九五〇、六〇年代的傳播資源與外語能力等條件限制，這種誤讀是對西方現代主義的一種調適性詮釋手段。藉此，前行代詩人得到西方表達現代性經驗的特定主題術語，在臺灣一九六〇年代仍為高度現代化的社會中，實意在藉彼而喻此，表達他們不能（易）言傳的割離於大陸文化母體外的空匱感。另一方面，他們也於西方現代主義文本與書寫理論中，得到語言巧變、意象鍊造的技巧。但這種對西方的調適運作，不只在創作上，也在批評中進行運用，無疑形成了一現代主義的誤讀再生產機制，也涉入詩學群體典律的影響作業。陳芳明在《大地詩刊》第2期（1972.11.1）〈鏡中鏡〉「在洛夫的言論中，喜歡把一些詩人歸入超現實主義，甚至在最近的文章裡連葉珊的作品也被他認為有『超現實主義』的傾向。」㉕這般批評洛夫現代詩批評對西方理論應用的問題，其實也說明了學院詩人已意識到：⑴晦澀與孤獨風格並不全是現代主義的真正內在詞義，以及⑵臺灣的現代主義生產機制裡頭潛藏的誤讀共謀。

誤讀卻成正解，如此「以訛為正」確實是超過理論旅行的詮釋

㉔ 《大地詩刊》第14期（1975.10.15），頁1。

㉕ 《大地詩刊》第2期（1972.11.1），頁46。

底線，可以說大地詩社及其刊物以詩論為主的經營策略，本身即在扮演一種知性角色，壓縮、滌清了前行代詩人對西方誤讀的浪漫感。

第三、重視實際文體的修辭概念：

一九五〇、六〇年代現代詩得以快速落實其內在前衛的美學思考，與早期傳媒、書寫工具的限制有關，現代詩相對於其他文體擁有可快速進行傳播、撰修的優勢，使之成為最有可能在現實世界中讓想像奪權的文體。

一九六〇年代現代主義掌控詩壇典律機制，其修辭體系完成後進入了影響論層次時，就文學社會學的角度看來，已不再只是修辭力量的問題，而是修辭政治的問題。現代主義詩作在一九六〇年代各種詩選（以創世紀主導的《六十年代詩選》、《七十年代詩選》為代表）成為主流作品，其不只是被編選者聚焦，以及被讀者崇揚的文本，更是後續寫作者的範本。當現代主義詩作在如此典律傳播機制中，被製成語言版型提供消費、應用時，意謂現代詩寫作進入一個可規之循之的機械複製時代。《暴風雨詩刊》第 5 期（1972.3）中喬林給連水淼的信中提及：「詩在今天最大的障礙，應該是使傳達能力盡失這個陣障礙，一些專在詩句上一句句的加工，變形的手藝……一些無病呻吟，左喚虛無，右呼痛楚的……這些障礙應該要清除，應該停止其繼續漫長。」㉖這段觀察，更具體說明此一語言「工藝產品」的修辭特性——注重「語句」的加工，以摻揉虛無、痛楚的語感為其模態風格重點。對於一九六〇年代現

㉖　《暴風雨詩刊》第 5 期（1972.3），內折頁。

代主義詩語言弊病的不滿，戰後第一世代詩人與關唐等詩論家並沒有不同。但臺灣現代詩內媒體製作與文體寫作彼此交互緊密推進的傳統中，戰後第一世代詩人的詩人與詩刊主導者身份，使得他們必須更進一步地真正畫構出理想的詩作模態。

受限於一九七〇年代初戰後第一世代詩人在詩寫作上仍處於起步階段，因此他們在創作同時很自然致力於對詩語言修辭理論進行探討。亦即：戰後第一世代詩人的典律建制策略是先以理論對現代主義進行典律撞擊，同時在詩語言修辭理論的探索中規劃理想的詩作模態，而後再以創作來「印證」其理論的可行性。在一九七〇年代初戰後第一世代詩人對現代詩修辭的探討，本身可說是一種階段性的實踐。而其在一九七〇年代初現代詩修辭開展出一系列論題，可由《草根詩刊》第 1 期（1975.5.4）〈草根宣言〉總結，筆者引於下：

> 在創作和理論方面
>
> 一、詩想是詩的語言和形式之先決條件，我們不迷信語言，也不忽視形式。因為只有詩想變，整個詩才會變，語言、意象、音樂、形式也都隨著變。任何在形式、音樂、意象、語言上單一求變的企圖，只能造成一時外貌的整容，但決無法在本質上開創出新的局面。
>
> 二、我們不必要求詩一定要講文法，但新鑄的語句，應當避免謎語式的割離和矯揉式的造做。自然不是平淡，求奇不在乎表面。我們不避用對仗，及一切適用於詩中的中文特性，只要運用的自然有力，且有藝術上的需要。至於用典，我們

也不排斥，只要典能化入詩中，與原詩配合無間，從而增強其效果者我們樂於接受。

三、無論從事任何一種詩創作，我們都不放棄詩的音樂性，無論是內在的或外在的，只要能配合詩想詩情，在順應自然氣勢與不傷作者意指的條件下，我們願盡最大的努力在詩中發揚中文的音樂性。

四、自由詩，格律詩，分段詩，以及其間所屬的小詩，圖象詩，戰鬥詩，民歌詩……等等我們一律不排斥：或繼承或研究，或改過，或闡揚，我們要不斷的在新詩的形式上研究探討，實驗，創作。在某些情況之下，因題材詩想的需要，我們認為詩歌可以合一，以發展新民歌的可能性。

近萬餘字的〈草根宣言〉，除整編了二十世紀現代詩史的源流，在最後特標出「創作和理論方面」一目，具體提出現代詩改革的修辭方案。〈草根宣言〉也批判了「刻意求變」的現代主義修辭概念，強調「自然」語言本身擁有的創造性，與《大地詩刊》第 1 期（1972.9.1）中李弦、陳慧樺、陳芳明對白萩《天空象徵》中生活明朗語言的辯證，可明確看到戰後第一世代詩人共同對詩語言質地的認知。但這不是意謂要對詩語言、形式經營的棄守，而是要「詩想」進行統整。所有語言、形式的變化，乃是以詩想表現為主軸，這在詩文本區分出主次枝幹的結構關係，正與《後浪》第 5 期（1973.5.15）南桑〈結構的力量〉：「語言力求張力，雖語言『肌理』（機能）呈現豐滿和警策，但裡頭卻無『骨頭』（結構的力量），照樣會垮做一堆。」在論見上的接續關係。追求語言的力度表現，在論述上〈草根宣言〉針對胡適八不主義提出修正，認為在修辭上「對仗」、「用典」如能增強語言效果，亦可適當使用。

至於〈草根宣言〉中對現代詩音樂性的重視，以及現代詩與民歌的交互結合，更是戰後第一世代詩人自一九七〇年代初以來所持續討論的重要現代詩修辭議題之一。除了黃勁連的《蓮花落》已開始進行現代詩與臺灣念謠的相關實驗外，《龍族》第九號（1973 年 7 月 7 日）龍族評論專號中黃榮村的〈搖滾樂與現代詩〉，以及《大地》第 7 期（1973 年 12 月 12 日）與第 8 期（1974 年 3 月 3 日）吳連英對西方搖滾詩的翻譯，都可以看一九七〇年代初戰後第一世代詩人在現代詩音樂性經營上共同的修辭立場。

二、詩學聲明與新舊別群：一九七〇年代初新興詩社詩學主張的策略性

詩社聲明是對訊息的組織，藉此為其詩學提供行動能量。一個詩學聲明本身便是一詩社群體對詩語言世界觀的一次表達，以及一次前衛行動的可能。在一九七〇年代初，戰後第一世代詩人以詩社為單位，密集地建構、傳播詩社群體的共同聲明，其內部涉及此一社群共同經驗的彙整、強化，以確保聲明本身的必要性與實踐性。可以說一個詩社群體在創辦初期其聲明的有無、精緻度，往往可預視出其將是有詩學改革目標的社團，或單純只是以遊賞聯誼為主的社團組織。

李歐梵在〈臺灣文學中的「現代主義」和「浪漫主義」〉中如此說到：「七〇年代初，大部分臺灣詩人承認他們的現代詩已結束

了西方的發展形態，走向形式樸素、內容充實的階段。」㉗文中所謂的「大部分」，這一籠統的指涉似乎省略了對臺灣一九七〇年代現代詩場域中詩人層次的細密考察。我們不妨具體地尋找是誰符合了李歐梵文中設下的⑴結束向西方、⑵形式內容樸素充實這兩個改變特色？就詩社群觀點來看，在一九七〇年代初進入「現代傳統融合時期」的創世紀詩社㉘有⑴這樣的特色，卻始終反對⑵這樣的特色；至於在創社時便對一九六〇年代現代主義抱著辯證態度的笠詩社，其詩學發展史中則從未存在⑴的問題，在修辭表現上則一直以⑵為重心。

因此在詩社群意識發展上真正展現⑴、⑵兩點特色，則應是戰後第一世代詩人主導的一九七〇年代新興詩社，在一九六〇年代末處於寫作初期的他們曾短暫參與那現代主義機制，在一九七〇年代初見證甚至促動了現代主義典律機制在大環境下的崩潰。

由此，即可一窺戰後第一世代詩人主導的現代詩文體改革行動在臺灣戰後現代詩史的詩學位置。但更重要的，顯然還必須探述其詩學聲明如何累積、組織出這樣詩學行動力，又傳達了怎樣的詩語言世界觀。

在討論臺灣一九七〇年代初新興詩社詩學聲明前，筆者必須先點出在論述基礎文本上，兩個須注意之處：

㉗ 藍星的社團組織則相當鬆散，無法以詩社觀點進行評估。

㉘ 筆者拙著《臺灣現代詩典律的建構與推移：以創世紀詩社與笠詩社為觀察核心》（臺北縣：鷹漢出版社，2004 年）之「創世紀詩社社團發展史」一節（頁 47-51），對創世紀「現代傳統融合時期」之表現有所深論，在此不贅述。

⑴討論一九七〇年代初戰後第一世代詩人的詩學意識史，向以龍族詩社為代表，所用論述材料也往往不出《龍族》序詩與評論專號兩個材料。但若細考史料，可以發現在一九七〇年代初期，大地詩社、主流詩社與後浪（後擴編改名為詩人季刊）的詩學聲明文件，往往為論者所忽略。

⑵在一九七〇年代初，最能明確指出戰後第一世代詩人詩學主張的聲明文件，莫過於「發刊詞」、「宣（序）言」、「編後記」、「詩論」等，但我們也不能忽略其透過詩社社名、刊物製成等方式完成的詩社意象，本身對詩學聲明也帶有象徵式的表達。

因此，以下對一九七〇年代初新興詩社詩學聲明的研究，將整合龍族、大地、主流、後浪詩社之於「發刊詞」、「宣（序）言」、「編後記」、「詩論」、「詩社意象」為主要的論述材料。

筆者在拙作《詩不安：七〇年代新興詩社及詩人之精神動員與典律建制》與《青春構詩：七〇年代新興詩社與戰後第一世代詩人的詩學建構策略》兩書中，已整理出一九七〇年代初新興詩社詩學聲明的特點為「抵抗橫移說」、「建立現實意識」、「強調中國性」、「標榜新世代」，並嘗試初步呈現其論述結構狀態。在此，筆者首先以實際詩刊史料、前行研究成果與本論文整編之「附錄03：新興詩社創刊宣言與重要社論節錄表」為基礎，將一九七〇年代新興詩社與戰後第一世代詩人於一九七〇年代初聲明其內在意義結構，畫構成下圖：

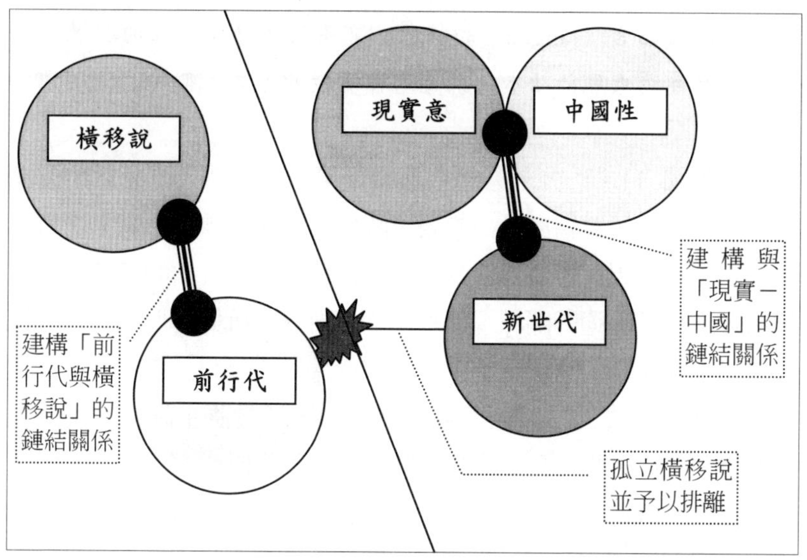

附圖 11：一九七〇年代初戰後第一世代詩人之詩話語意識結構圖

我們啟動對詩史的挖掘，撫觸這些被遺留在歷史地層中的詞素，重構了一九七〇年代初戰後第一世代詩人詩話語意識基本的概念圖景，這「圖 11：一九七〇年代初戰後第一世代詩人之詩話語意識結構圖」不在於成就一死寂結構，而是要恢復各詩論詞素間被隱藏的立體話語關係。傅柯曾如此深論到：

> 「話語關係」是位於話語的界限之上：它們提供話語可以談論的對象，或者，它們決定哪些關係組合語可用來討論各種對象並將其命名、分析、歸類、解釋（但此意象的先決條件是話語對象必須在話語以外形成）這些關係並不標示話語所

用之語言（langue）的特色，亦不突出話語鋪陳的狀況；它只專門表現話語本身就是一種實踐的方式。㉙

「附圖 11：一九七〇年代初戰後第一世代詩人之詩話語意識結構圖」呈現了鍊結與區分的語言關係。在鍊結部份中有⑴「新世代－中國性－現實意識」以及⑵「前行代－橫移說」的鍊結，但兩鍊結並無語言流通的關係，而呈現區分對立（抗）的形態。當然，在這組構與交鋒的語言現象中，「前行代－橫移說」自然是被排離的對象，因為在此一詩話語意識結構中，「發語主詞」是投放在「新世代－中國性－現實意識」的位置。

因此，我們必須把論述焦點放在戰後第一世代詩人這發語主詞上。在聲明裡這帶有鍊結對抗語言關係的詩學意識結構中，戰後第一世代佔據的是一個詩史評論者的位置，而非在物理時間中遲到的詩人。因此在話語結構中，停止了「新世代」與「前行代」間在時間上連續性關係。這一發言位置，使他們權借到詩學這一可與前行代詩人平行的身份。他們也得以重新建立詩學上的邏輯、秩序等連續性規則，而其所提出帶有接受與排離意欲的聲明，也提供了其論見與應用的合法性。

從上面對戰後第一世代詩人發語角色「質」的分析，可以發現其在建構的話語關係中，獲得一個強化的話語聲明位置，成就了自我的角色位置。但再從發語角色的「量」來看，他們話語內部在主

㉙ 米歇·傅柯（Michel Foucault）[著]、王德威[譯]《知識的考掘》（臺北市：麥田出版社，1993 年），頁 127。

詞上呈現「群」的話語特性，這也是一般論者所忽略之處。以「龍族」這在一九七〇年代新興詩社發展史中最具起頭意義的詩社來說，當前論者往往直取「龍」對中國文化與傳統的符號指涉，而忽略「族」在群體發聲學上的意義。《龍族》創刊號封面那被大寫的「龍」，與被小寫的「族」，恰正預示了此一研究現象。

附圖 12：龍族創刊號與第 3 期封面書影

但若細讀《龍族》創刊號的序詩❿，可發現這首詩的重心不只在於鼓動龍這個意象，該詩如此寫到：

我們敲我們自己的鑼打我們自己的鼓

---

❿ 該詩後來也成為《龍族詩刊》各號內頁的刊頭。

舞我們自己的龍

（怎麼啦）

我們還是敲打我們自己的
舞我們自己的

這就是龍族

在這首詩要注意如何透過修辭，完成我「們」與龍「族」間的複數隱喻關係。在整首詩的結構中，「自己」與（怎麼啦）都在強化戰後第一世代詩人有別前行代的獨特世代意識。首段的「自己」具有特別指稱的作用，他既在強調「我們」同時也在強調「鑼」、「鼓」、「龍」，強化自我社「群」與自我國「族」的結合關係。

第二段則以「（怎麼啦）」獨句成段，這問句在提問上存在兩個可能的口吻，代表新世代群體鼓動國族符號的行動，第一、如春雷乍動般地驚醒了周遭的觀者，引發大眾的矚目與關心；第二、引發前行代詩人對戰後第一世代詩人的關注，對他們的「喧鬧」帶有上對下的、脅迫性的質問。因此（）號在這段中有兩個的修辭作用：一方面是在以引註填補入他者的目光，另一方面則可能意在弱化前行代話語的音量，將其他者化甚至進行排離。

第三段看似在重複首段，但實則在回答第二段的問句，並藉此強烈呼應首段。值得注意的是，這呼應並非照抄第一段，「我們自己的」後不再接前面的「鑼」、「鼓」、「龍」，這省略修辭，促動讀者思考，什麼是「國族自己的」，什麼又是「西方他者的」。透過前三段的強烈指示、關注反詰、回圜呼應這抑揚頓挫的語言發展，詩人終於在第四段以肯定句、指示句寫下「這就是龍族」，凸顯「我們龍族」鼓動自我美學主張那的神態。不約而同地，《主流》在第 3、5、6、7、8、9、10、11 期首頁序詩中，也在在凸顯出「我們」這群體複數主詞：

> 我們流著，也許
> 我們就流成了海洋，也許
> 我們只是溝渠，也許
> 我們是雲，在天上流
> 也許我們就變成沼澤
> 也許我們乾枯了就
> 曝出亂石沙洲和水族的屍體
> 因此
> 我們將痛痛快快的
> 在千萬流動之中
> 流著流著……

這首詩裡大量出現的「也許」，雖凸顯戰後第一世代詩人對自我改革現代詩文體行動的成敗，所潛藏的不確定感。但全詩最後將我們銘刻入一義無反顧的行動者姿態中，並隱喻這方是主流的流向與目標。筆者以為，《後浪》第 7 期（1973.9.28）的刊語，恰可為《主流》詩中的我們進行引註，該文如此寫到：

> 後浪層層推進也已經一年了，一年來這些波浪在滔滔大海之中雖然沒有壯觀聲色的海嘯，也沒有掩捲日月的洶湧，然而我們部自喜於所有存在的意義。只要我們尚且感到「存在著」，我們就不會放棄這份奮鬪所矜示的意義。……後浪的潮湧要為這個苦難的年代，湧現一股清新的洪流，喚醒被欺矇的道義和良知的靈魂，後浪的潮湧將掩衝所有的罪惡，擊潰面具背後足以腐壞生命的心癌。後浪終有一天會完成這些任務的，因為我們知道後浪的後面還有後浪，後浪將破壞虛偽、重建純真。[31]

如「龍族」般舞龍以湧動「後浪」的力量形成詩壇「主流」，正是戰後第一世代詩人聲明中何以重視「我們」此一複數詞的原因，他們從中展現了「群體文體改革行動」的認同與信仰，同時也說明了社名意象與詩學聲明兩者間所具有符號具與符號義之關係。詩社立名，乃詩人群體對自我原初意象的思維作業，作為一個群體創作，詩社之名也是詩社群體初期理念整合的意象形貌。社名意象是社員群體約定的共名，共同的社群符號讓彼此產生意義與信念的共鳴，成為詩社集團中被大寫的核心符號，其重要性自不言可喻。而隨著其詩刊編輯刊印，以及向公眾傳播發行的過程，此一社名意象被符號化且大量複製向外傳送，以意象喻示方式傳達詩社聲明並刺激詩壇。在一九七〇年代初，便引動了唐文標對龍族與大地的關注。唐文標在《大地詩刊》第 2 期（1972.11.1）即去信「訓其

---

[31] 《後浪》第 7 期（1973.9.28），折頁 1。

名」，信中這樣寫道：「『大地』是一個好名字，它又一次把我們的注意力放在這個載我覆我的大地上。長期在臺灣詩壇迷失的我，恍惚盲目飛行太久了。……不妨問，為什麼要寫詩呢？在什麼時候，在什麼地方寫詩呢？寫詩是給誰看的呢？」㉜在《龍族》第 9 號（1973.7.7）龍族評論專號，唐文標在〈什麼時代什麼地方什麼人〉一文中，則在開頭標目以「龍族人，詩往那處走？」㉝這樣大寫的方式「問其實」。詩社以意象為名其實也保持了詮釋彈性，使得社群在發展中有流變轉向的空間，匯聚、適應社群內外各種因子的變化。唐文標對一九七〇年代新興詩社的訓名問實，當然是試圖以詩論家的身份影響詩社意象內在意義的整合。

如果在本書第二章「病體／主體／國體：戰後第一世代詩人晦暗的青春自畫像」一節中，那如蝶困守於蛹內一片黑暗的掙扎姿態，是一九六〇年代末戰後第一世代詩人的自畫像。那麼，龍族、大地、主流、後浪正是一九七〇年代初戰後第一世代詩人脫蛻現代主義窠殼後的再畫像。

戰後第一世代詩人群體一九七〇年代初的再畫像中，恢復了他們青春、年輕的詞義，以及充滿顛撲力的能量。《後浪詩刊》各期刊頭即標註「長江後浪推前浪／詩壇新人逐舊人」，其發刊詞亦寫道：「後浪來了，你能說沒有嗎？／後浪之後仍有後浪，你會恐懼嗎？／不，你應該高興的。」這聲明意識除在指稱自我，其文件中所傳達的呼告、鼓動情緒，更使這個指稱本身還同時在進行前後世

㉜　《大地詩刊》第 2 期（1972.11.1），頁末。

㉝　《龍族》第 9 號（1973.7.7），頁 217。

代間新舊別群的區隔動作。在強調「前／後」世代間為「新／舊」世代的過程中，也正在啟動他們的現代詩文體運動，向詩壇那由前行代詩人掌握的陳舊中心行軍。《主流》創刊號社論〈幾句直話〉：

> 導致目前詩壇散漫的風氣和離析的局面，無可旁貸的兩個原因是：①詩壇所謂的前輩詩人責任感不夠；②多數的年青詩作者缺乏根本的自省能力和獨立精神。……而近廿年來，中國現代詩壇之所以演釀成現在這種情況確確實實是作為現代詩壇的每一份子都應該誠誠懇懇作一番檢討的時候，同時也是部份自命為詩宗、詩祖的前當詩人必須虛心和年青人交換意見的時候了。……「我們寫詩，若要是想發表，就得被人家牽若鼻子走還是那一門子道理？……臺北某『名』詩人就說過：『你們這些年青寫詩的剛開始一定要寫迎合編輯的口味，寫出名後，才能去寫自己的東西……』」，這是一位年青朋友給我們來信時所作的申訴。[34]

戰後第一世代詩人新舊別群話語，本身就是在一反詩壇（甚至其所隱喻的西方現代）中心霸權的語言策略，更具體來說是要解構前行代詩人掌握的編輯權與詮釋權，因此他們才會對洛夫《中國現代文學大系》詩選序言有大動作的反抗。誠如 Max Weber 對權力（power）的定義：「將某人的意願強加於某些人的行為上的可能

[34] 《主流》創刊號（1971.7.30），頁 1。

性。」㉟以此檢視洛夫《中國現代文學大系》的詩選序言：「他們將以全新的美學觀點和形式來取代我們今天流行的詩。他們是誰？……他們決不是今天詩壇上年輕的一代。」可以發現洛夫藉詩史陳述回顧，為現代詩文體方法論定調㊱，在編選權力展現的同時，卻也暴力地逕行認為此版本詩選是詩史傳承的資產，並預言戰後第一世代詩人啟動的現代詩文體改革運動的失敗。此中正展現了洛夫當時乃是以如金字塔般的階序科層體系（hierarchy），建構「前行／新世代」的關係，相較之下，戰後第一世代詩人則展現自主性（autonomy）的反抗，呈現前後世代乃至詩社群間各具姿態交互撞擊影響的圖景。

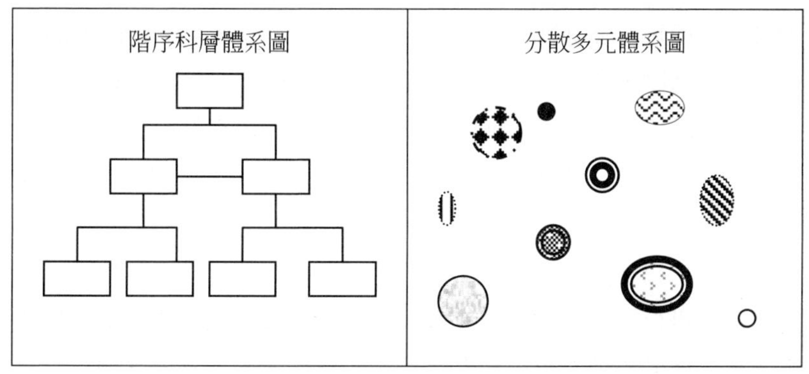

附圖 13：階序科層體系圖與分散多元體系圖對照

㉟ Weber, Max (1954). Max Weber on Law in Economy and Society. Cambridge: Harvard University Press, p. 323.

㊱ 值得注意的是洛夫此一詩序已先在創世紀詩刊中刊登，當時特別移用於詩選序，更使創世紀的超現實主義成為對現代主義批評對象的明確目標。

戰後第一世代詩人新舊別群的詩學意識，並不只是要將自我論見成為「被重視」的聲音，其本身要引動的還在於對「上／下」、「邊緣／中心」這一系列位階（置）的解構。因此他們在新舊別群中，焦點不僅在於對生理上的年紀進行對比㊲，還要在知識系統上明確形成對比。因此他們也必須結合詩學、美學與歷史學的思考，建構出足以對應、取代現代主義的知識系統。

戰後第一世代詩人在一九七〇年代初詩學聲明中呈現的詩學知識系統，便是中國性與現實性的整合詩學。固然戰後第一世代詩人要挑戰的是詩壇的現代主義，我們當然也可以很容易架構出「西方現代主義／中國古典傳統」這樣的對比。但請注意，如果以現代主義為主要文體知識的現代詩，本身既是在透過隱晦、暗示性的文體體質，以與官方文藝間形成「單一／歧義」－「光明／陰晦」的對比結構。那麼，在戰後第一世代詩人的詩學理論中與西方現代主義形成對比關係的「中國古典傳統」，莫非是要恢復至原先官方文藝那單一、光明的位置嗎？

以本書第二章對一九六〇年代末至一九七〇年代初整體文學場域的探討，以及對戰後臺灣一九五〇－七〇年代現代主義轉譯工程的探勘，可以發現，儘管戰後第一世代詩人本身閱讀存在主義與自由主義是他們的前記憶，但在一九七〇年代多於大學中就讀也是他們不可被忽略的知識養成背景。而這個知識養成背景，為我們指出

㊲ 《主流》第4期（1972.4）〈主流的話〉：「『主流』的同人皆在三十歲以下，的確是年青了，但我們知道，值得驕傲的不是我們的年齡，而是我們鮮活的生命。我們能否領導中國未來詩壇的風騷，只有我們自己知道，不是江湖算命先生所能代為預下。」（頁1）。

他們也身處在彼時文化場域中，那中國文化復興式的語境中這一事實。

所以可以發現，值此全球冷戰結構崩壞之時序，作為對抗現代主義重鎮之一的一九七〇年代新興詩社，因為其所要面臨辯證兩個中心話語的知識任務，決定了他們在臺灣文學史中特殊又矛盾的位置。就其一九七〇年代初的聲明看來，戰後第一世代詩人對於中國古典傳統，或者說「中國」這符號的態度，本身混雜著(1)申明自我文化立場與(2)作為詩學知識資源的意識。在封閉的政治情境中，或許他們不能立即發揮政治影響力㊳，但他們仍企圖透過理想文體的聲明，在詩語言的美學層次上對社會情境進行回饋。如果一九六〇年代「現代」成為一個凝止的符號具，投注意義，創造信仰，進行翻譯、寫作與媒體的複雜動員。那麼讓詩人們得以在初期促成文體復活的關鍵符號具，則是「中國」。

龍族詩社的「龍」自然是一中國意象，這以中國指稱自我群體的意識，自然也轉換到對現代詩文體的界義上。《華崗詩刊》第 3 期（1971）的編後便寫到：「詩就是詩，中國人寫中國詩！中國人寫中國詩！」㊴相類似的語句也在李豐楙在〈請聽！詩人〉：「……中國人寫的詩，就是要像中國人的。現代中國人寫的詩，就要像現代中國人的！」㊵這語句裡頭的驚嘆號，展現了詩人們對現代詩文體「中國」在呼籲口吻上的堅決。在語言中任何特意的聚

㊳ 事實上，真採取這樣的手段也是危險的，試看保釣運動參與份子當時政治活動的後續結果。

㊴ 《華崗詩刊》第 3 期（1971）封底。

㊵ 《大地詩刊》第 12 期（1975.3.25），頁 2。

焦，都暗示了話語者內在對聚焦物的模糊焦慮，詩學聲明中對中國的聚焦，意此而言外，它反顯的是聲明者內在對歷史場域裡中國的失散焦慮。《主流》第 4 期（1972.4）：「『主流』拒絕套用『新詩』『現代詩』的字眼。……我們只說寫『詩』，中國人寫『中國詩』。如果說新詩，現代詩，已走入偉大的傳統，取得正統的地位，為什麼要自我標榜『新詩』『現代詩』呢？不是太不夠自信，太沒有安全感嗎？」㊶此為對現代詩文體中國性的聲明，但同時也論述了一個被挑戰、質疑的國體，它本身便帶有一九七〇年代初現代詩論戰那民族主義與語言的層次，試圖在對現代詩文體的中國國體性呼籲中，強化、全整中國國體。

「新」與「現代」兩者都是一相對性的「時段」指稱詞，新詩之稱始於一九二〇年代五四文學運動，現代詩之稱雖起於戰前，但盛於一九六〇年代臺灣現代主義文學風潮中，兩者各有反中國傳統的脈絡。在聲明中兩者為「中國」取代，自然是要使此在書寫之詩體「回歸」於中國文學史的傳統。不可否認，聲明中銳意要挑戰的對象，可能不在於「新」——而在於「現代」。

一九六〇年代現代主義強調對西方資源的吸收，已由對知性的展現衍生至對虛無感、純粹性的現代化追求。對西方現代主義純粹與虛無感的誤讀體會，成為 1949 年之後臺灣中國經驗的重要部份，當現代主義在臺灣詩壇根深蒂固的同時，它也成為西方文化在中國的隱喻物。

一九七〇年代初在中國詩文體史這個大脈絡中抹消「現代」的

㊶ 《主流》第 4 期（1972.4），頁 4。

時間指稱，本身就是對臺灣一九六〇年代現代詩壇所發展的「誤讀」現代主義，是否存在現代化的「進程」產生了疑慮。在一九七〇年代初由釣魚臺事件、退出聯合國等國際政治危機鋪就的中國現實困境中，詩人從語言的彼方，而回到語言的此在，他們不再將「個體」的身影投射入遠征情境與異國氛圍，而以「群體」為視野對國體進行想望，透過詩來建構此在的語言中國——這正是聲明裡頭所影射的語言世界觀。事實上，現代主義在裂變動盪的時代往往成為暫時性的禁忌，已成為文學史的重要律則。

在申明自我在文化上（堅實）的中國立場時，可以發現其中「中國性」與「反西方化」論述互為表裡的現象，這自然是前節所述臺灣知識分子將西化細部析離為現代主義論見的延伸。這樣重視申明自我中國性的立場也促使他們擇選中國古典傳統，作為替代性的現代知識資源，由《大地詩刊》創刊號（1972.9.1）的發刊詞便如此聲明：

> 本刊將採開放批評的方式，審慎研討胡適以降的新詩和近二十年來中國現代詩的成就及得失，積極建立起較為嚴謹的詩批評；本刊亦擬討論中外古今之詩論；深入批評中國的古典詩及民歌；以求再樹立現代中國詩的理論基礎，從而刺激新作品的產生。

請注意這裡要再樹立的是「現代」「中國詩」，此「現代」自然不是指現代主義化，而是適切於此在現實（代）真實處境的中國之詩。而重估詩史、論與詩文本，成為重建現代中國詩之策略。仔細予以檢視，可以發現這論述工程在「中國詩」這個脈絡裡，主要分成⑴大陸五四時期、⑵臺灣一九五〇、六〇年代、⑶中國古典這三部分。以中國古典傳統作為詩學聲明中的主軸內容，恰正凸顯出一九七〇年代初戰後第一世代詩人的詩學活動，本身與一九六〇年代現代詩風潮間在行動方式上的「橫／縱」差異。

《大地詩選》序言（由李豐楙執筆）即言：「從現世中我們要求橫面剖視，我們呼籲早早揚棄『世界性』的枷鎖。橫的移植來的歐戰後的徬徨、悲痛，宗教失落後的淒厲、蒼白……都不是我們所有」，都明顯可看見大地詩社以縱接取代橫移的詩學立場。而這由橫／縱的辯證，於戰後臺灣現代詩史上並非首見，只是在文化意義上已然有別。

覃子豪在一九五〇年代現代詩論戰已提出「縱的繼承」，創世紀也在一九五〇年代提出「新民族詩型」的主張，但終仍無以為繼。事實上，檢視一九五〇、六〇年代前行代詩人對「現代」的想像，實與五四對「西方」的接受意識有所交集，他們在文化心理上預設西方文化是進步，而我們是落後的想像。透過追蹤西方，克服被拋離的距離，也可說自身與中國書寫傳統的差異化，本身就在實踐追求進步的意識。

所以我們可以發現，儘管在一九六〇年代紀弦在〈從自由詩的現代化到現代詩的古典化〉中表達了企圖將現代詩歸入中國文學史經典序列的意識，但主要建構在對五四「自由詩的現代化」，亦即反對古典傳統的路線中進行論述。所以在文中他也如此澄清：「但是現代詩的古典化，這『古典化』一詞，卻非古典主義化之謂。」

㊷如此看來，可知五四與現代主義文學的發展中，中國古典傳統在第一序是不在的，而一九七〇年代新興詩社的現代詩文體改革運動中，傳統卻在第一序佔據了重要的知識本源的位置。

對戰後第一世代詩人來說，傳統不只是一文本內容的系統，更代表一個可提供本源的經典。戰後第一世代詩人透過肯定它的永恆性，在強調自我的參與行動中，接繼了這價值系統，消滅「理論上」現代詩史內部那帶有宗譜味道的世代影響問題，使其可以跨越被負數化的前行代詩人，進行他們初期詩學運動的發展。

臺灣現代主義論者在一九五〇、六〇年代詩壇以橫移的方式追蹤「現代」過程中，同時也詭譎地在建構中國古典傳統之惡，使中國古典傳統僅能以伏流的方式在一九六〇年代詩壇延續。一九七〇年初國族危機使得公眾語境發生了差異，讓中國古典傳統終於正式復位。

對具有縱接中國古典傳統意識的戰後第一世代詩人來說，他們將中國古典傳統視為重構國體與文體的重要文本零件，彷彿擦拭了傳統價值，就能為國族（體）意象注入文化自信心。只是中國古典傳統此一文本如此龐大，他們如何擇取所需，或者說，賦予中國古典傳統怎樣的屬性，以在詩論上反駁大陸五四與臺灣現代主義論者過往對中國古典傳統的理解呢？《後浪》第 6 期（1973.7.15）管黠〈苦悶的爆發〉如此寫到：

新的二十年一開始就有「代溝」兩邊的痛苦論戰，一邊是揭

㊷　《現代詩》第 35 期（1961）。

> 發與抨擊，一邊是維護與辯解，這種現象正是「代溝」形成之後的特質，任誰也不能避免。……紀弦的現代派運動以後，詩人就不曉得在這國難當頭的時代裡盡些報國的力量，也不曉得發揮知識分子的鼓吹作用，而一味地濃妝艷抹成為孤芳自賞的貴族或淺唱低吟成為無足輕重的小人物……經過二十年落到現在，怎麼不令欲踏入詩壇的年輕詩人憂心悚悚呢？年輕詩人如不有慧眼識故舊二十年的污烟瘴氣，重新確立詩人對詩壇、對文化、對民族、對國家、對時代精神的接生使命，那又怎能接下代代相傳的棒子呢？[43]

中國古典傳統向以抒情傳統為重要標誌，在一九五〇年代覃子豪與紀弦的現代詩論戰中，也確乎呈現了中國古典傳統與西方現代主義間這樣抒情與知性的對比。但戰後第一世代詩人將古典作為現代詩文體中國化的詞組，並不以抒情性作為目標。內在所存之現實（代）中國的焦慮意識，使他們要建構的是中國傳統的現實性。自 1956 年紀弦〈現代派六大信條〉提出「新詩乃是橫的移植，而非縱的繼承」的論見後，非橫即縱的語言便長期為詩壇使用，隨著現代主義在一九六〇年代詩壇典律化，一系列的論述已逐次提出現代、現實、傳統這三個符號，析離出種種兩兩對立又貧瘠的符號義。

在筆者看來，他們特別標舉《詩經》、《楚辭》，其實在本質上還是要為被析離的傳統與現實，尋找聯結的可能，搭配他們重視

---

[43] 《後浪》第 6 期（1973.7.15），頁 3。

「時代、地方、人」的脈絡語言，更為現代詩文體接繫魏晉風骨的詩語言精神。所以他們不是單純地在「縱的繼承」中做為接受文本訊息的讀者，而是以帶有知識分子屬性的作者身份進行「縱的接生」。

附表 03：一九七〇年代前現代、現實、傳統的二元區分結構表

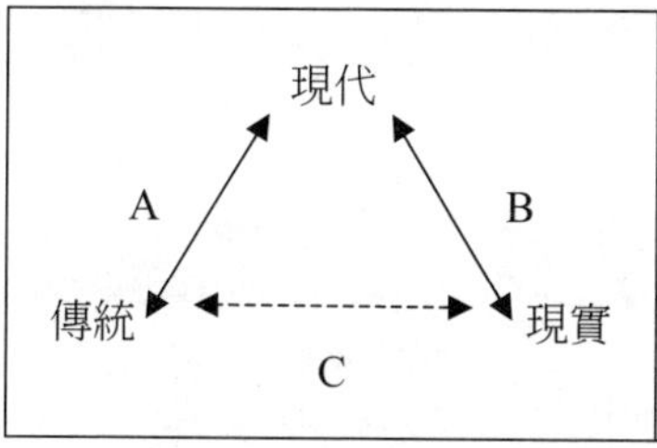

現代
A　B
傳統　現實
C

A	現代	橫、西方、突破、知性
	傳統	縱、中國、保守、抒情
B	現代	技巧、私人、晦澀、輕視現實
	現實	內容、公眾、明朗、重視現實
C	傳統	學院？、雅痞文藝？
	現實	大眾？、戰鬥文藝？

《大地詩刊》創刊宣言亦指出：「我們希望能推波助瀾漸漸形成一股運動，以期二十年來在橫的移植中生長起來的現代詩，在重新正視中國傳統文化以及現實生活中獲得必要的滋潤和再生。」所以在戰後第一世代詩人的詩學聲明中，中國性與現實性不只並重，而且彼此交互鏈結。這使得中國古典傳統不再只是一個學院傳授的教本，獨立於大眾之外。在戰後第一世代詩人「現實性」的援引方式下，傳統與知識分子的時代書寫正在發生作用。

在詩社名意象的隱喻上，筆者以為「大地」表面看來比「龍族」、「後浪」、「主流」等詩社「安定」，但其實是唯一在意象製作中呈現連結「傳統－現實」，以及關懷「現實大眾」寓意者。陳鵬翔於 2007 年 9 月 13 日在筆者的訪談中，曾表示在原先籌備會議決定社名前，便已決定社名中一定要有「中國」二字，但是在同仁實際討論時，有人提出「大地」之名，全員幾乎無異議通過。如果與一九七〇年代初的龍族詩社相較，大地詩社之大地意象其對自我形象的塑建，所要透露的詩學訊息是什麼？

以下，筆者先從大地詩刊的版面構成作為論述切入點。

附圖 14：《大地詩刊》第 1 期（1972.9.1）與第 7 期（1973.12.12）書影

《大地詩刊》創刊號封面為大地詩刊最常使用的封面（由創刊號到第六期），封面以一中國古代鐵鋤片為主體，在其上的斑駁刻痕似乎隱約折顯出一丘陵平原的地景。這幅圖景本身一方面透過古器符號表現了大地「縱的繼承」，另一方面也凸顯出與對此在大地之現實的「感受」與「介入」。至於《大地詩刊》第七期（1973.12.12）後改成季刊後，刊物也進行整體改版與深化，在

《大地詩刊》第八期（1974.3.3）的「大地消息」便寫到：「大地詩刊自七期改版為季刊後，篇幅增加，內容更為充實，甚獲好評。訂戶與銷量大有增加。大地詩刊第八期編輯會議二月十七日於童山家召開。討論熱烈，策劃周詳，會務將有進一步發展。」㊹而其封面版型也改成附圖 14 右側的書影，該封面由梁建廷所設計。兼具詩人身份的畫者以素筆勾描繪製了一群面目鮮活且不同的大眾群像，但是必須注意的是，畫面強調了群眾在立足點上的平等，因此也浮現出了一個畫者不落筆下，但卻在畫面中浮現的地平線——這就是大地詩社要呈現的「大地」：一個為大眾所能踏實立足，一個承載著眾生現實悲喜的大地。李豐楙在〈請聽！詩人〉亦指出：

> 二十餘年，颱風眼裡的寧靜，使詩人忘記外邊的狂濤駭浪，在純藝術論調的前題下，創作與理論多不免陷身於高蹈而不覺：高倡詩之世界主義者有之！奢言人之心靈世界者有之！渾渾然自囿於純粹經驗者！陶陶然服役於審美狀態者……在現代主義，實驗精神等大纛下，平心而論，我們是否走上現代詩的歧途。㊺

「大地」作為一詩學意象概念，其並不單是與天空，更是與無根形成對比。由此可以發現大地此一社名意象發揮了符號效力，確實啟動了讀者產生文化、詩學視域上的調動——從天際迷航到大地

㊹ 見《大地詩刊》第 8 期（1974.3.3），頁 28。

㊺ 《大地詩刊》第 12 期（1975.3.25），頁 2。

落根，而這視域活動的轉換無非是在批評一九六〇年代臺灣現代主義。同時也暗示了現代詩文體的語言應向國族大眾開放，發展出一個對大眾現實性的表達。

統合以上各論，可以發現一九七〇年代初新興詩社透過一系列的詩社意象、創刊宣言、社論的經營，提出自我世代的詩學聲明。此詩學聲明存在與前行代及其主導的一九六〇年代現代主義的對抗意識，透過新舊別群的策略凸顯新舊世代的優劣差異，以自前行代主導的現代主義典律機制突圍而出。詩學聲明所提供的詩學論述者乃至知識分子身份，使戰後第一世代詩人獲得與前行代詩人平行的位置，並為其主導現代詩文體改革運動獲得正當性與必要性。

戰後第一世代詩人一九七〇年代初詩學聲明的新舊別群策略，將「中國性－現實性」與新世代進行鍊結，並將「前行代－橫移說」此一鍊結予以排離，這排離的動作與所成就的詩學語言景觀，申明了他們一九七〇年代初所強調的中國國族屬性的立場。這樣的立場，使得他們的文體與國體概念交相隱喻，因此其強調自我寫作的是「中國詩」，或「現代中國詩」。在詩學知識資源上，他們選擇中國古典傳統作為替代性的詩學知識資源，這與前代代詩人的現代主義初步形成了結構對比。在實際使用上，他們強調縱的接生，以現實性作為篩選準則，將在一九六〇年代被析離的傳統與現實進行連結，運用中國古典內在的現實傳統強化現代詩對現實大眾的書寫可能。戰後第一世代詩人一九七〇年代初的詩學聲明中所重新描繪的語言結構圖景，改寫了他們一九六〇年代末對現代主義的閱讀記憶，也影響了他們未來詩學運動的方式。

三、詮釋傳統與在地體驗：一九七〇年代初新興詩社內部詩學轉型的衍異性

> 文本不是一本書，一本放在圖書館的書，他不擱置意指——歷史、現實、存在、尤其是「他我」這意指……我們必須記得差異是無可約簡。「延異」即意指，意指即「延異」。
>
> ——德希達 Jacques Derrida, 'Afterword: toward an ethic of discussion'

經典化的傳統往往被視為一種穩固、正當的標準文本，實則不然。特別從文本閱讀的角度來看，更可以發現其「一本」而多義的不穩定現象。顧詰剛《古史辨》指出歷代注疏的紛亂現象，主張揚棄歷代注疏而推尚經典本文，企圖藉此撥亂反正。姑且不論顧詰剛的《古史辨》是否真的完成客觀解釋傳統的使命，但他的批判的確指出一個現象，即：不只經典會產生詮釋，詮釋也會片面地衍生出詮釋，凸顯了文字語言符號也會自我產生意義㊻的現象。而經典幾乎無法不以文字語言符號進行表現，因此文字語言所存在的流動性，也使得經典的呈現，或者說讀者解讀經典的過程，都必然陷入一個言不盡意㊼的難局。

此外，如同西方將《聖經》的經典化過程，中國經典名單的組

㊻ 德西達後現代的語言觀便指出，不只符號會產生意義，符號也會產生符號。

㊼ 即便王弼採名、稱之法，依然是以創造出「宣稱」能指稱語意的符號，解決這言盡不盡意的問題。

成，透過典試加強經典的必讀性，形塑中國知識分子的文化思維，乃至於連帶影響其對經典的注疏詮釋，其實都存在政治歷史的運作刻痕，使其符合封建團體的運作利益。這個經典化過程，也使傳統本身的正當性備受質疑，特別是在晚清到民初五四期間，更因此鼓盪出一股反傳統的文化運動。

高達美於《真理與方法》中曾指出：「『經典』並不需要首先克服歷史的距離，因為在不斷與人們的聯繫之中，他已經自己克服了這種距離。因此經典無疑是『沒有時間性』的，然而這種無時間性正是歷史存在的一種模式。」㊽但經典並不會自我解釋，經典是透過不斷湧入的詮釋者來達成它的恆常性。

西方詮釋學向有「照作者原意／比作者更好的」討論命題，呈現詮釋與文本間制約與解放的兩種關係。但不管採取怎樣的態度，詮釋仍是一詮釋者與與詮釋對象間相互開放，以及「互為主體」（inter-subjectivity）的過程，使得詮釋主體的個人歷史身份經驗與經典內容發生互動。儘管經典具有標準性，但與詮釋者互為主體的過程，卻會產生對位效應，因為詮釋者為了更適切本身的歷史經驗而「蓄意誤讀」，使得其標準性被調動轉化。

不是我們在陳述歷史，而是歷史在陳述我們。一個彌之久遠，或當下時代的歷史經驗如何得以完成？除了依靠身體，更多的時候，是仰賴語言。特定場域結構本身必然形成特定的語言邏輯，其往往轉換成一歷史架構，把我們安放其中，形成我們對各組命題

㊽ Hans-George Gadamer, Truth and Method, 2nd revised ed., translateon revised by Joel Weinsheimer and Donald G. Marshall (New York: Crossroad, 1989), p.290.

（包括道德、政治）的慣性。在教育體制中「教科書」及其衍生而出的考試升學制度，正明晰地展現話語權力的強悍。讓我們重複進行固定式樣的語言，創造對歷史架構的認同。被語言權力者書寫、製作的過去並不是靜如處子般地等待我們去理解，它隨時隨地在作為傳播工具的語言文字中進行介入，對現實發生作用，暗地裡凝塑我們對過去的認知，以及對未來的想法。

從戰後第一世代詩人詩語言意識中那中國性與現實意識交叉結構，與以中國傳統經典替代西方現代主義，藉此啟動現代詩文體的復興、革新的聲明，可以發現他們與國族公共語境間在詞語上的類似性。當然，我們不能生硬地作出一九七〇年代初戰後第一世代詩人在「響應」國策這樣的論斷，但也不能否認一九七〇年代初戰後第一世代詩人與公共話語間的互通。其中又以與中華文化復興運動話語的互通性最高，檢視戰後第一世代詩人對詩文體史由西而中，溯源至《詩經》、《楚辭》的譜建詮釋策略，其實正與中華文化復興運動那具「源流性」與「轉譯性」特色的話語幾近同質。

事實上，在《中華文化復興月刊》中，確實也看見戰後第一世代詩人（如蕭蕭等）對傳統詩學之研究論見，而時至一九九〇年代李豐楙〈民國六十年（一九七一）前後新詩社的興起及其意義——兼論相關的一些現代詩評論〉其對一九七〇年代新興詩社運動的分析中，所運用的振興運動觀點，亦承襲自當時中華文化復興運動後，於一九七〇年代提出重要論見的學者李亦園。

筆者指出這樣的語言互通脈絡，意不在提供戰後第一世代詩人「認同」了中華文化復興運動這樣的「論斷」。若總結前述臺灣一九六〇年代政經文化場域之公共語境的探討，筆者認為公共話語與一九七〇年代初戰後第一世代詩人間的互通關係，有兩點必須注意：

第一、政治話語儘管在各場域中擁有強制力的介入建制力量，但仍必須與各場域內獨具的語言系統進行整合。否則強勢介入的政治話語，不僅可能只是一孤立的存在，甚至會引發反效果。在一九六〇年代末，政治話語確實利用了「現代與傳統匯通」此一論題，完成了向文化場域延伸，並進而形就以中國性為主的文化公共語境。

第二、戰後第一世代詩人雖身處於此一公共語境，特別是在一九七〇年代初他們多屬大學知識分子，本身即經歷過官方綿密的學校教育養成，其文學語言觀勢必與當時官方重視的古典文學教育有脈絡關係，進而影響他們的語言文化經驗及文學系譜觀念。因此，在一九七〇年代初期，同時亦是現代詩文體改革運動初期，訴求與前行代及其代表的現代主義文體知識進行對決的過程中，他們很自然會汲取此一語言系統對現代詩文體進行評估。此一話語系統確實可與他們的現實意識交互建構，亦可凸顯出他們與前行代詩人間的差異。

在詩學聲明與公共語境這樣的交互匯通下，一九七〇年代初新興詩社的詩學聲明在理論結構上是極其緊密的。中國性與現實性兩者彼此既是交互建構結合，肯定中國性即肯定了現實性，相對而言，否定現實性同時也會否定了中國性。除非對中國性或現實性本身內部定義、理解狀況改變，否則此一共同結構並不會改變。

戰後第一世代詩人本身在國族史、文體史交錯中定位出的時代位置（place），促使他們對聲明的實踐，並不僅止於對經典文本進行複製。作為一個重視現實的詩人，就意味他們比任何人都要接近真實生活，向所有隱蔽的角落中搜尋，把手伸進去，並帶回滿手的意象。詩人的義務可能還不在於書寫，而在於一定要得到萬物的真實之聲，並讓真實得到語言的力量。詩人在追尋真實，也在意會任何可能在自身背後如操偶師般操控他們說話的事物，所以——詩比歷史更真實。

在一九七〇年代初，戰後第一世代詩人的精神動員儘管主要在作者與讀者的層次進行，但在戒嚴時期已然到了某種極限，若再超過，一旦讀者強化到公眾，便會有問題。㊾因為此時在公領域的動員，只有軍事化與學校化的動員具絕對合法性。是以如大地、後浪等詩社在經營過程中，都受相關政府單位程度不一的觀察、干擾，但戰後第一世代詩人依舊可以依賴書寫與閱讀，從預設的歷史位置實踐自我詩學聲明。

詩學聲明雖預約了戰後第一世代詩人的文體改革運動航程，但他們在此在現實與歷史文本中的旅行，雖試圖調整傳統與現實間的指涉時差，進行古典與現代間的調和，但卻逐步遭逢為權力者遮蔽的語言文本與歷史記憶。對傳統的現實（代）演繹，成為了撤去詩壇乃至官方所提供之歷史文本想像的前奏。

一九七〇年代初戰後第一世代詩人提出的聲明，代表的是在那當下他們對「傳統」所能記憶的範圍。這語言記憶的範圍，不是一個封閉的空間，詩人內在的現實精神一再引動詩人進行延伸、添補，甚至辯證。高上秦在〈探索與回顧——寫在「龍族評論專號」

㊾　從當時臺大校園的《大學新聞》籌辦與發行，所面臨的政治干預可知。

前面〉中如此寫到：

> 這次的討論與以往任何一次新詩論戰，都有其顯著的不同——它的評論者，幾乎大部份是年輕一代的學者、詩人，或與詩人關係極為密切，對新詩發展一向關懷的學術界朋友；他們大多對西方現代文學思潮耳熟能詳，對中國新詩的變遷也都歷歷如數……這個組合或多或少透露了一些徵象：一方面，它展示臺灣現代詩已開始進入學術研究的範疇，不再是詩人自己的事了；一方面，卻也顯現了年輕一代的詩論者、詩作者，對於起步階段的中國現代詩，意圖作一重新估價與認真被檢討的試探。就整個中國現代詩的發展來看，這誠然是值得我們慶幸的現象；特別在一個文學的轉型期間，我們更需要擁有相當的勇氣與睿智，來為過去的階段留下一份真誠的思考，並作為邁向未來的實際憑依。㊿

主導《龍族評論專號》的高信疆當年的這段序言，恰為龍族評論專號在戰後臺灣現代詩發展史中的意義進行一次引說。誠如其言，龍族評論專號所彙編的學者與新世代詩人，已為「中國」「現代詩」提供重估與探討的可能，以加速現代詩文類轉型。此自然暗示了前行代詩人過往在一九六〇年代對西方與中國文學的「想像式」理解終將自詩史現場退幕，而新世代詩人的聲音已開始進入文壇結構的位置，透過自我的發聲匯聚影響力。只是，在當時，新世

㊿ 《龍族詩刊》第9號「評論專號」（1973.7.7），頁9。

代詩人對現代詩乃至於現代主義的理解又到了怎樣的層次，他們已真正理清了詩學傳統的知識系譜了嗎？

在《龍族評論專號》中刊登的桓夫（陳千武）〈詩的回顧——臺灣光復前後的詩型〉（頁 78）對臺灣戰前龍瑛宗、林精鏐與銀鈴會的介紹，初步畫構了臺灣戰前詩傳統的部分眉目。1973 年桓夫（陳千武）〈詩的回顧——臺灣光復前後的詩型〉可說是戰後第一世代詩人主導，以及自我構成的一九七〇年代新興詩刊語境中，首次刊登專論戰前臺灣文學傳統的文字，在討論戰後第一世代詩人一九七〇年代初對中國古典傳統的接受上，這是一相當重要用以探討此一世代詩人群內部後續逐次發生的衍異性之史料。筆者首先分成兩點進行細談：

第一、這篇文章乃是以「反殖民」、「民族」為論述觀念，對戰前臺灣文學傳統進行介紹，而在《龍族評論專號》中也刻意選用「明妃出塞圖」搭配此文。對陳千武而言，這樣的表達方式，當然面臨了官方文藝政策的限制。這說明了臺灣本省籍作家在當時官方對文學傳統詮釋的控制下，其書寫意識無法公共化的問題，以及他們所採取的權宜論述策略。

第二、相對戰後第一世代詩人以回歸中國傳統作為詩學聲明的主軸，陳千武這篇文章說明了在《詩經》、《楚辭》之外，其實還存在另一個為戰後第一世代詩人所未能觸及的戰前臺灣文學傳統。這說明了戰後第一世代詩人此時「中國古典傳統／西方現代主義」本身仍是一帶有二元結構特質的詩語言世界觀，另外他們本身擇選「中國古典傳統」取代「西方現代主義」，也可能是身處在中國本位教育中的他們，一個在詩學理論上理所當然或不得不然的反應。

從《龍族評論專號》這個據點，讓我們放大至整個詩壇，乃至於整個文壇，可以發現戰前臺灣文學這個傳統，已零散地投入一九七〇年代文學地層中。例如：《笠》第 52 期（1972.12）、第 55 期（1973.6）、第 64 期（1974.12）、第 65 期（1975.2）由陳千武、柳文哲（趙天儀筆名）編譯的「臺灣新詩的回顧」，便已翻譯介紹了日治時期鹽分地帶詩人、林肖梅、巫永福。而在 1970 年笠詩社所編《美麗島詩集》中由陳千武所撰寫的〈臺灣現代詩的歷史和詩人們〉這篇編後記，除提出有名的「雙球根」詩史論點外，更初步羅列由王白淵、曾石火、陳遜仁、張冬芳、史民和楊啟東、巫永福、郭水潭、邱水潭、林精鏐、楊雲萍構成的這份日治時期臺灣代表詩人的名單。若我們再放大視角，也可以發現《大學雜誌》第 54 期（1972.5）陳少廷〈五四與臺灣新文學運動〉、林載爵〈日據時代臺灣文學的回顧〉《文季季刊》第 3 期（1974.5.15）也都慢慢地將戰前臺灣文學史的片段挖掘出來了。可以發現，當一九七〇年代初詩壇現代詩論戰烽火熾烈的「同時」，在戰後一九五〇、六〇年代近乎空白的日治時期臺灣文學傳統，已於臺灣文學場域中慢慢復歸。

第四章　戰後第一世代詩人論前行代詩人所內蘊之論題意識

一、詩人如鑑：詮釋前行代詩人論題化及其負擔的驗證焦慮

問題不在於自始即排斥這類知識，而是在於思考知識概念必須如何重新表明，使得涉及有目的的行動，仍有可能產生知識。

——卡爾·曼海姆《知識社會學導論》

鑑，古代的鏡子。因無法以內在感覺體認全然自我的形貌，主體將自我投身鏡鑑反顯形象，完成對自身的審視（美）。但鏡鑑本身引導我們思索的，並不在對輪廓鉅細靡遺的映照，而在於主體審視（美）的意義感從何而來？反省此一問題，既說明鏡鑑內在所存的評準機制，更凸顯典範的存在。但弔詭的是，評鑑往往還涉及著語言系統內部複雜的陳述、臧否、複述等運作，特別是越訴諸於主體精神層次，此一現象便越益明顯。

以史為鑑，本身暗示過往時間成為一絕對客體經驗，在史家（作者）美刺之中成就夙昔典型。此一機制，又特別在中國傳統歷史「書寫」中，明確地將美感導向了道德層次發展。而被書寫擬造

了歷史，其時間序列上的興廢，成為一種驗證此在的重要依據。但此為鑑之史傳，總是處在一被書寫狀態中，這意謂著時間的被反映、呈現與表達，都透過主體語言的介入與描述。是主體語言的認知與價值判斷決定了歷史的樣貌，主體語言對理型的描述誘導歷史的描述，並在歷史敘事中的文脈乃至評贊提供實踐性原則。以詩為鑑，亦復如斯。

詩文體在文學各文體中，因其文本規模特質，最以語言為核心，最能迅捷進行語言美學的實驗，也最能透析文學史遞嬗轉變的微妙狀況。以詩為鑑，或者說以詩語言為鑑，本身其實更加凸顯一個事實：語言文本故可為鏡，但語言本身卻非澄澈如寧靜的湖面，也非固態不變的存在，語言自身也在成長。「詩讀者」陳芳明〈鏡中鏡〉如是論及：「每一首詩簡直就是一面鏡子，他們看到的不僅是詩人的影子，同時也看到了讀者自己。」❶詩語言文本之鏡像，正因觀視者的回看自身，使得主體與客體的語言形象彼此交疊，融攝了作者與讀者及其情境經驗質地，而在經典文本中尤是如此。文本中主客體形貌的交疊，觸動了意義的開放，拉大詮釋空間的可能。但在讀者的閱讀中，作者在文本中既已非實存，而詩語言之鏡像自然終成畫景，使讀者在其中加添自我。因此，對詩語言文本鑑照之鏡像的觀視與閱讀，本身都隱藏著一個再創作的向量。

當再創作不只是一個意念，而落實於腦海乃至筆下，即便是在循規蹈矩的字句仿效中，也充滿著歧出的可能。這主要是讀者其進入作者身份之際，在物理性時間中總是一遲到、後來者。當文本

❶ 《大地詩刊》第2期（1972.11.1），頁41。

——特別是經典文本——的時差一旦放大到「世代」的尺度，其中可能所蘊含之歷史經驗的差距。另外，在語言「創作」上，前行經典文本的典範姿態，也成為作者表現自我個性、獨特性乃至超越感的鑑別標的。也確實，在詩人初期養成過程中，典範文本襲取了鏡鑑的功能，但進入寫作（再創作）狀態中，詩人對於典範文本的凝視，亦即前述的主客體交疊影像中，他們本身重視的是並不在繪製那交集的語言景觀，而是如何像割離臍帶般地能銘刻出自身輪廓。

這凸顯了典範文本不只具有時間進程中的前行者身份，還可能混雜著父性與母性。在主客體交疊影像階段中，典範文本無疑是一母親，在割離後，卻成為一帶有巨大閱讀壓力的父親。「詩人」陳芳明在〈走出別人的影子〉一詩寫到：

（前略）
那影子看起來深邃而碩大
迅速佔領你的個性
回過頭來，覬覦我的思想
活在影子下
你我都是黑暗的人

如果走不出別人的影子
甚至讓它遮住你我的心
我們便一路腐蝕下去
直到成為一份養料

助長那龐大影子的擴張❷

詩人在罔兩問影之間，將自我逐步帶離籠罩其後的身影，前行經典文本同時被父性化、他者化。在詩人的筆下自我從原初自經典文本汲取養分的位置，反成經典文本機制下的犧牲品。同時，這戰後第一世代詩人（以下簡稱戰後第一世代詩人）對前在一九六〇年代現代詩經典文本❸的焦慮，其實根本上與他們的時代焦慮交互同構。因此對於一九六〇年代現代詩的晦澀語言主體的焦慮，無疑更帶有一種知識分子對歷史主體的建構迫切感。

詹明信曾言：「在詮釋者與作品之間在文化的詮釋者與另一個文化（本身也是一種作品）之間，每一次傳意釋意的對質，總是要帶動雙方一連串偏見和意識型態的部署。」❹戰後第一世代詩人的評論大量以臺灣前行代詩人為評論對象，進而將前行代詩人論題化的過程中，固然有在學術評論上正本清源的廓清動機，但其實也潛藏著上述以詩為鑑後，所連鎖產生的一系列影響焦慮。對前行代詩人的影響焦慮如何化解？此一課題，實與自我如何形塑獨具的創造力一體而兩面。先不論詩創作，可視為戰後第一世代另一書寫文本的前行代詩人論述，其所展現的論述創造力本身，並不僅在於對前行代詩人所提供的語言景觀進行移植與調動，可能還介入了對自我歷史、文化語言主體的辨識，啟動了一個跨場域的對質。

---

❷ 《大地詩刊》第 2 期（1972.11.1），頁 32。

❸ 以《六十年代詩選》、《七十年代詩選》為代表。

❹ 見其“Transcoding Gadamar”，發表於一九八七年七月清華大學所辦「文化、文學、美學研討會」。

戰後第一世代詩人一九七〇年代初的詩學聲明中，其內在潛藏的新舊別群策略終究只是一暫時提供他們衝撞前行代現代詩典律的合法性。新舊別群這詩學策略自然牽涉了對前世代他者平版化的略讀問題，當然，從布魯姆（Harold Bloom）《影響的焦慮》的角度看來，這必然是一種刻意誤讀。從布魯姆「以刻意誤讀的方式化解對強者詩人的焦慮」這論述邏輯，也為一般論者進行簡化使用，但我們必須注意，誤讀的積極目的，並不僅在瓦解前行強勢經典，而在於提供自我寫作的突破可能。

布魯姆《影響的焦慮》所指出：「具有預見性是每一位強者詩人的不可或缺的條件。」❺筆者以為我們所要著墨的，倒非戰後第一世代詩人在閱讀上的策略性，而是誘發其創作的部分。相對於有意的誤讀，我們更要注意是否引發「續完」的實踐。戰後第一世代詩人一九七〇年代初提出詩學聲明後，開始進行的前行代詩人論基本上可以視為詩學聲明的初步實踐。戰後第一世代詩人透過「論」，壓縮或者根本地企圖截斷在閱讀、再創作歷程中，自我對前行代詩人那仿擬、受影響的記憶。在此，前行代詩人論此文本也成為一鏡鑑，戰後第一世代詩人從中得到一個轉變原本後續者劣勢的語言方式，他們變成了詩論、詩批評者，在發展批評語言的同時，也獲得了一個考評前行經典文本的超然位置。

透過對前行經典文本的優劣評價，他們將文本原本的經典位置，轉移至一「未完成」的狀態，而這也成為戰後第一世代詩論者

---

❺ 哈羅德·布魯姆（Harold Bloom）[著]、徐文博[譯]，《影響的焦慮》（南京：江蘇教育出版社，2006 年），頁 9。

回復至詩人身份進行創作之時，超越前作經典的可能性來源之一。在此看來，戰後第一世代詩人的詩論本身，無疑是一帶有預言性質的「創作」，帶有更迭典律的策略性，也在規劃自我未來創作的方向。《詩人季刊》第 5 期（1976.5.15）中，掌杉（張寶三筆名）〈斷代〉一詩便如此寫到：

之一：前行代
無論如何勞碌
恐怕再也闢不出多少田地了
倒不如把它們分給孩子們去耕種
向我的風濕病認輸

而除了靠水溝旁邊
小兒子的那塊水田之外
孩子們經常埋怨他們的田地
沙質太多
不適合生長植物

這公路指標
模模糊糊的看不出一點內容
還是自己摸索著去吧！
若依帶來的地圖判斷
要到達那小鎮
仍需

向東行四十里
至於途中有無指標
那是公路局的事

這首詩將詩壇前行代與戰後第一世代詩人間，帶入「父－子」的語境中，但無論是詩題「斷代」，還是文本中對老者年邁形象的描繪，都呈現戰後第一世代詩人企圖取代前行代詩人主導詩壇（田地）的意欲。該期《詩人季刊》也特別在注語標出：「真摯是一個詩人不可或缺的條件，二十歲的掌杉暗示詩壇一次小小的變動」❻但在筆者看來，這首詩的重點不在於呈現前兩段如家庭羅曼史般那激情的世代衝突。而是在第三段中，詩人拒絕依循前人為自己設下的「公路指標」，轉而在「還是自己摸索著去吧！」的鼓舞口吻中，那隻身摸索未來詩途何方的勇氣。詩中那「帶來的地圖」自然是指一九七〇年代初的詩學聲明，至於「向東」也正是詩學聲明內向中國性進行縱承體現的主張。全詩末尾「途中有無指標」的疑問句，雖透過「那是公路局的事」強力的回應，但其實潛藏著戰後第一世代詩人的焦慮——在自我拓展闢徑的詩路冒險中，若又再遭逢前行代詩人留下的指標（遺跡）時，是否暗示青年詩人對現代詩文體的追尋，終不過是另一部《唐吉訶德傳》？這也正是戰後第一世代詩人的前行代詩人論在推展開始前，自身也正在負擔的驗證焦慮。

所有的詮釋行動無不帶有心理的意圖，固然，在前行代詩人論

---

❻　《詩人季刊》第 5 期（1976.5.15），頁 34。

中可暫時性的化解前行代詩人的位置感，使其與前行代可以站在詩學上的對立（話）面。在前行代詩人過往無可質疑的重要性瓦解的同時，提供戰後第一世代詩人個體化（individuation）完成的契機。但檢視戰後第一世代詩人繁複的前行代詩人論文本，卻可以發現，在實際探析而深化為各組詩學論題過程中，詩學聲明新舊別群策略中前行代詩人群體那「橫移、晦澀」的刻板印象，也已然冰解並開始光譜化，開始帶有各種詩學應用、論證上的意義。

布魯姆「誤讀解構——化解影響焦慮」這樣的論述邏輯顯然也有適用性的問題。

我們如何呈現戰後第一世代詩人探究前行代詩人過程中所聚焦而出的論題，進而探討其中詩學論述圖景的製作。具體來說，筆者的處理方式如下：首先，筆者檢閱一九七〇年代新興詩刊 27 種，共 180 本，彙編出「附表 01：一九七〇年代新興詩刊中前行代詩人被評論篇章整理表」。其次，可以發現共有 30 位前行代詩人被討論，而其中被討論次數最多的前五名分別為：余光中（15 次）、洛夫（14 次）、白萩（8 次）、鄭愁予（6 次）、葉維廉（5 次）。

但是筆者亦必須盡責地指出這份資料可能存在的盲點：

第一、文學語言本身的變化度與弔詭性，使文學研究本身並不全然只以量化研究的角度進行處理，還必須考慮質性研究。

第二、詩人被評論的篇章數或可間接反映出他被矚目的程度，但是也存在詩人被研究的篇章少，但是整體研究的篇幅、觀點，卻遠勝被研究篇數多的詩人。

若要有意識地面對上述盲點，我們便不能機械式地照被評論次數多寡，依序進行對前行代詩人的討論。而應該配合前節探論戰後第一世代詩人的詩學聲明特性，並繼續閱讀所有評論文字，復搭配《陽光小集》第 10 期（1982.10.31）〈誰是大詩人十大詩人——青年詩人心目中的十大詩人〉等相關兼論綜論前行代詩人的輔助資料，聚焦出戰後第一世代詩人前行代詩人研究的重要論題取向。筆者透過上述方法論與問題意識的反省，歸納出前行代詩人論三個重要論題，分別為：

⑴論白萩、楊喚所涉及的大眾性論題

⑵論洛夫、葉維廉所涉及的純粹性論題

⑶論余光中、鄭愁予所涉及的中國性論題

從上述歸納可以發現這，戰後第一世代詩人在一九七〇年代其現代詩文體改革運動，並不能因其現實立場，以及初期帶新舊別群略略意味的詩學聲明，單純地將之劃歸為「中斷現代性轉譯工程」的區塊。事實上，他們少為現今現代詩研究者細讀整理探述的詩論，其實已經為我們析離、辯證了一九六〇年代現代性的在地轉譯過程，本身所混雜在地（中國、臺灣）知識分子內在多層次的精神意識。戰後第一世代詩人此時的論述成果，一方面梳理了一九六〇年代現代性在地轉譯的脈絡，另一方面也為他們自己的現代詩文體改革運動，乃至於現代主義轉譯工程提供了後續的定位。

下續各節，筆者即依三個論題，對其中具驗證、深化意義的前行代詩人進行整合性的討論，呈現戰後第一世代詩人詩學論題的發展向度。

二、論大眾性：白萩、楊喚所聚焦的課題

徵引，不只是一個原文複製抄寫的動作。在論述文本中「徵引」本身的修辭意識乃是藉引述而印證己論，或藉引述來尋找自我論述的可能。就此概念來檢視楊喚在一九七〇年代新興詩刊中的被研究狀況，可以發現，關於楊喚的研究篇章共 4 篇❼，若僅就篇數上來看，楊喚在所有被研究的前行代詩人中，重要性可能只處於中等的位置。

但是，楊喚〈詩人〉一詩，卻不約而同地在一九七〇年代新興詩刊此一連續性的語言空間中頻繁地被徵引，甚至，更往往被執編者放置於詩刊醒目的版面位置。早在《主流》第 10 號（1974 年 3 月 10 日）評論專輯，黃進蓮（黃勁連筆名）批判唐文標的〈黑白講——檢視唐文標『詩的沒落』一文〉中便徵引了楊喚的〈詩人〉一詩。到了一九七〇年代中末後，隨著現代詩文體典律的位移，楊喚的〈詩人〉也不時在一九七〇年代新興詩刊中被再現，例如：《陽光小集》第 5 期（1981.3.29）「每季名詩重刊」以及《掌握詩刊》第 5 期（1983.7.15）封面正頁底皆刊登此詩。

因此搭配論楊喚的論文❽，可以發現楊喚〈詩人〉實為一九七〇年代新興詩社運動中，最被矚目的前行代詩人詩作之一。連帶地，楊喚這一系列有意識地被重讀、再刊，其中自然有了深刻的詩

---

❼ 《主流詩刊》第 13 期（1978.6.30）許振江〈菊花島〉一文則將楊喚生平改寫成抒情敘事散文，但非論楊喚論文，故不列入。

❽ 當然，在這些論文中楊喚〈詩人〉也往往被徵引討論。

學史意義。這首詩為何如此重要呢？楊喚在〈詩人〉中如此寫到：

最重要的，不僅是
去學習怎樣「發音」與「和聲」，
今天，詩人的第一課
是要作一個愛者和戰士，
然後，才能是詩的童貞的母親。
摔掉那低聲獨語的豎琴吧！
向著呼喚你的暴風雨，
把腳步跨出窄門。

這首詩最大的主題特色，便是其乃是「詩論詩」❾，亦即他是與元好問〈論詩絕句三十首〉般，陳述自身對詩的寫作美學。❿暫且回到前文，如果論前行代詩人，本身的目的在透過臧否，獲得現代詩書寫的方向與力量。那麼，「徵引」這樣的認同行為，本身把詮釋的歷程，透過對詩人「詩論詩」的引用間接地完成那詮釋歷程。這也說明在一九七〇年代中期後，誤讀前行代並不是戰後第一世代詩人化解影響焦慮的唯一手段。戰後第一世代詩人引用楊喚的「詩論詩」，所肯定的是這首詩指出「寫詩」並不是一單純或無意識的發聲練習，而是要成為一個淑世理想的行動者。愛德華·薩依

---

❾ 楊喚的〈詩〉也屬於「詩論詩」，但是用語較為生硬。

❿ 這裡特意用「陳述」，是強調另一種以司空圖詩品所代表的詩境展演的方式。

德（Edward W. Said）曾指出：「知識分子是具有能力『向』（to）公眾以『為』（for）公眾來代表、具現、表現訊息、觀點、態度、哲學或意見的個人。」⓫本詩最後三句，運用動詞強化詩人揚棄由「豎琴」隱喻的低聲獨語的詩語言觀，最後並出門迎向暴風雨，凸顯詩人深入大時代困局。

因此，在一九七〇年代末以後，戰後第一世代詩人對楊喚〈詩人〉頻繁徵引⓬，其實也展現他們試圖進入公眾，關懷現實的決心。《詩人季刊》第 5 期（1976.5.15）中掌杉（張寶三筆名）〈探討楊喚童話詩裡的世界〉一文便認為：「這個詩壇最需要的便是像楊喚這樣不計成果熱心播種的詩人，在他的『詩人』他說明了作為一個詩人的責任……」⓭而從一九七〇年代中戰後第一世代詩人與楊喚一般對兒童詩所付出的關注，也可以具體看到其中所存在的影響或啟發的關係。⓮值得注意的是，戰後第一世代詩人肯定楊喚的論點，與《綠地》第 4 期（1976.9.25）趙天儀〈詩人的第一課〉是相同的。藉此，可以發現戰後第一世代詩人語言觀在一九七〇年代末現代詩場域中與笠詩社已交相呼應的細膩狀況。

戰後第一世代詩人與笠詩社詩人在詩論上的交集，並非一夕如

⓫ 愛德華·薩依德（Edward W. Said）[著]、單德興[譯]《知識分子論》（臺北：麥田出版社，2004 年），頁 48。

⓬ 《主流詩刊》第 13 期（1978.6.30）許振江〈菊花島〉一文除引用楊喚〈詩人〉外，另也引用楊喚〈我是忙碌的〉。

⓭ 《詩人季刊》第 5 期（1976.5.15），頁 15。

⓮ 一九七〇年代新興詩刊中所推動的一系列兒童詩專輯，筆者將於戰後第一世代詩人的創作典律一章中深論。

此，一九七〇年代初戰後第一世代詩人對笠詩社白萩的詩作研究，能讓我們看見彼此在詩學上所發生的辯證互動關係。當然，必須一提的是，在上述的詮釋主軸中，亦有《掌門詩刊》第 3 期（1979 年 7 月）陳黎〈楊喚「黃昏」〉這篇重視楊喚「詩的噴泉」化用西方典故，呈現現代主義暗示語言的評論，為楊喚留存了現代主義版本的詩史影像。

在一九七〇年代新興詩刊中，《主流》第 2 號（1971.10）該期首篇即刊登白萩〈語言產生的前後〉一文，《大地詩刊》第 1 期（1972.9.1）開始密集探析白萩。到了一九八〇年代《陽光小集》第 9 期（1982.6.20）則特別舉辦白萩專輯，除有張雪映、林廣〈不懈的實驗精神——白萩訪問記〉外，更整理〈有關白萩之評介文字〉，之後白萩更入選《陽光小集》第 10 期（1982.10.31）〈誰是大詩人十大詩人——青年詩人心目中的十大詩人〉⓯。可見在戰後第一世代詩人所啟動的現代詩文體改革運動中，評論白萩的文字一直非常穩定地在累積。

在戰後第一世代詩人一系列前行代詩人論中，白萩所以如此被標列出來，代表白萩所聚焦出的詩學議題，正是戰後第一世代詩人所欲率先凸顯的詩學論見主軸。在論白萩時，盡可能地，筆者要用大寫方式指出其中的詩學史意義，即：戰後第一世代詩人在一九七〇年代對於白萩的著重，並非是突然靈機一動地，自被偶然開啟的閘門奪道而出的詩學事件，其中實細膩地牽涉了：⑴詩壇內部在一

⓯　白萩在 1977 年亦入選《當代十大詩人選集》。

九六〇年代現代主義主流下所隱藏的現實語言美學伏流⑯所累積的論述資源，與⑵戰後第一世代詩人自我初期階段接受一九六〇年代現代主義的影響記憶，以及⑶外部政治教育文化場域之中國性建構，及因臺灣一九七〇年代國際政治局勢動盪引動的精神結構焦慮。

現下一九七〇年代新興詩刊之詩論既成我們論述的案例文本，在此不妨先細加對照《大地詩刊》創刊號（1972.9.1）中李豐楙、陳芳明、陳鵬翔三人對於白萩的陳述：

李弦在〈悲歌——白萩「天空象徵」的略析〉中寫到：

> 這類詩（按：指關懷現實大眾詩作）如何表現？表現的是否成功？更是我們所最關心的。除了這些，白萩「天空象徵」，也運用了他一貫使用的「隱喻」性的技巧，我們要深入討論這一形式的使用，在中國新詩壇上可資利用的價值及其弧度……⑰

至於陳慧樺〈白萩風格論〉曾論及：

> 白萩沒有龐沛豪邁的氣概。他的詩一直在平穩簡練中走向平

---

⑯ 另一伏流則為詩語言的中國性系統，對此可參閱筆者於拙作《青春構詩：七〇年代新興詩社與戰後第一世代詩人的詩學建構策略》之〈現代主義風潮下的伏流：六〇年代臺灣詩壇重估中國古典傳統的論述與創作〉有詳細討論，在此不贅述。

⑰ 《大地詩刊》第 1 期（1972.9.1），頁 37。

易，然而如又在平易中透出艱澀、詭譎和神秘。……如果說是指他（按：特指《天空象徵》）企圖以淺顯的語言逼近現象界，表現出他的精神動向這一回事，我想這是對的。至於他是否真的做到了，以及這種做法是否新穎可靠，我想這仍是值得商榷的問題。⓲

而陳芳明〈雁的白萩〉則寫到：

（按：《天空象徵》）這冊詩集可以說是他轉變語言的開端……我們閱讀「天空象徵」的第二輯「阿火世界」，看到他用最樸素最粗糙的語言來表達他的心思，把現實生活中的困境予以暴露，這恐怕是一些已經成名的詩人所不敢冒然去做的事。敢於動用毫無修飾的粗糙語言來寫詩，敢於向現實索取詩的題材，還是白萩的勇氣，但是，我們不能在欽佩這股勇氣的時候，蒙蔽了我們對他的詩的觀察，改變詩的語言是一回事，詩的好壞又是一回事……。⓳

李豐楙、陳鵬翔、陳芳明三位學者對於白萩的討論，不約而同地都重視白萩《天空象徵》中「阿火世界」嘗試以大眾語言入詩的實驗性。白萩此一實驗的「冒險性」，是在一九六〇年代臺灣現代主義普遍重視句型拗變、詞性移轉的詩語言「背景情境」下被凸顯

⓲　《大地詩刊》第1期（1972.9.1），頁47-48。

⓳　《大地詩刊》第1期（1972.9.1），頁59。

出來的。無論三位學者對於白萩在個人詩書寫史中展開的大眾語言實驗，是採取轉變還是深化觀點進行歷時性的解釋，廣義來說，都可視為一詩語言風格的移動。只是，白萩的移動為何如此重要？引得李豐楙、陳鵬翔、陳芳明如此細加審視？白萩曾獲一九五〇年代中國文藝協會第一屆新詩獎此一重要獎項，並皆入選過一九六〇年代的《六十年代詩選》、《七十年代詩選》的經歷，因此儘管他仍有笠詩人的身份，但仍是臺灣一九六〇年代現代詩所謂「現代主義」的指標。所以，在李豐楙、陳鵬翔、陳芳明等戰後第一世代詩人看來，白萩在「阿火世界」中暫棄臺灣一九六〇年代現代主義的詩語言「文法」，（轉而）直取「大眾」語言進行創作，此一「語言歷程」本身實為一九六〇至七〇年代詩語言史轉折的微型寓言。

特別是，陳芳明研究白萩《天空的象徵》本身隱含的敘事企圖，也反映在他的〈聽，碧果唱出了什麼？——兼論「春・農村組曲」〉一文中。陳芳明在此文即如此寫到：「它（按：指碧果之〈春・農村組曲〉）不僅顯示碧果個人詩觀的重大轉變，同時也意味著二十年來的新詩發展已有新的取向」⑳比起論白萩，論碧果則更明顯地用「轉變」來「定義」其語言的移動，亦明確地以此為預見性的徵兆，隱喻一九七〇年代後詩史有別一九六〇年代現代主義的新走向。不過，陳芳明對白萩、碧果兩詩人細部修辭的討論，也衍生到對余光中的討論中，以下會深入，在此權先按下。

白萩的語言大眾性自然是要追求現實化，此可一語即盡的論見，並不是筆者要申述的。筆者以為，援取文學社會學觀點進行審

---

⑳ 《大地詩刊》第8期（1974.3.3），頁50。

視，在大眾性與現實性間，「讀者」似乎才是許多論者易忽略的論述點。具體來說，現代詩作為一「現代社會」的書寫文體，我們如何從作者、讀者間所涉及頻繁的書寫、閱讀、出版、發行機制，來點出戰後第一世代詩人的論述焦點，以及其詩學反省意義。當然，或有論者可能會質疑大地論述班底的所啟動的討論，有可能是個「假問題」或「偽論述」，此類質疑基本上可細分成兩個層次：

第一、臺灣現代詩集本身可說是出版界的「票房毒藥」，如此寡少的讀者數量，以量化研究的標準來看，能引動什麼觀察嗎？

第二、現代詩是「高階」的藝術，詩人應維持語言的獨立性，怎可「迎合」讀者，棄守對詩美學的堅持？

上述兩個層次的質疑看似理直而氣壯，但筆者認為以下回到「一九七〇年代」的李豐楙、陳芳明等戰後第一世代詩人之評論白萩、碧果的文字，便可看出上述質疑本身缺乏詩史景深，以及無意識地與一九六〇年代現代主義論述交相共謀的問題。在戰後第一世代詩人對白萩詩語言大眾性的討論中，已都注意到詩讀者與詩人作品間的「障礙」，李弦〈請聽！詩人〉如此寫到：

> 姑以白荻為例，當他雄姿英發的基於藝術觀點，亟亟於現代主義……表現寂寞、孤獨的感覺，一若已掌握人生之大理。但當他覺醒時，他站在泥土上作著再出發，這種轉變顯示出一種自我抉擇的勇氣。因為詩不是遠離詩人所生活的世界，更不可能前衛地拋棄讀者，臺灣的詩壇或許因為外國書籍、雜誌施贊一語，而自我陶醉，但是可曾想到臺灣讀者的反

應？㉑

這段意見，不只印證了筆者上述「例證」、「轉變」的觀察，同時，更重要的是李弦的意見還點出讀者與詩人之間所存在的裂痕。此一裂痕看似導因於語言的「現代前衛」，但實際分析起來，可能還在於「讀懂／讀不懂」所隱含之「仿擬西方現代性」與「臺灣（中國）在地經驗與文化性」間的作者書寫問題。李弦所提問的「可曾想到臺灣讀者的反應？」，不在說明詩人作者對讀者的遺忘，而在相對地凸顯出大眾讀者對一九六〇年代現代詩文體的無法介入。在健全的文學傳播場域運作機制中，「讀者」的重要性為何？或者反問，讀者在文學傳播場域中，只是個單純接受文學訊息的接收者嗎？陳芳明在〈聽碧果唱出什麼？〉一方面為上述提問題提供了答案，另一方面也指出現代詩文體中典律機制的問題：

> 要使讀者崇敬的先決條件是，作品必須能夠使讀者產生共鳴；這就牽涉到與大眾「交通」的問題，如果詩很難和讀者發生交感的作用，則崇敬何由起?讀者既然難窺詩人的堂奧，那麼詩人的崇高至多只能「自封」而已，是名符其實的「固步自封」。㉒

在重視讀者反應論的戰後第一世代詩人中，陳芳明無疑是最具

㉑ 《大地詩刊》第 12 期（1975.3.25），頁 2。

㉒ 《大地詩刊》第 8 期（1974.3.3），頁 48。

代表性的一位。從上引文可發現，有別傳統文論以作者為核心的批評視野，陳芳明認為讀者才是在評價上扮演決定性位置的角色。據此觀之，陳芳明之論也凸顯出一九六〇年代現代詩評價機制內部的「弔詭」——它是由詩人（作者）兼任評論者的評價機制。李弦〈洛夫「長恨歌」論〉更指出：

> 有些「學院」派的批評家很能善用他們所使用的訓練，這不是壞事，但他們評價高的作品，以其本身的訓練之故，也許能懂能瞭解這些艱澀的作品，但對於大多數的讀者而言，卻只能望「詩」興嘆了。過份強調個人心理經驗的作品，對於作者以外的是一種「考試」……。㉓

指出學院學者也參與這現代主義誤讀知識的建制，為晦澀詩作提供學理上似是而非的引注文字，使學術批評失去客觀的平衡力量，反而變相地使詩壇內部的現代主義典律持續蔓延。陳芳明等人觀察到現代詩文體這樣由臺灣一九六〇年代現代主義詩人主導的評價機制，以及學院論者無法積極地與臺灣現代主義詩學論述進行積極地對話，正是決定了臺灣現代詩為何長期以「現代主義」作為美學典律的關鍵因素。而詩人拒絕拋離自身閱讀者身分的同時，其實也拒絕、棄毀了其他讀者作為評論者的可能。在一九六〇年代各界（包括學院）仍未普遍接受現代詩時，這明顯意謂詩人（作者）群本身就扮演著自身文本的讀者群角色。現代詩文體的作者群與讀者

㉓　《大地詩刊》第 7 期（1973.12.12），頁 47

群交互重疊，又扮演著評價文本的評論者角色，這弔詭的現象著實反映了一九六〇年代現代主義詩人的「多才多藝」與「獨立自主」。

理論來說，現代出版機制因其高度印刷技術與傳銷管道，文本大量地進行符號複製公開，作者在書寫上幾乎不會僅止於「藏諸名山」，任何書寫都是公開或企圖公開的㉔。因此作者在書寫過程中，很自然地，應有比起古代作者更強烈的公眾讀者意識。但在一九六〇年代的所謂現代主義者的詩論、詩作中，不只讀者與大眾是處於缺席的狀態，甚至讀者與公眾彼此間甚至是相互析離、抗衡的概念。統合上論，大地詩人本身對讀者的定位與認識明顯與一九六〇年代現代主義詩人大所不同，就文學社會傳播角度看來，筆者以為，他們的批判為「詩人／讀者」間的鴻溝，細繪出「小眾的作者、讀者、評論者／大眾的讀者（包括學院知識分子在內）」的層次。

在一九七〇年代以前，並非沒有以大眾語進行創作的案例，最具代表性的莫過於一九五〇年代反共、戰鬥文藝，那些明朗激憤的語言可說成就了臺灣戰後口號詩、朗誦詩的「黃金期」。戰後一九六〇年代現代主義的發展前因，毋寧正是在對抗此一戰鬥文藝㉕。

㉔ 特別是現在網路發達，個人部落格、網頁普及化的結果，使得私人書寫公開化的關鍵更操之在作者自身，而不像以紙媒為主的傳播時代，還必須通過文學報刊審稿機制的「考驗」。

㉕ 有趣的是，許多臺灣現代主義詩人因為其反共意識與被迫遷離大陸的經驗使然，在與官方有著類似國族精神結構使然下，他們也會創作反共戰鬥文藝作品。對此細閱《反共抗俄詩選》、《龍族的聲音》等相關詩選即可知。

特別是在現代詩論戰後，與學院中國古典傳統以及相關對現代美學缺乏感受力論見決裂後，也確建了他們叛逆前衛的姿態。以現代主義為主體知識的現代詩自成一邊緣卻又獨立的文體，它不只有專門的「作者－讀者－評論者」，甚至也擁有自我的出版系統（詩刊、詩集㉖）。在此背景支撐下，作品發表既得到同仁集資出版機制的保證，而得以被印刷、發表，大抵無須考量銷路資本回收的壓力，詩人語言實驗也自然獲得一個空間。因此，臺灣一九六〇年代現代主義詩人書寫可以「自顧自地」進行詩語言「實驗」，這不只飽足了他們的前衛、叛逆快感，「似乎」更盡了所謂詩人應是獨立書寫者的責任感。

只是，一九六〇年代現代詩文體竟也把排除公眾經驗，成為自我的理論基礎，刻意維持意象的隔離感。那是反官方主導之大眾話語的「誤用」範例，這便是所謂的「過猶不及」。至此，我們也可以回應前述第一層次的「假問題」、「偽論述」質疑：確實，一九九〇年代現代詩出版、銷售與閱讀群稀少㉗，此一敘述是個事實，但更是一個「結果」，亦即此一現象是自有前因的。若進行細部歷時性觀察，可以觀察到的現代詩閱讀群數量少且無法成長的主因，乃在於「書寫群與閱讀群等」、「評價系統復為書寫者所決定」，這使得現代詩文體在「理論」上便已「定義」排除讀者，或者說他在讀者理論上天生便是空缺的。一九七〇年代的大地詩社論述班底

㉖ 在一九五〇、六〇年代戒嚴時期下，私人出版品必須放在相關出版單位中方能出版發行，因此當時許多私人詩集都掛有相關詩社（如創世紀、笠詩社）的名銜。

㉗ 從爾雅出版社不堪虧損而退出年度詩選的編輯出版即可知。

的形成，正是最針對此一趨勢而形成的世代詩人群，他有意識地面對此一「結果」，避免使現代詩文體陷入無讀者「結局」。所以有意識地提出大眾讀者的大眾性概念，遂成為他們論述的重點。

三、論純粹性：洛夫、葉維廉所聚焦的課題

相對白萩、楊喚，乃至與之形成對比、延伸關係的碧果、吳晟、林煥彰的討論所引動的「大眾性」議題，洛夫、葉維廉所凸顯的議題則是「純粹性」。純粹性，在一九六〇年代既是詩學批評詞彙，同時也是詩學研究的議題。在認識上，純粹性被歸屬於西方詩學概念，連帶地被劃分在現代主義這個區塊。純粹性在認識論上被鎖定的「文化位置」，自然也使之成為反西化，或提倡者中國化詩人與詩論者的攻擊標的物。例如《華崗詩刊》第 3 集（1971）余光中〈詩的創作與傳達〉以及《主流詩刊》第 7 號（1972.12.1）岩上〈詩的河流〉等即對純粹經驗提出批評。

檢視「純粹性」此一詩學詞彙在一九七〇年代新興詩刊中一系列帶有否定意味的使用方式，可以發現反對者則不免純就字面進行詮釋批評，在筆者看來，多數批評文字主要仍僅歸屬於文化層次（立場）上的討論。洛夫、葉維廉純粹性詩論本身自有向西方、中國詩學傳統，進行淺深不一的提取理路。因此，戰後第一世代詩人若非透徹中國古典傳統內部重要的詩美學文本，否則不易與洛夫、葉維廉之詩論產生積極性的對話，為自我世代詩學開展出體系完備的思考。是以純粹性的詩學發展上其實並不「單純」，其理解與論述難度可想而知。

透過筆者整理之「附錄 01：一九七〇年代新興詩刊中前行代詩人被評論篇章整理表」可以發現《大地詩刊》是同一份詩刊中刊載研究洛夫、葉維廉最多者，且由於大地詩社同仁本身紮實的文史訓練背景，使其對洛夫、葉維廉的評論，也最能觸及那純粹性的研究核心。因此，以下筆者主要從大地詩社論述班底的研究做切入點，並搭配比對其他戰後第一世代詩人的論見。

大地詩人對純粹性議題的探討，最早可能是陳鵬翔於 1968 年之〈純詩、不純詩〉㉘，不過，放大至整體學界來考察，在中國文論批評領域的王夢鷗，以及比較文學領域的葉維廉也有相關研究。因此在一九七〇年代現代詩之純粹性論述的發展，並不如其所示般的「純粹」。相反地，由於涉及不同世代、知識背景之論者與作者，以及純粹性內部的美學質地多「源」脈絡，與創作方法論如何在現代詩文體內實際落實等問題，自可以想見「純粹性」詩論內部盤根錯節的複雜現象。

所謂的語言純粹性，表面看來似乎表達某種語言提煉成果，但其實牽涉細部的詩學問題。從《大地詩刊》中戰後第一世代詩人對洛夫、葉維廉的討論，可以看出其中牽涉了對現代主義與中國古典傳統的「分析」。不過，洛夫與葉維廉兩人在純粹性的思考、表現上，其層次與焦點由於並不相同，也連帶影響了大地論述班底對兩人的評價。為求論述清楚，以下筆者依序分就洛夫、葉維廉進行研

㉘ 在 2007 年 10 月筆者的訪談中，陳鵬翔便指出：「在六〇年代末我們就關注到了純粹性的問題。」見本書附件〈大地詩社與六〇年代以降臺灣馬華詩人的詩學思考——訪談陳鵬翔教授〉。

究。

說洛夫是一九七〇年代臺灣現代詩壇最具爭議性的詩人並不為過，僅就當時戰後第一世代詩人對於洛夫的討論來看，可具體分成「詩選」、「詩論」、「詩作」三部分。洛夫在《中國現代文學大系 詩》序中的「預言」，否定戰後第一世代詩人未來詩途的可能，前行論者多已注意一九七〇年代初新興詩社的反抗，在此筆者自無庸贅議。筆者要細論的是，相較於一九七〇年代初同樣以戰後第一世代詩人為主體的後浪、主流詩社詩人群以其詩選序言作為批判文本，大地詩社對於洛夫的討論主要放在其詩論與詩作上時，所聚焦的詩學議題為何？

首先，洛夫的詩論是在什麼因緣下成為戰後第一世代詩人辯證的目標呢？其詩作的代表性，連帶使其詩觀、詩論被論者注意自是原因之一。但就文學社會、傳播角度來看，筆者認為，則另有下述緣由。

洛夫既為重要詩人，但同時也是創世紀詩社重要班底成員，《創世紀詩刊》對於其詩作在一九五〇、六〇年代的傳播有絕對的助力。創世紀詩社三頭馬車各有執掌，如果說張默主要負責實際編輯工作，洛夫則最主要在社團社論上有其決定性影響，無論是創世紀新民族詩型時期之重要理論〈建立新民族詩型之芻議〉、〈再論新民族詩型〉㉙，還是 1972 年 9 月復刊後的復刊詞〈一顆不死的麥子〉等都交由其執筆。姑且不論其主編的詩選是否存在為戰後第一世代詩人所質疑的公正性問題，就詩作與詩學來說，他的《石室

㉙ 兩文分見《創世紀》第 5 期（1956.3）與第 6 期（1956.6）。

之死亡》等作品的風格，與創世紀初期內部評論班底不足時期，他身兼重要社論意見的撰者角色，都使得他的「超現實主義」身份越益明確。

在一九六〇年代，洛夫雖塑建出臺灣超現實主義「詩人兼理論家」的形象，但時移至一九七〇年代，卻也使其成為批判一九六〇年代詩風之現代詩文體運動中的箭垛。歷史學訓練出身的陳芳明在〈鏡中鏡〉一文，便對洛夫的「理論」進行評論，他指出：

> 存在主義或虛無精神是不是適合於中國，並非是一個問題，問題倒是在於中國人民要不要接受它?在存在主義漸漸衰微的今天，它始終未在中國生根，有的只是少數人抱著客觀、認知的態度去審查它、認識它；至於會成為它的信徒，似乎還是一個神話。㉚

陳芳明文中所論及被少數人以客觀態度進行評估的存在主義與虛無精神，正是洛夫版本超現實主義的「關鍵詞」。在 1959 年擴版，並同時自早期新民族詩型「轉型」後，創世紀在一九六〇年代一直為「超現實主義」這個符號，「延續」、「強化」了紀弦版本現代主義的論見。隨著《創世紀》在臺灣現代詩壇的發行漸趨穩固並成為代表性詩刊，雖使西方「主知」等一系列閱讀、創作美學在臺灣得到再發展㉛。但過猶不及，其以想像的方式執著地深入西

㉚　《大地詩刊》第 2 期（1972.11.1），頁 45。

㉛　用得到「再發展」是針對戰前風車詩社來說的。

方，不只更加偏離了西方現代主義的正鵠，這樣的偏離同時更是對中國性與現實性的割離。陳芳明對洛夫的審視自是戰後第一世代詩人重文化脈絡與大眾讀者的一貫論見，他更點出現代詩壇內部中此一誤讀版現代主義的傳播影響力，因此，陳芳明復再論及：

> 洛夫大量地提倡超現實主義，不免使他的文學地位有所損傷。因為，超現實主義對他個人而言有很大的益處，至少在技巧的啟發上有很多幫助，然而，由於他過份著迷，乃使他遠離中國的土壤，這是這個動盪的時代這個動盪的國土所不見容的。而且，由於他提倡超現實主義，使得一般不瞭解這種思想的創作者也盲目地接受，因而到了末流，一般詩人都希望自己在作品上有超現實的傾向。結果作品的技巧還沒有超越現實，其精神已經搶先一步超越現實了。㉜

洛夫作為一非學院詩人，他並不需要追求學術學理上的正解，是否對其創作思維有獨特啟發，以及對其創作方法有所回饋，這才是他的「理論」需求。誤讀引動的創作歷程在私領域書寫並無問題，但是一旦進入傳播體系中，又特別是詩人有意的傳播下而影響群體使用與理解，便會存在詩學問題。特別就強調現代詩文體與公眾精神領域交互指涉的角度看來，如此誤讀只會使現代詩文體的公眾影響效力弱化。對戰後第一世代詩人來說，他們本就強調自身的語字與意象對現實歷史場的謀獲，這根本上，就已排除了前行代詩

㉜ 《大地詩刊》第 2 期（1972.11.1），頁 55。

人那在理論旅行過程中誤讀得之的臺灣一九六〇年代版的現代主義。陳芳明即是以此角度批判上文中所謂的「超越現實」，指出其反現實與非現實的問題。頗具歷史弔詭的是，早在《創世紀》第13期（1959.10）刊登商禽寄給瘂弦的信中便已提及：

> 我們現在常談的那些什麼什麼主義，全不是我們發明的，我們若要企圖去談他，憑我們這幾乎是與世界隔絕的文壇，而僅靠我們東尋西找弄到的一些皮毛，乾脆不談的好，……憑了那些麟爪的知識，給予我們一些敲擊作用，我們按照自己的氣質發些聲音，情形可能是這樣，我們以超現實主義出發弄出來的恐怕是非現實主義。㉝

從同樣被視為臺灣超現實主義代表詩人的商禽上面這段夫子自道，已能看出對於現代主義乃至超現實主義的「想像」式轉譯，乃是詩人在一九六〇年代臺灣貧瘠封閉的環境中，為謀獲具創造力的書寫方法的不得不然之舉。彷彿在預約什麼似的，商禽的焦慮果成對一九六〇年代的預言，以及一九七〇年代初陳芳明之論所陳述之現代詩壇的實況——在《創世紀》強大的傳播效力下，誤讀理論成為了現代詩理論的主幹，指導著現代詩寫作風格的典律。詮釋起於誤讀，而洛夫，甚至也可說是創世紀詩社其他重要詩人們的誤讀，則起自於一九六〇年代臺灣外國閱讀資源的匱乏。因此一旦奉行如此現代詩超現實典律創作的後續書寫者（特別是在寫作經驗未豐

㉝　見《創世紀》第13期（1959.10），頁36。

者），並無前行代詩人的飄離大陸母體的經驗，或僅是以趕流行的心態「消費」現代主義書寫，他們以斷裂語言成就的虛無、存在主題便會顯得無病呻吟。先不論影響性的問題，倒是洛夫在一九六〇年代中期後開始逐漸拉大他的文學美學知識系統，不只在西方，更轉身回看東方中國進行「融合」，為他的詩論與詩作尋覓更多「敲擊作用」。洛夫在〈論現代詩〉中曾提及：

> （現代詩）不為群眾普遍接受，主要由於現代詩內容之隱晦，而隱晦一則由於內蘊之繁複，此乃現代人心理變化使然。一則由於現代詩人努力追求較古人更為重視的純粹性。……純粹的詩中只有「直覺」的內容，而無「名理」的內容。可知者大多可以解說清楚，可感者大多有賴於意會，如禪之「悟」。……因為當我們面對一片自然美景時會由靜觀中興起一種悠然神往，物我兩忘的純粹感應，而進入一種超物之境。這種心理狀態即情景契合的境界，不是可以說得清楚的，這種「不可說」而能感悟到的真境才是詩的本質，也就是嚴滄浪所說的「興趣」，王漁洋所說的「神韻」，袁簡齋所說的「性靈」，克羅齊所說的「情趣」，王靜安則歸納之謂「境界」。[34]

洛夫於該文末又言：「現代詩不僅要達『可言之境』，更進而

---

[34] 見洛夫、張默、瘂弦［編］《中國現代詩論選》（高雄：大業書局，1969年），頁 114-115。

要向『無言之境』進軍。所謂『言志』並非言情緒之意或言概念之意，而在表現說們對世界萬事萬物所喚起的心靈感應之全觀。」㉟從上面對東西方文藝美學詞彙「旁徵博引」並加以交互比喻組合的轉譯，洛夫對現代詩文體在一九六〇年代「演變」成邊緣文體，以及讀者日益寡少的現象提出了解釋。洛夫認為現代詩文體的隱晦與純粹特性是並存，只是，這兩個調性差異的文學風格會造成同樣的「結果」？是不是暗示了無論是隱晦還是純粹本身與現實表達都存在著鴻溝？純粹性是否能表達洛夫於隱晦之論中，所謂現代人的心理變化？

此外，純粹性歸本於中國傳統詩學，表現自是道禪自然一路的思維，只是，「現代」生活與自然境界之同一的嗎？詩人對純粹性的表現，在現代生活中如何表現，這樣將現代人拋離現代生活回到自然田野，與洛夫在純粹性論述中念念不忘的現代主義之虛無、存在等議題關係為何？特別是與洛夫在一九六〇年代初強調的布勒東自動書寫間有何方法論關係？

我們對於一九六〇年代洛夫的提問，一九七〇年代的洛夫於〈超現實主義與中國現代詩〉一文中提供了回答，其曰：「我國的超現實風格的作品，並非在懂得法國超現實主義之後才那麼寫的，更不是在讀過布雷東的〈超現實主義宣言〉，或其他有關史蹟，傳記，以及法則以後才仿效而行的。」㊱選擇了對過往在自己詩論中頻繁書寫的西方詩人與批評術語的「遺忘」與「取消」，來「解

㉟　見洛夫、張默、瘂弦[編]《中國現代詩論選》，頁 118。

㊱　見洛夫《洛夫自選集》（臺北：黎明文化公司，1975 年），頁 263。

決」上述難題。這不只在展現了洛夫本身在一九六〇、七〇年代詩論難以銜接的「變化」，更在凸顯洛夫詩論本身也可能是一創作意味濃厚的文本，其中也存在書寫策略上的應用，隨著其詩文本風格與閱讀趣味的走向而進行自由地變動調整。對此，李弦〈現代詩論對傳統純粹觀念之應用及其轉變——以葉維廉、洛夫詩論為主的考察〉（以下簡稱〈葉、洛傳統純粹詩觀〉）㊲便指出：

> 洛夫關於「純粹性」的一些理論，散見於「詩人之鏡」論集裡，其中「詩人之鏡」、「中國現代詩的理論」、「論現代詩的本質」等篇均觸及此一問題。在現代詩人所撰述的論文中，洛夫是較有自己「意見」的一位。這些理論是他創作上追尋的目標、自衛的法寶以及攻擊的利器。㊳

上述的西方理論旅行至臺灣後引發的詮釋難題因洛夫的遺忘而不復存在，但這並不意謂他棄守全盤引渡西方理論路線後，而轉走以中國純粹性為主以進行現代傳統融合的詮釋進路，便沒有類似的問題。洛夫於一九六〇年代中期在其新領會的「純粹性」中，也試圖涵涉他前所認知的超現實主義、存在主義，此亦為他後來所謂「我國的超現實風格」的詮釋起源點。但在〈洛夫「長恨歌」論〉一文中，李弦已然注意到：

㊲ 李弦於該文註 1 稱「刊登於大地詩刊第 11 期，本文即據此擴充、改寫」。

㊳ 見《長廊詩刊》第 2 期（1976.11），頁 41。

> 洛夫之詩論一直強調的純粹性，事實上，在早期「石室之死亡」是難以獲致的，而較晚期的詩作，反而有某種程度的逼近，因為洛夫夙所喜引的司空圖、嚴滄浪、王國維等的詩論，對於其所設計的擁擠意象，濃縮得過密的詩質，對他們所說的類似純粹審美經驗是很扞格的。因為我們閱讀時，不能不動用知解，理念才能有一些瞭解。[39]

如此已可看見洛夫純粹性本身的侷限，至少不能解釋早期洛夫自身的詩作。其次，同時也是最重要的是其援引、綜合各詩學理論的生硬組裝感，如前引文中將嚴滄浪的「興趣」，王漁洋的「神韻」，袁簡齋的「性靈」，克羅齊的「情趣」，王靜安的「境界」，以一「等同」的句式予以串連，所建構出帶有疊床架屋風味的純粹性詩論。戰後第一世代詩人不會因為洛夫轉從中國古典詩論尋求純粹性詩論的理論基礎而感到「親切」，相反地，省去了外文翻譯的阻隔，更可以看到洛夫對中文（文言文）古典理論文本理解的盲點。

這些在洛夫的詩論創作中彼此互喻等同的詩學主張，表面看來相似，但如細加追究，彼此實存在著不少差距與衝突，未必如此「共融」。王國維《人間詞話》即稱：「嚴滄浪所謂興趣，阮亭所謂神韻，猶不過道其面目，不若鄙人拈出境界二字為探其本。」有意識地指出興趣說與神韻說在美學指涉上寬泛的問題，可以說王國維境界說的提出，本身就是在對前行理論上的辯駁，而洛夫竟將之

---

[39] 見《大地詩刊》第7期（1973.12.12），頁49。

並列又未申說解釋，不免令人頓起疑竇。

針對洛夫使用中國嚴羽以禪說詩的方式「演繹」中國的超現實主義，陳德恩在〈生活的詩質與語言——評林煥彰的歷程〉如此批判到：

> 寫詩者甚或變本加厲仗著「不落言詮」，「可意會而不可言傳」的觀點，專寫一些只有自己懂而別人連門都摸不著的東西，專做一些「孤芳自賞」，關在象牙塔內稱王的種種可笑舉動。他們認為唯有「看不懂才是真正高水準的作品」，於是營造一些怪異的意象，一些費解的言辭，以此作為自己作品的好壞標準。㊵

此一意見明顯不滿於洛夫對中國超現實主義「理論化」的方式，事實上嚴羽以禪說詩的理念，本身是要以直覺寓意的方式，展現對古典詩中那全整的不為個體語言（意）介入傷害之自然物象的理解。因此無論就賞析的對象，還是賞析的方式，與洛夫所代表的臺灣超現實主義以「一些怪異的意象，一些費解的言辭」為特質的現代詩語言，明顯存在差距。洛夫的直取借用，顯然有不少詮釋工作未處理。李弦於〈葉、洛傳統純粹詩觀〉則進一步論及：

> 葉維廉說現代詩人迷惑於梵樂希、里爾克的純詩觀，與超現實主義所走上的純粹經驗，但也結合了中國詩論的視境。從

㊵ 《大地詩刊》第 13 期（1975.6.15），頁 58 。

> 此一角度考察，洛夫就是這樣：引用嚴羽滄浪詩話等人的談詩話頭，來反抗另一種傳統，這正是打著傳統反傳統。為了這點精神，他在消極上反對言志、載道主義的文學……甚而連所謂的社會性、反映現實，均有一種嫌惡的感覺，這與其要求純粹性有關……仔細分析這段話（按：指洛夫〈論現代詩的特質〉），雜湊一些觀念而成，並不是確定而嚴謹的定義。如同上節所述，嚴羽所理想的純詩，景象的直接呈示，此種純然傾出，葉維廉即認為，「不需要象徵不需比喻」（維廉詩話）而所謂智力、靈性等也是一些曖昧的語意。究竟以極少數拼湊得不太周延的詞語下定義，是一件危險的事。㊶

中文學術系統出身的李豐楙則直取純粹性問題，就中國詩學史拆解其理論生硬套用的狀況。固然洛夫純粹性理論本身拼湊⑴西方純詩觀與超現實純粹經驗，以及⑵中國古典傳統純詩理論的構成狀態，其岌岌可危的理論結構感已為李豐楙體察，但他更注意到洛夫純粹性詩論本身「打著傳統反傳統」的策略性。一如李弦〈洛夫「長恨歌」論〉所言「要求文學的純粹性，只是中國傳統詩中的一體而已。」㊷李豐楙指出純粹性本身並非中國古典詩傳統的「唯一」，點出洛夫至少便排除了其中與純粹性詩論並轡的言志載道傳

㊶ 見《長廊詩刊》第 2 期（1976.11），頁 41-42。

㊷ 《大地詩刊》第 7 期（1973.12.12），頁 53。

統。[43]洛夫這樣重「意境」的中國傳統解讀策略，自然與他自身反一九四〇年代大陸左翼書寫的立場有關。只是從反對工農兵文學到全然抗拒社會現實書寫，不免因噎廢食，使這裁斷中國古典傳統詩全景的純粹性詩理論，似乎只能以雅致的（中國傳統）山林田園生活為內容，因缺乏對臺灣現代化過程中各階層大眾實際生活的書寫，而呈現非現實的色彩。至於純粹性的修辭探討上，洛夫也找到中國古典傳統中「無理而妙」、「以有限暗示無限」等關鍵語，對臺灣一九六〇年代超現實自動書寫技法進行轉化，並完成一意象經營的修辭法，進而自行將之定義為「中國的」超現實主義的質地。這樣的連結，錯把道禪「正言若反」的語法以及直指本心的謁語當作詩意象興喻之法，在詩學史角度來看，自然需要細加辨析。至少葉維廉的研究便說明了中國傳統純粹詩，本身根本上就在節制文字乃至於修辭的傷害，重視在文本內以純淨自然的語言物像進行自然呈現，因此在實踐書寫上根本就「不需要象徵不需比喻」。

在對洛夫純粹性的討論中，洛夫在一九七〇年代初發表的〈長恨歌〉也立即得到了關注，因為此一詩作恰發表在《創世紀》第三十期（1972.9），為創世紀詩社正式進入現代傳統融合期[44]的首

---

[43] 至於抒情傳統則未被洛夫明顯排斥。

[44] 筆者將創世紀由 1954 年到 2002 年之發展分成新民族詩型時期（1954.10-1958.4）、超現實主義時期（1959.4-1969.1）、中挫整合時期（1969.1-1972.8）、現代傳統融合時期（1972.9-1984.10）、多元化時期（1985.4-2002.12），詳細分期理由與各期發展狀況，請參筆者拙著《臺灣現代詩典律的建構與推移：以創世紀詩社與笠詩社為觀察核心》（臺北：鷹漢出版社，2004 年），頁 35-56。

期，〈長恨歌〉正可資評論者檢視洛夫詩論的實際落實成果的重要案例。因此除了前述的李弦〈洛夫「長恨歌」論〉外，《大地》第 8 期（1974 年 3 月 3 日）古添洪〈「論洛夫的長恨歌」讀後〉、《詩人季刊》第 2 期（1975 年 2 月）掌杉（張寶三筆名）〈綜論洛夫的「長恨歌」〉等文亦陸續發表。

在當時，論洛夫〈長恨歌〉之論文逐漸增多，對該詩作多採有意識的批判態度，古添洪〈「論洛夫的長恨歌」讀後〉即是針對彩羽〈論洛夫的「長恨歌」〉而撰。李弦發表於《大地詩刊》第七期（1973.12.12）的〈洛夫「長恨歌」論〉此篇論文亦有意識地與張漢良的〈論洛夫後期風格的演變〉對話㊺。該文鎖定的焦點即在洛夫純粹性詩觀，如何以其〈長恨歌〉寫作，對前已既存的白居易〈長恨歌〉進行再寫。這個「再寫」，若依洛夫〈長恨歌〉所展現的，不在於現代古典的「融合」，而在於對原作的「改寫」。

白居易的〈長恨歌〉為敘事詩，本身就是一則對歷史進行文學語言版本化的作品，其中提供了在史書之外，另一理解評價歷史的方式。至於洛夫〈長恨歌〉的再寫，顯然把書寫只放在唐玄宗身上，並為其添加一九六〇年代臺灣現代主義詩「當然」的性慾虛無主題色彩，這也正是洛夫「複雜的」純粹性的內容之一。故與古添洪相同，李弦認為洛夫並沒有白居易自成一格的歷史評鑑史觀。洛夫〈長恨歌〉這樣將唐明皇進行這樣的虛無處理，可說是將一九六〇年代臺灣現代主義現代詩的存在、虛無意象寫作法在中國古典歷史場的再次「演練」，在當時確有洛夫以詩作呼應其理論上的必要

㊺ 可參考《大地詩刊》第 7 期（1973.12.12），頁 47 中對張漢良論述的辯證。

性。

但真正就中國詩學理論的討論中，我們根本無法在白居易與洛夫古今版本的〈長恨歌〉間，進行敘事性與純粹性的嚴肅比較，或者探述，純粹性書寫在歷史敘事上如何可能，效力為何？確實，洛夫〈長恨歌〉用他想像得之的「純粹性寫法」排除了前文本與續寫的壓力，但，這壓力並未被消解，而是轉嫁到嚴肅的歷史書寫與詩學傳統上。在敘事性與純粹性的討論中，中國古典詩人成為主要例證對象，提供詩理型的描摹依據㊻，相較一九六〇年代率而呼告西方艾略特以為批評術語的現象明顯不同。多了一份理性，同時，也少了一份想像，畢竟在語言系統上，同是中國語言構成的古典文本，減少了翻譯可能再介入的失真，更容易考辨語言模態的使用可能性。一旦讀者轉從兩脈絡進行閱讀，便會感受到洛夫此詩自理論錯誤吸取而來的深沈感。

洛夫純粹性詩論的混雜弊病，從戰後第一世代詩人對葉維廉的研究看得很清楚。洛夫錯落的詩學史認知，恰恰對比出同樣論純粹性的葉維廉本身的系統性。連帶地，戰後第一世代詩人研究葉維廉的論文，也刺激出了許多具積極意義的詩學思考。葉維廉是很早為戰後第一世代詩人注意的前行代學院詩人，在一九六〇年代現代詩文體內部一系列現代主義、超現實主義的知識構成中，張漢良與葉維廉是其中少數卻非常重要的學院系統理論分析者。

㊻ 余光中在〈詩人何罪〉便曾指出：「『僵斃的現代詩』一類的詩觀，與白居易可謂隔代遺傳，遙相呼應。荒唐的是，它不但否定了現代詩，甚至否定了古典詩，不但否定了李杜，也否定了白居易。」

當現代主義漸成為現代詩文體典律的同時，也形成了複合研究、創作作用的典律生產機制，許多詩人如香港李英豪等，也透過相關詞彙（如存在、虛無）浮泛複製使用，共同擴大對西方現代主義誤讀，生產平泛的賞析評論。不過，在此趨勢中，其中的學院詩人系統因其另兼具的學術研究者身份，於西方現代性的在地轉譯工程中，往往扮演相關辯證性的角色。例如張漢良試圖對創世紀年代詩選的「預視」問題提出修正㊼，至於葉維廉因其比較文學的學術研究背景，則很早意識到了其中的理論誤讀現象，以及東西方詩學差異的問題。

陳鵬翔即指出：「我在臺大唸研究所的時候，葉維廉來客座過一次，後來博士班還來一次，所以我就上了他的課，那個時候就與他有點接觸了。……葉維廉的詩論我們當時便有所注意，尤其中國詩跟外國詩的比照提出的純粹性問題。」㊽一九六〇年代末葉維廉在臺灣大學客座講學，刺激了大地詩社詩人對其詩論的關注，師生之誼使他們在評論葉維廉詩學的態度較有所保留。儘管如此，當時古添洪與李弦兩位學院詩人在論葉維廉上，仍有許多突破性的意見。

一九七〇年代新興詩刊中對葉維廉的專文研究，始於《大地詩刊》第 5 期（1973.5.1）古添洪〈試論葉維廉賦格集〉一文。在該

㊼ 對此筆者於拙文〈現代詩文體典律再編成——臺灣 1976-1984 年間出版之詩選對現代詩語言型遞換的反映〉有所分析，可參見 2007 年文訊青年文學學術研討會論文。

㊽ 見解昆樺《詩史本事：當代臺灣現代詩人的詩史對話》（苗栗：苗栗縣國際文化觀光局，2010 年）。

文中古添洪從意義結構的角度，探看葉維廉一九六〇年代初詩作，指出其「所追求的太窄（限於超越時空的意識感受狀態等），所藉表達的媒介——事態及物象，既缺乏整體性，不能有全盤的把握；復以象徵及超現實，構成了解上的障礙。」㊾確乎指出一九五〇年代中至一九六〇年代葉維廉詩作形式修辭的特質，對此葉維廉亦自陳：

> 很多人都認為我早期的詩比較西化。這句話一半是真的。因為傳統的詩短和比較簡單，而我的詩比較複雜，我既是承繼新詩的傳統下來，我仍然採用敘述性，但我敘述的形態跟他們不同，如用很複雜和多層次的表達，如果說這不是跟西洋的表達方法有一點互通聲氣，那是騙人的，到底傳統的詩並不是這麼複雜呵。事實上，當時我想嘗試能不能將西洋和傳統的表達手法構成一種新的調和。以「賦格」為例，個別意象的構成和傳統的關係很密切，但整體交響樂式的表達卻接近西洋的表達方法。㊿

從葉維廉自陳可知其在一九六〇年代初便已嘗試現代古典的調和，檢視覃子豪、洛夫、余光中等人的創作或論述，可以發現在一九五〇年代前行代詩人其實已為其後的詩書寫方向預設了如此目標，只是在當時於整個文化場域的「呈現」上，因為：⑴一九六〇

㊾　《大地詩刊》第 5 期（1973.5.1），頁 55。

㊿　葉維廉《三十年詩》（臺北：東大圖書公司，1987 年），頁 564。

年代現代詩論戰情境以及⑵書寫經驗尚待累積，而產生論述上的折射，暫時替現代詩文體，乃至自我詩書寫權成出一「反傳統」的西化身影。葉維廉對自身一九六〇年代詩作偏屬西洋表現方法的反省，讓筆者注意的，倒是他已點出傳統與西方在語言上純粹性（文中所謂的不那麼複雜）、敘述性的對比，這份自覺意識，已能延續洛夫那隱見其徵，卻因其對傳統詩論的想像難成脈流的詩學問題。在一九七〇年代發動了自我的詩語言革命，一改過往高能量的修辭，而以精簡、自然物象直呈進行書寫。這可視為其純粹性，此亦與洛夫詩論詩作差異之處，這份差異便是是否真從詩學得之的差異。

因此，主要以葉維廉一九六〇年代中期以後之詩論為研究文本的李弦，對葉維廉的評價也自然與古添洪有所不同。由於李弦很早便有意識地對洛夫與葉維廉進行比較研究，因此很快地便能區分出兩者的層次差異，以及論述方向。李弦在〈傳統純詩與現代詩——現代詩的初步考察之三〉中嘗言：

> 六十、七十年代的詩評家在其詩評論中，能夠統合傳統詩與現代詩一併論之，且能抉發其間的淵源關係的並不多見。現代主義的大纛下，現代詩人對中國古典詩所持的態度，毋寧說是扮演著一種現代精神的反叛性角色；他們迷惑於愛倫坡、梵樂布、布勒蒙等人的純詩觀念……這種西洋美學主義輸入之後，使得現代詩壇中流行著西洋美學口號與各種主義的信條。我們虛心檢討這陣風潮，不得不承認它形成一種時髦病，純詩觀念在此情況下，自然為多數詩人所信守。……

> 考察這種現象，是不能否認現代詩人對於傳統純詩的觀念是模糊的。其中能自覺地銜接傳統與現代，葉維廉是其中重要的一位……[51]

這指出一九六〇、七〇年代詩壇所以啟動純粹性的詩學課題，本身還是自詩人們對西方現代主義的追蹤而來。這樣的追蹤，同時不免亦隨著詩人本身的心態與學養，呈現高低不一的接受與表現，大抵說來可以分成三種層次。第一種層次，同時也是較低階的層次，乃是消費性地使用，透過符號式的使用，完成其論述的「時尚感」與「前衛印象」。

第二種層次，則試著建構西洋／中國純粹性的對映，但此一對映，乃異辭而同義，前述洛夫的使用狀態即接近於此。其陳述焦點在中國而非西方，此詮釋由西而中的重心調動，其「翻寫」對比的動機，實在滿足論者先行於詮釋之前，卻又不立於文字之內的中國性（國族本位）意識。純粹性，這樣西方有之而我族早存的論見，的確對中國古典「純粹性」的誤讀產生了動能。一則扭斷了中國現代與西方現代在詩學傳播史與寫作史上的連續感，另則提供了詩人發動詩文本再書寫的可能。然細考之下，這僅止於辭面上的調動，終不免使中國傳統與西方純粹性模糊交混，其意義上的不穩定，使其中西文學傳統轉趨同質化、模糊化。

第三種層次，則在梳理中國詩學內部的純粹性傳統，西方純詩觀念只是在此詩學論述中的參照系，並不提供本質上的論證功能，

---

[51] 《大地詩刊》第 19 期（1977.1.10），頁 58。

葉維廉則可為代表。李弦所指葉維廉「自覺地銜接傳統與現代」，細析其意，還在於肯定其純粹性詩論所具備的「辨識」價值與功能。於焉，陳述葉維廉純粹性詩論，倒為讀者指出一九五〇、六〇年代現代主義的轉譯、吸收、應用過程中，所不易注意到的「遮蔽」問題，此亦再次凸顯了「作者、論者、譯者」同一的弊端。戰後第一世代詩人李弦擇選一九七〇年代後的葉維廉為論之目的至此明朗，一方面隱伏著與陳芳明論碧果般，以葉維廉一九七〇年代向中國古典傳統吸收、轉變的歷程，「印證」前述一九七〇年代新興詩社詩學聲明中以中國古典傳統為現代詩知識本源的「正確性」。另一方面，陳述前行代詩人葉維廉詩論那有系統的中國傳統純詩概念，也帶有明礬般濾除前行代中對西方現代主義與中國古典傳統的誤讀理解之效果。在李弦一系列對葉維廉的研究中，以〈論詩之純粹性——兼論葉維廉詩論及其作品〉一文最具系統，以下筆者將之細分為「正其詩學發展脈流」、「與其並列的古典詩學系統」、「其是否具備現代與現實的觀視」三部分，指出葉維廉詩學對中國古典傳統純粹性詩學的認識論架構與應用實踐問題。在該文中，李弦指出：

> 「純粹性」這一傳統詩論詩作的特質，以唐詩為主流，尤其王維、孟浩然、韋應物等人成功的作品具有其純粹之本質，李白、杜甫部份作品亦然。在理論上從皎然、司空圖以降，以至於嚴羽、王士禎等，蔚成一脈相承的系統，闡說唐詩的

意境，可謂明澈入微。[52]

李弦發現，相對洛夫則主要在詩論家中進行批評術語的援引組合，葉維廉則主要集中在對唐詩，特別是以「王維、孟浩然、韋應物等人成功的作品」為其純粹性詩論之本。檢視葉維廉詩論發展，這並不令人意外，因為在其對中西詩作的比較研究中，如〈中國古典詩中的一種傳釋活動〉、〈語法與表現——中國古典詩與英美現代詩美學的匯通〉、〈中國古典詩和英美詩中山水美感意識的演變〉等，便重複以王維、孟浩然、謝靈運等山水田園詩人為例反覆申說，即便是對杜甫、李白乃至蘇東坡、馬致遠之討論，也多篩選他們類似主題之作進行例證討論。葉維廉自然也注意到了具說明性的敘事語言在中國古典詩語言存在的事實，他在〈中國古典詩中的一種傳釋活動〉便指出：「在『敘事』的詩中，中國古典詩人也『偏愛』戲劇意味的活動。我們試舉杜甫的『聞官軍收河南河北』為例……如音樂中的快板，幾乎無暇抽思，雖然在文字的層面上有說明性的元素。」[53]專攻各種唐詩史分期、分系法，以及對唐宋詩比較議題嫻熟者，也很容易發現純粹性雖為傳統詩學範疇內重要的詩學術語，但並不能以純粹性此一詩學風格質素對中國古典傳統詩學進行全指。李弦即從中國詩學史的比較觀點指出：

---

[52] 《大地詩刊》第11期（1974.12.25），頁59。

[53] 見葉維廉《歷史、傳釋與美學》（臺北：東大圖書公司，1988年），頁82-83。

> 但我們也要指出另一事實，杜甫、韓愈，以及衍其流的宋詩，雖然敘述性成份較多，但也形成另一種風貌，在詩史上趣味在此一派的也不在少數，尤其翁方綱肌理說更推崇這類型的詩，賦予理論系統。「純粹性」成為現代詩的術語時，並不見得保持了傳統所具有的涵意，使用西洋美學觀念，而有了新的詮釋……

在葉維廉純粹性詩論中以補注方式出現的敘事性，乃至忽略的明道言志詩傳統，在此被李弦提點出其綿延由唐代而至清代的詩學系譜，此乃李弦在正其本之外，舉列與純粹性並列的詩學系統，以拉開中國古典詩學傳統內部圖景用心之處。此外，李弦也自然延續其對洛夫純粹性詩論的研究，指出純粹性觀念在臺灣一九七〇年代詩壇發展成為現代批評術語時，與西方現代主義向臺灣傳播旅行一般，也產生了詞義的流失與變質。是以在一九七〇年代中期左右，當現代詩壇普遍重視轉從中國古典傳統作為臺灣現代詩書寫知識論本源之際，李弦的詩論已發現到所謂中國詩學傳統中的純粹性不可作為唯一的書寫準繩，更何況，此時更有以中國傳統交雜西方美學觀念所「新詮釋」出的純粹性觀念。

儘管純粹性在中國、西方詩學傳統各現其蹤，但兩個傳統中的純粹性其實是不等同的。兩者之區別，同時也是洛夫與葉維廉純粹性詩論層次最大的不同點，便是葉維廉準確指出，中國純粹性詩論乃以道家、禪宗思想為美學基礎，這除使中西純粹性所呈顯表達出的主題意趣，乃至意境產生不同，更細密地來說，也使兩者的修辭方式產生極大差異。葉維廉〈言無言：道家知識論〉明確指出道家美學概念下，語言使用既以為最低的形式表達手段，消極地隨說（寫）隨掃，以消解作者與寫作對象，主體與客體間為語言介入的邏輯、歷時性的書寫傷害。積極地來說，則應採取以物觀物的觀視態度，將私己與萬化的視境同一，完成物我的共融狀態。因此，純粹性的書寫自然是以「反修辭」作為修辭的手段，而李弦即援葉維廉之論述，指出前述洛夫版本純粹性方法論強調象徵、譬喻修辭的錯誤之處。

李弦作為葉維廉研究者，其對葉維廉對中國古典傳統之純粹性詩論詮釋的肯定，並不完全只在對葉維廉，這一在當時被視為前行代、他者的詩人進行客觀形象塑建。對照他對洛夫的研究看來，可能還進一步凸顯出了戰後第一世代詩人本身的詩學立場，並不僅止於探述中國古典詩傳統的正確模態，更重要的是，這詩學「研究」要反饋至他們的詩學「運動」上。筆者在〈七〇年代李豐楙臺北城市詩書寫中的在地現代性及其修辭話語——兼論戰後第一世代詩人詩語言意識〉一文中曾指出：

> 李弦在七〇年代指出中國詩歌系統中也不僅有純粹性一宗，根本性點出前行代詩人的中國詩學理論根源也是存在片面性的，這似也傳達了他本身對中國古典詩學傳統的語言焦慮，即：希望中國古典詩學不要反而成為六〇年代臺灣式現代主義引發的語言晦澀流弊之理論基礎。這焦慮導因於七〇年代之際，戰後第一世代詩人在現代詩文體改造上為中國古典傳

統所賦予的取代與改造地位。[54]

李弦反一九六〇年代現代主義的詩語言意識以及現實書寫的立場，使其注意到純粹性本身在書寫上的不全之處，特別是在表達現實功能上的弱勢。如果臺灣一九六〇年代現代主義在表達功能的缺乏，是因為追求字句巧變與個人潛（偽）意識。那麼，中國古典傳統的純粹性在表達功能的問題，則在於書寫者如何以純粹性的修辭方式，呈現「現代化」這一撲天蓋地無處不存的非自然文明狀態——純粹性與現代性終在此詩學論述進程中狹路相逢。李弦曾如此論及：

> 「純粹性」之於新詩，因為時空的轉變，詩人對於自然景物的觀照態度有了劇烈的變革，想恢復到唐人的心態是不可能，因此觀物之法也會有些改變。就創作而言，詩人在困惑之餘，能把握到多少觀照的態度，語言的創新……在在都是一種挑戰。

李弦點出純粹性觀視方式是否能適切於整體大環境的現代轉變，特別是在工業革命後，以及臺灣現代化的現實情境下，書寫者本身所遭逢的現代性感受已成為普遍的公眾感覺。特別是主體已難脫離現代社會結構，一意在作品中呈現純粹性，確乎難免有阻隔於

[54] 見解昆樺《青春構詩：七〇年代新興詩社與戰後第一世代詩人的詩學建構策略》（苗栗：苗栗縣文化局，2007 年），頁 290。

公眾經驗之外的山林文學意味。現代性、西化啟蒙、晚清變局帶來的殖民性徹底將中國、臺灣社會裂分出古典與現代兩個社會史區段，兩個區段的歷史課題與時代經驗的差距不難想見。現代化使現代詩人對時間與空間的經驗狀態與感覺方式產生重大改變，戰後臺灣詩人如何又何須追蹤古典詩人的文化感覺結構？特別是其中純粹性詩人又特別自外於社會之山林田園中，這更使體驗到臺灣一九七〇年代政治史急迫感的大地戰後第一世代詩人感到格格不入。

因此，我們也可以發現，在葉維廉的純粹性詩學研究中，所援引的詩作例證似乎都難以跨越十九世紀末這個時間尺度。對中國「新」詩也僅聚焦在戰前大陸卞之琳〈斷章〉一詩，至於戰後臺灣「現代」詩，特別是洛夫所謂的純粹性作品則幾乎未見之於其純粹性詩論體系中。此亦間接凸顯洛夫純粹性詩論，將一九六〇年代臺灣現代流行的主題誤改為中國傳統純粹性的錯謬之處。

回到詩作來看，葉維廉曾言：「因為我鬱結得太久了，所以我寫完『愁渡』之後已經開始放鬆自己，我不希望再陷在這種深沉的憂時憂國的愁結裡面，所以我自己衝出來，特別選擇其他的題材來寫。」[55]其在《愁渡》後開始抒解其早期鬱結的情緒，並嘗試進行情緒較為抒解的作品，不少有實踐純粹性詩作的用心，而此類純粹性作品則往往以自身悠遊於自然景致為書寫主題，細讀作品都以情景交融、萬化和諧作為書寫目標。但筆者以為，真正以純粹性書寫面對現代性問題的作品，或許可以〈著花這個事實〉、〈蕭孔裡的

---

[55] 葉維廉《葉維廉自選集》（臺北：黎明出版社，1975 年），頁 255。

流泉〉[56]為代表。這些詩作透過純粹性的物像書寫，反差表現現代性的傷害，或可作為純粹性書寫處理現實（代）性議題的書寫進路，可惜葉維廉此類作品畢竟只是少數。

在對洛夫與葉維廉純粹性詩論的仔細考察，乃至於葉維廉這類以自然山水行旅為主題的純粹作品「刺激」下，李弦在一九七〇年代中後期開展的「吾街吾巷」系列作品，透過敘事性與現實書寫修辭，不只凸顯臺北人在現代化過程中主體意義被商品化的悲哀感，更在表現臺北夾雜著現代化與戰後多族群文化經驗的城市精神。姑且不論李弦「吾街吾巷」的修辭表現，其背後的書寫意識與嘗試，幾乎可視為其對純粹性詩論另一種結合著反省與論證的實踐。

葉維廉的純粹性書寫在一九七〇年代後期也自有後續的現象衍生而出。如果能發現葉維廉、洛夫各自著重的中國性詩學，孰在純粹性的探討與應用上最接近詩學本義。那麼，就可以理解為何葉維廉方在 1977 年 7 月張默、張漢良、辛鬱、菩提、管管合編之《中國當代十大詩人選集》位列其中，但旋踵之間則於《陽光小集》第 10 期（1982.10.31）「誰是大詩人——青年詩人心目中的十大詩人」專輯的票選中退位，直至 2006 年由《當代詩學》所舉辦的十大詩人票選也未見其蹤跡。為扣切本文論題，在此聚焦比較前兩次的票選。檢視兩份名單，可發現差距僅在「葉維廉」、「紀弦」二位詩人上，足見一九七〇年代以降，不同世代詩人在詩作閱讀品

---

[56] 筆者於拙著《臺灣現代詩典律的建構與推移：以創世紀詩社與笠詩社為觀察核心》（臺北：鷹漢出版社，2004 年），頁 215-217 中有詳細分析，在此不贅述。

味，與對詩文本閱讀需求上，所存在的細膩差異。葉維廉在（外省）前行代詩人中創作具有極高代表性，現代主義表現的沈鬱語字魅力，可能不在他的純粹性轉變上。但是當時的青年詩人——亦即戰後第一世代詩人，本身便對現代主義存在相當程度的審美抗拒，因此入選的前行代詩人是透過他們對現實大命題或中國古典抒情表現的意象魅力，克服戰後第一世代詩人的接受障礙。

一切問題盡在純粹性修辭上。

歸本於現實性與古典抒情意象經營來分析，即可發現葉維廉對於純粹性詩學背後道家美學理論理解上的正確，影響了他在創作上的表現，以「反修辭」作為其修辭的方式。葉維廉詩作其透過精簡，排除敘述性的語言形式所表現的自然經驗，比洛夫更為純粹，反而使他更讓一九八〇年代的戰後第一世代詩人感到與現實無涉。這樣觀看葉維廉的角度，可說延續了一九七〇年代初重視「脈絡化語言」、「中國－現實」特質的詩學聲明。《後浪》第六期（1973.7.15）北滄〈純粹經驗三等級〉即指出：「時空經過人的經驗（取捨與組合）而成一首詩體，若要完全純粹，則就必須摒棄時空，且無需經驗，但就不能成為詩了。」[57]而雖非戰後第一世代詩人，但卻投入一九七〇年代新興詩社運動甚深的陳鵬翔亦指出：

> 每一個人對詩大概都希望將之純粹化，可是事實上是不可能的，我們只能透過論證來想像，純粹性永遠是個理想。你希望寫得很純粹，不食人間煙火，但有這樣的詩嗎？有這樣的

---

[57] 《後浪》第 6 期（1973.7.15），頁 1。

> 社會嗎？在詩文本中玩一玩嘗試一下或許可以吧。另外一些純粹性就是以語言造成的，像葉維廉他強調的某一些純粹性，那完全是語言造成的，由蒙太奇技巧建立的意象其純粹性裡面，有他的非邏輯性，這也很好玩，也不是不好。[58]

另外，葉維廉自中國古典傳統中所吸取的純粹性傳統，對當下中國（臺灣）歷史現場經驗缺乏表現力，消極地成為戰後第一世代詩人探勘現實課題的障礙。曾參與《陽光小集》並投入上述票選的李昌憲便如此表示：「開始寫詩的時候，認為應該表現我們現在的社會。我那時候也看了像余光中、洛夫的作品啊。洛夫的《石室之死亡》說實在我是看不懂在寫什麼，還有楊牧、葉維廉他們那些作品都是在一個境界以上的。」[59]儘管在李昌憲評價上，楊牧與葉維廉所代表的境界，與洛夫所代表的難懂並不處於同一位階。但是細析李昌憲之意，這些書寫顯然仍與臺灣當時的現實問題存在著距離。這說明了詩語言系統本身隨著讀者的時代與世代經驗的差異，而有不同的生理成長姿態，特別是戰後第一世代詩人對於詩，本身便帶有不只是文學文本，更是文化文本的閱讀方式，在一九七〇年代至一九八〇年代初，他們對於一九六〇年現代詩語言自然幾乎是以病理的角度視之。

因此像葉維廉這樣的純粹經驗書寫雖不至於反現實，但至少是

---

[58] 見解昆樺《詩史本事：當代臺灣現代詩人的詩史對話》（苗栗：苗栗縣國際文化觀光局，2010年）。

[59] 解昆樺〈李昌憲七〇年代《綠地》、《陽光小集》參與經驗及勞工書寫——訪談李昌憲〉，見本書詩人訪談附件。

與大眾現實經驗有段距離，在戰後第一世代詩人看來無疑顯得無比蒼白。此外，葉維廉所展現精簡、多始源語、少形容詞的「純粹」自然物像，自也無法巧借中國傳統抒情意象美感，乃至詩句中夾雜道禪美學術語詞彙，來引動讀者的共鳴感與審美感。相對來說，這可從葉維廉詩作與羊令野、周夢蝶的比較中看出，其在語言文本缺少情感色澤魅力的弱勢之處。諸般源由，遂使葉維廉之詩論儘管對戰後第一世代詩人的詩論有極大的辯證助益，但其詩作卻無法成為戰後第一世代詩人在實際創作上仿效引證的對象。

四、論中國性：余光中、鄭愁予所聚焦的課題

在一九七〇年代新興詩社的詩語言世界中，就其聲明，一九六〇年代作品呈現濃厚「中國風」的余光中與鄭愁予為重要的論述對象，是非常合理、自然的現象。而鄭愁予與余光中更入選《陽光小集》第 10 期（1982.10.31）的「誰是大詩人——青年詩人心目中的十大詩人」，似乎也間接應證了戰後第一世代詩人一九七〇年代初詩學聲明，在一九八〇年代初的延續性。但實際檢視戰後第一世代詩人一九七〇－八〇年代對余光中、鄭愁予的研究，可以發現兩位前行代詩人的中國風詩文本所聚焦出的中國性論題史，其內部不和諧的狀態。

從本章前文所論，中國性本身就是一個混雜文化立場與古典傳統知識學的議題。論洛夫、葉維廉所涉及的純粹性論題，雖在戰後第一世代詩人的研究中也擴大到文化立場的論辯，但基本上論述起點還是從古典傳統的知識學與美學出發，而這論題發展也主要在詩

壇中進行。相較之下，戰後第一世代詩人余光中、鄭愁予的研究，主要聚焦在其詩作及修辭技術的探討。這分析基本上沒有深入中國古典傳統內部的知識學[60]，而其延伸展現的「中國性」論題，更隨著詩壇外部論者參與而激化。

以下筆者先分析鄭愁予的被評論現象，並以其論證參照系與余光中進行對比，凸顯戰後第一世代詩人在評論鄭愁予與余光中的過程，內部群體在文化立場上對中國性產生的延變。

在 1970-1984 年這段一九七〇年代新興詩社活動史中，戰後第一世代詩人必然可以閱讀到鄭愁予的《夢土上》（1955）、《衣缽》（1966）、《窗外的女奴》（1968）與《燕人行》（1980）四本詩集。但是檢視這段時間對鄭愁予的研究，僅以《夢土上》、《衣缽》、《窗外的女奴》這三本詩集為範圍，且由於《窗外的女奴》兼收前兩本詩集未錄的早年作品，這樣的彙編方式使得《窗外的女奴》在語言功力上略有參差之感，因此戰後第一世代詩人論鄭愁予，多注意《夢土上》、《衣缽》。仲常在〈葵花——試論鄭愁予〉一文中如此論及：

> 許多膾炙人心，被誦記的美麗小詩，像「殘堡」、「相思」、「遠景」……也不知引領過多少摯情的讀者，「錯誤」和「賦別」更醉過數不盡的人們。這本集子裡，除了運用類似流水般動人的詞藻外，鄭愁予也在音韻上下了不少功夫，新詩的韻律性如何，只要您讀過他的詩，就毋庸懷疑了……沒

[60] 包括「縱的繼承」、「純粹性／敘事性」等議題。

> 有任何矛盾可以存在他的詩裡，也沒有將人分解的殘缺，只是一片完整，置身「夢土上」就彷彿浸在溫柔和飄逸的氛圍裡。[61]

上面引文是戰後第一世代詩人評論中最基本的鄭愁予印象，同時也含蘊了後續戰後第一世代詩人的研究關鍵詞。在這段對鄭愁予《夢土上》的賞析中，仲常試圖以浪漫筆法，寫作出足以匹配鄭愁予詩作的評論文字，間接也呈現了他對鄭愁予詩作那浪漫調性的認同。但我們要注意的是，戰後第一世代詩人對鄭愁予的研究，主要集中在詩文本內部進行研究，讓我們暫時跨至一九九〇年代，檢視渡也〈五十年代現代派中的古典〉一文，便能看出這樣研究現象潛藏的問題。在該文中，渡也提及：「五十年代現代脈中，最常用古典題材，且運用得圓熟的詩人，首推鄭愁予，身為現代派健將，他竟視『六大信條』視若無睹， 可說是異端……。」[62]從鄭愁予作品外部的檢視中，渡也提及鄭愁予在一九五〇年代現代詩史中的現代派身份。以這個身份為據點，其實應能具體看出鄭愁予本身「抒情／韻律」的文本特性，其實與紀弦現代派「知性／反韻律」間存在著摩擦。在戰後第一世代詩人的現代詩評論中並不彰顯這樣的身份，鄭愁予的詩史履歷總在若有似無間被省略了。這「美麗的錯誤」雖凸顯了鄭愁予在「抒情寫法與抒情傳統」的優勢表現，甚至

---

[61] 《華崗詩刊》第 3 集（1971），頁 21。

[62] 見文訊雜誌社[編]《臺灣現代詩史論:臺灣現代詩史研討會實錄》（臺北：文訊雜誌社，1996 年），頁 129。

是其國族文化立場。但是參考本章前論，以及「附表 03：一九七〇年代前現代、現實、傳統的二元區分結構表」可知，戰後第一世代詩人論者，甚至鄭愁予本身，在當時都必須面對詩語言如何連綴「傳統」與「現實」的詩學問題。

隨著詩人文本的被閱讀史持續推展，詩人詩作中的代表作名單也日益為讀者所規劃。代表作是詩人語言風格的代表性成果，在歷時性的過程中，代表作也黏附了各類型讀者甚至論者的詮釋語言，形成了一個詮釋地層，這也使後續論者產生如何見前人所未見的詮釋焦慮。在戰後第一世代詩人對鄭愁予的研究，全數集中在他的詩作上[63]，除了《陽光小集》第 5 期（1981 年 3 月 29 日）中林廣〈鄭愁予的「錯誤」〉勇於探析鄭愁予的代表作〈錯誤〉外，並且指出鄭愁予「擅長把形容詞或動詞移到名詞後面，而建立一種新的意謂，使人有更寬闊的聯想」[64]，以及善用否定句「傳達宛曲的心情」[65]等在句法上的細膩意見。其餘戰後第一世代詩人多把評論視角放在鄭愁予其他較少被細論的短詩，如《草根》第 30 期（1978.2.1）羅青〈鄭愁予的卑亞南番社〉、《草根》第 36 期（1978.8.1）周先俐〈詩與畫的融合：談鄭愁予的「靜物」〉。

這些集中在鄭愁予短詩的研究，其實也呈現鄭愁予多於且善於創作短詩的特色。前面李豐楙論葉維廉純粹性詩論時，觀察到中國古典詩作中呈現自然純粹特質的詩作多為小詩，在此可以發現，鄭

---

[63] 這也可能是因為鄭愁予較少發表專業的詩學文字之故。

[64] 《陽光小集》第 5 期（1981.3.29），頁 91。

[65] 《陽光小集》第 5 期（1981.3.29），頁 91。

愁予的小詩體製與其精緻婉約的意境彼此也存在著形式搭配關係。鄭愁予以小詩形式使情境與語感集中，也很容易凸顯出特意安排在段末之警句、美句，牽引讀者反覆咀嚼其中的語意與音韻，產生綿密不絕的閱讀感。除了最具代表性〈錯誤〉的「我達達的馬蹄是美麗的錯誤」、〈天窗〉：「我是北地忍不住的春天」都是透過如此的修辭策略而獲得聚焦效益。

可以說鄭愁予的詩本身——特別是一九七〇年代以前的作品——都是以〈錯誤〉一詩情境為基礎而延伸出來的自我續作。筆者以為，〈靜物〉一詩最能凸顯鄭愁予早期詩作中潛在的抒情制約，該詩開頭「斜斜倚靠的 一列慵態的書／參差」略有紀弦知性的筆調，但這首詩的「走勢」最後仍導向於對時間生命的撫歎，基本上仍是以抒情為依歸，「我」這一人物形象也呈現〈錯誤〉那傷逝的調性。

鄭愁予這一系列集中文言語感與古典情景意象的小詩，固然使現代詩體現出一個接續中國古典抒情傳統的可能，但相對地，對戰後現實題材的表現上便呈現不足。[66]因此，在《夢土上》後鄭愁予以國父孫中山革命行止創作的〈革命的衣缽〉，自然也存在著藉「長詩」、「大我」的寫作，來平衡自身集中於小詩抒情的弱點。

「國父」在政治敘事中從來就不是一個單純的個體形象，而是一個具群體起源點意義的國族形象。《陽光小集》第 9 期（1982.6.20）雅正〈為「革命的衣缽」進一言〉即以《詩經》「頌詩」的概念定義此詩，此正點出鄭愁予對「國父」此一政治領袖的

---

[66] 特別是鄭愁予的作品中又以這樣的抒情小詩最為大宗。

詩書寫，本身除試圖為自我書寫建構一個大我的向度外，這國族政治宗譜式的詩語言書寫，卻也是間接成就一九六〇年代官方中國性意識型態的語言作業之一。

鄭愁予以「頌詩」此一宗廟祭祀之樂的格式，完成國父這一父祖意象的同時，也推演了一則國族史的敘事。他不只為群體提供意識型態上共同的國體想像，還如詩題「衣缽」所暗示的，他還建構了一個可傳承的歷史政統意象。詩人直取政治中國而來，為他所處「時空背景」的政治結構累積社會實踐的能量。[67]但這大我、長詩的實驗，特別是長詩的體制，卻往往稀釋鄭愁予擅長的抒情表現，因此這類歷史文本對讀者的現實感染力，其實也仰賴政治場域預先在讀者內在建構的超我語言結構來予以發酵。

鄭愁予《衣缽》固然為評論者提供了他也有所謂「時代詩作」的文本案例，但這直取政治中國的轉變，卻不免令人感到唐突。[68]而戰後第一世代詩人對之的評價，從〈革命的衣缽〉在一九七〇、八〇年代少被之專論或可見一斑。《陽光小集》第 10 期（1982.10.31）〈誰是大詩人——青年詩人心目中的十大詩人〉在「B 綜的分析」中對鄭愁予的研究，具體顯現在一九八〇年代已累

---

[67] 曾琮琇〈紀念簿打開了——鄭愁予在新竹中學演講「失去的感性」〉：「他（按：指鄭愁予）寫了長詩〈革命的衣缽〉紀念國父，『那是熱血滋生一切的年代／青年的心常為一句口號／一個主張而開花／在那個年代　青年們的手用作／辦報　擲炸彈　投絕命書』，展現鄭愁予強烈的使命感。寫此詩時，感於其高尚的人格而一再嘆息復流淚。陳義芝笑言，十幾歲的青少年時期因此詩的鼓舞，真有想捲起袖子、頭綁布條『革命』去的衝動。」引見 http://blog.roodo.com/worms80/archives/100598.html（2008/6/7 檢索）。

[68] 相較之下，楊牧比起鄭愁予更為現代。

積詩作與詩論經驗的戰後第一世代詩人對鄭愁予的理解轉變：

> 這位曾經風靡一時，至今仍深深迷惑許多初學者的詩人，雖然近年來風格大變，但由於未開出新的路徑，大家心目中的鄭愁予似乎仍是個唯美抒情的詩人，而隨著現代詩的逐漸成熟，除了語言駕馭與影響力兩項之外，他並未得到很高的評價，尤其在使命感、現代感、思想性方面，他的得分偏低，現實性更是得分奇低。[69]

陽光小集的評價點出當時鄭愁予的政治中國寫作，本身還未能拓展出新的路徑，在表現上仍無法超過其慣性的抒情寫法，而其於一九六〇年代所提供「官方政治」版本的政治中國，也不再能負擔對一九七〇年代末政經文化場域的指涉功能。鄭愁予的國父書寫，確實使其自身書寫史留下超我與國體的連結案例，但是戰後第一世代詩人感覺到這並非理想文體的形態。上述評論中「隨著現代詩的逐漸成熟」一語，其實無意識地省略了發語主詞，在筆者看來，應該說是隨著「戰後第一世代詩人」現代詩語言觀的逐漸成熟，鄭愁予在一九八〇年代青年詩人心目中的評價也不復往日榮景。

一九七〇年代初仲常〈葵花——試論鄭愁予〉：「是在那懵懂的年齡，偶然觸及一顆高貴的靈魂，遂在心底紮了根。」[70]又言「他那柔柔的『江南風』毋寧說是有一種『楊柳岸，曉風殘月』的

---

[69] 《陽光小集》第 10 期（1982.10.31），頁 88。

[70] 《華崗詩刊》第 3 集（1971），頁 20。

況味：樸實而又精緻的筆調，尤其是『騷動著美麗』的婀娜詩風，更不知風靡了多少個『小女人』『大男人』……。」(71)正陳述了一九六〇年代末一九七〇年代初少年們對鄭愁予詩中，那帶有溫婉浪漫氣息的中國風語言執戀。鄭愁予代表作滿足了少年們內在抒情的意欲，但也意謂他的作品在影響論上可能存在的「時效性」。在2004 年筆者的訪談中，白靈便指出：「其實那個時候，我比較早期寫詩階段，一開始是以瘂弦、鄭愁予的作品作為學習對象。像我們在文藝營裡頭，唸的是正是鄭愁予的詩，因為鄭愁予很適合我們那個年紀的……」(72) 2004 年戰後第一世代詩人的這段回憶，呼應了前引《陽光小集》第 10 期（1982.10.31）〈誰是大詩人——青年詩人心目中的十大詩人〉對鄭愁予的簡評。鄭愁予在戰後第一世代詩人中由肯定到辯證的評價歷程，說明了他《夢土上》到《衣缽》這抒情中國到政治中國的書寫轉變本身，最終無法成為戰後第一世代詩人現代詩文體觀念史的重要例證。

在本章前文對戰後第一世代詩人白萩論的研究中，可以知道戰後第一世代詩人對前行代詩人的選題研究，除了要藉此尋找代替性的理想詩語言，更重要還要尋找其個人現代詩史轉變過程，恰能隱喻西方現代主義扭變到「現實－中國」書寫的發展現象者，藉以作為戰後第一世代詩人一九七〇年代初詩學聲明的例證。

鄭愁予詩作裡那「江南風」的浪漫情境，在一九七〇年代初戰

---

(71) 《華崗詩刊》第 3 集（1971），頁 25。

(72) 解昆樺〈白靈一九七〇－八〇年代的文學活動與編輯《草根》的回憶——訪談詩人白靈〉，見解昆樺《詩史本事：當代臺灣現代詩人的詩史對話》（苗栗：苗栗縣國際文化觀光局，2010 年）。

後第一世代詩人的「現實－中國」聲明中，雖能提供「中國」那部分的例證，但是整合前論可以發現：⑴鄭愁予雖是紀弦現代派的參與者，但他的詩作幾乎沒有現代主義的特質（弊病），並持之一貫的以抒情為主調；⑵鄭愁予的政治書寫雖試圖建立他詩作對現實反映的可能，但那政治中國的表現卻與其抒情風格作品在表現度上呈現落差，因此也無法符合戰後第一世代詩人詩學聲明中的「現實」要求。上述兩個原因，使具有浪漫中國性的鄭愁予並無法成為戰後第一世代詩人詩史觀的喻證。相較之下，更能扣合著戰後第一世代詩人「期待」的詩學史轉折的余光中，其位置就被凸顯出來了。

余光中一九六〇－七〇年代的詩史履歷有兩點是非常符合戰後第一世代詩人對詩學史轉型的「期待」。首先，余光中對自己在一九六〇年代初曾有的一段現代主義時期並不隱晦。余光中與洛夫在天狼星論戰後，他對虛無的現代主義一系列〈再見，虛無！〉等之告別文字73，對一九七〇年代戰後第一世代詩人來說，本身就是一個詩史的「預言」。74其次，余光中詩作長期以來的重要主題，就在表現自我在現代中國、冷戰結構下的主體困境，他沈鬱頓錯的詩語言以及詩中綿密組裝由譬喻構成的意象，也較適合表現這樣的時

---

73 余光中相關詩論皆收於《掌上雨》。

74 因此可以發現余光中與洛夫在一九七〇年代初戰後第一世代詩人的評價，呈現正與反的極大對比。可以說，戰後第一世代詩人以詩史評論者的姿態，決定了天浪星論戰中的勝負。儘管洛夫與余光中的同樣在一九六〇年代中後期向東方轉向，但從天狼星論戰中，洛夫猶以「現代」（不應明朗）的文類準則度量批評余光中的〈天狼星〉。

代議題。(75)此外，余光中的語言實驗精神，也凸顯「中國－現實」書寫的可能。

上述原因，說明了何以「附錄 01：一九七○年代新興詩刊中前行代詩人被評論篇章整理表」余光中的被研究篇章，在「量」上遠多於鄭愁予之故，且余光中在《陽光小集》第 10 期（1982.10.31）〈誰是大詩人——青年詩人心目中的十大詩人〉的票選中更高居第一名。但重要的是，恐怕是在「質」上，「論余光中」成為檢測或澄明戰後第一世代詩人自我詩學聲明重要的試金石。透過余光中在語體與文體上的嘗試，檢視中國性如何被修辭，甚至可細膩地反顯出中國性在一九七○－一九八○年代文化場域中，與現實性、鄉土性間發生的剝離、衝突現象。

檢視戰後第一世代詩人對余光中研究篇章，可以發現除了我們熟知的陳芳明一系列研究外，一九七○年代管黠（蘇紹連筆名）、王灝的評論一直為論者所忽略的。在這些論文中，「理當」被絕對崇敬的余光中，卻成為了戰後第一世代詩人在前行代詩人論中第一個引發差異、辯證的對象。這論述衝突(76)有兩次，第一次是一九七○年代初陳芳明與管黠（蘇紹連筆名）的論辨，這屬於戰後第一世代詩人內部的討論；第二次則是一九七○年代中末李瑞騰因陳鼓應而起的論辯，這屬於戰後第一世代詩人針對詩壇外部評論者的討論。以下即以順時的方式分述在這波現代詩文體改革運動區間中余光中論題史的發展。

---

(75) 當然，我們也可以說是詩人設定的歷史主題影響了他的詩語言調性。

(76) 用比較寬鬆的方式來說也可視為論戰。

一九六〇、七〇年代正是余光中創作的高峰期，比對余光中頻繁出版的詩集，以及戰後第一世代詩人對之的綿密研究，可以發現「分期法」幾乎成為戰後第一世代詩人探討余光中詩作必備的論述策略。其中陳芳明與林興華是最具代表性的分期方式，筆者將陳、林兩人，以及後文要討論的陳鼓應對余光中的研究裡，對余光中詩作分期成果製成圖表，以利後續討論。

附表 04：一九七〇年代陳芳明、林興華與陳鼓應的余光中詩作分期比對表

研究者	陳芳明〈余光中作品研究專論一　冷戰年代的歌手〉	林興華〈白玉苦瓜切片——評余光中詩集「白玉苦瓜」〉	陳鼓應〈三評余光中的詩〉
分期法	走向古代中國，以《蓮的聯想》(1964)作品為主。 走向近代中國，以《在冷戰的年代》(1969)作品為主。 走向當代中國，以近日「民謠風」歌頌臺灣鄉土風味的作品為主。	《舟子的悲歌》(1952)：浪漫主義 《藍色的羽毛》(1954)：格律詩時期 《鐘乳石》(1960)：現代化的自覺過渡到現代 《萬聖節》(1960)：現代化的開始。告別現代主義 《蓮的聯想》(1964)：新古典主義走回古代中國 《五陵少年》(1967)：穩定中求取風格的變化 《天國的夜市》(1969)	《舟子的悲歌》(1952)、《藍色的羽毛》(1954)、《天國的夜市》(1969)：豆腐乾式的格律詩時期 《鐘乳石》(1960)、《萬聖節》(1960)、《五陵少年》(1967)、《天狼星》：現代派的虛無主義時期 《蓮的聯想》(1964)：新古典主義時期 《敲打樂》(1969)、《在冷戰的年代》(1969)、《白玉苦瓜》(1974)

		：（按：林興華未有界定） 《敲打樂》（1969）：第三度赴美 《在冷戰的年代》（1969）：向西洋敲打樂搖滾樂 《白玉苦瓜》（1974）：深受民歌影響力走回稚拙的中國民間	：搖滾時期

在前行代詩人中余光中的創作發表量可謂翹楚，且有意識地在創作上遞演各種實驗，即使是在一九七〇年代檢視余光中，也可以看到其書寫觀所呈現緊密的變化頻率。相對各前行代詩人的討論，戰後第一世代詩人更仰賴分期法來建立余光中詩學史的趨變印象。林興華的分期依詩集出版的順序來界說，優點在於能大致展現余光中「浪漫新月」、「新古典」、「搖滾樂、民歌實驗」這三個書寫史區段。但這依詩集細繪余光中文本的歷史輪廓，在《天國的夜市》、《敲打樂》卻留下了空白與省略。在筆者看來，林興華誠實呈現了自我在理解上的闕疑並非缺點，相反地，反而積極地凸顯一個事實：全集式的分期說明了作家的書寫史發展未必是一邏輯理念的「穩定」發展，在任何歷史時區的當下進行書寫，對歷史乃至於自我意識未必是全知全能，他的書寫也可能存在重複、停滯、渾沌[77]的狀態。

---

[77] 用比較「良性」的方式來說，也可以說是對自我前作的「彙整」。

如果林興華是採取全集式的分期，那麼，陳芳明則是主題式的分期方式，他聚焦余光中一九六〇年代至一九七〇年代初詩作，以關注其中國性並進行分期。主要乃是陳芳明認為〈冷戰年代的歌手〉：「余光中在每個時期固然有不同的風貌，但是他的思想卻是『一以貫之』的，那就是——走向中國！」[78]陳芳明認為余光中雖然多變，但一以貫之的精神是「走向中國」，即建立中國人的認同感。其路向是由古代中國（《蓮的聯想》）而近代中國（《在冷戰的年代》）而當代中國（民謠風）。而時至 2002 年在陳芳明《後殖民臺灣：文學史論及其周邊》之〈余光中的現代主義精神——從《在冷戰的年代》到《與永恆拔河》〉一文中對 1972 年這樣的分期認為「似乎還可以證明是正確的」[79]。

林興華與陳芳明兩版本的分期在余光中《蓮的聯想》產生首次交集，不約而同指出余光中「走向（回）中國」，特別是「新古典」這一指涉詞所牽涉的文化性的申明與傳統應用的問題，其向時代情境所進行的展演，思考實以深化了一九五〇年代現代詩論戰中「縱的繼承」的聲明。戰後第一世代詩人李瑞騰在 1982 年 7 月 13 日與余光中的對談中，便特別鎖定「新古典詩」一詞的用法，余光中表示：「詩之語言，以白話為主，但吸收大量的古典語法與詞藻，史地背景等，在精神上，主要是儒的思想，不過得避免落入『唐煙宋霧』的泥淖之中。」[80]就此可知余光中的「新古典詩」在

---

[78] 《龍族詩刊》第 6 期（1972.5.5），頁 21。

[79] 陳芳明《後殖民臺灣：文學史論及其周邊》（臺北：麥田出版社，2002 年），頁 210。

[80] 《陽光小集》第 10 期（1982.10.31），頁 24。

書寫上的重點，余光中特別指出在以白話為底幹的語言寫作中，可以中國古典傳統作為書寫資源，但要避免文本內在構建的時空情境，成為古典文本情境的複製延伸。如此的新古典精神，成為余光中與鄭愁予間的辨識點，使余光中自《蓮的聯想》後，轉向對越戰、兩岸隔絕等東亞冷戰現實困境的書寫。可以發現，戰後第一世代詩人在一九七〇年代初新興詩刊中也有一系列越戰書寫乃至對國際事件的書寫，如李弦〈越戰——砲戰後一美國大兵在瓦堆上彈吉他〉、陳義芝〈哀歌——慕尼黑奧運「黑色九月」慘案記感〉、陳芳明〈升高越戰〉、羊子喬〈不安情緒的歌〉等。因此，余光中的轉向書寫，明顯契合諳和了戰後第一世代詩人所企盼的一種現實美學路線，是以成為戰後第一世代詩人重要的論述對象。

但我們要問的卻是，為何戰後第一世代詩人在余光中論上卻產生論戰？余光中所經歷的一系列辯證後，「中國性」這一論題中心產生了怎樣的論述擦痕？

在一九七〇年代新興詩刊內所存留以余光中為核心的辯駁文字有二處，一是陳芳明對管黠（蘇紹連筆名）的辯駁，二是李瑞騰對陳鼓應的辯駁。以下，筆者依序進行分論。

陳芳明對管黠（蘇紹連筆名）的辯駁此一事件，起點始於《龍族》第九號（1973.7.7）龍族評論專號中余光中〈現代詩怎麼變？〉一文，該文指出現代詩將來的走向是在「惡性西化和善性西化」、「技巧和主題」、「小我和大我」、「洋和土」這四點中進行抉擇。其中在「洋和土」一目中，余光中論及：「此地所謂『土』，是指中國感，不是秀逸高雅的古典中國感，而是實實在在純純真真甚至帶點稚拙的民間中國感。回歸中國，有兩條大道。一條是蛻化中國的古典傳統……另一條，是發掘中國的江湖傳統……。」[81]這段話也可印證他新古典精神，以及反「純粹經驗」之論述本身的一貫性。

在《後浪詩刊》第 7 期（1973.9.28），[82]管點（蘇紹連當時筆名）〈余光中變什麼？〉一文則針對余光中〈現代詩怎麼變？〉提出不同意見，管點藉陳芳明〈冷戰年代的歌手〉中的分期方式進行觀察，認為(1)余光中的回歸中國意識並沒有涵括對「在臺灣」的中國；此外，(2)「余光中變的技巧是『貼』，主題是那些所貼的『金』，例如主題是表現中國的苦難時，便把『中國』兩個金字在詩題上或詩行裡，使讀者讀他的詩，而感於他的『金字』……余光中的變，是一種隨意行吟、見風轉舵、慣於迎合的變。」[83]管點這兩點意見，第一點是歸屬於文化立場上的，已可看見戰後第一世代的中國意識中，已逐漸衍生出對自我成長地——臺灣的鄉土認同意識。第二點則可以看見余光中使用「西方」搖滾樂入詩，此一實驗手法且不論在表現上略顯生硬，就形式來看也可說是其早期新月格律時期作品的變體。不過更重要的可能還在於，那是「西方」的文本資源。當然，管點此文也對「年輕一代」對余光中所提倡的江湖傳統遵之循之的態度，顯然也存在不滿。這自然也是「後浪」這一詩社意象，內在「長江後浪推前浪」的聲明意識的延續。

管點〈余光中變什麼？〉於《後浪詩刊》第 7 期（1973.9.28）

---

[81] 《龍族》第 9 期評論專號（1973.7.7），頁 13。

[82] 此期之後版面放大，雖仍維持詩頁形式，但各頁卻未標明頁碼，故以下各文之頁碼，為筆者依各頁先後順序自標。

[83] 《後浪詩刊》第 7 期（1973.9.28），頁 6。

刊登後，陳芳明即在《後浪詩刊》第 8 期（1973.11.15）發表〈約論余光中詩風的轉變〉一文反駁。但受限於《後浪詩刊》本身的詩頁形式無法容納較長論述[84]，因此陳芳明在此文發表後繼續進行增修改寫，在《龍族詩刊》第 11 期（1974.1.1）再發表了〈回頭的浪子〉一文。

針對前述管黠的兩項意見，陳芳明有所反駁，在向中國的回歸方向與凝視點上「臺灣的中國」的被空缺省略，陳芳明認為「論及『鄙棄臺灣』的心理，這實在是莫須有的。詩人表現自己的鄉愁，正是這個時代最真實的反映……」[85]亦即余光中出生於大陸母土，余光中在異國對大陸母土的凝望，所吐露的鄉愁本是天性。事實上，余光中在《萬聖節》中的愛奧華（Iowa）書寫也寄託了對「美麗的島嶼」的懷念。若稍跨越詩文本的範圍，余光中 1969 年的散文〈蒲公英的歲月〉寫其坐在火車上凝視臺灣中部乾涸的大甲溪河床與翠綠平原，在中國意識下也傳達了對臺灣的依戀。以此，陳芳明指出管黠在閱讀余光中文本上，所可能存在的闕漏。

其次，對於余光中在運用西方搖滾樂入詩所存在的文化立場爭議。陳芳明特別援引余光中 1962 年〈古董店與委託行之間〉一文「西化不是我們的最終目的，我們的最終目的是中國化的現代詩。……我們志在現代化，不在西化。」[86]藉此讓西化與現代化脫

---

[84] 陳芳明〈約論余光中詩風的轉變〉題目旁標有：「按編者：（本期原擬刊『批評什麼批評誰』，承作者之意，改用本文，謹向讀者致歉）」。

[85] 《龍族詩刊》第 11 期（1974.1.1）頁 58。

[86] 《龍族》第 9 期評論專號（1973.7.7），頁 65。

勾[87]，余光中這段意見並不是偶現的字句，對照筆者本書前章「一九六〇年代的『現代』『主義』：想像現代性與主義話語的崩解歷程」所引余光中〈迎中國的文藝復興〉一文，自然可以發現彼此呼應之處。因此，余光中藉西方搖滾樂進行「中國詩」寫作，對他而言，只是一種使中國詩現代化甚至大眾化的手段，而非使中國詩西化。

考察管、陳兩文發表時間點，正是一九七〇年代現代詩論戰之際，面對法統上已被解構的後中國，他們在論現代詩文體，同時實帶有文體與國體文化性的雙向考辨。因此他們對余光中文本的中國性探討，本身可以看到國族公共話語向戰後第一世代詩人的延伸。而陳芳明這樣對余光中文本這樣有意識的篩選與援引，「暫時」使余光中獲得了在文化與詩學論述的屏障，得以面對一九七〇年代現代詩論戰，乃至一九七〇年代初戰後第一世代詩人詩學聲明那「中／西／現代／現實」的批判規格。必須注意的是，蘇紹連「名義上」仍參與龍族，但位於臺中的他，與臺北的龍族幾無互動，因此兩位龍族詩人在余光中論上發生的辯駁，其實也縮影了後期龍族詩社內部同仁對前行代詩人不同的認識觀點，以及內部社群在詩學立場上的緊張。

陳芳明對管點之余光中論的辯駁，是在一九七〇年代初現代詩論戰的背景發生的；李瑞騰對陳鼓應之余光中論的辯駁，則是在一九七〇年代中鄉土文學論戰的背景發生的。時序背景的差異，意謂再次啟動的余光中爭論其內在涉及的「中國性」，本身所存在的演

---

[87] 相對地，也顯現在此之前政治文化場域中西化與現代化間的糾結狀態。

繹歷程。

陳鼓應在鄉土文學論戰時期密集地展開對余光中的批判，其評論文字共有三篇，分別為〈評余光中的頹廢意識與色情主義〉、〈評余光中的流亡心態〉、〈三評余光中的詩〉(88)。前兩文對余光中的評論算是分論，其意見最後皆彙整入〈三評余光中的詩〉。檢視陳鼓應三論余光中的文字，可以發現其論述邏輯與唐文標一致，即重視民族、現實文學的立場。但在一九七〇年代鄉土文學論戰時期，這對文字上現實功能與文化意識的「強調」，其實還牽涉到鄉土文學論戰時期正反陣營的文化政治意識抗爭。陳鼓應即自言：「有人曾經問我：為什麼要批評余光中？我的動機很簡單，他的那篇『狼來了』是迫害作家的行為；但當我批評他的作品時，僅就他的思想內容來作為評斷的依據，不涉及其他的方式。」(89)在此論述動機下，我們要注意的是，他的言論相對於一九七〇年代初戰後第一世代詩人以陳芳明為代表對余光中的肯定論見，所提供的「另外一種看法」。以下筆者分三點來觀察：

第一、對於在一九六〇年代初余光中〈再見，虛無！〉對現代主義的告別，陳鼓應舉〈茫〉、〈幻〉認為：「余光中是以『蓮的

---

(88) 〈評余光中的頹廢意識與色情主義〉、〈評余光中的流亡心態〉兩文分別發表於《中華雜誌》第 172 期（1977.11）、《中華雜誌》第 173 期（1977.12）後，並〈三評余光中的詩〉合收於陳鼓應《這樣的『詩人』余光中》（臺北：大漢出版社，1978 年 7 月）。又，大漢出版社當時由主流詩社黃勁連所主持，當時黃勁連出版此書，乃是認為陳鼓應有其發表評論的權利不可予以扼殺。

(89) 陳鼓應《這樣的『詩人』余光中》（臺北：大漢出版社，1978 年 7 月），頁 2。

聯想』為『新古典主義』之作而告別虛無的。但是當我們細讀這本詩集時，卻發現其中依舊充滿著虛無的情緒……。」[90]

第二、對於余光中對中國古典傳統的應用，陳鼓應認為：「余光中所謂的『新古典主義』，既違背西方『古典主義』的基本要素，也不合中國古典的傳統主流思想。他只是在古詩裡摘幾個句子或語詞套在自己的作品中作為點綴……」[91]

第三、對於余光中使用民謠，「余光中在這『搖滾』時期所表現的最大特色，便是媚外賤華的意識。造成他這種意識的根源，除了在臺長期沈浸於崇洋路線的環境下薰染所致，這時又置身於一個高度物質文明的異國裡，回顧祖國的貧困，遂產生他的家貧嫌母醜的心理。」[92]

陳鼓應一系列批評余光中詩作的論文發表後，除了李瑞騰教授於《詩脈》第 6 期（1977）發表〈駁斥陳鼓應的余光中罪狀〉外，1978 年 3 月 12 日主流詩社舉辦的「檢討當前詩的幾個重大問題」的座談會[93]也對此議題多所討論，但因未成專論[94]，故以下仍以李瑞騰教授之論文為主，並搭配主流詩社之座談會文字進行討論。

檢視陳鼓應對余光中關鍵時期變化的探討，主要以國族文化立

---

[90] 陳鼓應《這樣的『詩人』余光中》，頁 80。

[91] 陳鼓應《這樣的『詩人』余光中》，頁 98。

[92] 陳鼓應《這樣的『詩人』余光中》，頁 108。

[93] 該座談會整理為《主流》第 13 號（1978.6.30）中之〈座談記錄：檢討當前詩的幾個重大問題〉。

[94] 但也稍可見同一世代詩人在論余光中上，在一九七〇年代中末呈現的論點差異。

場進行評斷。扣合著 1977 年時在戒嚴體制下被官方壓抑的族群、政治立場論者藉「鄉土」符號[95]轉載內在意識的背景，選擇這樣文化批評的方式，其語言動機，顯然對歷史場域政治意識的表達意欲，還是大過於對現代詩文體實際改革的思考。

因此，李瑞騰教授便透過行為科學理論指出陳鼓應對余光中的文學批評，對社群系統存在積極背離的偏差。在主流詩社「檢討當前詩的幾個重大問題」的座談會中，黃勁連也特別點名林興華談論陳鼓應余光中的看法，林興華則認為「在我的看法是『指月』的角度和動機有些情緒和偏狹，另外就是指月的手指骨節有點畸型……」[96]這自然暗示了對陳鼓應文化批評與動機的質疑。事實上，這樣論述批評的方式，本身對臺灣現代詩文體美學發展史的認識顯然也存在侷限，例如陳鼓應在分期上，認為余光中《鐘乳石》（1960）、《萬聖節》（1960）、《五陵少年》（1967）、《天狼星》這幾本詩集是屬於「現代派」的虛無主義時期。在此陳鼓應以「現代派」界定余光中這時期的寫作特色時，其本意應當是要指余光中詩作具有「現代主義」特質。但「現代派」在戰後現代詩史是一特殊的專稱，主要指紀弦在一九五〇年代以現代派六大信條為基礎，而標誌出的現代詩社群。是以⑴熟悉余光中在一九五〇年代末現代詩論戰的論述文字者，可以發現余光中與紀弦現代派間所維持的辯證距離，而⑵一九六〇年代初紀弦即主動宣稱要取消「現代

---

[95] 早在六〇年代笠詩社使用鄉土此符號是便已有此思考，只是在七〇年代由於外部政治環境的緊張，以及官方政治對鄉土文學話語的解讀方式，使鄉土的政治意涵更益強烈。

[96] 《主流》第 13 號（1978.6.30），頁 66。

詩」，且從上述對鄭愁予的分析，也可以發現現代派無論在寫作上與運作上也未必朝原初六大信條的方向邁進。就此兩點來看，就可看到陳鼓應實未深入戰後臺灣現代詩文體美學發展史脈絡。

當然，比起這在分期界稱所存在的問題，陳鼓應在進行實際文本分析上，似乎也沒有意識到文學語言本身所存在的修辭策略問題。李瑞騰即反對陳鼓應帶有新批評式的語言研究方式，這樣摘取余光中詩作內晦澀、情慾詞彙的量化統計方式，在之前唐文標的〈什麼時代什麼地方什麼人——論傳統詩與現代詩〉中對周夢蝶、余光中、葉珊的研究便已得見，在〈詩的沒落——臺港新詩的歷史批判〉更發揮至極致，對洛夫詩作的「死」、「血」等詞彙更作出一數量統計對照表。[97]林仙龍亦指出：「陳鼓應最為人詬病的是，把余光中作品拆得支離破碎。……陳鼓應在余光中搗碎的詩句中，以神奇的手法拼湊搬上手術臺診斷，這項診斷，毋庸置疑，我們必然可以得到一個殘酷的結果。」[98]即使是在一般的對談，語言在使用上往往也會浮現其引發歧義、錯解的節點。文學語言與一般語言最大的區別便是作者往往亟力於進行語音探掘與修辭策略的經營，開展語言對意義的指涉方式，創造語言歧異多元的指涉魅力。文學文本內符碼的製作，乃至語言表情不是僅靠字面的詞性提供，更仰賴文本結構與文本情境的搭配，才得以得到各種強化甚至異質化的語言效益。就此看來，陳鼓應這種研究方式的確「科學」、「客

---

[97] 其實在這種量化研究方式來看，也可以看到陳鼓應與唐文標間在研究觀點的承續關係。

[98] 《主流》第 13 號（1978.6.30），頁 69。

觀」，但這就字面上光明與陰鬱詞彙的使用多寡，來推論詩人文心，本身實忽略文學語言本身的衍展性、暗示性、諷刺性的修辭可能。

在陳鼓應論文中，對陰鬱、情慾詞彙的統計，是要支撐起他對余光中在國族層次上的道德批判，這也延續到他對余光中〈雙人床〉的分析，這種強調公民國族道德性的論述，確有幾分宋儒論詩談文的味道在。筆者以為，當政論者以及唯心論者「一以貫之」地將國仇家恨的政治敘事，提升至道德倫理層次時，自大陸郁達夫與臺灣風車詩社詩人以降，那透過文本內的情慾病體形象達成指涉外部國體脆弱質地的書寫傳統，總在提醒我們：書寫主體在官能上對聲色犬馬的縱放，或許更能指現被壓抑的情慾，特別是歷史情境中追逐或被迫屈從於政治權柄者間的愛恨，其所呈現的另一番陽具傾羨與閹割焦慮意識，才是主導國族政治敘事的推進過程的核心。〈雙人床〉以床笫情慾的動作，諷刺戰場殺戮的過程，固然可被陳鼓應詮釋成主體的官能頹廢，但我們卻也可以這樣追問：何以國族政治敘事的完成，必得以壓迫個體情慾的手段才得以完成？

而陳鼓應本身哲學思想的知識背景，使他無法從文學觀點解釋「詩語言」與學術語言，甚至散文語言、小說語言，本身變化隱喻的寫作策略。對此，李瑞騰等戰後第一世代詩人多所批評，展現他們對詩語言遊移可能性的堅守。只是，李瑞騰彰顯出鄉土文學論戰時期陳鼓應的余光中評論，內在形塑「國族大義／情慾醜事」的論述結構與褒貶邏輯，也讓我們注意到，包括戰前一九三〇年代的鄉土文學論戰在內，在論戰過程中，此一「鄉土」符號儘管展現不同歷史、文化、文學論者各自表述的彈性，但始終沒有性別論述與女性主義的詞義注入。女性主義論者在論述「鄉土」上，這似乎長期處於缺席的狀態，反顯了「鄉土」引動的焦點顯然還在於「國族」文學（化）屬性的辨識上。

陳芳明在〈冷戰年代的歌手〉中曾言：「余光中的主題乃在喚起中國人強烈的『認同感』（identity），他要在個人的命運和中國的命運之間建立起顛撲不破的感情……。」[99]但對照陳鼓應大力批判余光中的文字，其實可以很明白的看見（中國）國族意識在鄉土文學論戰時期的細膩發展。在緊張又鬆動的國族史背景下，鄉土意識不只高漲，其「定義」本身也指的不是中國（兩岸）鄉土，而開始漸成為專指臺灣的本土。可以發現，此時反對鄉土文學論述論者所援引官方政治論述，看似為陳述的利器，但它本身卻也在論述烽火中一再磨損。

儘管在這波鄉土論戰中，已漸形成以中國與臺灣為光譜兩極的文化結構圖景，但必須指出的是，陳鼓應啟動的余光中論以及戰後第一世代詩人對之的辯證，整體的論述規格並不在拓展本土，而在光譜另一端的「中國」。在陳鼓應追求全然道德正向的語彙的閱讀方式中，他雖認為余光中詩裡的「中國意象」不足，認為他是個並不帶有「中國性」的詩人，但也沒有試圖援引鄉土修辭，要他成為一個鄉土詩人。因此，戰後第一世代詩人回應陳鼓應這種臺灣現代詩場域外部的觀看中，也並不以此為論述焦點。

在一九七〇年代中期，與現代詩場域外部陳鼓應版的余光中論平行發展的是，戰後第一世代詩人自現代詩場域內部詩學體系對余

---

[99] 《龍族詩刊》第 6 號（1972.5.5），頁 23。

光中的觀看、辨析，深入探討了陳鼓應所未能觸及的詩語言實際操作議題。其中以王灝發表於《詩脈詩刊》第 1 期（1976.7.25）的〈品瓜錄——讀余光中先生詩集「白玉苦瓜」〉一文最具代表性。在該文中，王灝指出：

> 以往的余光中創作時總是把時間放在過去，放在那一望大陸，或是放在自已本身，而對於他現在所生活的這塊土地，則很少去正視它，即或是正視它也是拘限於小小的範圍之中，而在「斷奶」一詳（按：原文編校有誤，應為「詩」字）中作者發現了這種觀念上的偏頗，因此思有所補救，其實早在「車過枋寮」一詩中，作者早已經把他的那支筆伸向臺灣的鄉土，不過很遺憾的，「車過枋寮」在土地底層的真實生命，也許我的法看（按：原文編校有誤，應為「看法」）太武斷，我想余光中先生對臺灣鄉土的瞭解不移深入，甚或顯得十分匱乏，他用一種智識份子的身份及眼光復又隔著一長段距離，所看到的只是浮面的表象，根本觸探不到鄉土的核心，因此它只能用一些蓬萊、媽祖之類的字眼將臺灣鄉土概念化，這種浮面化的表達，實在是缺乏精神生命的，所以在「車過枋寮」一詩中處處暴露出空洞的缺陷……以牧神、儀隊入詩，也許頗具巧思，但感覺上與臺灣鄉土生命似乎扞格不入，無形中徒現雕琢痕跡，或許作者有鑑於目前以臺灣鄉土為題材的一些文學作品中，率多從鹹的一面著筆，所以有意從另一面來表現，但是鄉土風物之感人，大抵

在於其拙，而「車過枋寮」一詩則失之於巧……[100]

在一九七〇年代初的詩學聲明下，余光中固然有一定的典範地位，為戰後第一世代詩人的聲明中「國體－語體」以及「中國－現實」理想提供可能之前證意義的案例。但戰後第一世代詩人對余光中這一系列閱讀、評估，以提供再寫可能的評論過程中，卻也遭遇歷史場域中各種尖銳的政治文化命題的伏擊。

在文本主題來看，對比鄭愁予詩作中透過國父這一群體理想意象的建構，投射了官方大敘事的歷史邏輯，補綴現實政治聲明的效果，平衡他帶抒情傳統特質的中國性。余光中在其帶有憂國傳統，且趨於定型的中國詩文本之中，所嘗試最大的改變，便是容納了在地臺灣鄉土符號。陳鼓應延續唐文標的現實、（中國）民族立場沒（法）注意到的鄉土性，正是王灝，同時也是戰後第一世代詩人在鄉土文學論戰時期與之的最大差異。

余光中作品的「中國性」論題，在鄉土文學論戰時期已進一步提升為「鄉土性」問題。王灝對余光中詩作〈車過枋寮〉這樣「中國意象中臺灣鄉土經驗的修辭表達」問題，本身就是如前節所述，是戰後第一世代詩人於一九七〇年代詩學聲明中確立之「脈絡化」與「中國－現實」語言邏輯下，必然發生的延異（續）性提問。例如陳芳明〈聽，碧果唱出了什麼？——兼論「春·農村組曲」〉對於碧果的批評，便展現了這樣相同的觀看方式，其言：

[100] 《詩脈詩刊》第 1 期（1976.7.25），頁 42-43。

> 但是，這首長詩是否準確地反映了今日的農村社會呢?我認為這首詩只看到當今農村的浮光掠影而已，一個轉變中的社會不可能像詩中所描述的那樣美好，而今日的農村社會也確實還存在著沉淪的一面……我們可以原諒碧果在索取題材時的困難，大致上說，此詩的題材的來源大多得自報紙，而報紙的渲染往往容易失真，失真的事實化入詩中時，便很難引起讀者的感動。……這首詩的客觀描述大致是成功的，他企圖以生活的語言做直接性的現，也是值是鼓勵的；至於他要像白荻在「香頌」裡表現那種可以感受可以觸摸的精神，似乎有待進一步的努力。因為，白荻所寫出的詩，是從他的生活，他的悲痛和愉悅中真正提煉出來的，而碧果則只能以旁觀者的眼光，對農村生活做一鱗半爪的捕捉。……[101]

比較前引陳芳明與王灝之意見，可以發現兩人儘管所論的詩人詩作不同，但在論述邏輯上卻是一致的，都重視文本內鄉土題材內作者體驗間的問題。這說明王灝對余光中詩作中國性在涵蓋臺灣鄉土題材過程中的檢視方式，並非戰後第一世代詩人中的個案。王灝與陳芳明對前行代詩人余光中、碧果[102]詩作臺灣鄉土題材的質疑，說明現代文體的觀看問題，已不單純在於字辭層面的變化度，而在於主體經驗的表現度上。特別是，余光中詩作內的中國意象經營與

---

[101] 《大地詩刊》第 8 期（1974.3.3），頁 51-52。

[102] 但兩人代表的詩史意義並不相同，碧果代表的是一九六〇年代誤讀版現代主義，極盡語言折曲拗變的案例。

臺灣鄉土經驗這一組具對比性的關鍵詞，論者當然可能快速地將之匯通到文化政治的論述上。但這快速的研究步調實則在論述上遺留了太多鴻溝，特別是忽略了語言方式與文體表現上的問題。

戰後第一世代詩人注意到，余光中帶入鄉土詞彙的方式，主要是透過西洋搖滾樂、地方民歌的概念進行切入。陳鼓應在論余光中時也略微注意到這樣的狀況，但是他只從簡單的「中／西」國族文化立場將余光中這樣的實驗「界定」為頹廢、媚外。[103]相較之下，戰後第一世代詩人從余光中的民歌應用、江湖傳統書寫中，追問的則是裡頭大眾語言的問題，這自然與他們對白萩的肯定有相呼應的關係。不過，若王灝、陳芳明的提問方式來看，可以發現余光中在《敲打樂》自稱所使用的「江湖語言」，還是與白萩有所差別。

這主要乃是因為白萩所使用的大眾語言之焦點並不在音樂性上打轉，「阿火的世界」的創作意義在於使白萩成為第一批成功從現代主義走出，並徹底使用了現實常民語言的詩人之一，其組詩形式呈現阿火此一人物內在、外在世界，而內在隨語言流動的敘事性，涉入了他的鄉土經驗。相較之下，余光中的鄉土書寫則明顯屬於寫景層次，在編織現實臺灣的鄉土詩圖景過程中，並特別依賴「歐化」意象來創造詩作的趣味。當戰後第一世代詩人在余光中這樣的鄉土指涉上感到的不適應感時，也是他們發現自身實際鄉土經驗正是超越前行代詩人的重要資產。因此，在論余光中等前行代詩人的同時，王灝自身也致力於書寫「風物誌」系列詩作，以自我鄉土經

[103] 這樣僵硬的推論也不免讓人質疑：為何使用搖滾樂進行創作，就是頹廢、媚外？

驗實踐他的詩觀。

從上述戰後第一世代詩人對余光中的討論可以發現，整體來看，余光中的詩作對戰後第一世代詩人來說並非負面教材，而是一帶有啟蒙意味的文本。特別從對其鄉土書寫探討中，可以發現「表現度」、「穿透力」成為戰後第一世代詩人創作論最重要的核心。

臺灣在地鄉土經驗並不是一九七〇年代初戰後第一世代詩人詩學聲明的內容，但筆者以為，這卻是他們重視脈絡化語言邏輯必然推至的書寫領域。由此可以發現，任何當下的論述話語的「陳述」動作，並不是一個單純的語言表達，其本身實在進行一語言複雜的運作機制。主體在經過「說」的同時，也在對外在現象以及論述資源進行一過濾（screen）動作，藉著特定慣性的篩選概念去蕪存菁，在完成指涉論述的同時，也完成了對自我詩學的「界定」（identify）。戰後第一世代詩人一九七〇年代初的詩學陳述看似擁有全然的獨立性，但是前述筆者已約略指出，他們本身也存在一個先驗的中國本位文化結構。

在一九七〇年代初，經歷了中國本位教育（包括校園經驗或者升學經驗），對中國，戰後第一世代詩人本身都具有深淺不一的認同感。這形成了他們彼此間的共感基礎，也是除了詩之外，使其得以集團化的精神價值。透過語言中國這樣共同的記憶、活動，使他們有相同的經驗得以分享，強化社群凝聚力。而他們對余光中與鄭愁予詩作中國性的初步關注動機，本身實無意識地再現了官方論述權力的知識慣性。

不過，儘管在這緊密的文化結構下，戰後第一世代詩人的詩學論述話語受到前設既定語境的干擾，或者說受主流或強勢文化的主

（誘）導影響了他們的詩學聲明。但是在他們對前行代詩人的探索中，如何進行論述上的實踐，自然會發生許多必須進行再解釋的論述點，也為他們最初的詩學聲明提供了修正空間。在鄭愁予與余光中此一以中國性為焦點的論題發展中，多層次的文化與詩學視角，使得中國與在地鄉土間的論述，可能不再只是一單純的「歸屬」關係，而開始存在著「分類」關係。連帶的，在前行代詩人論上所呈現肯定與否定中，原本同世代群體的戰後第一世代詩人也開始產生光譜分群，甚至詩人自身的詩學意識也產生區段化的現象。戰後第一世代詩人不只在檢視前行代詩人中產生精神焦慮，如何看待自我今昔詩學意見，想來也必然要歷經一繁複的解構與重構過程。例如陳芳明在一九七〇至一九八〇年代，從深論余光中到告別余光中，直至 2001 年的〈余光中的現代主義精神〉又再反向追認了余光中的現代主義特質與臺灣書寫，並檢證反省本土文學的界義尺度。或許正如筆者本章前文所言：不是我們在書寫歷史，而是歷史在書寫我們。

第五章　戰後第一世代詩人內部詩學知識結構的轉型與影響

既然神話是一種言談，那麼任何事情只要以談話方式傳達，就都可以是神話了。神話並非藉其訊息的客體來定義，而是以它說出這個訊息的方式來定義的。

——羅蘭・巴特（Roland Barthes）《神話學》

一、*1976-1984* 年在論述現代詩典律變遷上的時區意義

筆者於前章首先探討了一九七〇年代初戰後第一世代詩人群詩學聲明所存在的「國體－語體」、「中國－現實」、「脈絡化」之話語特性。其次，則從他們擇選前行代詩人白萩、楊喚、洛夫、葉維廉、鄭愁予、余光中，所展開帶有：⑴印證詩史觀與⑵開創自我獨特性寫作企圖的重讀工作。檢視戰後第一世代詩人在一九七〇年代中在重省一九六〇年代現代性轉譯工程時，便已聚焦探討的大眾性、純粹性，乃至於中國性論題。這一系列前行代詩人論題發展，在戰後第一世代詩人帶有振興特質的現代詩文體運動中，兼具文體知識架構、語言技術與國族文化屬性的思辨。

只是，對比戰後第一世代詩人一九七〇年代初詩學聲明與一九

七〇年代中前行代詩人論，我們已可以看到此一世代詩人論述話語，在不同時間區段間的「不對稱」狀況。然而，演繹、釋放了這一九七〇年代初聲明的衍異性所具體呈現的不對稱，關注其中的發生（occurrence）現象，並非我們唯一的論述目的。事實上，引領我們益加迫切關注的是這「不對稱」所暗示，同時也是其所牽動現代文體知識架構「轉型」的問題。

戰後第一世代詩人內部詩學的轉型，實質上凸顯他們一九七〇年代初新舊別群這文學社群想像的策略性，援借侯伯・埃斯卡皮（Robert Escarpit）《文學社會學》中所論：「所謂的班底就是指包涵了所有年齡層的作家群（儘管當中自有一個佔優勢的年齡層）」❶我們可以發現伴隨著戰後第一世代詩人「知識轉型」發生的，便是「詩壇班底（Equipe）」的成形。我們不妨以「附圖15：現代詩壇班底的界分示意圖」進行說明：

❶ 侯伯・埃斯卡皮（Robert Escarpit）[著]、葉淑燕[譯]《文學社會學》（臺北：遠流出版公司，1990年），頁46。

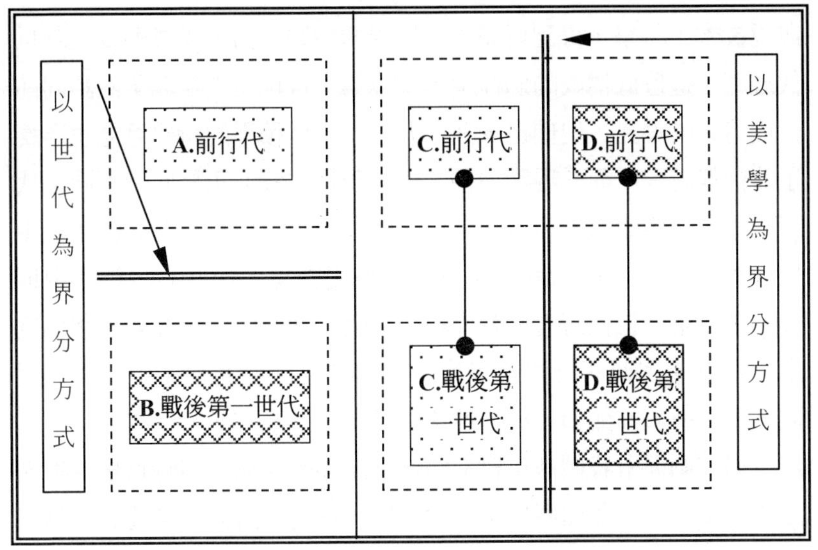

附圖 15：現代詩壇班底的界分示意圖

上圖左是戰後第一世代一九七〇年代初詩學聲明中以世代作為界分點呈現的詩壇結構，上圖右則是歷經一九七〇年代中末一九八〇年代初一連串詩學辯證與詞素考掘後，戰後第一世代內部也產生光譜分群而與前世代（以創世紀、笠詩社為代表）相同詩學觀念者進行跨世代整合，而形成侯伯·埃斯卡皮（Robert Escarpit）嚴格定義下不同的班底。可以說，這個整合前後世代詩人的班底，決定了現代性轉譯工程能渡過一九七〇年代一系列再評估的論述檢討，而得以轉型並於一九八〇年代再延續。

這跨世代的集合其意義，筆者以為並不在使創世紀、笠詩社等前行代詩社完成自身詩學系譜的構建，而在於使他們各自現代主義與現實本土詩學，得到再開掘、拓展的詩學人力，構成堅實的跨世代班底。這班底構成的過程中，戰後第一世代詩人並非全然認同前行代詩人的論見，他們自身在一九七〇年代積累的詩學意見也影響了前行代詩人，而「現實精神」與「現代主義」正是此時不同世代詩人調和呼應的重點。特別是對照一九六〇年代至一九七〇年代中期創世紀與笠詩社兩詩社在詩壇的整體表現，一九七〇年代中期後，戰後第一世代詩人的詩學論點，明顯開始與笠詩社有相當程度上的呼應，因此使得整體現代詩壇的典律地層開始產生位移。對此，筆者將於本節進行辯證性的討論。

另一個促引我們深化對文體轉型議題的討論，同時也是本論文始終維繫的基本觀點便是：文學，特別是現代詩此一文體的重點，乃在於語言。現代詩文體乃是一群體語言概念系統，探述其文體轉型的焦點，乃在於其語言概念的美學變化，而不是流於無限制的網羅串補各政治文化場域的「史事」❷。

相對於一般論者以十年分期法，單純地將一九七〇年代界定為扭變一九六〇年代現代主義典律的階段。若有意識地檢視整個現代詩內部從世代對抗到班底組成，與檢證各場域具影響性的史料語素，可以發現臺灣現代詩文體概念的轉型，以及臺灣現代詩典律地層的位移過程，1976-1984 年才是最為關鍵的時區。

1976 年所以是這關鍵時區的起點，乃是有二點源由：

⑴洛夫在 1972 年《中國現代文學大系・詩》序，延續了創世

---

❷ 在這樣的視野下，僅陳述政治文化場域的十年之變，並不足以解釋現代詩文體的趨變。

紀前述年代詩選的預視觀點，指出：「領中國未來詩壇『風騷』的自然有待另一批新的詩人，他們將以全新的美學觀點和形式來取代我們今天流行的詩。……他們決不是今天詩壇上年輕的一代。」❸此「年輕的一代」即是在一九七〇年代初引領龍族、大地、主流、後浪等詩社抨擊前行代詩人與一九六〇年代現代主義，並刺激現代詩文體知識重整的戰後第一世代詩人。或許是在「印證」其「預言」，該詩選中所選 70 位詩人果無一位戰後第一世代詩人，也引爆了此一世代詩人的嚴厲批駁。

在一九七〇年代初大約在 20 歲上下的戰後第一世代詩人，先提出了他們的詩學意見，在創作上正方予以初步實踐時，即被前行代詩人預定下了結局，自然引發他們的不滿。姑且不論在一九七〇年代初兩世代間的爭戰❹，在 1976 起的詩選，特別是最具反映詩史變化與典律意義的年度、複數年詩選，戰後第一世代詩人名額開始明顯逐步提升了。洛夫在 1972 年《中國現代文學大系・詩》中認為戰後第一世代詩人無法代表未來詩壇，但是其於 1976 年編選的《中國現代文學年選・詩》中戰後第一世代詩人入選作品已高達34%，此後各種詩選中戰後第一世代詩人入選比例逐步提升。

⑵戰後第一世代詩人的前行代詩人論之論見已大抵完成，對大眾性、純粹性、中國性已有一系統化的辯證思考。在一九七〇年代新興詩社運動中最具分水嶺意義的草根詩社，在 1975 年所提出的〈草根宣言〉整編消化了一九七〇年代前期新興詩社的詩學聲明，

❸ 洛夫[編]《中國現代文學大系・詩》（臺北：巨人出版社，1972 年）序。

❹ 當時相關爭戰可見主流詩刊、後浪詩刊與大地詩刊。

而 1976 年起一九七〇年代新興詩社的詩學論見走向，在大致上是朝〈草根宣言〉所預視的重創作論發展與現實臺灣關懷❺的大方向發展。

1984 年所以是這關鍵時區的末點，乃是：

⑴在一九七〇年代中期開始此世代寫作經驗快速成熟，並有意識地投入詩選的編輯，1984 年前衛與爾雅現代詩選的競爭，跨世代班底間不同文化觀、詩學觀的正式衝突，凸顯戰後第一世代詩人內部在詩語言型認知上的分群現象。：

⑵在一九七〇年代新興詩社運動中最具總結意義的《陽光小集》在出版第 13 期（1984.6.4）後，因同仁詩學理念的差異正式結束，而各自與前行代詩人在詩學上有所合流。

羅蘭·巴特（Roland Barthes）在〈寫作的零度〉一文中曾論及：「在現代詩的每個字詞下面都潛伏著一種存在的地質學式的層次，在其中聚集著名稱的全部……。」❻在現代情境下所使用的語言，其本身或其底層都包含著一個過去詞素的積累、變動歷程。在 1976-1984 年間這戰後第一世代詩人現代詩語言型衍異轉換的關鍵時區中，哪些場域的歷史詞素被重新挖掘，或經歷哪些話語事件所引發一系列篩選、反叛的動作，終而完成一特定詩學觀念下的語言地層結構，實成為我們關注的重點。以場域觀點具體來看，在 1976-1984 年間筆者以為在各場域中對語言型發展具影響效力的詞

---

❺ 解昆樺《詩不安：七〇年代新興詩社及詩人之精神動員與典律建制》（苗栗市：苗栗縣文化局，2006 年），頁 40。

❻ 羅蘭·巴特（Roland Barthes）[著]、李幼蒸[譯]《寫作的零度：結構主義文學理論文選》（臺北：時報文化出版公司，1998 年），頁 42。

素與事件，包括了：

A. 公眾傳播領域：一九七〇年代中期中國時報、聯合報兩大報副刊彼此交互競爭，秉持文化副刊路線的高信疆，在其主導的《中國時報·人間副刊》❼透過關懷現實這一編輯路線，帶入臺灣現實鄉土的詞素。至於秉持文學副刊路線的瘂弦，其主導的《聯合報·聯合副刊》則在民族、抗日文學的思考下，將日治臺灣文學傳統帶入詩文壇。

B. 政治、文化場域：鄉土文學論戰乃是以文學文本為媒介，引動臺灣／大陸文化意識的嚴肅討論，儘管現代主義依舊是當然的批判對象，但最主要的議題顯然還是促使作家反省鄉土與現實的議題，辨析出彼此在文化乃至政治立場上的光譜位置。至於1979 年的美麗島事件雖為政治事件，卻進一步使得作家們的本土意識與現實精神急遽發酵，使作家投入臺灣歷史書寫以及政治文學的創作。

C. 現代詩場域：除了本章前節所提及的陳鼓應對余光中的批判，以及戰後第一世代詩人的回應，乃至於前述前衛與爾雅版的詩選競爭。一般論者忽略的 1977 年 9 月顏元叔與洛夫在《中國時報》的「陋巷語言」論戰，以及 1982 年 5 月洛夫於《中外文學》發表〈詩壇春秋三十年〉❽引發的爭議過程中，戰後第

---

❼ 林淇瀁《書寫與拼圖：臺灣文學傳播現象研究》（臺北：麥田出版社，2001 年 10 月），頁 86。

❽ 陳政彥《戰後臺灣現代詩論戰史研究》的「第參章、論戰史第二階段：文化轉型的年代」已注意到陳鼓應對余光中的批判，但並未論及這一顏元叔與洛夫間的論戰。

一世代詩人游喚、向陽等的反省，都呈現了現代主義詩史系譜觀與語言觀在一九七〇年代末後的微妙轉折。

立體化地掘顯出 1976-1984 年這時區投置的詞素與事件後，現在我們的問題在於：如何在探述語體轉型的論述主軸下，尋找最能有效整編各詞素與事件的論述序列？

對此，筆者以為可從 1976-1984 年時區之詞素與事件中，譜建內部「鄉土文學論戰——顏元叔陋巷語言論戰——前衛爾雅詩選競爭」此一以詩學論戰軸線，考察戰後第一世代詩人對之的辯證，以及與各詞素間發生的橫向鏈結中深化的系列論題。

二、鄉土文學論戰、顏元叔陋室語言論戰與戰後第一世代詩人的場域關係

如果僅封閉地就文體典律史的發展邏輯來看，在一九六〇年代詩壇內部形成官方、中央地位的現代主義，其在一九七〇年代理當穩固依舊。然而，真正放大至整個臺灣文學場域來看，我們卻可以看到現代主義在一九七〇年代的逐次鬆動。其中原因，除了一般論者都會注意到的一九七〇年代初現代詩論戰，以及本論文詳細關注的戰後第一世代詩人的衝撞力外，若秉持所謂的「場域」概念，我們就不能忽略，或者說放棄關注「鄉土文學論戰」與現代詩文體改革運動所可能存在的場域關係。

作為戰後臺灣文學史中的重點事件，我們當然能簡單的提出「鄉土文學論戰影響了現代詩」，接著便直述「臺灣現代詩中現代主義終於瓦解」並且「正式進入本土化階段」。這樣「簡單明快」

的三段式論述邏輯以及節奏，滿足了詩學史、文學史讀者對簡便歷史印象的閱讀需求。

然而，真正走入這一九七〇年代中末期的文學史現場，可以發現在當時，中國（族）鄉土情感結構顯然才是整個公眾場域的主調，遠的不說，直接看一九七〇年代中後期最具代表性的陽光小集，其在創刊號（1979.11）序詩〈陽光季節——序詩〉便這樣寫到：「沿著黃河的水，尋尋覓覓／我們要尋中國的根／要覓五千年的傳統……我們痴迷中國泥土的芳香／　　醉臥古文化的遺產」❾此外，儘管戰後第一世代詩人如羊子喬〈臺灣新詩人覺醒〉：「臺灣文學歷經七十年代的『鄉土文學』論爭以來，日漸茁壯……尤其在新詩的蛻變過程中，鄉土文學論爭對於新詩的影響，可能是自一九二三年臺灣之有新詩以來，一次最徹❿底的洗禮和改造。」⓫以及筆者對李昌憲、陌上塵等詩人訪談中，都認為鄉土文學論戰影響了現代詩乃至於他們自己的詩寫作，但是這些意見卻都是一直要到一九八〇年代後才提出。這遙隔鄉土文學論戰近五年的詩意見，本身的遲到本身自然牽涉到了戰後第一世代詩人的「追認」問題。

由此可發現，鄉土文學論戰與現代詩典律的「影響」關係，便存在一系列被省略的論述工程。這論述工程本身涉及了下面兩個客題：⑴現代詩場域如何接引、操作了鄉土文學論戰的話語方式？以及⑵是否可能存在著詩人們為解釋自身詩學走向，以及構建發明本

---

❾　《陽光小集》第 1 期（1979.11），首頁。

❿　按：原文為「澈」，應為排版誤字在此更正。

⓫　《陽光小集》第 10 期（1982.10.31），頁 11。

土詩學，而進行事後的追憶強化？

上述提問，再次確立了文學史實況，遠比我們想像、修飾而成的版本，還要複雜、混亂。所以在戰後第一世代詩人主導的現代詩文體改革運動中檢視鄉土文學論戰，並不是因為這是個「有名的」文學事件，而是要觀察在一九七〇年代初注重國族現實公眾話語的戰後第一世代詩人，與鄉土文學論戰那使用「公共語言」曖昧引渡論述者內在受官方限制之文化（學）論見的話語方式，彼此存在的辯證關係。

要處理這個議題，筆者以為必須先具體畫構出兩者的影響論關係。

儘管論者以為鄉土文學論戰具有社會學、政治學、文學、史學等豐富意涵⓬，但回到其文本內部主要論述的文體看來，鄉土文學論戰乃是以小說文體為主的論戰，因此，最基本的問題可能是：鄉土文學論戰是如何「跨文體」進行影響呢？

或者，我們也可以問：鄉土文學論戰對現代詩文體必然是一個「直接」、「正向」的影響關係嗎？這樣的追問與分析的過程，或許會連帶地重整我們對「影響」此一批評術語的理解。

要論述鄉土文學論戰與戰後第一世代詩人的影響關係，中介要處理的是「鄉土文學論戰與現代詩壇的關係」。透過文獻檢討可以發現，相關論者對「鄉土文學論戰與現代詩壇的關係」有三種具代

⓬ 陳芳明〈歷史的歧見與回歸的歧路——鄉土文學的意義與反思〉，見陳芳明《後殖民臺灣：文學史論及其周邊》（臺北：麥田出版社，2002 年），頁 91。

表性的意見：

第一、現代詩人置身於鄉土文學論戰之外，這主要是就鄉土文學論戰核心戰場參與者的身份來檢視的，此意見以《主流詩刊》第 13 期（1978.6.30）莊金國〈當代詩的大前提——記與葉石濤先生一夕談〉中葉石濤之論述為代表。

第二、先於鄉土文學論戰前爆發的現代詩論戰，已預視了鄉土文學論戰的產生，此意見基本上並不會區分出現代詩論戰與鄉土文學論戰的差異性，此意見以《兩岸詩刊》第 1 集（1986.12.12）李祖琛〈鄉土文學論戰先聲——現代詩論戰〉為代表，且較為普遍。

第三、鄉土文學論戰主要是對鄉土現實題材的爭論，現代詩壇早已處理此議題，因此現代詩人較少投入鄉土文學論戰。此意見主要為笠詩社所提出，代表篇章為《笠》第 115 期（1983.6）笠詩社〈藍星、創世紀、笠三角討論會〉⓭、《笠》第 120 期（1984.4）笠詩社〈詩與現實——中部座談會記錄〉。

這三種代表性的意見，除第一種直接指出現代詩人與鄉土文學論戰毫無關係外，後兩者基本上都使現代詩文體與小說文體維持一定程度的關係，並且呈現出現代詩文體在鄉土現實議題上先於小說文體啟蒙的文學史印象。然而，實際檢視史料，筆者並不認為，現代詩人在一九七〇年代中末期真正獨立於鄉土文學論戰之外。除了

⓭ 在該討論會中，林亨泰即提出此一意見，但在《陽光小集》第 12 期（1983.8.30）吳聲良〈讀「藍星・創世紀・笠三角討論會」有感〉即提出反駁：「鄉土論戰絕不只是題材而是原則之爭，其背後後有很強烈的、政治上的抗爭意味在內，就以這些年臺灣文學的趨向於明朗、健康、寫實、勇敢來說，鄉土論戰絕對是值得的。」（頁 138）。

「詩人」余光中〈狼來了〉拉高了鄉土文學論戰的政治緊張度外，我們更發現到鄉土文學論戰一系列政治、現實詞素在戰後第一世代詩人專屬的語言空間中緊密的置放狀況。

筆者以地毯式的閱讀，檢視 27 種，共 180 本的一九七〇年代新興詩刊，整理出的「附錄 02：一九七〇年代新興詩刊中涉及鄉土文學論戰之篇章整理表」，可以發現一九七〇年代新興詩刊中直接論及鄉土文學論戰之文字共 21 篇。從中我們可以順時初步檢視出一九七〇年代中後期與一九八〇年代初期，鄉土詞素在戰後第一世代詩人語言空間的置放現象：

第一、在 1977 年鄉土文學論戰正式爆發前，王灝便已正式在《詩脈詩刊》第 3 期（1977.1.25）以專論形式撰寫〈論詩的鄉土性〉，以現代鄉土詩為目標思考「鄉土本質及鄉土美學的掌握」與「把鄉土語言轉化為詩的語言」的問題。其後更在《詩脈詩刊》第 4 期（1977.4.25）接續發表了〈論詩的社會性〉，除展現緊密連貫的詩學理論系統，可見戰後第一世代詩人並不是在鄉土文學論戰後才開始關注現實鄉土議題，在他們內部詩學論題史的發展，本身也自然會導向這樣鄉土詩的思考。但在鄉土文學爆發後，《主流詩刊》第 13 期（1978.6.30）莊金國在〈當代詩的大前提——記與葉石濤先生一夕談〉中，則又試圖透過訪談葉石濤，尋求現代詩人沒有投身於鄉土文學論戰核心戰場的解釋。可見「鄉土文學論戰」這場論戰，對當時戰後第一世代詩人而言，並不僅止於鄉土「文學」上的意義，使他們必須透過辯證現代詩壇的缺席，來獲取現代詩學在政治或文化上「再深化」的方向。

第二、進入一九八〇年代後，除了受高準《詩潮》直接影響的

《八掌溪詩刊》與《掌握》詩刊⑭激烈地檢討余光中在鄉土文學論戰中所扮演的角色，戰後第一世代詩人主要投置鄉土文學詞素的語言空間是《陽光小集》。從《陽光小集》所刊登與鄉土文學論戰相關文字，最令人矚目的莫過於白靈與陌上塵間的往來爭議，兩人的論見其實縮影了鄉土文學論戰的話語模式，同時也凸顯了同世代詩人在一九八〇年代時在詩語言觀所存在的分群現象。例如，此時論述鄉土上，開始與政治、社會等論題結合，這樣的詩學論題整合與戰後第一世代詩人一九七〇年代初詩學聲明中那「中國－現實」在邏輯上理當相通，但卻發生詩學立場的分群現象，這意謂他們對原初的「中國」或「現實」概念必然產生了理解上的差異。

檢視上面一九七〇年代中末與一九八〇年代初鄉土詞彙的投置現象，我們要注意的是：是怎樣的鄉土文學論戰話語方式被接引至戰後第一世代的語言空間中，使得他們詩語言觀念的辯證、轉型與鄉土文學論戰存在著一定程度的類同。論者多從鄉土文學陣營內部在論戰過程中的理念分化狀態，說明鄉土文學陣營內部對鄉土文學所各自關注的重點與立場。筆者以為，要檢視「鄉土文學論戰的話語方式」或許要轉從大多論者省略的「官方」與「詩壇反對鄉土文

⑭　《八掌溪》復刊第 9 期（1981.3.29）趙敏〈余光中的幾張臉譜〉一文對高準詩論的呼應，以及《詩潮》第 3 期（1977.11.1）刊列了〈八掌溪詩社湯振星先生來函〉可以看見詩潮與嘉義八掌溪在一九七〇年代中期便已有緊密接觸。而延續《八掌溪》出刊的《掌握》亦持續接受高準影響，強調對「工農兵」的關懷，遂使《掌握》第 10、11 合期（1984.3.29）亦遭查禁。而《掌握》解散後，其核心班底黃能珍、何郡、邱振瑞則轉而參加《詩潮》，這都可以說明高準《詩潮》與嘉義八掌溪詩社與掌握詩社間的影響關係。

學」陣營入手，檢視他們對「鄉土文學」的觀看方式，甚至「逼顯」出鄉土文學陣營內部陣營存在的矛盾，或許更能看出「鄉土文學論戰話語方式」的焦點。

進入一九七〇年代，隨著蔣經國主政，國民黨政府執行文化政策的重心從一九六〇年代末的中華文化復興運動推行委員會，逐漸轉至青年救國團與幼獅系統。對於一九七〇年代官方文藝政策，鄭明娳在〈當代臺灣文藝政策的發展、影響與檢討〉一文中如此論及：

> 此一階段（按：一九七〇年代）拜國民黨主管文宣事務人員多半對文藝渾然不通之賜，文壇多元化的發展沒有受到壓抑與整頓。本質上反動官方文藝政策的現代主義在七〇年代初期如果說還沒有發展到極盛的地步，也可以說至少是粗具規模，而對於文藝政策和現代主義兩者都產生致命威脅的本土主義鄉土文學於七〇年代中後期應運而生。⓯

改從官方角度檢視鄉土文學論戰，可以發現鄉土文學得以在一九七〇年代戒嚴體制情境中生成，有一個重要原因便是一九七〇年代官方文藝政策對「文藝」的理解並不深刻，在管理上也不如一九五〇、一九六〇年代緊密。一九七〇年代初期到一九七〇年代中期這文藝政治上相對的寬鬆，使得戰前戰後歷史中政經文化各種潛伏

⓯ 鄭明娳[編]《當代臺灣政治文學論》（臺北：時報文化出版公司，1994年），頁37。

發展的脈絡，包括左右翼冷戰結構鬆動、臺灣現代化進程中的城鄉變遷、戰後世代的生成、戰前日治時期臺灣與大陸一九三○、四○年代文學傳統以潛伏之姿復歸、島內作家在鄉土與歷史書寫⑯上的積累，巧合地在一九七○年代聚合醞釀。因此直至一九七○年代中期鄉土文學陣營內部已發展到面臨「階級」與「本土」路線的抉擇時，官方才在此正式介入。林淇瀁（即詩人向陽）〈文學·社會與意識型態——以七○年代「鄉土文學論戰」中的副刊媒介運作為例〉便指出：

> 1977 年鄉土文學論戰的爆發，乃是官方基於三民主義思想領導文藝政策下的產物。在這個政策下，當時相對於中國時報的《聯合報》副刊居於馬首地位，對於來自文化界，特別是來自《中國時報》「人間副刊」的意識型態傳播施以反擊；另一股媒介運作，則是透過成立於 1976 年 3 月的「中華民國青溪新文藝學會」（理事長尹雪曼，秘書長胡秀）所集結的作家、社團及副刊、雜誌來推動。……作為意識型態國家機器主導者的執政黨，在意識到來自民間、知識分子及新世代文藝工作所表露出的與其「文藝政策」相逆相連的意識型態的同時，產生了危機感……從而透過大眾傳播媒介以及國軍文藝運動的結合，以當時甚囂塵上的鄉土文學作為意

⑯　主要是戰前大陸與臺灣歷史書寫的部分。

識形態的假想敵，而發動了論戰。⓱

1978 年 1 月 18-19 日國軍文藝大會王昇將軍發表〈提筆上陣迎接戰鬥〉正代表一九七〇年代中期官方在文化文藝上「主流意識形態」，以及新的政策聲明。鄭明娳認為「這篇文稿是截至目前為止臺灣比較重要的文藝政策宣言中最後的一篇，也引領了文藝政策全盤崩潰前的最後高潮。」⓲這篇文稿聲明的話語方式，其實「總結」、「逼顯」了原本作家透過寬鬆的「鄉土」符號投入的一系列非官方的歷史文化思考。為求論述明確，筆者將之具體整理成以下的「附表 05：王昇〈提筆上陣迎接戰鬥〉中官方對鄉土文學論題的邏輯辯證比照表」。

附表 05：王昇〈提筆上陣迎接戰鬥〉中官方對鄉土文學論題的邏輯辯證比照表

說明：「正向論述」、「反向論述」中之文字引自王昇〈提筆上陣迎接戰鬥〉本文字句。

論題	階級	鄉土
正向論述	談到「工農兵文學」這個問題，我們不反對一個作家去描寫農人，也不反對一個作家去描寫工	鄉土文學不僅不是打擊的對象，而且是應該團結鄉土文學。

⓱ 林淇瀁〈文學·社會與意識型態——以七〇年代「鄉土文學論戰」中的副刊媒介運作為例〉，臺灣師大國文系[編]《臺灣文學與社會》（臺北：臺灣師大國文系，1996 年），頁 321-322。

⓲ 鄭明娳[編]《當代臺灣政治文學論》（臺北：時報文化出版公司，1994 年），頁 39。

	人。	
反向論述	但是我們不贊成今天要走上什麼「工農兵文學」的路線，一些天真的朋友們，認為「工農兵」都是被壓迫的階級，要使得這些人翻身。	如果鄉土文學僅僅是強調一種甜狹隘的地域觀念，幫臺獨閉路，那我們也要喚醒這些朋友們要當心
結論	可以工農兵為現實書寫對象，但不能強調他們是被壓迫的階級，不可通向左翼論述。	要團結鄉土文學，不能強調狹隘的地域，不可通向臺獨論述。
詞素鏈結邏輯	工農兵－階級矛盾－左翼	鄉土－地域狹隘－臺獨

官方透過正向肯定語言，以及反向補注（警告）語言，發展對鄉土文學的語言詮釋，進行「鄉土文學」內部「階級」、「鄉土」兩個主題的詞素鏈結，本身透過權力話語的力量，建立了對鄉土文學的「官方知識」。這樣官方知識生成並非獨立進行，他內部也是透過對同異調性論見的紀錄、篩選而成。在此，以現代詩場域為範疇，我們可以發現，就詞素鏈結的角度來看，重要的前行代詩人余光中、洛夫很能反映或支援了這官方知識邏輯發展過程。1977 年 8 月 20 日《聯合報・聯合副刊》余光中〈狼來了〉透過與 1942 年 5 月毛澤東「在延安文藝座談會上的講話」為臺灣鄉土文學找到「工農兵文藝」的「理論基礎」，這也成為官方鄉土文學知識第一個辯證的焦點主題。

其次，在王昇發表〈提筆上陣迎接戰鬥〉後，《創世紀》第 47 期（1978.5）洛夫亦發表〈斥工農兵文藝〉，該文之文脈直接呼應了王昇所代表的官方對鄉土文學的論點。例如在「階級論題」，洛夫認為：「（臺灣）過度的自由也產生了反效果，助長了某些荒謬偏頗的狹義社會主義『普羅文學』思想的死灰復燃。……表面上打著關心勞苦大眾或工農兵階級的旗號，實際上則服役於以某一特定意識型態為核心的政治思想……。」⑲一樣替臺灣鄉土文學歸納出「工農兵」的主題，繼而為之聚焦出社會主義的焦點。在「鄉土論題」，洛夫則認為：「今天我們文壇所流行的所獨『鄉土文學』，只不過是各種文學風格之一，這種風格如過於萎縮而有益侷限自己於一隅，則勢必流於淺薄……」⑳事實上，早在現代詩論戰時期洛夫對現實、鄉土書寫便已有相當左翼、社會主義的敏銳度，在《主流詩刊》第 7 號（1972.12.1）給黃勁連的信件中便特別寫到：「最近聽說，詩壇正瀰漫著一種最嚴重的情緒，那就是地域性的歧視，我個人一向沒有這種想法，故對這種情緒的反應很遲鈍，不知你有所感否？一個詩人應擴展他的意識與題材是對的，但不能說他尚未觸及的題材就是對那題材的歧視。」㉑饒有意會地，《後浪詩刊》第 4 期（1973.3.15）特別轉引該段文字，以「洛夫〈地域性的歧視〉」此一作者篇目予以轉刊。因此，洛夫在鄉土文學論戰的發言實有所承，並不令人意外。

整體來看，洛夫「階級」與「鄉土」兩論題的意見，本質上只是一個指涉形容句型，無論是主詞、受詞，甚至是形容詞，都與官方文藝政策交互呼應，不只是官方話語模式涉入現代詩壇案例，同

⑲ 《創世紀》第 47 期（1978.5），頁 42。

⑳ 《創世紀》第 47 期（1978.5），頁 59。

㉑ 《主流詩刊》第 7 號（1972.12.1），頁 50。

時，我們也看到了現代詩壇與鄉土文學論戰間，是因為批評才連帶產生了場域關係。

兩位曾在一九六〇年代初發生天狼星論戰的前行代詩人，在鄉土文學論戰時期的合流，促引我們發現到臺灣一九六〇年代現代主義與中國性論見彼此未必存在著截然對立的關係。陳建忠〈尋找臺灣詩的航向——試論戰後多次現代詩論戰的時代意義〉便指出：

> 現代主義詩學與創作（現代性的追求）往往只是一種姿態，可以是對過於僵硬與壓迫的條條框框（教條與政策）的一種不滿，但他們對於統治者的正當性與否的問題卻從未疑問過。
>
> 以追求現代性（以洛夫的超現實主義為代表）與中國性（以余光中的新古典主義為代表）為主導的五、六〇年，代的自由中國現代詩，這兩種路線其實是並行不悖的，一個是追求西方式的超現實主義而缺乏民族性，一個則是追尋中國傳統的聲韻、意象而缺乏正視臺灣現實的視角，他們所遺留的問題要到七〇年代之後才得到清理。㉒

一九六〇年代後，文藝上現代化與中國性的概念雖共時前進，但透過一九七〇年代鄉土文學論戰的光源投射，可以發現彼此關係並非對立並軌，在內裡實存在著交紡（集）。勘查兩詩人共有的軍旅詩人履歷，可以發現他們彼此共同擁有的偏離母體的焦慮與反共

㉒　《文學臺灣》第 36 期（2000.10），頁 185，186-187。

產主義的集體記憶，在官方權力知識工程運作下也早成為彼此共有的情感結構。一九七〇年代的鄉土文學論戰具體凸顯現代主義論者與官方國族論述彼此交構合謀關係，所謂的現代主義詩人其前衛、解放、先鋒的形象，終究只是在中國本位的政治前提下發展出來的㉓，確實與自由主義與超現實主義的精神理念大所不同。所以相對於布勒東透過破壞文法慣性，破壞外在政治結構對主體心靈的桎梏，讓主體想像重新奪權，臺灣一九六〇年代所謂的現代詩人其貌似前衛的現代主義詩作上，卻終究仍釘牢著一張不可撕去的政治備忘錄。

因此，一旦官方政治敘事遭逢挑戰，他們馬上便能自其詩文本建構的潛意識世界整裝復歸。㉔余光中與洛夫等詩人在鄉土文學論戰投注的意見，並沒有將政治美學化，相反地，只是使文學政治化，他們「狼來了」的呼喊，只是官方話語模式跨場域的回聲。同時，也在戰後第一世代詩人的語言空間中產生回聲效應。

可以發現，鄉土文學論戰以來在政治文化場域中發展對「中國／臺灣」、「弱勢／階級」辨識語言，在戰後第一世代詩人也發生作用，白靈與陌上塵間在《陽光小集》往來辯駁，本身就是一幅鄉土文學論戰的縮影。在《陽光小集》第 10 期（1982.10.31）「關切現實」專輯中，除相關刊登詩人以政治社會各種現實（況）為題材

㉓ 特別是外省軍旅詩人來說，此一政治體制本身與他們反共、復國（歸鄉）的政治立場並不衝突。

㉔ 因此，筆者在前章認為現代主義論者對官方政治敘事採取的背對姿勢，未必存在反對官方政治敘事。他們只是希望在不容質疑國族政治敘事中，獲得私人寫作的空檔。

的作品外，在評論方面則有羅青〈詩與政治〉、劉振權（陌上塵本名）〈紮根在生活裡〉。在《陽光小集》第 11 期（1983.2.19）白靈〈也談「現實」〉一文對陌上塵〈紮根在生活裡〉有所討論，在陽光小集編輯邀約下，陌上塵於同期亦發表〈關懷的起點——兼致白靈先生〉，隨後白靈則復於《陽光小集》第 12 期（1983.8.30）發表〈中國「結」〉㉕。

整理這往來文字，其中「以第三世界界稱中國大陸是否適當？」只是小議題，「詩人如何關懷的現實」才是主要論題。白靈認為陌上塵僅關注「臺灣本土」的現實，對「中國大陸」則有所忽略，因此在現實關懷的「範圍」上明顯不足。相對於白靈啟動「現實空間」的大小之辨，陌上塵則以現實關懷的「時間次序」進行回應，亦即他認為詩人應以周遭的臺灣現實為軸心關懷起，然後再向外逐步擴展至對中國落後地區的關懷。這現代詩現實關懷的「範圍」、「次序」，其實本身含蘊的依舊是「中國／臺灣」是否該界分，以及如何界定彼此文學與文化關係的論題。

因此，陌上塵提出當時「相對安全」，但也比較能「靠近」心中所思但不能明言的「回應答案」：「本不該有所謂『臺灣的』、『中國的』之分，原因很簡單，『臺灣的』必定是『中國的』，『臺灣文學』將來來也必定是『中國文學』的一部份，而且是極重要的一部份，卅年來『臺灣文學』已經發展成為『中國文學』的主

㉕ 1983-1984 年黨外雜誌正密切討論中國結與臺灣結的議題，白靈本文取中國結為題名，顯然也投注了他對此相關議題的思考。

流」㉖在文化態度上先關懷臺灣現實，以臺灣為核心再向對岸擴展。至於陌上塵在《現代文學》所提出的主支流論述，雖然早在《現代詩》第 35 期（1961）紀弦〈從自由詩的現代化到現代詩的古典化〉便有類似論點，但與其說陌上塵受紀弦影響，不如說是他在〈紮根在生活裡〉文中所設下的「文化前提」，所必然導致出的文學史觀。

白靈與陌上塵間的討論方式，重視文化、文學主張的申說㉗，呈現彼此在鄉土、階級、國族論題的立場，本身便是前述鄉土文學論戰語言的延伸。馬庫色（Herbert Marcuse）在《單向度的人》（*One Dimensional Man*）便指出意識型態是一種政治機制對主體的異化，將其意識型態內化於主體，並壓抑、影響主體的行動，進而主導主體的生產行動。在《愛欲與文明》馬庫色（Herbert Marcuse）亦言：「在長期的發展中，統治將變得越來越合理，因為對社會勞動的控制現在正以更大的規模、更好的條件再生出社會來。……勞動分工越專門，他們的勞動就越異化。人們並不在過自己的生活，而只是再履行某種事先確立的功能。」㉘藉此我們重讀〈詩大序〉：「詩者，志之所之也。在心為志，發言為詩」這論見，不禁會有產生這樣的提問：〈詩大序〉這般唯心論系統的詩論雖保證了詩人本身在書寫上的獨立性，但是當內在心靈早已被外在文化、美學系統組織化、建制化時，這種獨立性依舊存在嗎？或

㉖ 《陽光小集》第 11 期（1983.2.19），頁 86。

㉗ 這也是一種間接的政治立場的表態。

㉘ 馬庫色（Marcuse, Herbert）[著]，黃勇、薛民[譯]《愛欲與文明：對弗洛伊德思想的哲學探討》（上海：上海譯文出版社，2005 年），頁 33。

者，主體能意識到「心」其實只是權力他者的知識隱喻物嗎？

可以說，鄉土詞素跨場域的投置、大陸一九三〇、四〇年代與臺灣戰前文學傳統的回歸，構成了文化的壓抑史與遮蔽史。因為若這些異質多元的符號沒有被掘顯，進而引發刺激、辯證，我們便不會感受到壓抑與遮蔽，而會自然地接受這文化系統對家國乃至世界的話語方式。因此，筆者以為，在任何文化地層中異質、多元符號的存有都是必要的，異質與多元會引發碰撞，相反的，抹滅任何異質與多元符號才是真正的暴力。鄉土文學論戰最大的意義，筆者以為並不在於引發對抗，而是讓我們注意到官方意識型態對主體內在心靈的經營與組織，以及主體如何在戒嚴體制下以步步為營的方式，重新架構自我的文化觀。

上述從官方對鄉土文學論戰的意見歸納出的鄉土文學論戰話語，雖可以看到此時區中對鄉土的聚焦方式與對抗模式，但其中也存在著盲點，那便是無法指出鄉土文學論者對現代主義現代詩的批判。作為鄉土文學論戰重要參與者的《文季》班底，陳映真在一九六〇年代末對現代詩的批判意見，在一九八〇年代初被《掌握詩刊》特別點出來。儘管陳映真（許南村）在《掌握詩刊》第 8 期（1984.7.31）〈「詩與生活」筆談〉中面對掌握詩社「早在一九六〇年代的中期，你已經批評了臺灣的現代詩，請問什麼使你具有這個遠見？」㉙受《詩潮》強烈影響且與鄉土文學核心成員有一定互動，因此若從前述「鄉土文學論戰語言方式」檢視，可以發現掌握

㉙　見《掌握詩刊》第 8 期（1984.7.31），頁 4。

詩社在鄉土文學上，是偏屬於階級、弱勢的光譜位置㉚。掌握詩社這樣的提問方式，顯然企圖為他們欲建構、製作的鄉土文學論述發展史，建立一個批判現代主義的理論起點。但是誠如陳映真的回答：「那絕不是什麼『遠見』」㉛、「我批評現代詩的時候，沒人贊同我，也沒人罵我……我知道這些現代詩的批評者，絕不是因為受了我的影響。」㉜可以發現陳映真認為自己並不能扮演這樣理論前行者的角色。

掌握詩社企圖在現代詩場域中建立以鄉土文學為觀點的現代主義批判史，所以在初步的歷史製作工程上便受挫，主要還是鄉土文學論戰核心成員（以陳映真與葉石濤為代表），乃至於也被尉天驄歸（編）入此一論戰系統的陳鼓應㉝，本身對現代詩文體內部論題發展史的認知並不深刻，這與戰後第一世代詩人刻意誤讀的論述策略大所不同。

因此我們很容易看到鄉土文學論者對現代詩論述所存在的盲點，其中除了無法在技巧論上指出具體的語言修辭方案，只能反覆強調現實題材內容在書寫上的必要性外，對於一九六〇年代以來現代詩文體內部細密、隱微的知識系統發展顯然有所不足。此外，由

㉚ 事實上早在掌握前身八掌溪詩社發展初期，其同仁林承謨刻意用「佐青」，暗示自己對「左翼青年」形象的認同，便已可看到他們的趨向。

㉛ 見《掌握詩刊》第 8 期（1984.7.31），頁 4。

㉜ 《掌握詩刊》第 8 期（1984.7.31），頁 5。

㉝ 在尉天驄[編]《鄉土文學討論集》（臺北：遠景出版社，1980 年）中陳鼓應的〈評余光中的頹廢意識與色情主義〉、〈評余光中的流亡心態〉，被編入「第三輯 從鄉土文學到民族文學」。

於他們對世代、詩社群概念的理解較為不足，因此往往將一九六〇年代詩想像成「全盤西化」、「封閉」的現代詩。事實上，檢視筆者第二章與本章前節的論述，可以發現在一九六〇年代起自成一格彷彿遺世獨立的現代詩文體，其內部以西方現代主義作為主要文體知識架構的臺式現代主義典律中，隨著現代性的在地轉譯，而開始混雜入在地知識分子的政治文化需求而產生質性轉化。具體來說，為鄉土文學陣營批評的余光中、洛夫其實都在一九六〇年代中後期已開始在不同的層次上，進行中國古典傳統與現代的匯通思考。至於重視現代詩文體話語大眾化、現實化的論見，在一九六〇年代中笠詩社已開其端。在一九七〇年代初的現代詩論戰與戰後第一世代詩人的衝撞下，現實性的思考已確立了其在現代詩文體中的骨幹位置。

整體看來，現代詩雖被討論，但那是附屬於批判余光中〈狼來了〉一文的動機，以及為批判現代主義的意識而來。當整個鄉土文學論戰自鄉土現實的討論，漸趨延伸入左翼／本土意識考辨時，對現代詩的討論便已是外圍的論題了。

考諸當時文學傳媒，在鄉土文學論戰時期，亦有另一自現代詩壇外部衝擊現代詩壇內典律的事件值得注意，那便是 1977 年 8 月洛夫與顏元叔在《中國時報》的「陋巷語言」的論戰。《綠地》第 9 期（1977.12.25）黃一容〈風屋詩餘：可愛的顏元叔〉一文中，對此一論戰過程有所描述，該文指出：

> 顏元叔是公認的學院派，以往對現代詩是同情與鼓勵有加，他曾引用新批評方法對洛夫、辛鬱等的作品解析，據說這次

> 是因為中華文藝詩專號蕭蕭批評他是「為寫評而讀詩」「祇要稍懂得文字的人都能寫得出來的論文」羞怒之下面加以反擊的，稍後洛夫也寫了一篇文章辯駁，詩人季刊社同仁更積極邀約詩人作家在臺北美國新聞處展開檢討，真可謂熱鬧非凡！以顏元叔的才學名望，雖然不該意氣用事，但我認為他是很可愛的，譬如他所舉出的「現代詩已漸漸遠離人生的文學，而成為文字的文學」等等；眾所皆知的，現代詩強調多樣性，破壞了語言的通用意義（引程大城教授的話），重視心象描述與自由聯想，業已將詩引入一條狹巷。[34]

顏元叔文中所謂的臺北「內湖詩人」，實則指創世紀詩人。創世紀詩社雖創辦於高雄，但是在一九六〇年代末至一九七〇年代中其重要班底成員陸續遷居臺北內湖[35]，故批評內湖詩派，實則仍意在批判其所代表的超現實主義書寫集團。顏元叔認為詩語言必須是理智的語言，在寫作選材上則應捨棄自動語言，向無我性的廣泛大眾進行發展，而不要侷限在自我的主觀經驗。由此看來，顏元叔所謂的「理智語言」並非一九五〇年代紀弦的「知性語言」，而是客觀地檢視、反映現實的語言意識。

對此，游喚〈陋巷語言是詩的語言嗎〉《詩脈》第 6 期（1977.10.25）如此分析到：「我們可斷定顏元叔中了『紮根於現

---

[34] 見《綠地》第 9 期（1977.12.25），頁 11。

[35] 洛夫居於臺北市內湖區影劇新村，張默居處至今（2008）的臺北市內湖區文德路地址，仍長期為創世紀詩刊中刊列的社址所在。

實的活生生的文學』口號之毒已深矣……只要回憶三、四十年代的詩風，那種全盤向低級大眾投降而美其名曰有血有肉的生活詩，審核其拙劣的技巧，僵化失味的語言，在在使人相信，熱情終究不是詩。」㊱我們可以發現，在一九七〇年代初戰後第一世代詩人「中國－現實」語言中具有絕對正確性的「現實關懷」意見，在鄉土文學論戰時期竟必須再續加辨析，這說明了戰後第一世代詩人也開始使用鄉土文學論戰那辨析階級與鄉土語意的語言，也凸顯了戰後第一世代詩人一九七〇年代初「中國－現實」語言意識在一九七〇年代中末所必然存在的轉型，這正是我們下文要論述的方向。

三、由「現實性－中國性」到「大眾性－鄉土性」：*1976-1984* 年戰後第一世代詩人的詩語言意識轉化

> 當影響的焦慮開始起變化時，文體的焦慮是否也一樣在起變化呢？在影響的焦慮還沒有發展之前，對於現今一切新詩人來說已是無法承受的文體個性化負擔是不是也那麼巨大呢？
>
> ——哈羅德・布魯姆（Harold Bloom）《影響的焦慮》

㈠父親或超我的文本？——戰後第一世代詩人影響焦慮再釋放

㊱　《詩脈》第 6 期（1977.10.25），頁 7。

在整個一九七〇年代新興詩社啟動的現代詩文體改革運動中，在 1970-1984 年間經歷頻繁論戰衝突中，造成詩語言地層產生折曲、皺折甚至裂變，並投入各種質性的論述零件。必須指出的是，作為此一詩史區間的後來觀察者，鋪陳史事從不是我們唯一要做的工作。我們可能要更加注意的是，任何投置入的詞素是否經歷現代詩場域，以及戰後第一世代詩人詩學場域的語言化，撫平自社會、政治跨場域而入的詞素其內在所存之時差，形成一個有效的詩學論題。否則，我們的研究很容易成為流於僵硬鋪排各種生硬關鍵詞的想像陳述。

此外，我們要申明的是，使用傅柯考掘學的空間概念來觀察一九七〇年代新興詩社與戰後第一世代詩人，我們更應有意識地去面對在詩語言轉型過程中，其現場並非此一世代的詩人對各種新增入的詩學論題，皆採取同樣思考動作的事實。特別是在 1976-1984 年這詩語言轉型的關鍵時區，所含納的鄉土文學論戰、美麗島事件、前衛爾雅詩選論爭，我們嘗試或不自覺地將此世代詩人「全體」劃歸在相同的、單一的語言時間秩序，便可能忽略他們對彼時現實詩學所潛藏之政治性的析辨與抗拒。這樣的「忽略」雖能滿足我們對戰後第一世代詩人的全體想像，但卻也展露了類似東方主義的語言暴力，抹平此一時區中的光譜空間。例如，此時儘管戰後第一世代詩人的「本土」族群記憶被啟蒙，但卻未必「全數」要以此取代原初的國族概念，相對地，當對「中國」想像圖景被檢視出背後的權力製作機制時，他們也未必會全然投入本土論述系統之中。

對 1976-1984 年詩語言地層這樣的考察，首先讓我們發現，「鄉土」此一語素在詩語言地層的投置，並非全然由鄉土文學論戰此一事件所承擔。早在鄉土文學論戰前戰後第一世代在自身建構的一九七〇年代新興詩刊語言空間中，便已建立了由「現實性－中國性」到「大眾性－鄉土性」的語言轉換邏輯。嚴格來說，在鄉土文學論戰前戰後第一世代詩人本身即在進行大眾、鄉土詞素的投置與消化，而鄉土文學論戰的語言主題，只是自外部來激化原本戰後第一世代詩人語言空間內這一系列詞彙可能存在的反官方的政治文化思考。

筆者以為文化結構乃是以語言結構作為表徵的方式，在指涉發展中，文化結構與語言結構永遠不是固狀物，每個當下的結構狀態都只是暫時性、有意識的詞素結合。注意，是「結合」，而非「總和」。任何結構的完成必然存在的剔除詞素動作，讓我們注意到，在描摹文化結構的建築樣態中，其內在所存的結構衍生性、變異可能，是與之同樣重要的論述課題。鄉土文學論戰讓長期以來，非官方系統的詞素被聚焦討論。當那些飽歷壓抑、扭曲的詞素，獲得特定的系統觀念主導而推演出一遙遠的過去與未來時，其本身也完成了一個反官方的大敘事。

戰後第一世代詩人在一九七〇年代初期聲明中便已確立了「語體－國體」語言概念，本身必然要面對這鄉土文學論戰時期的語言現象。當現代詩文體成為現實、鄉土、中國等符號的集合地時，其投入參與者必然需要進行分類、重編，完成不同的、適已為用的文化邏輯秩序，這便誘發了詩語言的轉型與深化。我們可以發現，此時肩負起這樣論述討論的，除了一九七〇年代初期成立的大地、主流外，一九七〇年代中後期成立的草根、詩脈、陽光小集也是不可被忽略的詩社。檢視詩語言轉型詩學觀念上所進行的重新分配，其焦點不在建構對內在「連續性」的想像，而在梳理出其變型的邏輯，這是我們以下要進行論述的重點。事實上，關注戰後第一世代詩人詩語言系統所歷經的修正、重建、堅實的過程，本身便是身為詩史後來者的我們，參與 1976-1984 年詩史地層的方式。

如同我們反省自身所處的後設位置，與作為前行文本的 1976-1984 年時區間的論述關係；戰後第一世代詩人在一九七〇年代到一九八〇年代，也不斷反省自身與前行代詩人間的語言關係，亦即該以怎樣的（後設）觀點面對前行代詩人。具體來說，一九七〇年代初的新舊別群策略之世代區別，以及重現實性與文化脈絡的閱讀方式，本身便「暫時」得到一個消解前行代（經典）文本壓力的話語方式。但其中涉入的誤讀問題卻一再浮現，陳芳明曾指出：

> 我那篇文（按：指〈秩序如何生長？〉，該文見《書評書目》第 7 期，1973 年 9 月）中，曾批評葉維廉對「詩言志」的解釋過於狹窄；同時葉維廉在解說「志」時，只剖析「心」，而忽略了「士」，便逕解為「吾人對世界事物所引起的心感反應之全體。」我認為，葉維廉的詩論過份強調內在世界的重要性，以致完全脫離了現實的世界（印證他的詩論，確實如此），他對「志」的解說，便是有意偏向自己的論點。葉維廉的目的，是以「心感反應」一詞來誘使讀者溶入他的「心象」世界，讀他的「詩的再認」一文，便一目瞭然。因此，我假設自己對外在現實比較關心，乃運用類似的方法說：「如果把『士』解釋為知識分子，又何嘗不能把『志』解釋為『知識分子對社會的關心呢？』」（頁 11）

> 我的原意，並沒有堅持必須這樣解釋才是對的，而只是想指出，如果每個人為了要支持自己的觀點人不惜曲解「詩言志」的本意，這是不容苟同的；所以，我有意籍自己的「錯誤」來對照他的「偏差」，換言之，我的那套說法原就不能成立，早已有自知之明。[37]

陳芳明從對「志」這種文字學的假設與「錯解」，來獲得「知識分子對社會的關心」此一批判葉維廉作品問題的切入方式。這種將「志」析離為「士／心」的錯解方式，在當時即引來《主流》第10期（1974.3.10）中岩上〈詩·感覺與經驗〉、黃勁連〈黑白講——檢視唐文標『詩的沒落』一文〉兩文的反駁[38]。陳芳明事後也承認了自己的誤讀，但我們要注意的是，他誤讀本身的「策略性」。哈羅德·布魯姆（Harold Bloom）《影響的焦慮》指出：「詩的影響——當它涉及兩位強者詩人、兩位真正的詩人時——總是以對前一位詩人的誤讀而進行的。這種誤讀是一種創造性的校正，實際上必然是一種誤譯。」[39]陳芳明這具自知之明的誤讀，雖藉此塑建出自身對前行代詩人文本，一個知識分子與行動者的閱讀方式，甚至是知識分子書寫位置的謀獲。但這種刻意誤讀本身卻不自覺（無意識地）反映了他所置身的國族語境，也可以說，是國族

---

[37] 見《龍族》第12期（1974.7.7），頁2-3。

[38] 岩上主要從朱自清〈詩言志〉與《說文解字》對「志」的實際分析，指出陳芳明的錯讀，黃勁連則是從對唐文標的批判延伸而來的。

[39] 哈羅德·布魯姆（Harold Bloom）[著]、徐文博[譯]《影響的焦慮》（南京：江蘇教育出版社，2006年），頁31。

語境決定了陳芳明刻意誤讀的發生。

在一九七〇年代初的國族語境下，戰後第一世代詩人對前行代的刻意誤讀與對現代主義的反抗聲明本是一體兩面的論述。策略性的誤讀提供了聲明，也提供戰後第一世代詩人對前行文本一個超越、反抗的後設位置。一九五〇－六〇年代臺灣現代主義以貧瘠的資源進行轉譯，並發展他們對二十世紀的想像，他們所提供對「未來」的敘事，在一九七〇年代便產生摩擦。在一九七〇年代初國族語境下，戰後第一世代詩人現狀（實）不合的一九六〇年代現代主義成為一個必須被挑戰的敘事，終無法被循規蹈矩地複誦。

在一九六〇年代末他們對現代主義的閱讀中，他們感受到臺灣現代主義的冷度與距離感。他們早期的詩文本中雖也帶有臺灣現代主義的色彩，但所具現出帶矛盾感的青年形象，正如李弦〈蝶異〉困繭意象所隱喻的，是帶有自黑暗虛無的困境中尋獲主體存在出路的特質。這帶有衝撞力、叛逆感的主體，與戰後第一世代詩人在一九七〇年代初正值青年時期也有極大關係。德國心理學家 Erikson 的人格理論認為人類在不同生命成長階段，有不同的人格特質與處境。其中青年前期的社會心理狀況，由於本身已適應了自我生理形象的改變，重心轉趨於心理以及知識面的開發。他們必須處理親密與疏離問題，除建構自我理想外也重視抱負的實踐。在這階段對歸屬感與自尊有高度需求，繼而進入生產與自我吸收的成熟期。[40]因此對於前行代詩人的反抗，拒絕延續一九六〇年代那帶有疏離感與停滯感的身體形象，以及透過同世代詩人的結群，強化了他們尋找

---

[40] Erikson, E. (1976). Adulthood. New York: W.W. Norton.

自我行動力的意志，就教育觀點與社會心理學而言是極其自然的。

這使我們反省在《影響的焦慮》的論述使用上，可能存在的限制。固然，就《影響的焦慮》理論來說，新生代詩人面對前驅的強者詩人，透過誤讀和修正[41]的方法來解消其巨大形象，同時也撤去其籠罩在自我身上的陰影，藉以完成超越的目的。在一九七〇年代初戰後第一世代詩人的確透過新舊別群的策略，將前行代詩人凝（定）止在現代主義的形象中，藉以強化自我的聲明。但回到一九七〇年代中期，透過前章節的分析，我們卻可以發現，戰後第一世代詩人消解前行代詩人所帶來的經典壓力感，並不全然透過「誤讀－修正」的方式來進行。戰後第一世代詩人以建立客觀現代詩批評的精神，與印證自我詩史觀正確性的意欲，篩選出前行代重要詩人白萩、楊喚、洛夫、葉維廉、余光中、鄭愁予，進行大眾性、純粹性與中國性等詩學論題。但是從前行代詩人論中卻發現，過往所定版之前行代詩人形象，與透過回憶與接續建立中國古典傳統與自身的詩學知識關係，本身似乎不具有與前行代詩人相區別之處的實質效力。

誠如陳鵬翔所言：「但當時的青年世代詩人確實也存在焦慮，必須透過衝撞前行代詩人來尋找突破的可能，這便是前行傳統的壓力。因為突破不了已成形的小傳統，於是便產生焦慮了。」[42]檢視戰後第一世代詩人對前行代詩人影響焦慮的議題中，不能只置放在

---

[41] 這裡的「和」的用法帶有次序感，亦即是透過對他（前）者的誤讀發展對他（前）者的修正。

[42] 見解昆樺《詩史本事：當代臺灣現代詩人的詩史對話》（苗栗：苗栗縣國際文化觀光局，2010 年）。

超我的部分進行解釋，更必須放在本我中進行討論，才能檢視出其中深沈的語言意識轉換問題。戰後第一世代詩人柳曉曾指出：

> 創新並非否定既往，背叛傳統只是要從前人的錯誤中找出一條路來。我們希望在這動盪的潮流中，肯定一方灣渡，讓後來的舟帆不至迷失。我們不願意永遠躲在先人留下美麗雄壯「文字的城」裡，而要在時代中印就文學的新面貌，讓下一代看清楚上一代的臉，不是規規矩矩的守正不阿戴著祖宗給我們留下的面具。㊸

拒絕戴上前行代詩人語言的面具，本身就在否定一個語言系譜的延續，拒絕扮演現代主義語言世界一個後續參與者或轉譯者的角色，本身其實也停止了前行代詩人父系的身份。㊹在戰後第一世代詩人一九七〇年代初新舊別群語言策略下，隨著現代主義的被揚棄，前行代詩人也被置放到與戰後第一世代詩人平行的他者位置。棄置前行代詩人傳承的語言面具，本身透露戰後第一世代詩人正在跨越自我書寫歷程的鏡像階段，這使得依照原本一九六〇年代現代主義發展史秩序中被設定為典律鏡鑑的前行代詩人，成為蒙塵的客

㊸ 《綠地》第 11 期（1978.6.25），頁 74。

㊹ 從《陽光小集》第 9 期（1982.6.20）蕭蕭〈詩社與詩刊〉、《陽光小集》第 12 期（1983.8.30）吳聲良〈讀「藍星、創世紀、笠三角討論會」有感〉等文，可以發現戰後第一世代詩人直到一九七〇年代末、一九八〇年代初漸與前行代詩人逐漸形成跨世代班底之際，都仍有意識地釐清與前行代詩人的關係。

體對象。在獨創性的精神主導下，排離前行代詩人陰影的戰後第一世代詩人初步規劃出「中國性－現實意識－新世代」結構的超我語言型。

戰後第一世代詩人與前行代詩人的別群動作看似極具衝勁，然而對一個在現代詩寫作上仍未（或正在）累積創作成果的主體而言，其實認同前行代詩人是比較容易的，透過否定前行代詩人來超越前行代詩人，本身必須進行一連串的詩學重建工作。不過，這樣的反叛的確加速現代詩文體的改造，也呈現了青年世代詩人強烈地追求獨創性、個性化話語的主體意識。畢竟冠帶前行代詩人華麗的語言面具當作自己的語言膚質，其實只是一個衣飾自我的動作，終究不是真實的。當戰後第一世代詩人秉持自我主體意識重讀前行代詩人詩作時，便會意識到自己正穿著一襲重而黏身又難以擺脫的濕衣。

翻開層層交疊的漫長文學史，長久持續被高度美學化探掘的語言，所謂「語言獨創性」何等艱困難為並不難想見。誠如徐文博所言：「後來詩人和前驅詩人的作品實際上都不是獨創的或獨立的『詩』，他們只是各種前人的『詩』的文本的交叉體現（intertextuality）。」㊺任何書寫都難免存在前作的身影，成為一廣泛的重寫。後出轉精的可能在哪裡？新生代詩人如何找到前行代詩人所未曾觸及的書寫位置？發展出一個具原作意義的書寫？

檢視戰後第一世代詩人一系列的前行代詩人研究可以發現，姑

㊺ 哈羅德・布魯姆（Harold Bloom）[著]、徐文博[譯]《影響的焦慮》（南京：江蘇教育出版社，2006年），頁4。

且不論楊喚、白萩在現實語言上帶預示意義的表現，即使是在一九七〇年代初被戰後第一世代詩人視為本身與前行代詩人現代主義知識系統對應的中國古典傳統知識系統，其實早已在一九六〇年代為前行代詩人進行消化性的整理。因此當戰後第一世代詩人進行解釋與建構中國古典傳統與現代詩的語言匯流系統時，與前行代詩人相關詩論的對話便成為重要的論述路徑。

戰後第一世代詩人透過國族語境撤除現代主義的迷障，解析、割除自我與前行代詩人間原初混融的語言鏡像。當他們以客觀辨析性的視角「再讀」前行代詩人文本時，發現自我詩學聲明那具有獨立意義的超我語言型，本身竟早為前行代詩人所探勘。在超我語言型中前行代詩人揮之不去的「存在感」，解構了「超我」停止連續性的意義，並向本我再次釋放了影響焦慮。

如果，一九七〇年代初戰後第一世代詩人的誤讀錯解，本身不自覺地流洩了戰後第一世代詩人潛意識超越前行代詩人在詩學典律上所隱喻父祖位置的慾望與焦躁。那麼，上述這再釋放的影響焦慮，筆者以為具有兩個層次的意義：

第一、一九七〇年代初詩學聲明其無法守恆的自我語言想像，暗示戰後第一世代詩人自我主體依舊仍未完成，他們本身似乎仍缺乏自主行動力，而其看似自我獨創且成為自我追尋的超我語言型，仍不出於前行代詩人的部署之外。

第二、戰後第一世代詩人面對自我一九七〇年代初詩學聲明在邏輯理論上與前行代詩人的交錯重複，使他們發現自我新舊別群在策略上，陷入刻板印象製作的僵局。因此他們勢必得再思超越前行代，或者該說，重寫自我一九七〇年代初的詩學聲明，提出自己更富潛力的解釋以及更具代表性的文本，便成為其焦慮所在。

由此看來，這影響焦慮的再釋放與發現，對戰後第一世代詩人而言未必是一種弊端。相反地，對前後世代詩語言關係的再次釐清與重新理解，使他們得以檢視真正未被觸及、凸顯，卻又存在勘履必要性的詩學陌生地。

首當其衝的是一九七〇年代初詩學聲明中交互鏈結的「中國性－現實意識－新世代」概念，其內在因詞性效力必然鬆動連帶促導詩語言結構景觀的改變。首先，「新」世代本身已不再是一個能創造與前行代相互區別的書寫資產。其次，在詩學聲明中累積的「現實性」、「中國性」似乎也不能解決前行代詩人論中的後續問題。這邏輯語言上的鬆解與再省成為在一九七〇年代中產生整合與變質的重要契機，「現實」、「中國」兩詞素的象徵性開始產生轉化，向「大眾」與「鄉土」深入。這樣的轉化與深化歷程是如何發生？筆者以為，最根源的動力在於「現實」上，因為對現實的關注，使得一系列論題與意象不斷湧入，其內醞的文化性與對自我經驗的指涉，也成為突破詩語言內在結構的可能。具體來說，這詩語言發展邏輯的脈絡先從現實而大眾的發展，然後才連攜觸動由中國向鄉土經驗的發展，正式使他們突破了連續性的韁繩，有了遠逸馳騁於前行代強者詩人們的父親影像之外的可能。

㈡析論「現實性－中國性」到「大眾性－鄉土性」概念發展與連帶現象

為求論述細緻，筆者將以分段檢析的方法，探討戰後第一世代詩人「現實性－中國性」到「大眾性－鄉土性」的語言邏輯發展。

1.讀者與公衆：將詩文本讀者公衆化的意識

在 1970-1984 年「現實」是通貫這波現代詩文體運動的精神，同時也是唯一不產生任何質量變化的關鍵概念。甚至可以說，整波現代詩文體改革運動的走向、形貌，就是戰後第一世代詩人現實性格濃重的投影。秉持現實性的戰後第一世代詩人為自身的現代詩文體改革運動投入一系列具衍異性的詞彙，然後透過篩選、連接、排擠、反省形構出一觀念網絡。在影響焦慮再釋放的過程中，這具開放與反省效力的現實精神，有效地建構了自我與前行代詩人，在「現實」與「現代」兩種書寫觀念的對比。

戰後第一世代詩人的現實書寫精神首先鏈結反省的便是「大眾」的觀念。這個發展，主要是建構於放大、強化現代詩文體的「現實」影響效力的訴求上。因此，所謂的現代詩語體發揮現實效力，進而促動國體精神的改變本身，其實其焦點乃是在於如何使現代詩大眾化。落實在文本層次來說，則是如何使大眾更容易接受、閱讀現代詩。

儘管戰後第一世代詩人由現實接引到大眾，並藉此針砭現代主義的「小眾」，這在概念發展上非常自然。而在現實明朗詩語言型發展過程中，「大眾」也確實成為了一被特定使用的詞彙。但有趣的是，在一九五〇、一九六〇年代從邊緣出發的現代主義現代詩美學系統，又何嘗不曾指責以中國古典傳統為核心的（大專）學院派呢？現代主義系統的前行代詩人與戰後第一世代詩人在使用「小眾」此一批判詞彙的交集，反倒讓我們更得以聚焦檢視出兩者對「大眾化」概念的差異。

我們不妨放大至戰後臺灣現代詩史的視野，比對兩世代詩人

「大眾」此一詞彙的被使用狀況。一九五〇、一九六〇年代現代主義論者周鼎在一九七〇年代曾這樣指出：

> 現代詩是以大眾的生活為土壤，在學院圍牆外野生野長出來的文學，不受傳統文學觀念和學院文學教條的拘囿，其創作故能跳出既存文學的窠臼；現代詩人無不戛戛獨造出他們的作品，他們不僅不再借重舊有的修辭學，有人甚至憑其一己詩興的衝動「扭斷文法的脖子」，重組語文的結構。[46]

作為創世紀在一九六〇年代於詩壇推動超現實主義運動中的一份子，周鼎是一個容易被忽略的詩人，他在 1976 年的詩觀，除如瘂弦般已對一九六〇年代現代詩的破文法句式有所反省，但更值得注意的是，他反映了一九五〇、一九六〇年代現代詩推動者的「大眾」概念，乃是針對「學院」那封閉的，卻又是官方主流的古典詩觀念[47]。此一大眾指涉，雖排除學院的觀念，但其所指涉的語言群，實專指尚在成形的臺灣現代主義之詩書寫群，而非一般所謂的常民大眾。

所以有別學院派，從邊緣出發的現代詩，使用「大眾」此一符號，其符號義顯然在於指出自身在文學場域的「在野」身份，繼而強調自我「非官方」的實驗精神與個性化語言。無論是他們以西方現代主義作為知識主幹，還是以扭斷大眾語言文法的方式重組語文

---

[46] 紀弦等[編]《八十年代詩選》（臺北：濂美出版社，1976 年），頁 184。

[47] 由林亨泰所撰之《笠》創刊號社論亦有相同的觀念。

結構的技巧論思維，都說明了這野生的詩學語言系統，並不以民間大眾語言為底幹。

當然，現代主義系統的前行代詩人也不是不重視「現實」，他們超現實的寫作方式雖能指涉在戒嚴體制下主體精神面上的現實狀況，但他們若侷促於一隅，無法開拓對自我所處生活空間的經驗，那麼其所指涉的「現實」在層面廣度上就不免令人質疑。此外，其直接轉譯於西方現代主義的非常態性語言終究使他們的文本不易得到大眾的接受，只能被動地等待讀者的「提升」來發揮其文本影響性，而不能主動地得到認同。事實上，儘管歷經一九五〇年代末現代詩論戰，檢視一九六〇年代現代詩中的現代主義系統，依舊缺乏「讀者」的概念，這使得現代詩文體的讀者群無法擴編而日益小眾化，無法透過詩壇以外的讀者拓展其社會影響力。

就典律史來看，當現代主義在一九六〇年代頻繁地被建構、解釋進而產生出一系列延續性的創作，現實書寫理論在發展上便相對地顯得停滯，也使得現代詩文體的書寫體系並不完備。因此，當部分前行代詩人與戰後第一世代詩人都同樣思考中國古典傳統與現代主義間的匯通時，戰後第一世代詩人持續進行現實書寫的探勘，試圖擴大現代詩對大眾讀者的影響力，便形成最可拋離前行代詩人巨大身影，塑建自我詩學主體特質的方式。同時，也正在補足一九六〇年代現代詩文體在現實理論發展上的不足㊽。戰後第一世代詩人所要凸顯的「大眾」層次，乃是直指現代詩文體外部文化社會場域

㊽ 一九六〇年代笠詩社已成立，他們透過對西方現代主義本文的閱讀與翻譯，強調現代主義的現實精神，但在當時仍未普遍產生影響。

的讀者群，而非詩人與讀者交互重疊的這部分。這個發展方向，就語言技巧論來說便有：大眾觀點如何能成為詩語言視境？大眾口語的修辭鍛鍊方式為何？等子題概念必須發展。但是在發展之前，戰後第一世代詩人卻必須先面對前行代詩人對「大眾性」的質疑。就此正可看到現代主義系統中的前行代詩人在一九六〇年代中期後，雖有部分詩人嘗試向傳統進行探掘，但是在大眾現實的概念上仍設有警戒線。

在一九七〇年代，戰後第一世代詩人與前行代詩人在「大眾化」上的論辨，最具詩學標誌意義的莫過於古添洪針對《大地詩刊》第 8 期（1974.3.3）中由劉菲執筆的〈內心世界的交響（羅門與劉菲對話錄）〉，而於同期發表的〈「內心世界的交響」讀後對「大眾化」問題之商榷〉一文。

在一九七〇年代中期，姑且不論這一系統中的前行代詩人對戰後第一世代詩人，乃至於戰後第一世代詩人的相關意見是否「理解」，他們也不是沒有提出辯駁㊾，在《大地詩刊》第八期（1974.3.3）中即刊登了羅門與劉菲的對話錄〈內心世界的交響〉。該文以羅門與劉菲兩人對話為形式，針對一九七〇年代初以降之現代詩論戰與一九七〇年代新興詩社運動所聚焦的詩學主張提

㊾ 一九七〇年代初屏東由戰後第一世代詩人主導的《暴風雨詩刊》，其以介紹訪問前行代詩人為主的「暴風雨之風」專欄，可以看見被聚焦批判的詩人（以創世紀為主）面對當時戰後第一世代詩人批判的反應。而前行代詩人對戰後第一世代詩人詩學意見的反應，在一九七〇年代至一九八〇年代初這段時區中產生怎樣的變化，對臺灣現代詩語言型遷轉有何效益，值得後續研究者探討。

出他們的「看法」。

〈內心世界的交響（羅門與劉菲對話錄）〉本身透過羅門與劉菲間的對話，除呈現了前行代詩人與藝術家對一九七〇年代初現代詩「傳統與現代融合」的看法外，最主要的還是針對此時「現實」、「大眾」漸趨匯通的概念，提出不同意見。對於「現實」，前行代詩人羅門認為：「詩與藝術的思想性同現實上的實用思想性是有距離的，一是屬於理知與限指的；一是屬於悟知與無限的……」(50)對於「大眾」，羅門更明白指出「最好的詩與藝術，在過去、現在、乃至未來，永遠不是大眾化的。」(51)羅門與劉菲的對話可視為當時臺灣現代主義前行代詩人的「典型」論見，其重點為：

⑴對於戰後第一世代詩人們所提出之在地中國，乃至臺灣的現實性書寫要求，他們堅持應追求世界性，書寫世界「共同」的大主題。

⑵對於戰後第一世代詩人們所提出應發掘大（公）眾讀者語言進行創作，他們拒絕萬眾同一，力求維持自我獨具的語言風格。

將上述兩論見重點標列詩學史之時間刻度，則可以發現他們的論見，並不超出一九五〇年代末現代詩論戰後臺灣現代主義論者在一九六〇年代累積的詩學主張，這只是一在一九五〇、一九六〇年代臺灣美援背景下的政治文化社會場域中累積而出的「階段性」論述，此外他們所用的「拒絕臺灣個體情境的特殊性——強調世界共

(50) 《大地詩刊》第 8 期（1974.3.3），頁 41。

(51) 《大地詩刊》第 8 期（1974.3.3），頁 44。

同情境的展現」，同時也為前節所論鄉土文學論戰中官方話語意見提供了一個前在、模糊的論述身影，也凸顯現代主義系統的前行代詩人與官方文藝間在政治文化論述上的交集之處。

時勢遷移，在一九七〇年代臺灣各場域環境劇烈轉動的局勢下，他們面對新時代、世代詩學對「現實－大眾」詩語言要（需）求，依舊持過往陳見「一以貫之」，反倒有些許「復古守舊」的味道。

針對《大地詩刊》第 8 期（1974.3.3）羅門與劉菲的對話錄〈內心世界的交響〉，古添洪即特別撰寫〈「內心世界的交響」讀後對「大眾化」問題之商榷〉，鎖定了他們對大眾化的誤認提出辯駁。他主要分成「一、大眾化一詞含義的澄清」、「二、最好的詩永遠不是大眾化的澄清」、「三、大眾化的層次及途徑」三點來談。文中其中具體指出：

> 大眾化與傳統藝術基準並不衝突，大眾化並非就是一讀可懂，並非就是平鋪直述，毫無技巧。大眾化是在三大基礎下進行，即意識大眾化，素材大眾化，語言大眾化；事實上證明，過去許多名詩都是符合這三基礎的（胡適先生白話文學史可為一有力的證人）。(52)

首先，古添洪此文旋即被置於第八期（1974.3.3）〈內心世界的交響〉後刊登，所以決定刊登古添洪此一文章，並且「特意」選

---

(52)　《大地詩刊》第 8 期（1974.3.3），頁 47。

在第八期（1974.3.3）〈內心世界的交響〉之文後的「位置」，而非放在第九期，都有大地詩社本身守門人機制的選題策略用心。在這樣的編排下，古添洪的論文雖為「後語、補注」，但實則為自大地詩社主體之詩學意旨而出的「抗議」，而非對臺灣一九六〇年代現代主義論述的回聲或和聲。據此也可發現，在一九七〇年代中期後，大地詩社基本上沒有改變他們原初的詩學路線。

其次，從古添洪的陳述中，澄清了大眾化並不等於平淺。相反地，如何運用在地題材，理解發掘公眾意識，訴諸白話——大眾話此一語言形式，創造具層次的修辭，「引導」讀者進入深度的反思與共鳴，才是運用白話——大眾話進行創作時，真正的藝術挑戰所在。相對於臺灣一九六〇年代現代主義詩作矯設詞障、難判其意的修辭語言，以及把抒發個體存在虛無感當作是「世界唯一」的主題，戰後第一世代詩人認為這才是現代詩未來應走的方向。

前行代詩人看似高階實則平版的藝術觀，在在凸顯一九六〇年代臺灣現代主義語言者本身跨越「大眾語言」的一代之無根調性。他們書寫語言上的「遺世獨立」，似乎成為他們成就自我風格上的「保證」，陳芳明〈聽碧果唱出什麼？〉寫到：「再說『維持個人特殊風格』和大眾化問題原是不相干的，未聞大眾化的作品就難以維持個人的特殊風格；也沒有聽說不大眾化，他的作品就比較能維持特殊的風格。」[53]此正點出前行代現代主義詩人們論述中的弔詭。筆者以為，前行代現代主義詩人刻意將大眾視為非風格的低階層次，本身其實固化了時間在主客體之書寫、閱讀的作用性，亦

[53] 《大地詩刊》第 8 期（1974.3.3），頁 48。

即，他們忘卻了自我作為一個詩人，本身也經歷過由讀者（大眾）而作者（詩人）的歷程，他們將詩人特殊階層化的同時，也否定了大眾內在所能存在的歷時性成長，一如洛夫在一九七〇年代初否定了戰後第一世代詩人的成長可能般。

故對戰後第一世代詩人來說，臺灣一九六〇年代現代主義詩人未得布勒東真意的自動書寫，其模式化的斷裂句法與帶有匠氣味的意象組裝，本身不過是一被誤讀得之的詩想像所牽制的「被動書寫」。但是，以白話作為語言主幹的現實書寫，如果沒有洞察真實的經驗、提煉白話的修辭經營，銘刻現實題材的藝術張力，其詩語言雖看似存在，但實則如過眼雲煙。陳芳明亦曾提及：

> 讀者乃大眾之一，既然詩人不願大眾化，那麼，至少也該「讀者化」。……未來撰寫文學史的也將來自這群 General public……詩人的作品固不必遷就讀者，因為，讀者對於詩仍有「選取」的能力……一位遷就讀者的詩人，讀者終必要放棄他的詩。[54]

可見戰後第一世代詩人論述班底一系列重視大眾讀者，將現代詩文體提升至公眾、國族層次的詩學論見，連帶也孤立了一九六〇年代臺灣現代主義典律機制中扮演要角的前行代詩人。對此，古添洪〈「內心世界的交響」讀後對「大眾化」問題之商榷〉如此反駁：

---

[54] 《大地詩刊》第 2 期（1972.11.1），頁 42。

> 「大眾化」一詞，是在特定時空中的數目觀念。是某一時代、某一空間、最大多數人所能接受的，才是「大眾化」。如果只有作者能欣賞的，是個人化；僅僅一流派詩人欣賞的，是流派化；只有詩人才能欣賞的，是詩人階層化；只有受完大學教育才能欣賞的，是大學教育階層化。[55]

可見戰後第一世代詩人並不在建構特定知識階層的現代詩美學，或從特定知識階層角度界定現代詩文體的屬性，而是從前述戰後第一世代詩人所強調的文化脈絡，解除前行代詩人的警戒線並進行對一九六〇年代現代詩文體的「開放」。在此趨勢下，所謂的大眾讀者所具體指涉的是：一九七〇年代（什麼時代？）在臺灣的中國（什麼地方？）現代詩讀者（什麼人？）。大地對大眾層次感的逐步擴張中，自然地包括了學院知識分子[56]——至少是具有理解現代文學美學與大眾意識的學院詩人，此連帶的效應便是一九六〇年代學院本身的象牙塔形象開始被轉移，而由一九六〇年代現代詩的現代主義論者單獨繼承了這樣的「名銜」。

戰後第一世代詩人在大眾讀者上進行聚焦，並使之明晰化，批判了一九六〇年代臺灣現代主義「曲高和寡——和寡即為曲高」的怪異詩理論邏輯，以及大眾讀者沒有文體風格、知識參與權的矛盾感。據此發揮，這自然意在克復大眾讀者自一九五〇年代末現代詩論戰以來對現代詩文體的評價功能，不過可能更重要的積極價值還

---

[55] 《大地詩刊》第8期（1974.3.3），頁45。

[56] 這可與《龍族評論專號》的編輯手法交互參照。

在於，使大眾讀者在執行評價決定文本意義的過程中影響文體書寫風尚，成為另一形式的作者。這扭轉傳統文本中的讀者／作者關係的概念，使所謂的現代詩大眾寫作，毋寧說是公眾文化情感結構寫作與再現，同時也使私己與公眾之間透過書寫得到匯通的可能。古添洪在〈從夢魘到清明〉即指出：「詩篇終不宜為夢魘。夢魘作為心理分析的材料甚好，作為詩篇則嫌太個人化，太缺乏聯貫性，太缺乏溝通性。夢只是夢者的潛意識向夢者的意識作隱密的溝通，這種溝通方式是不宜於詩的，詩的對象並非詩人自己，而是讀者。」[57]由於文體閱讀群擴大，詩人必然可透過意象經營提升群眾精神與歷史動能，透過對經驗的表達與提升，轉而凝塑國族共同的語言與精神結構。如此將寫作與閱讀交互溝通同構為一共同體的思考，使得「書寫」本身追求的不再是個體私領域、潛意識的經驗，而是公眾共同的情感記憶與文化價值觀。

2.世代與經驗：在地論述的脈絡與世代經驗的寫作

主體對內在那被壓抑、否定所潛存的陰影，往往透過將負面特質投射、轉移至他者身上來獲得排解。戰後第一世代詩人的世代別群策略，同時在排解內在的世代與國族的焦慮。將被批判的現代主義系統前行代詩人書寫的成敗，與整個政經文化的危機交互結構，對戰後第一世代詩人來說未嘗不是改寫現代詩史的契機。就本論文第二章的分析，對於他們探掘內在潛意識的現代主義修辭，我們自然知道是戒嚴時代寫作環境中，一個舒展自我偏離大陸母體以及展現自我個性的產物。

---

[57] 《大地詩刊》第 15 期（1975.12.28），頁 3。

但是，如果這樣現代主義的詩寫作，始終在文字辭章構築的自我想像世界中兜轉，刻意強調潛意識書寫的結果，也變相地壓抑了現代詩對社會現實的表現力。當詩人無法在公眾與私己間進行經驗的遞換時，其實也正終止了自我在寫作以及現實上經驗的成長可能。特別是現代主義系統的前行代詩人自我構建的反大眾書寫立場，本身終而連帶使他們產生先天的侷限，從他們一九六〇年代的書寫內容來看，顯然對現實臺灣情境的指涉存在著不少的空缺。

此外，前行代詩人在現代主義典律化的過程中，這使得現代詩文體在理論發展產生了一種記憶缺失，使他們對於反戰鬥文藝的原初動機缺乏再反省的能力。因此，在心態上規避平板的官方文藝寫作的現代主義詩人，變相地與政治書寫對本土現實書寫的禁制工作形成了一個互助機制。

上述一九六〇年代的現代詩現象，根本性地促引我們追問：在戰後第一世代的語言空間中，在他們一九七〇年代初強調中國性的國族論述下，鄉土修辭是如何發生的？又是經歷了怎樣話語概念的延伸，使鄉土終於成為戰後臺灣現代詩學「合法地」的審美對象？

這語言意識的轉型，是以「現實」作為深化的規則，並以此投入、組織語言詞素。在現實精神的帶動下，他們重視自唐文標詩論延續而來的脈絡話語，亦即關注詩寫作上由「時－地－人」交錯而立（具）體化的寫作位置。進而藉由現實精神下中國性與文化脈絡，消解前行代帶歐化、現代主義特質的詩文本之價值感。在一九七〇年代初，此脈絡話語初步呈現為「一九七〇年代－中國－中國人」，這也是為何戰後第一世代詩人在一九七〇年代初強調現代詩為「中國詩」。但是隨著他們在「什麼人」這部分的思考逐漸深化到「大眾」時，他們在「什麼地方」上，也關注到大眾是立足在怎樣的「中國」「空間」。

君白（1950-）曾指出：「現代詩在過去多年，一如過街的老鼠，長期性的任由所謂『文壇老醜』的捉殺……詩人喜愛贈詩，互相標榜，各人閉門自究歪風格，缺乏現實社會感，祇在某空間盤旋。去路仍是一個不懸的啞謎。」58儘管現代主義詩人那傳達潛意識的晦澀歧異空間，可以視為主體在戒嚴體制箝制感的造型，但在重現實性的戰後第一世代詩人看來，這種將自我主體封閉沒有出路的空間，本身只是一種語言病理的癥狀。特別是，這種現代主義空間沁染了摩登、消費的意識，使得其透過不斷重新命名的萬物組構的高蹈異化世界，並不具備經驗的普遍性，而與在地周遭的現實空間存在極大的斷層感。

在當時，戰後第一世代詩人標榜的中國空間當然同時包括大陸與臺灣兩部分59。因此他們所強調的「中國」空間書寫，未必能作為區分前後世代詩人的界分割點。主要乃是因為，戰後第一世代詩人對中國大陸的書寫仰賴種種符號想像推進，以及對大陸省籍前行代詩人（主要以余光中為代表）文本的續寫推進，因此對前行代詩人的中國大陸母土書寫自無質疑空間。所以「中國」空間是附屬於瀝除現代主義書寫正當性的論述策略之中，未必全然能作為劃分新舊世代的標準。

---

58 《綠地》第 11 期（1978.6.25），頁 57。

59 注意，在一九七〇年代中期以前，一九七〇年代新興詩社的戰後第一世代詩人對「本土」此一詞彙的使用並不頻繁。同時，也自然仍未形成所謂「中國大陸／臺灣本土」的結構概念。

不過筆者前章對戰後第一世代詩人之前行代詩人論的考察，可以發現他們對前行代詩人臺灣鄉土版本的中國空間，卻有所釐清與質疑。例如在比較白萩與碧果的鄉土書寫時，陳芳明在〈聽碧果唱出什麼？〉便指出：「因為，白萩所寫出的詩，是從他的生活，他的悲痛和愉悅中真正提煉出來的，而碧果則只能以旁觀者的眼光，對農村生活做一鱗半爪的捕捉。」(60)由此可見儘管白萩、碧果在一九六〇年代末在書寫內容主題向鄉土延伸，都被大地論述班底視為現代詩語言向現實詩語言轉型的重要「例證」。

但是，碧果的「春・農村組曲」仍因缺乏真實的現實鄉土經驗，而使其語言修辭表現較白萩「阿火的世界」隔了一層，故在大地的詩評價光譜上，碧果仍是一相對性的負面案例。同時，余光中的〈車過枋寮〉在王灝的考察下，也浮現其與臺灣現實鄉土的隔膜。特別是從余光中所謂的「江湖傳統」（傳統）無法有效捕捉臺灣鄉土經驗與大眾語言的創作現象看來，不只可以發現臺灣鄉土顯然無法透過中國大陸書寫模式(61)「一以貫之」，更可以發現在語言轉型過程中，「大眾－鄉土」本身的詩學組構意義。

戰後第一世代詩人從現實大眾的視角出發，自一九七〇年代初的聲明起他們的語言世界觀，由西方而中國，由語言中國而鄉土中國、鄉土臺灣，進行逐步調整。具體來說，在一九七〇年代初臺灣國際政治危機與現代詩論戰時期的刺激下，「大眾」是反一九六〇年代現代主義的用語，而大眾一詞的用法本身也帶有國族式的運

(60) 《大地詩刊》第8期（1974.3.3），頁48。

(61) 就余光中來說便是放逐、渴慕的語言模式。

用，在經驗內容上的表現也以（中國）國族政治經驗（敘事）為主。但「大眾」的國族詞義卻日漸遞移發展，這可以李弦（李豐楙）的後期詩觀為代表，李豐楙指出：

> 寫作不完全是一種遊戲或消遣，詩人既為一個「人」那麼生長在這樣的時代中，新舊文化的嬗遞、東西文明的衝激，以及當前特殊的時代與地域，應該使一個真誠的詩人，有更深更廣的感觸。因此，我覺得詩人大可不必自囿於個人的特殊經驗；運用費力的語言，或自炫的技巧來表達一些晦澀的主題。……應儘量從群眾日常使用的活生生的語言中去提煉、去學習，從而表現出鄉土中每一個人所共有的喜、怒、哀、樂。這種語言、這種生活、這種作品，雖然不一定能完全實現，但內心實嚮往不已。[62]

檢視上文之文脈可以發現，此「大眾」已與一九七〇年代中期後文學場域重要的「鄉土」概念結合。具體來說，詩語言重點已不在破壞慣性語法，相反地，則是要從大眾慣性語法來尋找詩語言新鏈結的可能。他們要接近大眾語言建立新的語言陳述結構，在一九七〇年代初其有一定成分是以國族政治經驗作為文本內容，但在一九七〇年代中以後，則是以暫用「鄉土」符號為冠稱的現實臺灣經驗作為文本內容。戰後第一世代詩人對前行代詩人的質疑，都帶有現實「脈絡化」的論述肌理，當詩文本中所再現的鄉土空間其經驗

---

[62] 傅文正[編]《都是泥土的孩子》（高雄：心影出版社，1979年），頁96。

內涵，成為戰後第一世代詩人重要的閱讀視角時，他們內在的鄉土經驗也正式啟蒙，觸動他們真正有別前行代詩人的一系列詩創作。也在戰後第一世代詩人臺灣鄉土經驗啟蒙的當下，「青出於藍」終於依舊是文學史中可印證世代更迭的有效成語。

一個詩語言寫作是如何發生的？〈詩大序〉曰「在心為志，發言為詩」在這理論脈絡中，我們發現詩語言內部存在著兩個，分別由「志」與「言」所代表的經驗理念結構與語言形式結構。一個詩語言的生成，便是經驗結構與語言結構的交互支援與引動的過程。鄉土所以產生如此大的效益，乃是其提供給戰後第一世代詩人的「鄉土經驗結構」本身具有始源語的效益。什麼是始源語？乃是指同一語系內，各個親屬語言的共同來源。

就這個概念我們可以發現，一九七〇年代初戰後第一世代詩人詩學聲明中所強調的中國性，本身就存在於前行代現代主義語系外，創造另一以現實中國為主題之語系的企圖。但在戒嚴體制下他們缺乏對大陸的實際經驗，往往只能透過對教本與前作中已語言化的中國記憶空間的鋪排，與主體想像自身投入其中的活動，作為再現中國的重要手段。因此他們的詩作對中國的表現，在本質上，可能只是前行代詩人同主題前作的再現。

因此，再現中國並非一個具始源意義的話語空間，戰後第一世代詩人為自己「獨創」的角色（role），經過對前行代詩人的閱讀可以發現，他們終究只是在一個話語系統中，回應前在話語的角色。前行代詩人的陰影壟斷了後代詩人對事物的觀點，使其無法點亮內在經驗的光源，發展自我書寫風格，以及對事物的考察。因此在這中國話語系統中，他們內在對自我角色便產生抗拒衝突。鄉土經驗的啟蒙，使得他們重新開啟了另一在語言新創上的必要性，亦即一個對應其鄉土經驗結構的語言結構。

對經驗結構與語言結構的辨析與需求，使戰後第一世代詩人得到不連續性的可能，自以中國為主題的詩想像語系中遷移而出的同時，他們也正式脫離了詩語言的鏡像階段，解除了前代詩人對自我經驗上的遮蔽，同時也是對因前行代詩人而再釋放的影響焦慮的再消解。

鄉土經驗確實是一個具創作與批評潛能的龐大詞庫[63]，在所謂外部現實的關注理論是上主要在戰鬥文藝式的政令宣導層次戰後第一世代詩人對於前行代現代主義機制所不能展現的現實，完成了陳述責任的同時，既產生了陳述現實的滿足感與責任感，同時也找到其書寫突破的可能。王灝〈論詩的鄉土性〉：

> 對於文學藝術創作來講，鄉土是一種題材，也是一種情感，更或喻示著在某一種生活階層中一種生活的精神情態，或是某一些人的生命情態，它往往是比較落實溫熱的生命體，一種比較樸拙厚實的情調，他與人類真實具有血緣相連般不可分割的生命關係。[64]

由引文可知，在一九七〇年代中期以後鄉土對戰後第一世代詩人的意義並不單純只是一種書寫題材，更重要的是，鄉土與此一世

---

[63] 楊牧在一次返鄉演講中即曾謂：「花蓮是我寫詩的秘密武器」。

[64] 《詩脈》第 3 期（1977 年 1 月 25 日），頁 29。

代詩人之經驗、情感與精神的隱喻關係。雷蒙・威廉斯（Raymond Williams）指出群體的感覺結構（Structure of Feeling）乃是一特殊地點與時間中，群體的一種生活與活動的模式。他更認為以世代為主的感覺結構變遷，本身正可檢視歷史與社會經驗整體的轉型過程。[65]艾蘭・普瑞德（Allan Pred）則指出如此我們可清楚地分析出社會與歷史脈絡對主體經驗的衝擊[66]。在筆者看來，雷蒙・威廉斯（Raymond Williams）的感覺結構（Structure of Feeling）理論，其實乃是強調主體的經驗與生活形態間的緊密關係，不只引動我們反思——是誰扮演歷史主體的角色（通常為一特定的政府機器）塑造我們的生活方式，以及經驗本身所存在「語言／身體」的層次，以及內在潛伏的「規訓／履行」的關係？更重要的可能是，與唯心論系統恰成一個對比，讓我們注意到，是「身體」在現實中生活並承載經驗。我們於是也正穿入（過）了梅洛龐蒂（Merleau-Ponty, Maurice）的提問：「我不是要尋找『經驗是什麼？』，而是要尋找『是什麼使得經驗成為可能？』」[67]發現是身體為經驗與記憶提供場所——身體蓄貯了經驗形成初步的記憶，時時刻刻等待詩人轉化為語言結構。

就此看來，儘管透過戰後第一世代詩人一系列的前行代詩人逐

---

[65] Williams, Raymond (1977) Marxism and Literature, Oxford: University Press.

[66] Pred, Allan (1983) "Structuration and Place: On the Becoming of Sense of Place and Structure of Feeling", *Journal for the Theory of Social Behavior*, Vol.13, No.1, pp.45-68.

[67] Merleau-Ponty, Maurice (1967), "What is Phenomenology?" Phenomenology, The Philosophy of Edmund Husserl and Its Interpretation, New York, 356-374.

步釐清出其空間書寫中的現代主義潛意識與中國（大陸）兩種版本的文本空間。但是戰後第一世代詩人擁有的臺灣鄉土記憶，卻也逐次檢證出兩種版本空間的書寫侷限。首先，中國（大陸）文本空間獲得官方「民族大義」式的語言模式，乃至於以具體文化條規化的生活模式（例如教師節、端午節、中秋節等各種紀念日）獲得支援，但語言化的中國大陸經驗在戰後第一世代詩人的詩文本中，卻同樣地只能以遙望、想像的話語方式進行表現，無法創造與身體經驗的鏈結。其次，前行代詩人在一九六〇年代冷戰與戒嚴體制下馳騁潛意識的本事，所創造的現代主義空間其實不只與一九七〇年代國族語境格格不入，更無法批判城市現代性的問題，反而與布爾喬亞中產階級的文化消費相互結合，再次凸顯西方現代主義旅行東遷過程中的失真誤讀現象。

前行代詩人總沈浸於這兩種的詩語言結構與修辭情緒中，其實正畫出了他們在一九五〇年代以來在臺灣，以城市與眷村為重心的身體位置。他們指責大眾化的低淺，卻又在表現臺灣鄉土上的落差，只是反映戰後第一世代詩人以「大眾－鄉土」經驗作為書寫素材的始源語意義。在脈絡話語下，鄉土與大眾不是仰賴其「廣度」與「數量」來完成意義，而是仰賴戰後第一世代詩人與群體生活「交集」而出身體經驗的考掘，來創造詩語言的深度。本身就是在臺灣鄉土中成長的戰後第一世代詩人，其「鄉土－大眾」經驗的深度，或者說那經驗本身所融入的身體活動記憶，使得平面文本鋪排鄉土詞素擁有景深，進而成為一個立體的語言空間。所以，始源語的意義不在於哪位詩人「先陳述」了未被語言觸碰的事物，而在於誰先為它「先提供了經驗的景深」。

鄉土與大眾確實戰後第一世代詩人提供了具開發潛能的語言及經驗資源。在戰後第一世代詩人中，首先展現鄉土的始源語效力者，莫過於向陽「家譜」的系列作。在《詩脈》第 6 期（1977.10.25）中向陽〈情調的節點——一個寫詩人的自述〉便論及：

> 一個朋友曾在深閑的鄉間，為一群小孩用閩南話朗誦家譜，而看到他們眼中清純無邪的愛；一個女孩在火車上，朗誦家譜給風霜化為臉紋的阿婆聽，後者的頰邊帶著無聲的淚痕；有人說：那像詩嗎？賣膏藥的調調！有人說：基本上，由於語言的自限，此類作品只是偏頗的關懷……家譜，收入詩集的一輯詩作，總計只是七篇，能夠得到這些反響，是我始料所不及。……對作品事實上，方言詩的創作，在我是一種生命的抉擇與考驗。這當中，包含有我對詩壇曾有過的一段「晦澀黃昏」之側面澄清，對生長的鄉土之正面呈現，以及試圖裁枝剪葉，將方言適度地移植到國語文學中的理想。而最重要的是，對「人間愛」，我許久以來即抱有頗為深摯的感情。[68]

一個社群語言系統本身反映了一個社群特有的宇宙人我的關係形態，向陽「家譜」這一系列詩語言文本，正體現出臺灣閩南語語群內各種人、事、物親密與抗拒的情感距離。向陽詩作的動人之

---

[68] 《詩脈》第 6 期（1977.10.25），頁 45。

處，不僅在於他將過往臺灣現代詩寫作史中未被陳述的題材進行創作，還在於他以臺灣大眾最常使用的閩南語，準確抓到了過往前行代詩人詩作中所抓不到的鄉土人物之神髓。「家譜」中那常民血親間生動的語言以及彼此互動關係，確實與大眾最實際的身體經驗交互呼應，因此得到了廣大的迴響。不過，從上述引文看來，向陽有意識透過對自我寫作史的辯證，凸顯閩南語（方言）寫作在當時現代詩壇中所牽涉的語言政治學問題。

首先，他並非沒有意識地直接進行閩南語書寫，而是有意識藉此對抗一九六〇年代現代詩壇那晦澀的現代主義語言，凸顯現代主義語言系統對鄉土題材的壓抑，並轉而企圖以鄉土為核心開啟詩學意義的光源。但他也指出他進行閩南語書寫是要開展「國語文學」的公眾面向，暗示官方國語（北京話）在表現公眾上，實長期忽略了民間最常使用的閩南語，其語群所累積的語言經驗。儘管向陽的「家譜」系列作有意點出現代詩場域，乃至於整個國語文學場域中閩南語書寫的語言政治上的邊緣位置，但仍以人間愛作為文本內容意旨之依歸，以超越語言政治裡的界分、壓抑問題。

李昌憲曾論及自己一九七〇年代中末期的詩寫作，也反映了鄉土作為寫作對象上，引發的現代詩文體內部的寫作主題與連帶的實驗性問題，他說：

> 民國六十六年退伍後，進入加工區，由於生活型態的轉化與詩創作的某種自覺，我開始去尋求另外一種表達方式。當時我就有「生活即詩」的感覺。我所選擇的題材是我身邊最熟悉的人物，我嘗試去把這些題材處理成詩。當初詩集要出版

時，我本來是想標出「實驗詩」的。因為畢竟寫工廠方面的詩太少，在傳達或表現上，就很難有所借鏡，完全靠自己在暗中摸索、實驗，因此在詩集中留下了不少粗拙的痕跡。[69]

在一九七〇年代中末期，李昌憲使用工廠符號入詩，與向陽使用閩南語寫作一般，都可以看到一九六〇年代現代主義書寫系統本身在書寫題材上的「偏食」現象。當時工廠尚未入詩，並不被視為一個合法的書寫對象，因此李昌憲沒有具代表性的前作可供參考，於是使他對勞工階層的書寫成為一個嶄新的實驗。戰後臺灣勞工的身體形象，終於在一九七〇年代中末，抵達了現代詩的文本世界。是以李豐楙在 1981 年 12 月 4 日於政治大學現代文學研究中心舉辦的「新生代詩人談新詩　七十年代詩壇及當代詩的展望座談會」中，便論及：「像吳晟、施善繼、鄭烱明、李昌憲等人，他們的詩決不只是語言風格上的更新而已，更是一種意識型態，與美學觀念上的再突破，不要低估這些作品還不夠圓熟，正因其尚未成形，所以充滿了生命力，充滿了衝決一切的朝氣。」[70]筆者以為，現代詩人李昌憲對勞工書寫的實驗，還可與陶淵明對農事意象的書寫相發，或能更深入檢視其中涉及的語言風格與意識型態的問題。

在鍾嶸《詩品》中雖有論陶淵明之詩「文體省淨」、「篤意真古」但僅將之列於中品，這樣的品等主要還是因為南北朝重典雅詞章的詩學概念下的結果。陶淵明以南山農役入詩，其中「戴月荷鋤

---

[69] 《陽光小集》第 7 期（1981.10.20），頁 25。

[70] 《陽光小集》第 8 期（1982.2.20），頁 28。

歸」、「井灶有遺處」、「茅茨已就治」，在當時名士文重風流雅韻的氣氛下，以鋤灶茅茨等農事意象入詩不可不謂俗鄙。然而陶淵明卻藉南北朝詩人不願入詩的農事意象作為始源語，寫其歸園田居齎志以終的懷抱。這不正與前述李昌憲在勞工書寫上的狀況有呼應之處？這樣的呼應也成為以下我們深掘此一課題的可能。

臺灣勞工書寫在戰後現代詩場域中的遲到，筆者以為，筆者以為這反顯的，還不在於官方文藝對工農兵的三不（寫）政策，而在於讓我們注意到一九六〇年代前行代現代主義詩人普遍存在的「軍旅詩人身份」，以及其在臺灣不出眷村城市的生活空間面向。這使得一九六〇年代現代主義詩人個人的語言結構，無法與公眾社會的經驗結構交互對應。

相對地，誠如筆者前章探討古添洪的前行代詩人論中涉及的大眾性論題所述，自處邊緣，也策略應用這邊緣位置發聲的現代主義詩人，由於在現代詩場域中擁有典律位置，本身卻以大眾的「俗」、「偏狹」將自身對公眾經驗再現上的空缺合法化。在筆者看來，人們的語言結構與感覺結構，會隨著時間、空間、世代的生活方式，產生版本化的現象，除非個人產生跨領域、時空的流動，否則極難跨出各自的語言版本。不過，具跨場域特性的作家通常會成就兼具超越性與個性的經典文本。

既然不同場域、社群都會形成各自語境系統，因此同樣的詞彙、意象，在不同的感覺結構中也擁有不同的重（質）量。在某一語境中頻繁使用的字眼，甚至成為語言結構的基礎者，有可能在另一語境中並非重心。所以，不同背景使用語言的類型與重心很自然會有所不同。例如在工商城市中成長的人們使用自然經驗詞彙，如捕魚甚至魚意象，便會與漁港中生長的人們大所不同。此外，「寬廣」這一詞彙的使用，在鄉鎮與城市也會不同。除了空間外，不同的職業身份乃至社群，也同樣會產生類似的語意重心之差異，例如學者詩人與勞動詩人對於疼痛的陳述便大所不同。

再就族群來看，一般農業民族對土地有幾近乎宗教的依賴，但面對美洲陸地上那莽原叢林裡的熱病、野獸，在河流上浮沈漂流反而讓印地安人感到安定。面對平地漢人高度開發的城市空間，缺乏現代建設的高山谷地讓原住民更接近自己的靈魂。《臺灣縣志》所反映17世紀漢人黑水溝式海洋記憶，顯然與20世紀夏曼·藍波安《冷海情深》裡折顯蘭嶼達悟族的海洋記憶大所不同。[71]

因此，一九六〇年代掌握詩壇中心的前行代詩人，主要為以飄離大陸母體的經驗結構為核心，且主要以臺北、高雄兩城市為主要活動地點，他們認為「大眾」「俗淺」，展現大眾在其經驗結構中的輕量化狀態。但在另一戰後第一世代詩人中，「大眾」所以極具詞義重量感。

由此正可看到戰後第一世代詩人於一九七〇至一九八〇年代，因其豐沛的族群、空間、職業等在地經驗，使其詩文本體現了城鄉多元面向的發展。而其集體經驗結構，乃至於語言形式結構，至此，也需要重新改寫其景觀。

---

[71] 有趣的是，在《冷海情深》中夏曼·藍波安也寫到家中母親為了阻止他過份熱衷潛入蘭嶼的深海，會以「惡靈」信仰恐嚇他。

附　錄

附錄 01：一九七〇年代新興詩刊中前行代詩人被評論篇章整理表

說明：

1.以被專論者為主。

2.大地文學為大地詩刊延續性刊物，在此亦放入其評論篇章。

3.訪談對話，涉及詩觀評述亦歸入。

4.標號★篇章為筆者認為相對具重要性之篇章。

詩人名	被評論次數	詩刊期數	作者篇名	備註
吳瀛濤	2	龍族第 4 號（1971.12.12）	本　社・紀念吳瀛濤先生	
		龍族第 13 號（1974.7.7）	★林煥彰〈善良的語言—讀吳瀛濤的詩〉	
洛夫	14	龍族第 5 號（1972.2.2）（周年紀念專號）	★黃榮村〈評析洛夫的「白色之釀」〉	
		大地第 2 期（1972.11.1）	陳芳明〈鏡中鏡〉	
		大地第 7 期（1973.12.12）	李弦〈洛夫「長恨歌」論〉	
		大地第 8 期（1974.3.3）	★彩羽〈論洛夫的「長恨歌」〉	
		大地第 8 期（1974.3.3）	★古添洪〈「論洛夫的長恨歌」讀後〉	

		大地第 12 期（1975.3.25）	陳慧樺〈文學進化論的謬誤〉	論洛夫詩論
		大地《大地文學》第 1 期(1978.10)	蕭蕭〈那麼寂靜的鼓聲—「靈河」時期的洛夫〉	
		詩人季刊第 1 期（1974.12.25）	許茂昌〈試析洛夫的「裸奔」〉	
		詩人季刊第 2 期（1975.3.15）	掌杉〈綜論洛夫的「長恨歌」〉	
		詩人季刊第 5 期（1976.5.15）	管黠〈評洛夫的「和你和我和蠟燭」〉	
		主流第 11 號（1974.3.10）	陳寧貴〈剖析洛夫的三首詩〉	
		陽光小集第 9 期（1982.6.20）	★李敏勇〈洛夫的語言問題〉	
		詩脈詩刊第 2 期（1976.10.25）	王灝〈變貌—洛夫詩情初探〉	
		綠地詩刊第 13 期（1978.12.25）	陳寧貴〈現代詩賞析(二)賞析洛夫〈舞者〉〉	
白萩	8	大地第 1 期(1972.9.1)	★李弦〈悲歌—白萩「天空象徵」的略析〉	
		大地第 1 期(1972.9.1)	★陳慧樺〈白萩風格論〉	
		大地第 1 期(1972.9.1)	★陳芳明〈雁的白萩〉	
		《龍族》第 9 號（1973.7.7）龍族評論專號	李元貞〈論白萩「天空象徵」裡的「雁」〉	
		陽光小集第 9 期（1982.6.20）	張雪映、林廣（訪問）知風草（記錄）〈不懈的實驗精神—白萩訪問記〉	
		《草根》第 39 期（1979.2.28）	羅青〈論白萩的「雁」〉	

		綠地詩刊第 6 期(1977.3.25)	許藍山〈詩的象徵性〉	
		綠地詩刊第 13 期(1978.12.25)	陳寧貴〈現代詩賞析(二)賞析白萩〈藤蔓〉〉	
賴伯修	1	《掌握詩刊》第 1 期(1982.3.29)	許正宗〈詩人，重造世界在他的世界裡〉	分析賴伯修《我在泰北》詩集
楊牧	3	大地第 4 期(1973.3.1)	★傅敏〈談詩的語言性兼及葉珊〉	
		大地第 4 期(1973.3.1)	陳芳明〈一點螢火從廢園舊樓處流來〉論楊牧	
		大地第 17 期(1976.6.16)	趙夢娜〈開闢一個蘋果園—論「傳說」以來楊牧的愛情詩〉	
葉維廉	5	大地第 5 期(1973.5.1)	★古添洪〈試論葉維廉賦格集〉	
		大地第 11 期(1974.12.25)	★李弦〈論詩之純粹性—兼論葉維廉詩論及其作品〉	
		後浪第 11 期(1974.5.15)	★林繪〈現代詩人的歸屬感〉	
		後浪第 6 期(1973.7.15)	★異植〈聽覺的探向與進程〉	內文對葉維廉〈龍舞〉有詳細賞析。
		後浪第 11 期(1974.5.15)	★林繪〈現代詩人的歸屬感〉	批評葉維廉的詩作。
碧果	1	大地第 8 期(1974.3.3)	★陳芳明〈聽，碧果唱出了什麼〉	
童山(邱燮友師筆名)	1	大地第 13 期(1975.6.15)	趙天儀〈一杯淡淡的清茶—評童山的「童山詩集」〉	

管管	1	大地第 18 期（1976.10.10）	趙夢娜〈管窺管管的「荒蕪之臉」〉	
紀弦	3	長廊第 4 期（1978.1）	李瑞騰〈張愛玲論紀弦〉	大地《大地文學》第1期（1978.10）亦刊登同篇文字，故不另外開欄登錄。
		詩人季刊第 5 期（1976.5.15）	莫渝〈從立體派到現代派〉	評紀弦現代派觀念。
		詩人季刊第 6 期（1976.10.15）	楊亭〈站在歷史的鏡子前面—讀「現代派運動二十週年」有感〉	
陳秀喜	1	詩人季刊第 3 期（1975.9.15）	李仙生〈往泥土裏劄根（拜訪詩人陳秀喜）〉	
楊喚	4	詩人季刊第 5 期（1976.5.15）	掌杉〈探討楊喚童話詩裡的世界〉	
		掌門詩刊第 3 期（1979.7）	陳黎〈楊喚「黃昏」〉	
		綠地詩刊第 4 期（1976.9.25）	趙天儀〈詩人的第一課〉	
		詩脈第 5 期（1977.7.25）	嚴堂紘〈釋析楊喚的雨中吟〉	
張默	2	詩人季刊第 7 期（1977.1.15）	李仙生〈玲瓏剔透小論張默〉	
		詩脈詩刊第 4 期（1977.4.25）	李瑞騰〈詮釋張默的一首詩：無調之歌〉	
周夢蝶	1	詩人季刊第 8 期（1977.7.15）	白沙堤〈流血的過客〉	

阮囊	1	詩人季刊第 8 期（1977.7.15）	白沙堤〈流血的過客〉	
金軍	1	詩人季刊第 9 期（1977.12.15）	楊亭〈砲火裡的聲音—介紹戰爭詩人金軍〉	
李魁賢	1	詩人季刊第 13 期（1979.10.25）	陳義芝專欄（詩的賞析）〈①李魁賢／俘虜〉	
桓夫（含陳千武）	3	主流第 9 號（1973.7.15）	啄木鳥〈偽惡者〉	評桓夫〈是我的〉一詩
		綠地詩刊第 2 期（1976.3.25）	趙天儀〈鄉土性、民族性與社會性—評桓夫詩集「媽祖的纏足」〉	
		綠地詩刊第 12 期（1978.9.25）	黃一容〈風屋詩餘（三）塑造時間的手—評桓夫詩集「媽祖的纏足」〉	
瘂弦	4	陽光小集第 6 期（1981.7.20）	★林廣〈評介瘂弦的「鹽」〉	
		陽光小集第 12 期（1983.8.30）	苦苓〈溫柔之必要，肯定之必要～瘂弦訪談錄〉	
		草根詩刊第 32 期（1978.4.1）	羅青〈瘂弦的「山神」〉	
		掌門詩刊第 3 期（1979.7）	蕭蕭〈瘂弦「如歌的行板」〉	
蓉子	1	陽光小集第 11 期（1983.2.19）	林野〈永遠的青鳥—訪問女詩人蓉子〉	
辛鬱	1	長廊第 7 期（1980.6）	李弦〈試析辛鬱詩二首〉	
覃子豪	2	詩脈詩刊第 7 期（1978.3.25）	嚴堂紘〈釋析覃子豪的「夢的海港」〉	
		草根詩刊第 38 期（1978.12.31）	羅青〈論覃子豪的「花崗山掇拾」〉	

方旗	1	草根詩刊第 36 期（1978.8.1）	葉翰〈方旗的「小舟」〉	
朱沉冬	1	綠地詩刊第 10 期（1978.3.25）	陳酒〈淺談沉冬的詩〉	
商禽	1	森林詩社也許詩刊第 0 期（1974.10）創刊號	楊子澗〈「登幽州臺歌」與「咳嗽」詩兩篇—兼漫談現代詩底的幾個問題〉	
詹冰	1	掌門詩刊第 3 期（1979.7）	蔡信德〈詹冰「插秧」〉	
敻虹	1	掌門詩刊第 3 期（1979.7）	★李弦〈敻虹「媽媽」〉	
羅門	1	掌門詩刊第 3 期（1979.7）	張詩〈超人的詩想—試析羅門的二首短詩〉	
余光中	15	龍族第 6 號（1972.5.5）	★陳芳明〈余光中作品研究專論一：冷戰年代的歌手〉	
		龍族第 11 號（1974.1.1）	陳芳明〈余光中作品研究專論三：回頭的浪子〉	
		龍族第 12 號（1974.7.7）	陳芳明〈余光中作品研究專論四：拭汗論火浴〉余光中	
		後浪第 7 期（1973.9.28）	★管黠〈余光中變什麼？〉	
		後浪第 8 期（1973.11.15）	★陳芳明〈約論余光中詩風的轉變〉	
		後浪第 12 期（1974.7.15）	★管黠〈妄知與濫感〉	
		詩人季刊第 3 期（1975.9.15）	林興華〈白玉苦瓜切片：評余光中詩集「白玉苦瓜」〉	

		詩人季刊第 14 期（1980.1.25）	陳義芝專欄〈余光中／守夜人（賞析）〉	
		陽光小集第 8 期（1982.2.20）	林廣〈析余光中的「白玉苦瓜」〉	
		第 10 期（1982.10.31）	★李瑞騰〈聽我胸中的烈火—夜訪詩人余光中〉	
		長廊第 5 期（1978.12）	李弦〈細讀余光中兩首詩兼論其韻律〉	
		詩脈詩刊第 1 期（1976.7.25）	王灝〈品瓜錄—讀余光中先生詩集「白玉苦瓜」〉	
		第 6 期（1977）	★李瑞騰〈駁斥陳鼓應的余光中罪狀〉	
		草根詩刊第 31 期（1978.3.1）	羅青〈余光中的守夜人〉	
		《八掌溪詩刊》復刊第 9 期（1981.3.29）	趙敏〈余光中的幾張臉譜〉	
鄭愁予	6	華崗詩刊第 3 集（1971）	仲常〈葵花—試論鄭愁予〉	
		《草根》第 30 期（1978.2.1）	羅青〈鄭愁予的卑亞南番社〉	
		《草根》第 36 期（1978.8.1）	周先俐〈詩與畫的融合：談鄭愁予的「靜物」〉	
		陽光小集第 5 期（1981.3.29）	林廣〈鄭愁予的「錯誤」〉	
		第 9 期（1982.6.20）	〈一個詩人的轉變—鄭愁予的兩個時代〉	目錄與內頁皆未標明作者
		第 9 期（1982.6.20）	雅正〈為「革命的衣缽」進一言〉	

附錄 02：一九七〇年代新興詩刊中涉及鄉土文學概念與論戰相關論述之篇章整理表

刊期	作者篇章	備註
詩脈詩刊第 3 期(1977.1.25)	王灝〈論詩的鄉土性〉	
詩脈詩刊第 4 期(1977.4.25)	王灝〈論詩的社會性〉	
詩脈第 6 期(1977)	李瑞騰〈駁斥陳鼓應的余光中罪狀〉	
詩人季刊第 8 期(1977.7.15)	本社編輯手記	陳述刊登周伯乃編選一系列邊塞詩歌選的理念。
綠地詩刊第 9 期(1977.12.25)	★本社〈文學與現實〉	
主流詩刊第 13 期(1978.6.30)	莊金國〈當代詩的大前提—記與葉石濤先生一夕談〉	
主流詩刊第 13 期(1978.6.30)	主流詩社〈檢討當前詩的幾個重大問題〉	
詩人季刊第 13 期(1979.10.25)	楊順明〈激越的流向〉	楊順明即羊子喬。
《八掌溪詩刊》復刊第 9 期(1981.3.29)	趙敏〈余光中的幾張臉譜〉	
陽光小集第 5 期(1981.3.29)	蕭蕭〈鄉疇與鄉愁的交替—論近十年中國詩壇風雲〉	此文亦為蕭蕭、陳寧貴、向陽編選《中國當代新詩大展》（1981）序言。
陽光小集第 9 期(1982.6.20)	喬林〈談「中國現代詩發展史」〉	
陽光小集第 9 期(1982.6.20)	司馬不平〈不高明的吶喊—看政論雜誌上的詩〉	

陽光小集第 10 期(1982.10.31)	羊子喬〈羊子喬來信：臺灣新詩人覺醒〉	
陽光小集第 10 期(1982.10.31)	羅青〈詩與政治〉	
陽光小集第 11 期(1983.2.19)	白靈〈也談現實〉	
陽光小集第 11 期(1983.2.19)	陌上塵〈關懷的起點—兼至白靈先生〉	
陽光小集第 12 期(1983.8.30)	白靈〈中國「結」〉	
陽光小集第 12 期(1983.8.30)	吳聲良〈讀「藍星。創世紀。笠三角討論會」有感〉	
陽光小集第 12 期(1983.8.30)	施善繼〈談龍族詩刊〉	
陽光小集第 13 期(1984.6.4)	葉石濤・黃樹根・柯旗化・林宗源・陳崑崙・楊青矗・莊金國・陌上塵座談〈「我看政治詩」座談會〉	
《陽光小集》第 13 期(1984.6.4)	編輯部〈短評／陽光短打〉	
《掌握詩刊》第 8 期(1984.7.31)	許南村〈詩與生活筆談〉	
《掌握詩刊》第 10、11 合期(1984.3.29)	邱振瑞〈致何郡信件〉	

附錄 03：新興詩社創刊宣言與重要社論節錄表

本表說明：1.依各詩社成立先後順序排列。
2.本表主要摘錄各詩刊創刊號、專輯與詩選之重要內容。

社名	創刊號宣言與重要社論內容
龍族 （1971.1）	1.序詩 我們敲我們自己的鑼打我們自己的鼓 舞我們自己的龍 （怎麼啦） 我們還是敲打我們自己的 舞我們自己的 這就是龍族 2.龍族詩選序言： 「龍族精神」，也就是開放的精神、兼容並蓄的精神。然而，《龍族》詩刊既沒有一定的風格，又不提倡當代的各種主義流派，那麼，它所追求的方向是什麼呢？它的理想又是什麼呢？……第一、《龍族》同仁能夠肯定地把握住此時此地的中國風格；第二、誠誠懇懇地運用中國文字表達自己的思想；第三、詩固然要批判這個社會，但是，也要敞開胸懷讓這個社會來批判我們的詩。從上面的三點觀察，不難了解，《龍族》的理想是「世俗化」，質言之，便是入世的精神。……如何表現出這種精神呢？從語言的運用來看，就是走樸素的路線。從題材的選擇來看，就是走多樣性的路線。 3.評論專號序言： 細心考察，二十年來的臺灣現代詩壇，誠然有不少現代詩人，在他們一步步走向他個人的藝術道途上時，是逐漸遠離了他所來自的那個傳統與社會；在孤獨的沉思與刻意的創造中，似已忘記

	了他仍然生活在群眾中，也忘記了他的作品最終仍然要回到廣大的群眾裏去。他們太傾心於自己的作品，作品的字字句句了，卻忽略了這些作品究竟產生在那裏？怎樣產生的？究竟，他是為誰、為什麼而寫呢？而外來思想、語彙，與創作理論的大量襲用，又使他們混淆了自已生活的時空；簡單的說，他們似已失去根植的泥土了。 這種有意無意的對於中國的忽視，對於此時此地生活情調的淡忘，實在是詩人們在創作上的一大損傷。讀者們似乎並不希望自已的大詩人們的作品寫得很希臘、很法國、很亞倫·金斯堡，讀者只希望詩人的文字像他自己。不同的土壤，理應有不同的果實成長；那個與讀者們生活在同一個天空底下，呼吸著同樣混濁的空氣，背負著同樣沉重的歷史，而又面對著一個共同的坎坷未來的中國詩人，他的名字，究曾標誌在哪裡呢？這種對於我們自身傳統和現實的正視，似乎不能解釋為一種偏狹的地方色彩或功利主義。正好相反，對於自己的中國屬性的再覺悟，以及對我們生活環境與文化背景的關切、探討、發揚，正是我們作為一個世界公民的最大德性與能耐了。 我們相信改革與創新的必要。我們也知道對於傳統與現實的批判，正是一個文化具有健康活力的具體說明。但我們反對走入魔道，反對偏執狂式的肆虐，反對毫無目的的因襲或叛逆。的確，文學上的新派別、新形式、新生命常常是透過外來文化的刺激或內在傳統的變革而形成的，但我們必須明白「手段」與「目的」的差異。盲目的捨棄傳統，不承認現實社會的意義，不屑一顧於自身的文字特性、語言習慣、生活態度、民族背景，這與「創造」一詞的意義，相去已有千里萬里了。
主流 （1971.7）	1.創刊號宣言： 除了純粹在詩壇上播送出深藏於年輕一代的詩語言外，我們不炫耀些什麼，上一代的詩人曾給我們營養，而我們需要的是另一具更美的形體之塑造。……在年輕一代的血管裡都奔騰著一股叛逆的潮音。

	2.創刊號編後記： 強調自審精神的不可或缺。 3.第四期〈主流的話〉 《主流》正是一群天真靈魂之結合，將慷慨以天下為己任，把我們的頭顱擲向這新生的大時代巨流，締造這一代中國詩的復興。
大地（1972.9）	1.創刊宣言： 大地的創刊，在我們的意識上並不僅僅是出版了一份同人雜誌而已，我們希望能推波助瀾漸漸形成一股運動，以期二十年來在橫的移植中生長起來的現代詩，在重新正視中國傳統文化以及現實生活中獲得必要的滋潤和再生。 當然，在大眾傳播媒體高度發達的今日，接受外來文化的刺激和影響是必然的。但是，我們認為：一個現代中國文學的工作者，處於這樣一個激流沖盪的時代裡，必須深深體認自詩經以降迄於當代這一脈相連的文化歷史，才能在外來文化的不斷刺激中知所取捨，激發創新的意識，從而創造出足以表現當代中國的作品。 其次，在上述的基礎上，本刊支持任何創新求變的作品，以豐富現代詩的生命，加速現代詩走向一個全新的高峰。 2.《大地之歌》詩選序言： 從歷史中我們要縱向繼承——關懷現實的精神意識。從現世中我們要求橫面剖視，我們呼籲早早揚棄「世界性」的枷鎖。橫的移植來的歐戰後的徬徨、悲痛，宗教失落後的淒厲、蒼白……都不是我們所有：我們生存的時代、地域，是二十餘年的寶島土地，這片大地滋育我們、養活我們，它所發生的問題就在你我身旁不斷出現，因此我們要求詩人介入，付出更深更廣的關切。唐代的盛衰，唐詩是一面鏡子——加以反映出來。如果我們的新詩，而不能代表現代的中國，那麼我們沒有理由在這時空之下，迷戀異國屍骸，而捨棄與自己切身有關的問題而不談。
詩人季刊	1.創刊宣言：

（1974.11）	「詩人季刊」要維持詩的真面目。詩與文互有同質及各有異質，但詩絕不是文，和詩有關聯的，卻不止於文，其他如繪畫、音樂等種種藝術，也均與詩互有同質及各有異質。因為異質，所以各呈其面目，因為同質，所以互交其臂；但是，若只有同質無異質，就不可能各呈其面目了，由此可見，各種藝術的面目，均由其異質所形成。異質互不干犯：才能維持各有的面目，同質互交其臂，才能結合成文化。 維持真面目，就是獨具自有的異質，不容其他外來的異質侵入，不然遭異質侵入，就如同「整容」，何有真面目可言？在各種藝術中，最容易遭受異質侵入的，就是詩，近兩年來，詩受「文」這種「非詩」的異質侵入，頗為劇烈，不只是學院派作如此要求，連某些詩人竟引以為風尚。「詩人季刊」只強調這點，其他的任何主義派別，本刊一概不提，更不偏於任何一方面，只要是真詩，沒有雜質（異質），本刊一定登出。其次，本刊要求的，是好詩，好詩必然是把握詩獨具的異質周延詩與其他藝術的同質，第一點屬於自我的發揚，第二點是吸取營養，所以，本刊除了要維持詩的真面目外，也非常重視其他藝術部份的（必需是與詩同質的）優點。
也許 （1974.10）	「也許，也許終只是小小的塵，小小的沙，但仰臉的我們，終要以恆定的風向，望及，森林」從「也許」出發，點出了刊名，最終走進「森林」是創作者心中最後的淨土；寫作風格不刻意追求詩是否「口語」，是否迎合「大眾」、「社會」，也不論是否已走回「民族」、「傳統」；內容括及現代詩創作、論評、翻譯等。
草根 （1975.5）	1.創刊宣言： 我們這一群三十幾年以後出生的「新生代」——也可稱為「戰後的一代」——正在迅速成長……批判這個我們親身經歷的生存環境。 向下紮根，根根相連，向上開花，朵朵不同。 批判這個我們親身經歷的生存環境，我們向過去發掘，為將來

	設計。 「在精神和態度」的四大原則： 一、處在這樣一個國家分裂的時代，我們對民族的前途命運不能不表示關注且深切真實的反映。 二、詩是多方面的，人生也是。我們不認為詩非批評人生不可，但是認為詩必真切的反映民族。 三、我們體察到詩之大眾化與專業化是一而二、二而一的。其中的分野，要視題材的處理與藝術手法的傾向而定。我們願見二者各有各的表現，互相平衡而不偏於一方。 四、對過去，我們尊敬不迷戀，對未來，我們謹慎而有信心。我們擁抱傳統，但不排斥西方。我們願把這份（專一狂熱的）精神獻給我們現在所能擁抱的土地：臺灣。 「在創作和理論」的四大原則： 一、詩想是詩的語言和形式之先決條件，我們不迷信語言，也不忽視形式。 二、我們不必要求詩一定講求文法，但新鑄的語句，應當避免謎語式的割離和矯柔式的造作。……不避用對仗……中文特性……用典……。 三、無論從事任何一種詩創作，我們都不放棄詩的音樂性。 四、…我們要不斷的在新詩的形式上研究探討、實驗、創造。……我們認為詩歌可以合一，以發展新民歌的可能性。 2.復刊宣言： 在詩的題材上，要小我、大我、臺灣、大陸並重，在探索「過去」，反映「現在」，展望「未來」時，應把臺灣與大陸放在同一層面來深刻思考。
天狼星（神州）（1975.8）	所以我們所要求的是：真正的中國詩，真正顯示出這時代的命脈的，透露出這時代中國人的生活與意識型態的中國詩，它可能與西洋詩有關——因為在二十世紀的今天是不可能脫離也無須脫離西風的影響的——但絕不是西洋詩，甚至也不是中國古詩，因為我們這時代有這時代的命脈，我們是承繼傳統，為求進步，卻不

	是抄襲傳統。我們亦無須向西方拱手相讓——在千百年前我們就不曾如此作過，而今當然不必如此謙卑——也不必短視的困守於中國古詩的囹圄之中，所以我們的處境是艱難的，我們的任務是艱鉅的，我們的努力是艱辛的，我們可能到頭來一無所成，可是我們不得不為處於這一個時代的中國詩而努力。我們可能白費功夫，但交上的不能是白卷。我們可能力有未逮，甚至不自量力，但我們是真誠的。
綠地 （1975.12）	這一片神秘的綠地 希望能給沙漠中的旅行者 以詩神的溫馨和愛心 使其不再感覺乾涸和飢餓 但願綠地 能成為詩壇上的指北針 能成為焦灼時的庇蔭 孤獨寂寥時的慰藉
詩脈 （1976）	1.創刊號〈詩脈的律動〉： 一、繼承中國詩的傳統，一脈相承，使詩的命脈永遠律動綿延奔流。 二、探討詩的來龍去脈，把握詩的本體，建立正確客觀的理論批評根據。 三、以精心誠懇的態度為詩把脈，希望對詩及詩壇的某些病態有針貶的作用。
陽光小集 （1979.12）	1.創刊號：陌上塵〈序詩〉 2.第 10 期社論（第 5 期改版為詩雜誌後的重要社論）： 我們寧可踏實地站在臺灣這塊土地上，與人群共呼吸、共苦樂；寧可磊落地站在詩的開放的陽光下，種植各種花草、欣賞各種風景——我們不強調信條、主義，不立門派，不結詩社，不主張某種來自其時或某空的「繼承」或「移植」！……在這種理由下，我們——一群仍在努力、摸索，同樣以詩為最高信仰，卻各

	自擁有各自的詩的信條、主義的年輕詩人、畫家、歌手——結合在一起辨《陽光小集》詩雜誌，在臺灣現代詩壇三〇年來擾攘不停的環境中，在社會已趨向多元化的時代裡，我們不求「純粹」辨一份專門為詩人辦的詩刊，但願「不純」地為詩壇開闢一道活水，為關心詩的大眾提供一份精神口糧。以詩為中心，嘗試各種藝術媒體與詩結合的可能。

參考書目

參考書目說明：

1. 本參考書目分為「一、專書」、「二、期刊論文」、「三、學位論文」三部分，皆依編著者筆畫順序排列，歐美學者著作則依編著者英文字母順序排列。
2. 「一、專書」中又分「㈠詩文集」、「㈡專著評論」兩部分。

一、專書

㈠詩文集

三劃

大地詩社[編]，《大地之歌》，臺北市：東大，1976年。

四劃

中華民國新詩學會，《永遠的懷念：蔣中正逝世九週年詩選》，臺北市：中華民國新詩學會，1984年4月。

五劃

白萩，《白萩詩選》，臺北市：三民書局，1971年。

——，《白萩詩選》，臺北市：三民書局，2005年。

白萩、陳千武[編]，《亞洲現代詩集一九八二第一集《愛》》，臺北市：時報文化，1982年1月。

六劃

羊子喬、陳千武[編]，《光復前臺灣文學全集9：亂都之戀》，臺北市：遠景，

1982 年。
———，《光復前臺灣文學全集 11：森林的彼方》，臺北市：遠景，1982 年。
———，《光復前臺灣文學全集 12：望鄉》，臺北市：遠景，1982 年。
羊令野[編]，《龍族的聲音》，臺北市：國軍新文藝運動輔導委員會，1980 年。
向陽，《種籽》，臺北市：東大，1980 年。
——，《土地的歌：向陽方言詩集》，臺北市：自立晚報社，1985 年。
——，《歲月》，臺北市：大地，1985 年。
——，《四季》，臺北市：漢藝色研，1986 年。
——，《一個年輕爸爸的心事》，臺北市：漢藝色研，1988 年。
——，《精品》，臺北市：業強書局，1990 年。
——，《向陽詩選，一九七四－一九九六》，臺北市：洪範出版社，1999 年。
——，《向陽臺語詩選》，臺南市：真平企業，2002 年。
——，《十行集》，臺北市：九歌，2004 年。
——，《亂》，臺北縣中和市：INK 印刻，2005 年。
向陽[編]，《春華與秋實（七十年代作家創作選——詩卷）》，臺北市：文化大學，1984 年。
———，《臺灣現代文學教程：報導文學讀本》，臺北市：二魚文化出版公司，2002 年。
———，《二十世紀臺灣文學金典. The canon of twentieth century Taiwan literature.》，臺北市：聯合文學，2006 年。
向陽、羊子喬、杜文靖[編]，《鹽鄉印象》，臺北市：自立晚報，1985 年。
向陽、林黛嫚、蕭蕭[編]，《臺灣現代文選》，臺北市：三民書局，2005 年。
七劃
余光中，《左手的繆思》，臺北市：文星書店，1963 年。
———，《掌上雨》，臺北市：文星書店，1964 年。
———，《蓮的聯想》，臺北市：文星書店，1964 年。
———，《逍遙遊》，臺北市：文星書店，1965 年。
———，《望鄉的牧神》，臺北市：純文學，1968 年。
———，《天國的夜市》，臺北市：三民書局，1969 年。

———，《焚鶴人》，臺北市：純文學，1972 年。
———，《聽聽那冷雨》，臺北市：純文學，1974 年。
———，《白玉苦瓜》，臺北市：大地，1974 年。
———，《天狼星》，臺北市：洪範，1976 年。
———，《文藝鐘鼓》，臺北市：黎明文化出版公司，1976 年。
———，《第七度》，臺北市：大林，1978 年。
———，《與永恆拔河》，臺北市：洪範，1979 年。
———，《文學的臺北》，臺北市：洪範，1980 年。
———，《五陵少年》，臺北市：大地，1981 年。
———，《隔水觀音》，臺北市：洪範，1983 年。
———，《在冷戰的年代》，臺北市：純文學，1984 年。
———，《紫荊賦》，臺北市：洪範，1986 年。
———，《敲打樂》，臺北市：九歌，1986 年。
———，《詩文散文選集》，臺北市：世茂，1988 年。
———，《夢與地理》，臺北市：洪範，1990 年。
———，《守夜人：中英對照詩集＝The night watchman: a bilingual selection of poems》，臺北市：九歌，1992 年。
———，《安石榴》，臺北市：洪範，1996 年。
———，《日不落家》，臺北市：九歌，1998 年。
———，《五行無阻》，臺北市：九歌，1998 年。
———，《余光中散文》，杭州市：浙江文藝出版社出版發行，1999 年。
———，《余光中精選集》，臺北市：九歌，2002 年。
———，《如果遠方有戰爭》，臺北市：小知堂，2003 年。
———，《余光中幽默文選》，臺北市：天下遠見，2005 年。
———，《記憶像鐵軌一樣長》，臺北市：洪範，2006 年。
———，《從徐霞客到梵穀》，臺北市：九歌，2006 年。
———，《語文大師如是說》，香港：商務印書館有限公司，2006 年。
———，《余光中詩選》，臺北市：洪範，2007 年。
———，《高樓對海》，臺北市：九歌，2007 年。

余光中[編]，《中華現代文學大系》，臺北市：九歌，1989年。
李男，《旅人之歌》，臺北市：水芙蓉，1975年。
李弦，《大地之歌：李弦詩集》，嘉義：嘉市文化局，1999年。
——，《下午，寂寞的空廊：李弦詩集（二）》，嘉義市：嘉市文化局，2000年。
——，《蝶翼》，嘉義市：嘉義市文化局，2000年。
李南衡[編]，《日據下臺灣新文學詩選集》，臺北市：明潭，1979年3月。
李勤岸，《一等國民三字經》，臺北市：前衛，1987年。
——，《李勤岸臺語詩集》，臺南縣：臺南縣文化中心，1995年。
——，《李勤岸臺語詩選》，臺南市：真平企業，2001年。
——，《大人囡仔詩》，臺南市：開朗雜誌，2004年。
李魁賢[編]，《一九八二年臺灣詩選》，臺北市：前衛，1983年2月。
吳晟，《泥土》，臺北市：遠景，1979年。
——，《農婦》，臺北市：洪範，1982年。
——，《向孩子說：吳晟詩集之三》，臺北市：駿馬，1985年。
——，《吾鄉印象：吳晟詩集之二》，臺北市：洪範出版社，1985年。
——，《店仔頭》，臺北市：洪範出版社，1985年。
——，《吳晟詩選》，臺北市：洪範出版社，2000年。
吳晟[編]，《大家文學選》，臺中市：明光，1981年。
——，《一九八三年臺灣詩選》，臺北市：前衛，1984年4月。
——，《飄搖裏：吳晟詩集之一》，臺北市：洪範，1985年。
吳晟、李進發、廖莫白[編]，《大家文學選詩卷》，臺北市：梅華，1981年。
沙靈[編]，《三六五一日一小詩》，臺北市：金文，1981年12月。
———，《中國現代情詩總集》，彰化：逸群，1983年1月。

八劃

林明德、李豐楙、呂正惠、何寄澎、劉龍勳，《中國新詩選》，臺北市：長安，1980年。
亞洲現代詩集編輯委員會，《亞洲現代詩集第二集》，臺北市：笠詩社，1983年。

九劃

洛夫，《無岸之河》，臺北市：大林，1970 年。

——，《魔歌：洛夫詩集》，臺北市：中外文學月刊，1974 年。

——，《眾荷喧嘩》，新竹市：楓城，1976 年。

——，《時間之傷》，臺北市：時報文化，1981 年。

——，《一朵午荷》，臺北市：九歌，1979 年。

——，《洛夫自選集》，臺北市：黎明文化出版公司，1981 年。

——，《釀酒的石頭：洛夫詩集》，臺北市：九歌，1983 年。

——，《因為風的緣故：洛夫詩選一九五五至一九八七》，臺北市：九歌，1988 年。

——，《月光房子》，臺北市：九歌，1990 年。

——，《天使的涅槃：洛夫詩集》，臺北市：尚書，1990 年。

——，《夢的圖解》，臺北市：書林，1993 年。

——，《隱題詩》，臺北市：爾雅，1993 年。

——，《當代大陸新詩發展的研究》，臺北市：文建會，1996 年。

——，《洛夫小詩選》，臺北市：小報文化出版，1998 年。

——，《落葉在火中沉思》，臺北市：爾雅，1998 年。

——，《形而上的遊戲》，板橋市：駱駝，1999 年。

——，《雪落無聲》，臺北市：爾雅，1999 年。

——，《洛夫·世紀詩選》，臺北市：爾雅，2000 年。

——，《雪樓隨筆》，臺北市：探索，2000 年。

——，《漂木》，臺北市：聯合文學，2001 年。

——，《洛夫詩鈔》，臺北市：未來書城，2003 年。

——，《雪樓小品》，臺北市：三民書局，2006 年。

——，《背向大海》，臺北市：爾雅，2007 年。

洛夫[編]，《一九七〇詩選》，臺北市：仙人掌，1971 年 3 月。

———，《中國現代文學年選（詩）》，臺北市：巨人，1976 年 8 月。

———，《大陸當代詩選》，臺北市：爾雅，1989 年。

———，《創世紀四十年詩選：一九五四一九九四·臺灣》，臺北市：創世紀詩雜誌出版，1994 年。
洛夫、白萩[編]，《中國現代文學大系》（一九五〇－七〇）詩一、二輯，臺北市：巨人，1972 年。
康來新、許泰蓁，《劉吶鷗全集》，臺南縣：臺南縣文化局，2001 年。
柏楊、張道昉[編]，《新加坡共和國華文文學選集（詩歌）》，臺北市：時報文化，1982 年。

十劃

馬悅然、奚密、向陽[編]，《二十世紀臺灣詩選》，臺北市：麥田，2001 年。

十一劃

陳芳明[編]，《龍族詩選》，臺北市：林白，1973 年。
陳義芝，《青衫》，臺北市：爾雅，1985 年。
———，《在溫暖的土地中》，臺北市：洪範，1987 年。
———，《不能遺忘的遠方》，臺北市：九歌，1993 年。
———，《不盡長江滾滾來：中國新詩選注》，臺北市：幼獅文化，1993 年。
———，《遙遠之歌：陳義芝詩選（1972-1992）》，花蓮縣：花蓮縣文化局，1993 年。
———，《不安的居住》，臺北市：九歌，1998 年。
———，《陳義芝・世紀詩選》，臺北市：爾雅，2000 年。
———，《我年輕的戀人》，臺北市：聯合文學，2002 年。
陳黎，《人間戀歌》，臺北市：圓神，1989 年。
——，《小丑畢費的戀歌》，臺北市：圓神，1990 年。
——，《晴天書》，臺北市：圓神，1991 年。
——，《親密書：陳黎詩選，1974-1992》，花蓮縣：花蓮縣文化局，1992 年。
——，《家庭之旅》，臺北市：麥田，1993 年。
——，《小宇宙：現代俳句一百首》，臺北市：皇冠，1993 年。
——，《島嶼邊緣》，臺北市：皇冠，1995 年。
——，《詠嘆調：給不存在的戀人》，臺北市：聯合文學，1995 年。
——，《聲音鐘：陳黎散文，一九七四－一九九一》，臺北市：元尊文化，

1997 年。
——，《貓對鏡》，臺北市：九歌，1999 年。
——，《陳黎詩選：一九七四－二〇〇〇》，臺北市：九歌，2001 年。
——，《苦惱與自由的平均律》，臺北市：九歌，2005 年。
——，《陳黎談論樂集》，臺北縣：INK 印刻，2007 年。
莫渝，《土地的戀歌》，臺北市：笠詩刊社，1986 年。
笠詩社，《美麗島詩集》，臺北市：笠詩社，1979 年 6 月。
張道藩，《張道藩先生文集》，臺北市：九歌，1999 年。
張漢良、張默等十二人[編]，《八十年代詩選》，臺北市：濂美，1976 年。
張默[編]，《剪成碧玉葉層層　現代女詩人選集》，臺北市：爾雅，1981 年 6 月。
——，《感月吟風多少事：現代百家詩選》，臺北市：爾雅，1982 年 9 月。
——，《七十一年詩選》，臺北市：爾雅，1983 年。
——，《中華現代文學大系·臺灣 1970-1989·詩卷》，臺北市：九歌，1989 年 5 月。
張默、蕭蕭[編]，《新詩三百首（一九一七～一九九五）》，臺北市：九歌，1995 年 9 月。
張默、張漢良、辛鬱、菩提、管管，《中國當代十大詩人選集》，臺北市：源成，1977 年。

十二劃

傅文正[編]，《松下的清泉　新世代文學 2》，高雄市：心影，1979 年 7 月。
———，《都是土地的孩子　新世代文學 1》，高雄市：心影，1979 年 7 月。
創世紀、藍星、笠、詩隊伍、草根詩社，《中國現代詩小集》，臺北市：五詩社合印，1979 年。

十三劃

詩人畫會[編]，《青髮或者花臉》，臺北市：香草山，1976 年 4 月。
溫瑞安，《回首暮雲遠》，臺北市：四季，1977 年。
———，《山河錄》，臺北市：時報文化，1979 年。

瘂弦[編]，《當代中國新文學大系》（詩卷），臺北市：天視出版公司，1980 年。
———，《抒情傳統　聯副三十年文學大系詩卷①②》，臺北市：聯合報，1982 年 6 月。
———，《創世紀詩選》，臺北市：爾雅，1984 年。
———，《天下詩選》上下兩卷，臺北市：天下遠見公司，1999 年 9 月。
楊喚，《楊喚書簡》，臺中市：霧峰，1969 年。
——，《楊喚書簡》，臺北市：光啟，1984 年。
——，《楊喚詩集》，臺中市：光啟社，1984 年。
——，《水果們的晚會》，臺北市：親親文化，1988 年。
——，《夏夜》，臺北市：親親文化，1988 年。
楊澤，《薔薇學派的誕生》，臺北市：洪範，1977 年。
——，《人生不值得活的：楊澤詩選 1977-1990》，臺北市：元尊文化，1997 年。
詹澈，《這手拿的那手掉了》，臺東市：臺東縣文化中心，1995 年。
——，《西瓜寮詩輯》，臺北市：元尊文化，1998 年。
——，《小蘭嶼和小藍鯨》，臺北市：九歌，2004 年。
——，《海哭的聲音》，臺北市：九歌，2004 年。

十四劃

趙天儀、李魁賢、李敏勇、陳明臺、鄭烱明[編]，《混聲合唱——笠詩選》，高雄市：文學臺灣雜誌社，1992 年 9 月。
趙敦華，《維根斯坦》，臺北市：生智，1997 年。
齊邦媛，《中國現代文學選集》，臺北市：書評書目，1976 年。

十五劃

劉克襄，《旅次劄記》，臺北市：時報文化，1982 年。
———，《旅鳥的驛站：淡水河下游四季鳥類觀察》，臺北市：中華民國自然生態保育協會，1984 年。
———，《在測天島》，臺北市：前衛，1985 年。
———，《隨鳥走天涯》，臺北市：洪範，1985 年。

———，《漂鳥的故鄉》，臺北市：前衛，1986 年。
———，《天空最後的英雄：旅次劄記》，臺北市：時報文化，1986 年。
———，《消失中的亞熱帶　自然作家的觀測與旅行》，臺中市：晨星，1987 年。
———，《小鼯鼠的看法》，臺北市：合志，1988 年。
———，《臺灣鳥類研究開拓史，1840-1912》，臺北市：聯經文化出版公司，1989 年。
———，《臺灣人的歷史童話》，臺北市：自立晚報，1991 年。
———，《自然旅情》，臺中市：晨星，1992 年。
———，《後山探險：十九世紀外國人在臺灣東海岸的旅行》，臺北市：自立晚報，1992 年。
———，《座頭鯨赫連麼麼》，臺北市：遠流，1993 年。
———，《深入陌生地：外國旅行者所見的臺灣》，臺中市：晨星，1993 年。
———，《山黃麻家書》，臺中市：晨星，1994 年。
———，《臺灣舊路踏查記》，臺北市：玉山社出版：吳氏總經銷，1995 年。
———，《不需要名字的水鳥》，臺北市：玉山出版：吳氏圖書總經銷，1996 年。
———，《鯨魚不快樂時》，臺北市：玉山出版：吳氏圖書總經銷，1996 年。
———，《扁豆森林》，臺北市：時報文化，1997 年。
———，《草原鬼雨》，臺北市：時報文化，1997 年。
———，《望遠鏡裏的精靈：臺灣常見鳥類的故事》，臺北市：玉山社出版：臺北縣中和市：吳氏總經銷，1997 年。
———，《安靜的遊蕩：劉克襄旅記》，臺北市：皇冠，2001 年。
———，《最美麗的時候》，臺北市：大田，2001 年。
———，《少年綠皮書：我們的島嶼旅行》，臺北市：玉山社，2003 年。
———，《劉克襄精選集》，臺北市：九歌，2003 年。
———，《大頭鳥小傳奇》，臺北市：玉山社，2005 年。
———，《風鳥皮諾查》，臺北市：遠流，2007 年。
鄭愁予，《衣缽》，臺北市：臺灣商務印書館，1966 年。

———，《窗外的女奴》，臺北市：十月，1968 年。
———，《燕人行》，臺北市：洪範，1970 年。
———，《鄭愁予詩選集》，臺北市：志文，1974 年。
———，《鄭愁予詩集》，臺北市：洪範，1979 年。
———，《雪的可能》，臺北市：洪範，1985 年。
———，《刺繡的歌謠》，臺北市：聯合文學，1987 年。
———，《寂寞的人坐著看花》，臺北市：洪範，1993 年。
十六劃
蕭蕭[編]，《七十二年詩選》，臺北市：爾雅，1984 年。
蕭蕭、陳寧貴、向陽[編]，《中國當代新詩大展（1970~1979）》，臺北市：源成，1981 年。
蕭蕭、楊子澗[編]，《中學白話詩選》，臺北市：故鄉，1980 年。
十八劃
簡政珍、林燿德[編]，《臺灣新生代詩人大系（上）、（下）》，臺北市：書林，1990 年。
十九劃
羅青，《神州豪俠傳》，臺北市：武陵，1975 年。
——，《吃西瓜的方法》，臺北市：幼獅，1976 年。
——，《不明飛行物來了》，臺北市：純文學，1984 年。
——，《錄影詩學》，臺北市：書林，1988 年。
——，《七葉樹》，臺北市：五四，1989 年。
羅青[編]，《小詩三百首（一）（二）》，臺北市：爾雅，1975 年。
二十劃
蘇紹連，《河悲》，臺中縣豐原市：臺灣臺中縣立文化中心，1900 年。
——，《童話遊行：蘇紹連詩集》，臺北市：尚書，1900 年。
——，《驚心散文詩》，臺北市：爾雅，1990 年。
——，《臺灣鄉鎮小孩》，臺北市：九歌，2001 年。
——，《隱形或者變形》，臺北市：九歌，1997 年。
——，《大霧》，臺中市：臺中市文化局，2007 年。

㈡專著評論

二劃

丁迺庶，《中華文化復興論文集》，臺北市：五洲，1968 年。

三劃

下村作次郎，邱振瑞譯，《從文學讀臺灣》，臺北市：前衛，1997 年。

四劃

王一川，《漢語形象與現代性情結》，北京：首都師範大學，2001 年。

王天濱，《臺灣報業史》，臺北市：亞太圖書，2003 年。

王國芳、郭本禹，《拉岡》，臺北市：生智，1997 年。

王溢嘉，《精神分析與文學》，臺北縣：野鵝，2001 年。

王夢鷗，《中國文學理論與實踐》，臺北市：遠流，1995 年。

王夢鷗[編]，《當代中國新文學大系·文學論爭集》，臺北市：天視出版事業有限公司，1981 年 6 月。

王德威，《小說中國：晚清到當代的中文小說》，臺北市：麥田，1993 年。

———，《如何現代怎樣文學？：十九、二十世紀中文小說新論》，臺北市：麥田，1998 年。

———，《想像中國的方法：歷史·小說·敘事》，上海：生活·讀書·新知三聯書店，1998 年。

———，《歷史與怪獸：歷史，暴力，敘事》，臺北市：麥田，2004 年。

———，《臺灣：從文學看歷史》，臺北市：麥田，2005 年。

中央日報[編]，《我們的敵國》，臺北市：中央日報社，1952 年。

———，《新秋》，臺北市：中央日報，1983 年，10 月。

中島利郎，《臺灣新文學與魯迅》，臺北市：前衛，1999 年。

———，《一九三〇年代臺灣鄉土文學論戰資料彙編》，高雄市：春暉，2003 年。

中國古典文學研究會[編]，《文學與傳播的關係》，臺北市：臺灣學生，1995 年。

文訊雜誌社[編]，《臺灣現代詩史論:臺灣現代詩史研討會實錄》，臺北市：

文訊雜誌社，1996 年。
———，《文訊》（臺灣文學雜誌專號）第 213 期，臺北市：文訊雜誌社，2003 年 7 月。
———，《臺灣文學雜誌展覽目錄》，臺北市：文訊雜誌，2003 年。
中華日報，《大學文學教育論戰集：中文系和文藝系的問題》，臺北市：中華日報，1973 年。
中華文化復興運動推行委員會[編]，《中華文化復興運動推行委員會出版圖書目錄》，臺北市：中華文化復興運動推行委員會，1984 年。
中華文化復興運動推行委員會祕書處[編]，《中華文化復興運動推行委員會法規彙編》，臺北市：中華文化復興運動推行委員會祕書，1974 年。

五劃

古添洪，《比較文學的墾拓在臺灣》，臺北市：東大，1976 年。
———，《比較文學：現代詩》，臺北市：國家，1976 年。
———，《記號詩學》，臺北市：東大出版社出版：三民總經銷，1984 年。
———，《西洋的詩歌》，臺北市：圖文，1985 年。
———，《（後）現代風景∪臺北：學院詩人群年度詩集，1996＝The academic poets' circle, Taiwan》，臺北市：文鶴，1997 年。
———，《不廢中西萬古流：中西抒情詩類及影響研究》，臺北市：臺灣學生，2005 年。
古繼堂，《臺灣新詩發展史》，臺北市：文史哲，1989 年 12 月。
白萩，《現代詩散論》，臺北市：三民書局，1972 年。
——，《觀測意象》，臺北市：臺中市立文化中心，1991 年。
白靈，《一首詩的玩法》，臺北市：九歌，2004 年。
——，《一首詩的誘惑》，臺北市：九歌，2006 年。
——，《一首詩的誕生》，臺北市：九歌，2006 年。

六劃

朱光潛，《文藝心理學》，臺北市：臺灣開明，1993 年。
朱剛，《詹明信》，臺北市：生智，1995 年。
朱棟霖、丁帆、朱曉進，《二十世紀中國文學史》，臺北市：文史哲，2000

年。

江寶釵、施懿琳、曾珍珍《臺灣的文學與環境》，嘉義：國立中正大學語言與文學研究中心中國文學系暨研究所發行，1996 年。

七劃

余也魯，《雜誌編輯學》，香港九龍：海天書樓，1994 年。

余光中，《分水嶺上：余光中評論文集》，臺北市：純文學，1981 年。

———，《歷史與思想》臺北市：聯經文化出版公司，1990 年。

宋文明，《當代美國外交政策：從甘迺迪－柯林頓》，臺北縣：宋氏照遠，2003 年。

李有成[編]，《帝國主義與文學生產》，臺北市：中央研究院歐美研究所，1997 年。

李何林，《中國文藝論戰》，上海：上海書店，1984 年。

———，《現代歐美文學概述（下）二次世界大戰後至六〇年代》，臺北市：書林，1996 年。

李癸雲，《與詩對話：臺灣現代詩評論集》，臺南縣：臺南縣文化局，2000 年。

———，《朦朧、清明與流動：論臺灣現代女性詩作中的女性主體》，臺北市：萬卷樓，2001 年。

李勤岸，《臺灣詩神》，臺北市：臺笠，1996 年。

———，《臺語發音拼音基礎》，臺南市：真平企業，2000 年。

———，《語言政策 KAP 語言政治》，臺南市：真平企業，2003 年。

———，《臺灣話語詞變化》，臺南市：真平企業，2003 年。

———，《母語 e 心靈雞湯》，臺南市：開朗雜誌，2004 年。

———，《母語文學 ti 母語教育中 e 角色：臺灣羅馬字國際學術研討會》，臺北市：師大書店，2006 年。

———，《母語教育：政策及拼音規劃》，臺南市：開朗雜誌，2006 年。

———，《臺灣文學正名》，臺南市：開朗雜誌，2006 年。

李筱峰，《臺灣史 100 件大事》，臺北市：玉山社，2000 年。

李瑞騰，《臺灣文學風貌》，臺北市：三民書局，1991 年。

———，《晚清文學思想論》，臺北市：漢光，1992 年 6 月。
———，《文學的出路》，臺北市：九歌，1994 年。
———，《文化理想的追尋》，南投：投縣文化，1995 年。
李歐梵，《現代性的追求》，臺北市：麥田，1996 年。
李奭學，《中西文學因緣》，臺北市：聯經文化出版公司，1991 年。
李豐楙，《憂與遊：六朝隋唐遊仙詩論集》，臺北市：臺灣學生，1996 年。
———，《誤入與謫降：六朝隋唐道教文學論集》，臺北市：臺灣學生，1996 年。
———，《從影響研究到中國文學》，臺北市：書林，1992 年。
———，《六朝隋唐仙道類小說研究》，臺北市：臺灣學生，1998 年。
呂正惠，《戰後臺灣文學經驗》，臺北市：新地文學，1992 年。
———，《小說與社會》，臺北市：聯經文化出版公司，1992 年。
———，《文學經典與文化認同》，臺北市：九歌，1992 年。
———，《殖民地的傷痕——臺灣文學問題》，臺北市：人間，2002 年。
呂紹理，《展示臺灣：權力、空間與殖民統治的形象表述》，臺北市：麥田，2005 年。
何欣，《當代中國新文學大系文學論爭集》，臺北市：天視文化出版公司，1979 年。
汪琪，《文化與傳播》，臺北市：三民書局，1999 年。
汪暉[編]，《文化與公共性》，北京：三聯，1997 年。
吳政上、陳鴻森[編]，《笠詩刊三十年總目》，高雄市：春暉，1995 年。
吳密察、江文瑜[編]，《體檢國小教科書》，臺北市：前衛，1994 年。
吳潛誠，《感性定位：文學的想像與介入》，臺北市：允晨，1994 年。
宋國誠，《後殖民文學：從邊緣到中心》，臺北市：擎松圖書，2004 年。

八劃

周伯乃，《論現實主義》，臺北市：五洲，1969 年。
林于弘，《臺灣新詩分類學》，臺北縣：鷹漢文化，2004 年。
林亨泰作、陳昌明編《林亨泰集》，臺南市：臺灣文學館，2008 年。
林明德[編]，《臺灣現代詩經緯》，臺北市：聯合文學，2001 年。

林果顯，《中華文化復興運動推行委員會之研究——統治正當性的建立與轉變》，臺北市：國立編譯館，2005 年。

林淇瀁，《書寫與拼圖：臺灣文學傳播現象研究》，臺北市：麥田，2001 年 10 月。

林燿德[編]，《當代臺灣文學評論大系・2.文學現象》，臺北市：正中書局，1993 年。

邱天助，《布爾迪厄文化再製理論》，臺北市：桂冠文化圖書公司，2002 年。

周昌龍，《新思潮與傳統：五四思想史論集》，臺北市：時報文化，1995 年。

周陽山，《五四與中國》，臺北市：時報文化，1990 年。

孟樊，《當代臺灣新詩理論》，臺北市：揚智文化，1998 年。

——，《後現代的認同政治》，臺北市：揚智文化，2001 年。

——，《臺灣後現代詩的理論與實際》，臺北市：揚智文化，2003 年。

孟樊[編]，《當代臺灣文學評論大系・新詩批評卷》，臺北市：正中書局，1993 年 5 月。

孟樊、林燿德[編]，《世紀末偏航：八○年代臺灣文學論》，臺北市：時報文化，1994 年。

邵燕君，《傾斜的文學場：當代文學生產機制的市場化轉型》，南京：江蘇人民，2003 年。

九劃

洛夫，《洛夫詩論選集》，臺南市：金川，1978 年。

宣浩平，《大眾語文論戰》，上海：上海書店，1987 年。

施懿琳、鍾美芳、楊翠，《臺中縣文學發展史：田野調查報告書》，豐原市：中縣文化，1993 年。

施懿琳・許俊雅・楊翠，《臺中縣文學發展史》，臺中縣：中縣文化，1996 年。

施懿琳，《跨語・漂泊・釘根：臺灣新文學研究論集》，高雄市：春暉，2000 年。

施懿琳《臺灣文學百年顯影》，臺北市：玉山社出版，2003 年。

柯慶明，《現代中國文學批評述論》，臺北市：大安，2005 年。

———，《中國文學的美感》，臺北市：麥田，2006 年。
柳閩生，《雜誌的編輯設計》，臺北市：天工書局，1982 年。
柳鳴九[編]，《未來主義・超現實主義・魔幻現實主義》，臺北市：淑馨，1990 年。
段承璞，《臺灣戰後經濟》，臺北市：人間，1992 年。
洪三雄，《烽火杜鵑城：七〇年代臺大學生運動》，臺北市：自立晚報，1993 年。
洪子誠、劉登翰，《中國當代新詩史》，河北：人民，1993 年。
洛夫，《詩人之鏡》，高雄市：大業書店，1969 年。
洛夫、張默、瘂弦[編]，《中國現代詩論選》，高雄市：大業書店，1969 年。
紀弦，《紀弦論現代詩》，臺北市：藍燈，1970 年。

十劃

郜元寶，《尼采在中國》，上海：上海三聯，2001 年。
高宣揚，《存在主義》，臺北市：遠流，1999 年。
奚密，《現當代詩文錄》，臺北市：聯合文學，1998 年。
宮敬才，《盧卡奇的哲學思想》，臺北市：唐山，1993 年。

十一劃

陳大為，《亞細亞的象形詩維》，臺北市：萬卷樓，2001 年。
陳昌明，《緣情文學觀》，臺北市：臺灣書店，1999 年
陳少廷，《論政治與文化》，臺南市：華明，1969 年。
———，《五四新文化運動的評價》，臺北市：環宇，1973 年。
陳文德、黃應貴主編，《社群研究的省思》，臺北市：中研院民族所，2002 年。
尉天驄[編]，《鄉土文學討論集》，臺北市：遠景，1980 年。
陳良運，《中國詩學體系論》，北京市：中國社會科學，1998 年。
陳芳明，《鏡子與影子——現代詩評論》，臺北市：志文，1974 年 3 月。
———，《詩和現實》，臺北市：洪範，1983 年。
———，《典律的追求》，臺北市：聯經文化出版公司，1994 年。
———，《危樓夜讀》，臺北市：聯合文學，1996 年。

———，《後殖民臺灣：文學史論及其周邊》，臺北市：麥田，2002 年。

———，《殖民地摩登：現代性與臺灣史觀》，臺北市：麥田，2004 年。

陳東榮、陳長房[編]，《典律與文學教學——第十六屆全國比較文學會議論文選集》，臺北市：比較文學學會，1995 年。

陳美如，《臺灣語言教育政策之回顧與展望》，高雄市：高雄復文，1998 年。

陳建忠，《書寫臺灣・臺灣書寫：賴和的文學與思想研究》，高雄市：春暉，2004 年。

———，《日據時期臺灣作家論：現代性、本土性、殖民性》，臺北市：五南文化出版公司，2004 年。

陳映真，《孤兒的歷史，歷史的孤兒》，臺北市：遠景，1984 年 9 月。

陳清僑[編]，《身份認同與公共文化》，香港：牛津，1997 年。

陳紹鵬，《詩的欣賞》，臺北市：遠景，1976 年。

陳義芝，《從半裸到全開：臺灣戰後世代女詩人的性別意識》，臺北市：臺灣學生書局，1999 年。

———，《聲納——臺灣現代主義詩學流變》，臺北市：九歌出版社，2006 年。

陳鼓應，《存在主義》，臺北市：臺灣商務，1967 年。

———，《這樣的『詩人』余光中》，臺北市：大漢，1978 年 7 月。

———，《悲劇哲學家・尼采》，臺北市：臺灣商務印書館，1987 年

陳學明，《班傑明》，臺北市：生智出版社文化，1998 年。

———，《文化工業》，臺北市：揚智，2003 年。

張文智，《當代文學的臺灣意識》，臺北市：自立晚報文化，1993 年 6 月。

張明貴，《意識型態與當代政治》，臺北市：五南文化出版公司，2005 年。

張京媛[編]，《後殖民理論與文化認同》，臺北市：麥田，1995 年。

張茂桂等，《族群關係與國家認同》，臺北市：業強，1993 年。

張春榮，《詩學析論》，臺北市：東大出版社出版，1987　年。

張釗維，《誰在那邊唱自己的歌》，臺北市：滾石文化，2003 年。

張堂錡，《編輯學實用教程：以報紙副刊為中心》，臺北縣：業強，2002 年。

張道藩，《張道藩先生文集》，臺北市：九歌，1999 年。

張漢良，《現代詩論衡》，臺北市：幼獅文化，1977 年 6 月。
張漢良、蕭蕭[編]，《現代詩導讀——理論・史料》，臺北市：故鄉，1979 年。
張誦聖，《文學場域的變遷》，臺北市：聯合文學，2001 年。
張德厚，《中國現代詩歌史論》，吉林市：吉林教育，1995 年。
張默，《創世紀四十年總目 1954-1994》，臺北市：創世紀詩雜誌，1994 年。
——，《臺灣現代詩概觀》，臺北市：爾雅，1997 年。
張默[編]，《臺灣現代詩編目 1949-1995》，臺北市：爾雅，1996 年。
張錦忠，《南洋論述：馬華文學與文化屬性》，臺北市：麥田，2003 年。
張雙英，《二十世紀臺灣新詩史》，臺北市：五南文化出版公司，2006 年。
章亞昕，《情繫伊甸園：創世紀詩人論》，臺北市：文史哲，2004 年。
陶東風，《文體演變及其文化意味》，雲南：雲南人民，1995 年。
———，《後殖民主義》，臺北市：揚智，2000 年。
康來新、林水福[編]，《喂！你是哪一派》，臺北市：幼獅，1994 年。
國家圖書館[編]，《臺灣文學作家年表與作品總錄（1945～2000）》，臺北市：國家圖書館，2000 年。
梅家玲，《文化啟蒙與知識生產：跨領域的視野》，臺北市：麥田，2006 年。
莫渝，《笠下的一群——笠詩人作品選讀》，臺北市：河童，1999 年 6 月。
陸雅青，《藝術治療——繪畫詮釋：從美術進入孩子的心靈世界》，臺北市：心理，1997 年。

十二劃

渡也，《新詩補給站》，臺北市：三民書局，1995 年。
黃俊傑，《戰後臺灣的轉型及其展望》，臺北市：臺灣大學出版中心，2006 年 11 月。
黃葳葳，《文化傳播》，臺北市：正中書局，1999 年。
黃錦樹，《馬華文學與中國性》，臺北市：元尊文化，1998 年。
———，《謊言或真理的技藝：當代中文小說論集》，臺北市：麥田，2003 年。
———，《文與魂與體：論現代中國性》，臺北市：麥田，2006 年。

瘂弦，《中國新詩研究》，臺北市：洪範，1994 年。

瘂弦、陳義芝[編]，《世界中文報紙副刊學綜論》，臺北市：文建會，1997 年。

曾長生，《超現實主義藝術》，臺北市：藝術家，2000 年。

焦桐，《臺灣文學的街頭運動》，臺北市：時報文化，1998 年。

童道明，《現代西方藝術美學文選》，臺北市：洪葉，1998 年。

彭懷恩，《臺灣發展的政治經濟分析》，臺北市：風雲論壇，1995 年。

游勝冠，《臺灣文學本土論的興起與發展》，臺北市：前衛，1996 年。

十三劃

楊大春，《傅柯》，臺北市：生智，1997 年。

楊秀菁，《臺灣戒嚴時期的新聞管制政策》，臺北縣：稻鄉，2005 年。

楊宗翰，《臺灣現代詩史——批判的閱讀》，臺北市：巨流，2002 年。

楊景堯，《教育變遷與教育理念：臺灣地區高等教育與師範教育研究選輯》，高雄市：麗文文化，1996 年。

楊照，《夢與灰燼：戰後文學史散論二集》，臺北市：聯合文學，1998 年。

楊澤[編]，《七〇年代——理想繼續燃燒》，臺北市：時報文化，1994 年。

———，《七〇年代懺情錄》，臺北市：時報文化，1994 年。

———，《狂飆八〇：記錄一個集體發聲的年代》，臺北市：時報文化，1999 年。

葛魯嘉・陳若莉，《文化困境與內心掙紮：荷妮的文化心理病理學》，臺北市：貓頭鷹，2000 年。

葉石濤，《沒有土地，哪有文學》，臺北市：遠景，1985 年 6 月。

———，《臺灣文學史綱》，高雄市：文學界，1996 年。

葉笛，《臺灣早期現代詩人論》，高雄市：春暉，2003 年。

葉維廉，《歷史、傳釋與美學》，臺北市：東大出版社出版，1988 年。

———，《解讀現代・後現代》，臺北市：東大，1999 年。

———，《比較詩學》，臺北市：東大，2007。

解昆樺，《心的隱喻：文學場域中知識分子的書寫意識》，苗栗市：苗栗縣文化局，2002 年。

———，《臺灣現代詩典律的建構與推移》，臺北縣：鷹漢，2004 年。
———，《詩不安：七〇年代新興詩社及詩人之精神動員與典律建制》，苗栗市：苗栗縣文化局，2006 年。
———，《青春構詩：七〇年代新興詩社與 1950 年世代詩人的詩學建構策略》，苗栗市：苗栗縣文化局，2007 年。
———，《七〇年代新興詩社及其核心詩人與詩刊訪查研究》，臺北市：國家文化藝術基金會 95-2 期審查補助計畫成果報告，2009 年。
———，《詩史本事：戰後臺灣現代詩人的詩史對話》，苗栗市：苗栗縣文化局，2010 年。

十四劃

趙天儀，《臺灣文學的週邊——臺灣文學與臺灣現代詩的對流》，臺北市：富春文化，2000 年。
———，《時間的對決——臺灣現代詩評論集》，臺北市：富春文化，2002 年。
臺北市立美術館，《中國現代繪畫回顧展》，臺北市：臺北市立美術館，1986 年。
趙知悌[編]，《文學休走——現代文學的考察》，臺北市：遠景，1976 年。
———，《現代文學的考察》，臺北市：遠景，1978 年。
熊自健，《馬克思恩格斯的文藝理論在中國大陸的發展》，臺北市：唐山，1994 年。
廖咸浩，《愛與解構：當代臺灣文學評論與文化觀察》，臺北市：聯合文學，1995 年。
廖炳惠，《關鍵詞 200——文學與批評研究的通用詞彙編》，臺北市：麥田，2003 年。
———，《臺灣與世界文學的匯流》，臺北市：聯合文學，2006 年。

十五劃

劉小楓，《現代性社會理論緒論：現代性與現代中國》，香港：牛津大學，1996 年。
劉正忠《現代漢詩的魔怪書寫》，臺北市：學生，2010 年。

劉心皇，《當代中國新文學大系：史料與索引》，臺北市：天視文化出版公司，1979 年。
劉紀蕙，《孤兒·女神·負面書寫——文化符號的徵狀式閱讀》，臺北縣：立緒文化，2000 年。
———，《他者之域：文化身分與再現策略》，臺北市：麥田，2001 年。
———，《心的變異：現代性的精神形式》，臺北市：麥田，2004 年。
劉登翰等人[編]，《臺灣文學史》，中國福建：海峽文藝，1993 年。
鄭明娳[編]，《當代臺灣政治文學論》，臺北市：時報文化出版社出版公司，1994 年。
鄭振鐸[編]，《中國新文學大系／文學論爭集》，臺北市：業強，1990 年。
鄭毓瑜，《文本風景：自我與空間的相互定義》，臺北市：麥田，2005 年。
鄭鴻生，《青春之歌：追憶 1970 年代臺灣左翼青年的一段如火年華》，臺北市：聯經文化出版公司，2002 年。
蔡英俊[編]，《意象的流變》，臺北市：聯經文化出版公司，1982 年。
蔡源煌，《從浪漫主義到後現代主義：文學術語新詮》，臺北市：雅典，1989 年。
———，《解嚴前後的人文觀察》，臺北市：遠流，1991 年。
———，《當代文化理論與實踐》，臺北市：雅典，1996 年 9 月。
歐素瑛，《傳承與創新：戰後初期臺灣大學的再出發（1945-1950）》，臺北市：臺灣古籍，2006 年。
潘麗珠，《現代詩學》，臺北市：五南，2004 年。
十六劃
賴光臨，《七十年中國報業史》，臺北市：中央日報，1981 年。
蕭新煌[編]，《變遷中臺灣社會的中產階級》，臺北市：巨流，1989 年。
研究院，1992 年。
蕭蕭，《現代詩入門》，臺北市：故鄉，1982 年。
蕭瓊瑞、林明賢，《撞擊與生發——戰後臺灣現代藝術的發展（1945-1987），臺中市：國立臺灣美術館，2005 年。
盧建榮，《分裂的國族認同：1975-1997》，臺北市：麥田，1999 年。

———，《臺灣後殖民國族認同》，臺北市：麥田，2003 年。
盧建榮[編]，《文化與權力：臺灣新文化史》，臺北市：麥田，2001 年。
龍協濤，《讀者反應理論》，臺北市：揚智，1997 年。
十七劃
鍾怡雯，《亞洲華文散文的中國圖象（1949-1999）》，臺北市：萬卷樓，2000 年。
薛燕玲，《變異的摩登——從地域觀點呈現殖民的現代性》，臺中市：國立臺灣美術館，2005 年。
薛鴻瀛，《編輯心理學》，濟南市：山東教育，1995 年。
十八劃
顏忠賢，《影像地誌學：邁向電影空間理論的建構》，臺北市：萬象，1996 年。
簡政珍，《臺灣現代詩美學》，臺北市：揚智，2004 年。
藍順德，《教科書政策與制度》，臺北市：五南文化出版公司，2006 年。
闕道隆、徐伯容、林穗芳，《書籍編輯學概論》，瀋陽市：遼寧教育，1995 年。
十九劃
藤井省三，《臺灣文學這一百年》，臺北市：一方，2004 年。
羅青，《繪畫中的後現代主義》，臺北市：徐氏，1988 年。
——，《詩人之燈：詩的欣賞與評論》，臺北市：光復，1988 年。
——，《從徐志摩到余光中》，臺北市：爾雅，1993 年。
——，《詩人之橋：英美詩歌賞析》，臺北市：臺灣學生，1993 年。
——，《詩的照明彈》，臺北市：爾雅出版社，1994 年 8 月。
——，《荷馬史詩研究：詩魂貫古今》，臺北市：臺灣學生，1994 年。
——，《詩的風向球——從徐志摩到余光中》，臺北市：爾雅，1994 年。
——，《什麼是後現代主義》，臺北市：臺灣學生，1997 年。
羅宗濤、張雙英，《臺灣當代文學研究之探討》，臺北市：萬卷樓，2000 年 5 月。
二十一劃
顧燕翎、鄭至慧，《女性主義經典：十八世紀歐洲啟蒙，二十世紀本土反思》，臺北市：女書，1999 年。

歐美學者編著者著作

Andrew Vincent[著]，羅慎平[譯]，《當代意識型態》，臺北市：五南文化出版公司，1999 年。

班納迪克・安德森（Benedict Anderson）[著]，吳叡人[譯]，《想像的共同體：民族主義的起源與散佈》，臺北市：時報文化，1999 年。

達塔斯・史密斯（DATUS C.SMITH, JR.）[著]，彭松建、趙學範[譯]，《圖書出版的藝術與實務》，臺北市：周知，1995 年。

愛德華・薩依德（Edward W. Said）[著]，王志弘等[譯]，《東方主義》，臺北縣：立緒，2004 年。

愛德華・薩依德（Edward W. Said）[著]，單德興[譯]，《知識分子論》，臺北市：麥田，2004 年。

愛德華・薩依德（Edward W. Said）[著]，蔡源林[譯]，《文化與帝國主義》，臺北縣：立緒，2001 年。

佛洛姆（Erich Fromm）[著]，葉頌壽[譯]，《夢的精神分析》，臺北市：志文，1994 年。

佛洛姆（Erich Fromm）[著]，陳琍華[譯]，《理性的掙扎》，臺北市：志文，1999 年。

霍布斯邦（Eric Hobsbawn）等[著]，陳思仁等[譯]，《被發明的傳統》，臺北市：貓頭鷹，2002 年。

費爾迪南・德・索緒爾（Ferdinand de Saussure）[著]，巴厘、薛施藹[編]，《普通語言學教程》，臺北市：弘文館，1985 年。

Frank Lentricchia & Thomas McLaughlin[編]，張京媛等[譯]，《文學批評術語》，香港：牛津大學，1994 年。

費德希克・格霍（Frederic Gros）[著]，何乏筆、楊凱麟、龔卓軍[譯]，《傅柯考》，臺北市：麥田，2006 年。

詹明信（Fredric Jameson）[著]，唐小兵[譯]，《後現代主義與文化理論》，臺北市：合志，2004 年。

加斯東・巴舍拉（Gaston Bachelard）[著]，龔卓軍、王靜慧[譯]，《空間詩學》，臺北市：張老師，2005 年。

盧卡奇（Georg Luk'acs）[著]，楊恆達[譯]，《小說理論》，臺北市：唐山，1997 年。

傑哈・簡奈特（Gerard Genette）[著]，廖素珊、楊恩祖[譯]，《辭格Ⅲ》，臺北市：時報文化，2003 年。

吉莉恩・蘿絲（Gillian Rose）[著]，王國強[譯]，《視覺研究導論：影像的思考》，臺北市：群學，2006 年。

戈德曼（Goldman, Lucien）[著]，段毅、牛宏寶[譯]，《文學社會學方法論》，北京：工人，1989 年。

哈羅德・布魯姆（Harold Bloom）[著]，徐文博[譯]，《影響的焦慮》，江蘇：江蘇教育，2006 年

伍爾夫林（Heinrich Wolfflin）[著]，《藝術風格學》，遼寧：遼寧人民，1987 年。

馬庫色（Marcuse, Herbert）[著]，高志仁[譯]，《反革命與反叛》，臺北縣：立緒文化，2001 年。

馬庫色（Marcuse, Herbert）[著]，黃勇、薛民[譯]，《愛欲與文明：對佛洛德思想的哲學探討》，上海：上海譯文，2005 年。

德希達（Jacques Derrida）[著]，張寧[譯]，《書寫與差異》，臺北市：麥田，2004 年。

傑夫瑞.C.亞歷山大（Jeffrey C. Alexander）、史蒂芬・謝德門（Steven Seidman）[編]，吳潛誠[校]，《文化與社會：當代論辯》，臺北縣：立緒文化，2001 年。

梅奎爾（J. G. Merquior）[著]，陳瑞麟[譯]，《傅柯》，臺北市：桂冠文化圖書公司，1998 年。

喬爾・克特金（Joel Kotkin）[著]，謝佩妏[譯]，《城市的歷史》，臺北縣：左岸，2006 年。

約翰・伯格（John Berger）[著]，吳莉君[譯]，《觀看的方式》，臺北市：麥田，2005 年。

卡勒（Jonathan Culler）[著]，李平[譯]，《文學理論》，香港：牛津大學，

1998 年。

卡爾·曼海姆（Karl Mannheim）[著]，《知識社會學導論》，臺北市：風雲論壇，1998 年。

克斯汀·海斯翠普（Kirsten Hastrup）[著]，賈士蘅[譯]，《他者的歷史：社會人類學與歷史製作》，臺北市：麥田，2005 年。

孔恩（Thomas S. Kuhn）[著]，程樹德等[譯]，《科學革命的結構》，臺北市：遠流，1994 年。

科塞（Lewis A. Coser）[著]，孫立平等[譯]，《社會衝突的功能》，臺北市：桂冠文化圖書公司，2002 年。

盧卡奇（Lukacs Georg）[著]，陳文昌[譯]，《現實主義論》，臺北市：雅典，1988 年。

莉蒂亞·艾立克斯·費淩翰（Lydia Alix Fillingham）[著]，摩斯爾·沙瑟（Moshe Susser）[圖]，王志弘、張淑玫[譯]，《認識傅柯》，臺北市：時報文化，1995 年。

瑪麗·伊凡（Mary Evans）[著]，廖仁義[譯]，《郭德曼的文學社會學》，臺北市：桂冠文化圖書公司，1990 年。

梭爾（Maximilien Sorre）[著]，孫宕越[譯]，《人文地理學原理》，臺北市：文化大學出版部，1981 年。

米歇·傅柯（Michel Foucault）[著]，王德威[譯]，《知識的考掘》，臺北市：麥田，1993 年。

奧爾森[著]，董安琪[譯]，《集體行動的邏輯》臺北市：遠流，1991 年

尼克森（Nixon, Richard Milhous）[著]，《七十年代的美國外交政策：塑造持久的和平》，臺北市：美國新聞處，1973 年。

朋尼維茲（Patrice Bonnewitz）[著]，孫智綺[譯]，《布赫迪厄社會學的第一課》，臺北市：麥田，2005 年。

派特裏莎·渥厄（Patricia Waugh）[著]，錢競、劉雁濱[譯]，《後設小說：自我意識小說的理論與實踐》，臺北縣：駱駝，1995 年。

Ralph E. Anderson & IrI Carter[著]，蔡淑芳[譯]，《人類行為與社會環境》，臺北市：國立編譯館，1991 年。

雷蒙·威廉士（Raymond Willams）[著]，劉建基[譯]，《關鍵詞：文化與社會的詞彙》，臺北市：巨流，2003 年。

帕瑪（Richard E. Palmer）[著]，嚴平[譯]，《詮釋學》，臺北市：桂冠文化圖書公司，1997 年。

理查·桑內特（Richard Sennett）[著]，黃煜文[譯]，《肉體與石頭：西方文明中的人類身體與城市》，臺北市：麥田，2003 年。

侯伯·埃斯卡皮（Robert Escarpit）[著]，葉淑燕[譯]，《文學社會學》，臺北市：遠流，1990 年。

霍普克（Robert H. Hopcke）[著]，蔣韜[譯]，《導讀榮格》，臺北縣：立緒，1997 年。

Robert L. Berger, James T. McBrccn, Marilyn J. Rifkin[著]，陳怡潔[譯]，《人類行為與社會環境》，臺北市：揚智，1998 年。

羅蘭·巴特（Roland.Barthes）[著]，李幼蒸[譯]，《寫作的零度——結構主義文學理論文選》，臺北市：時報文化，1998 年。

羅蘭·巴特（Roland Barthes）[著]，許薔薔、許綺玲[譯]，《神話學》，臺北市：桂冠文化圖書公司，2002 年。

Rene & Wellek 等[著]，梁伯傑[譯]，《文學理論》，臺北市：水牛，1999 年。

Robert Escarpit[著]，葉淑燕[譯]，《文學社會學》，臺北市：遠流，1990 年。

佛洛伊德（Sigmund Freud）[著]，邵迎生等[譯]，《圖騰與禁忌》，臺北市：胡桃木文化，2006 年。

佛洛伊德（Sigmund Freud）[著]，賴其萬、符傳孝[譯]，《夢的解析》，臺北市：志文，2004 年。

史蒂文·科恩（Steven Cohan）、琳達·夏爾斯（Linda M. Shires）[著]，張方[譯]，《講故事：對敘事虛構作品的理論分析》，臺北縣：駱駝，1997 年。

科瑞斯威爾（Tim Cresswell）[著]，徐苔玲、王志弘[譯]，《地方：記憶、想像與認同》，臺北縣：群學，2006 年。

Terry Eagleton[著]，文寶[譯]，《馬克思主義與文學批評》，臺北市：南方，1987 年 10 月。

沃爾夫岡・凱澤爾[著]，曾忠祿、鍾翔荔[譯]，《美人和野獸：文學藝術中的怪誕》，臺北市：久大，1991 年 10 月。

塞夫蘭（Werner J. Severin）、譚卡特（James W. Tankard）[著]，羅世宏[譯]，《傳播理論：起源、方法與應用》，臺北市：五南文化出版公司，2004 年。

威廉・艾溫（William A. Ewing）[著]，邱瓊瑤[譯]，《人體聖經》，臺北市：耶魯國際，1998 年。

考夫曼[著]，陳鼓應、孟祥森、劉崎[譯]，《存在主義哲學》，臺北市：臺灣商務印書館，1987 年。

Williams, Raymond (1977) Marxism and Literature, Oxford: University Press.

Pred, Allan (1983) "Structuration and Place: On the Becoming of Sense of Place and Structure of Feeling", Journal for the Theory of Social Behavior, Vol. 13, No.1, pp.45-68.

Merleau-Ponty, Maurice (1967), "What is Phenomenology?" Phenomenology, The Philosophy of Edmund Husserl and Tts Interpretation, New York, 356-374.

二、期刊論文

二劃

丁威仁，〈從「詩文學聯邦」到「詩文學邦聯」：初論八〇年代至九〇年代創社詩刊的思維變遷〉，嘉義縣：《文學新鑰》第 3 期，2005 年 7 月。

四劃

王明珂，〈集體歷史記憶與族群認同〉，臺北市：《當代》91 期，1993 年 11 月。

——，〈過去、集體記憶與族群認同：臺灣的族群經驗〉，《認同與國家：近代中西歷史的比較論文集》，中央研究院近代史研究所編，臺北市：中央研究院近代史研究所，1994 年。

王靖丰、蔡振念〈鄉愁與記憶的修辭——臺灣鄉愁詩的轉變〉，臺北市：《文訊》第232期，2005年2月。

王德威，〈由創作到出版——論臺灣文學的生產機制〉，封德屏[編]，《臺灣文學出版——五十年來臺灣文學研討會論文集（三）》（臺北市：文建會，1996年）。

尹章義，〈臺灣意識之史的發展〉，臺北市：《中國論壇》286 期，1986 年10月。

———，〈臺灣意識試析——歷史的觀點〉，臺北市：《中國論壇》289期，1987年10月。

———，〈「臺灣意識」的形成與發展——歷史的觀點〉，《認同與國家：近代中西歷史的比較論文集》，中央研究院近代史研究所編，臺北市：中央研究院近代史研究所，1994年。

六劃

江寶釵，〈重省五〇年代臺灣文學史的詮釋問題——一個奠基於「場域」的思考〉，花蓮：《東華漢學》第3期，1995年5月。

———，〈與文學傳媒結緣——談臺灣新文學期刊的研究〉，臺北市：《文訊》第213期，2003年7月。

向陽，〈民族與現代的互文——探詢《創世紀》現代詩主張的軌跡〉，臺北市：《創世紀詩雜誌》，第158期，2009年3月。

向陽，〈期待新的篝火點燃——從傳播的角度談文學的生死〉，臺北市：《聯合文學》，第19:9=225期，2003年。

七劃

吳穎萍編，〈臺灣新文學雜誌評論目錄（續編）〉，臺北市：《文訊》第213期，2003年7月。

李長青，〈基礎的素描——青年詩人會談專輯〉，臺北市：《笠》第 232期，2002年12月。

李卓穎，〈七〇年代初期知識分子對政府的關係性自我定位——以《大學雜誌》為分析對象〉，臺北市：《史鐸》第21期。

李癸雲，〈主體的固著與流動：論臺灣現代女性詩作的語言實踐〉2001 年 10

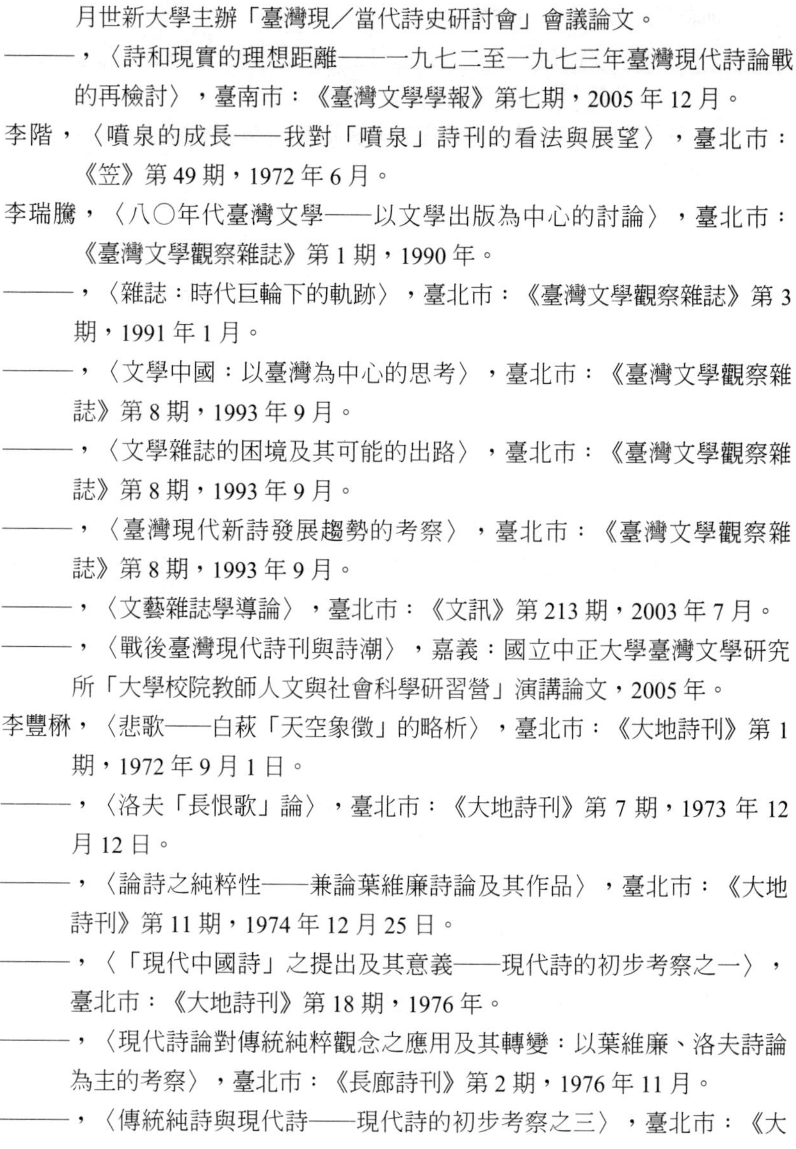

月世新大學主辦「臺灣現／當代詩史研討會」會議論文。
———，〈詩和現實的理想距離——一九七二至一九七三年臺灣現代詩論戰的再檢討〉，臺南市：《臺灣文學學報》第七期，2005 年 12 月。
李階，〈噴泉的成長——我對「噴泉」詩刊的看法與展望〉，臺北市：《笠》第 49 期，1972 年 6 月。
李瑞騰，〈八〇年代臺灣文學——以文學出版為中心的討論〉，臺北市：《臺灣文學觀察雜誌》第 1 期，1990 年。
———，〈雜誌：時代巨輪下的軌跡〉，臺北市：《臺灣文學觀察雜誌》第 3 期，1991 年 1 月。
———，〈文學中國：以臺灣為中心的思考〉，臺北市：《臺灣文學觀察雜誌》第 8 期，1993 年 9 月。
———，〈文學雜誌的困境及其可能的出路〉，臺北市：《臺灣文學觀察雜誌》第 8 期，1993 年 9 月。
———，〈臺灣現代新詩發展趨勢的考察〉，臺北市：《臺灣文學觀察雜誌》第 8 期，1993 年 9 月。
———，〈文藝雜誌學導論〉，臺北市：《文訊》第 213 期，2003 年 7 月。
———，〈戰後臺灣現代詩刊與詩潮〉，嘉義：國立中正大學臺灣文學研究所「大學校院教師人文與社會科學研習營」演講論文，2005 年。
李豐楙，〈悲歌——白萩「天空象徵」的略析〉，臺北市：《大地詩刊》第 1 期，1972 年 9 月 1 日。
———，〈洛夫「長恨歌」論〉，臺北市：《大地詩刊》第 7 期，1973 年 12 月 12 日。
———，〈論詩之純粹性——兼論葉維廉詩論及其作品〉，臺北市：《大地詩刊》第 11 期，1974 年 12 月 25 日。
———，〈「現代中國詩」之提出及其意義——現代詩的初步考察之一〉，臺北市：《大地詩刊》第 18 期，1976 年。
———，〈現代詩論對傳統純粹觀念之應用及其轉變：以葉維廉、洛夫詩論為主的考察〉，臺北市：《長廊詩刊》第 2 期，1976 年 11 月。
———，〈傳統純詩與現代詩——現代詩的初步考察之三〉，臺北市：《大地詩刊》第 19 期，1977 年。
———，〈中國新詩的發展——（自民國六年至民國三十八年）〉，臺北市：《長廊詩刊》第 8 期，1981 年 8 月。
———，〈新詩四十年的詩社與詩運〉，臺北市：《幼獅文藝》第 437 期，1990 年 5 月。
———，〈中國純粹性詩學與現代詩學、詩作的關係——以七十年代葉維廉、洛夫、瘂弦為主的考察〉，彰化師範大學國文學系[編]，《現代詩學研討會論文集》（臺灣彰化：彰化師範大學國文學系，1993 年）。
———，〈民國六十年（一九七一）前後新詩社的興起及其意義——兼論相關的一些現代詩評論〉，林耀德編，《當代臺灣文學評論大系・2.文學現象》（臺北市：正中書局，1993 年）。
———，〈山水・逍遙・夢——葉維廉後期詩及其詩學〉，臺北市：《創世紀》第 107 期，1996 年 7 月。
———，〈七十年代新詩社的集團性格及其城鄉意識〉，文訊雜誌社[編]，《臺灣現代詩史論——臺灣現代詩史研討會實錄》（臺北市：文訊雜誌社，1996 年）。
———，〈嘲諷與浪漫——「笠」戰後世代詩人的兩種精神面向〉，臺北市：《笠》第 224，2001 年 8 月。
呂正惠，〈臺灣現代詩的歷史傳承與歷史斷層〉，文訊雜誌社主編，《臺灣現代詩史論——臺灣現代詩史研討會實錄》，臺北市：文訊雜誌社，1996 年。
———，〈鄉土文學中的「鄉土」〉，臺北市：《聯合文學》14:2 期，1997 年。
呂興昌，〈日治時代臺灣作家在戰後的活動〉，封德屏[編]，《臺灣文學出版——五十年來臺灣文學研討會論文集（三）》（臺北市：文建會，1996 年）。
吳錦發，〈八〇年代的臺灣文學〉，日本東京：《臺灣學術研究會誌》第 3 期，1988 年 12 月。

杜國清，〈笠詩社與新即物主義〉，東海中文系[編]，《戰後初期臺灣文學與思潮國際學術研討會論文集》（臺中市：東海中文系，2003 年）。

李勤岸，〈語言政策與臺灣獨立〉，http://www.wufi.org.tw/forum/policy.htm（2008/6/18 檢索）。

阮美慧，〈「笠」與現代主義——笠詩社成立史的一個側面〉，臺北市：《笠》第 225 期，2001 年 10 月。

何寄澎，〈臺灣文學教育的演變及其課題〉，《人文及社會學科教學通訊》第 64 期，2000 年 12 月。

八劃

林于弘，〈神殿的起造與傾頹——從「年度詩選」看八〇年代前期的新詩版圖爭霸〉，《臺灣詩學季刊》第 34 期，2001 年 3 月。

———，〈臺灣新詩中的母語情結〉，《臺灣文學評論》第 5 卷第 2 期，2005 年 4 月。

———，〈向陽新詩創作類型論〉，《國文學誌》第 10 期，2005 年 6 月，頁 303-325。

林訓民，〈文學圖書的廣告與行銷〉，封德屏[編]，《臺灣文學出版——五十年來臺灣文學研討會論文集（三）》（臺北市：文建會，1996 年）。

林淇瀁，〈從「小圈圈」到「大圈圈」——試析臺灣現代詩的傳播困境〉，臺北市：《文訊》81 期，1992 年 7 月。

———，〈七〇年代臺灣現代詩風潮試論〉，林耀德編，《當代臺灣文學評論大系．2.文學現象》（臺北市：正中書局，1993 年）。

———，〈微弱但是有力的堅持——七十年代現代詩的回歸風潮〉，文訊雜誌社主編，《臺灣現代詩史論——臺灣現代詩史研討會實錄》，臺北市：文訊雜誌社，1996 年。

———，〈文學．社會與意識型態——以七〇年代「鄉土文學論戰」中的副刊媒介運作為例〉，師大國文系編，《臺灣文學與社會》，臺北市：臺師大，1996 年。

———，〈八〇年代臺灣現代詩風潮試論〉，臺北市：《臺灣史料研究》第九號，1997年5月。

———，〈五〇年代臺灣現代詩風潮試論〉，臺中市：《靜宜人文學報》第11期，1999年7月。

———，〈長廊與地圖——臺灣新詩發展的定位〉，林明德編，《臺灣現代詩經緯》，臺北市：聯合文學，2001年。

———，〈文學雜誌與臺灣新文學發展——以日治時期臺灣新文學雜誌為觀察場域〉，臺北市：《文訊》第213期，2003年7月。

林瑞明，〈現階段臺語文學之發展及其意義〉，高雄市：《文學臺灣》第3期，1992年6月。

———，〈戰後臺灣文學的再編成〉，封德屏[編]，《臺灣文學出版——五十年來臺灣文學研討會論文集（二）》（臺北市：文建會，1996年）。

林煥彰，〈三人對談——關於一年來的詩壇〉，臺北市：《笠》第95期，1980年2月。

林載爵，〈本土之前的鄉土：談一種思想的可能性的中挫〉，臺北市：《聯合文學》14:2期，1997。

林慶彰，〈當代文學禁書研究〉，封德屏[編]，《臺灣文學出版——五十年來臺灣文學研討會論文集（三）》（臺北市：文建會，1996年）。

林燿德，〈環繞現代臺灣詩史的若干意見〉，臺北市：《現代詩學季刊》第三期，1993年6月。

———，〈八十年代現代詩世代交替現象〉，文訊雜誌社主編，臺北市：《臺灣現代詩史論——臺灣現代詩史研討會實錄》，臺北市：文訊雜誌社，1996年。

周陽山，〈臺灣與大陸：意識型態的新座標〉，臺北市：《中國論壇》第385期，1992年10月。

周慶華，〈「文學雜誌」的成就〉，臺北市：《臺灣文學觀察雜誌》第3期，1991年1月。

孟樊，〈臺灣新詩的後現代主義時期〉，「臺灣現／當代詩史書寫研討會」會議論文，2001年10月。

——，〈西方文論在臺出版史的考察〉，徐照華[編]，《臺灣文學傳播全國學術研討會論文集》（臺灣臺中市：中興大學臺灣文學研究所，2006年）。

九劃

洛夫，〈建立新民族詩型之芻議〉，臺北市：《創世紀》第 5 期，1956 年 3 月。

——，〈再論新民族詩型〉，臺北市：《創世紀》第 6 期，1956 年 6 月。

——，〈與顏元叔教授談現代文學〉，臺北市：《幼獅文藝》五月號第五期，1969 年 5 月。

——，〈一顆不死的麥子〉，臺北市：《創世紀》第 30 期，1972 年 9 月。

——，〈請為中國詩壇保留一份純淨〉，臺北市：《創世紀》第 37 期，1974 年 7 月。

——，〈創造新傳統〉，康來新、林水福主編，《喂！你是哪一派》，臺北市：幼獅，1994 年。

紀元文，〈帝國、殖民與文本：以《魯濱遜漂流記》為例〉，李有成[編]，《帝國主義與文學生產》（臺北市：中央研究院歐美研究所，1997年）。

姚介厚，〈傳統與現代性〉，臺北市：《現代化研究》第 20 卷，1999 年 10 月。

施淑，〈現代的鄉土六〇年代七〇年代臺灣文學〉，收於《從四〇年代到九〇年代》，楊澤主編，臺北市：時報文化，1994 年。

——，〈想像鄉土・想像族群〉，臺北市：《聯合文學》14:2 期，1997 年。

施懿琳，〈稻作文化蘊育下的農民詩人：試析吳晟展新詩的性格特質與批判精神〉，「臺灣文學與生態環境研討會」會議論文，1996 年 6 月。

———，〈五〇年代臺灣古典詩隊伍的重組與詩刊內容的變異：以《詩文之友》為主〉，「戰後初期臺灣文學與思潮國際學術研討會」會議論文，2003 年 11 月 29 日。

胡台麗，〈臺灣農村小型工業發展的特質及其經濟文化基礎〉，臺北市：《中央研究院民族學研究所》第 16 期，1986 年 6 月。

胡衍南，〈戰後臺灣文學史上第一次橫的移植：新的文學史分期法之實驗〉，臺北市：《臺灣文學觀察雜誌》第 6 期，1992 年 9 月。

柯慶明，〈傳統、現代與本土：論當代劇作的文化認同〉，大學中文系[編]，《文化、認同、社會變遷——戰後五十年臺灣文學國際學術研討會論文集》（臺北市：行政院文化建設委員會，2000 年 6 月）。

———，〈文學傳播與接受的一些理論思考〉，東華大學中國語文學系主辦「第一屆文學傳播與接受國際學術研討會」會議論文，2003 年 11 月。

封德屏，〈試論文學雜誌專題設計〉，封德屏[編]，《臺灣文學出版——五十年來臺灣文學研討會論文集（三）》（臺北市：文建會，1996 年）。

侯家駒，〈光復後臺灣經濟發展階段劃分之研究〉，中華民國建國八十年學術討論集編輯委員會[編]，《中華民國建國八十年學術討論集第四冊》（臺北市：近代中國，1991 年）。

柳書琴，〈本土、現代、純文學、主體建構——日據時期臺灣新文學雜誌〉，臺北市：《文訊》第 213 期，2003 年 7 月。

十劃

翁文嫻，〈臺灣現代詩在白話結構上的貢獻〉，臺北市：《創世紀》第 140-141 期，2004 年 10 月。

———，〈詩經「興」義與現代詩「對應」美學的線索追探〉，香港中文大學主辦「歷史與記憶：中國現代文學國際研討會」會議論文，2007 年 1 月 3 日。

奚密，〈回顧現代詩論戰：再論「一場未完成的革命」〉，「青春時代的臺灣：鄉土文學論戰二十週年回顧研討會」，臺北市：《中國時報人間副刊》，1997 年 10 月。

秦嶽，〈大地詩社簡介〉，《海鷗》復刊第 5 期，1993 年 8 月。

——，〈噴泉詩社簡介〉，《海鷗》復刊第 6 期，1994 年 2 月。

夏鑄九，〈全球經濟中的臺灣城市與社會〉，臺北市：《臺灣社會研究季刊》第 20 期，1995 年 8 月。

十一劃

陳千武，〈臺灣詩的外來影響〉，《自立晚報・副刊》，1988 年 8 月 15 日。
———，〈戰前的臺灣新詩〉，《首都日報・副刊》，1989 年 5 月 28 日。
陳大為，〈在語字中安排宇宙——讀洛夫《魔歌》〉，臺北市：《創世紀》第 119 期，1999 年 6 月。
———，〈定義與超越：臺灣都市詩的理論建構〉，淡江大學中文系主辦「第八屆文學與美學國際學術研討會：海峽兩岸現當代文學」會議論文，2003 年 10 月 18 日。
———，〈當代馬華文學的三大板塊〉，香港：《香港文學》第 231 期，2004 年 03 月。
陳昌明，〈從「文學主體性」談——中國文化是臺灣文化的一部分〉，高雄市：《文學臺灣》第 13 期，1995 年 1 月。
陳秀喜，〈龍族的衝勁——我對「龍族詩刊」的看法與期望〉，臺北市：《笠》第 49 期，1972 年 6 月。
陳明臺，〈承接和創新——八十年代現代詩之形成和展望〉，臺北市：《臺灣文藝》第 82 期，1983 年 5 月。
———，〈日治時代臺灣現代詩社群〉，嘉義：國立中正大學臺灣文學研究所「大學校院教師人文與社會科學研習營」演講論文，2005 年。
陳芳明，〈臺灣文學史分期的一個檢討〉，封德屏[編]，《臺灣文學出版——五十年來臺灣文學研討會論文集（三）》（臺北市：文建會，1996 年）。
———，〈余光中曾是我的鄉愁——詩集《安石榴》讀後〉，臺北市：《聯合文學》第 12 卷第 9 期，1996 年 7 月。
———，〈臺灣魯迅學：一個東亞的思考〉，臺北市：《文訊》第 248 期，2006 年 6 月。
陳明柔，〈「龍族」試論〉，臺北市：《臺灣文學觀察雜誌》第 3 期，1991 年 1 月。
陳其南，〈本土意識、民族國家與民主政體〉，臺北市：《中國論壇》第 289 期，1987 年 10 月。
陳建忠，〈尋找臺灣詩的航向——試論戰後多次現代詩論戰的時代意義〉，高雄市：《文學臺灣》第 36 期，2000 年 10 月。

———，〈臺灣長篇歷史小說〉，嘉義：國立中正大學臺灣文學研究所「大學校院教師人文與社會科學研習營」演講論文，2005 年。

———，〈發現臺灣：日據到戰後初期臺灣文學史建構的歷史語境〉《臺灣文學評論》第 1 卷第 1 期，2007 年 7 月 1 日。

陳建忠、沈芳序編，〈臺灣新文學雜誌年表初編（一九二五～二〇〇三）〉，臺北市：《文訊》第 213 期，2003 年 7 月。

陳映真，〈向內戰・冷戰意識型態挑戰——七〇年代臺灣文學論爭在臺灣文藝思潮史上劃時代的意義〉，臺北市：《聯合文學》14:2 期，1997 年 12 月。

陳英輝，〈後殖民批評透視下的十九世紀英國小說〉，李有成[編]，《帝國主義與文學生產》（臺北市：中央研究院歐美研究所，1997 年）。

陳鴻森〈白萩詩作的一側面——〈雁的世界及觀察〉的新地形〉，高雄市：《文學界》，第 9 期，1984 年。

陳鴻森〈現代詩的抒情性〉，臺中：《青溪雜誌》，第 73 期，1973 年。

陳鴻森〈評管管詩集〈荒蕪之臉〉〉，臺北市：《笠》，第 55 期，1973 年 6 月。

陳鴻森〈變調之鳥——商禽詩集「夢或者黎明」〉，臺北市：《笠》，第 51 期，1972 年 10 月。

陳義芝，〈另裁偽體親風雅：一九七〇年代臺灣新詩的轉向〉，中華發展基金管理委員會主辦、佛光人文社會學院文學系承辦「兩岸現代文學發展與思潮學術研討會」會議論文，2004 年 10 月 29-30 日。

陳萬益，〈臺灣文學設系芻議〉，淡水工商管理學院主辦「第一屆臺灣文學研討會」會議論文，1995 年 11 月。

———，〈現階段區域文學史撰寫的意義和問題〉，大學中文系[編]，《文化、認同、社會變遷——戰後五十年臺灣文學國際學術研討會論文集》（臺北市：行政院文化建設委員會，2000 年 6 月）。

———，〈臺灣文學的多面思考：老窠臼與新問題〉，嘉義：國立中正大學臺灣文學研究所「大學校院教師人文與社會科學研習營」演講論文，

2005 年。

陳慧樺，〈現代詩裡的時代社會意識〉，臺北市：《大地雙月刊》，1973 年5 月。

陳器文，〈臺灣原住民的元敘事與元書寫〉，臺北市：《文訊》第 229 期，2004 年 11 月。

許俊雅，〈日據時期臺灣文學研究概況〉，臺北市：《臺灣文學觀察雜誌》第 6 期，1992 年 9 月。

———，〈戰後灣小說的階段變化〉，封德屏[編]，《臺灣文學出版——五十年來臺灣文學研討會論文集（三）》（臺北市：文建會，1996 年）。

———，〈從困境、求索到新生：談臺灣新詩中的二二八〉，師範大學文學院、人文教育研究中心主辦「第一屆臺灣本土文化學術研討會」會議論文，1996 年 4 月。

———，〈鳥瞰日據時期臺灣報紙副刊——以《臺灣新民報》系統為分析場域〉，行政院文建會、聯合報副刊主辦「世界中文報紙副刊學術研討會」會議論文，1997 年 1 月。

———，〈《臺灣文藝》與臺灣新文學的發展〉，中興大學臺灣文學研究所主辦「臺灣文學傳播全國學術研討會」會議論文，2006 年 5 月。

許悔之，〈在地下開花，以及腐爛：臺灣詩刊的一些現象〉，臺北市：《臺灣文學觀察雜誌》第 3 期，1991 年 1 月。

許秦蓁，〈重讀臺灣人劉吶鷗（1905-1940）：歷史與文化的互動考察〉，桃園：國立中央大學中國文學研究所碩博士班論文，1998 年。

許經田，〈典律、共同論述與多元社會〉，陳東榮、陳長房[編]，《典律與文學教學——第十六屆全國比較文學會議論文選集》（臺北市：比較文學學會，1995 年）。

張玉法，〈近代中國書報錄〉，臺北市：《新聞學研究》第 7-9 期，1971-1972 年。

張貴松，〈李魁賢詩研究〉，臺南市：國立成功大學中國文學系碩博士班論文，2006 年。

張琬琳、林育群，〈戰後文化主導場域之轉移及其對臺灣文學的影響以臺北市城南一帶例〉，文訊主辦「2005 青年文學會議」會議論文，2005年。

張漢良，〈中國現代詩的「超現實主義風潮」——一個影響研究的仿作〉，林燿德[編]，《當代臺灣文學評論大系 2：文學現象卷》（臺北：正中書局，1993 年）。

張春榮，〈鎔成——從古典詩詞到現代詩〉，臺中：《詩人季刊》第 10 期，1977 年 4 月 15 日。

張茂桂，〈「省籍」類屬的社會意義〉，臺北市：《中國論壇》第 266 期，1986 年 12 月。

張健，〈臺灣各詩社白描〉，臺北市：《臺灣詩學季刊》第 20 期，1997 年 9月。

張默，〈中國現代詩壇三十年大事記〉，《中外文學》第 102 期，1974 年 6月。

——，〈三十年來全國新詩期刊縱橫談——從「新詩週刊」到「春秋小集」（一九五一～一九八三）〉，臺北市：《創世紀》第 62 期，1983 年10 月。

——，〈詩卷序〉，張默編，《中華現代文學大系・臺灣 1970-1989・詩卷》，臺北市：九歌，1989 年 5 月。

——，〈臺灣近四十年出版現代詩選集書目初編「一九四九至一九九一」〉，《創世紀》第 82 期，1991 年 1 月。

——，〈無塵居所藏新詩期刊（一九五一～一九九一）編目〉，臺北市：《臺灣文學觀察雜誌》第 5 期，1992 年 7 月。

——，〈新詩集自費出版的研究（1949-1995）〉，封德屏[編]，《臺灣文學出版——五十年來臺灣文學研討會論文集（三）》（臺北市：文建會，1996 年）。

——，〈臺灣新詩大事紀要（一九〇〇～一九九九）〉，臺北市：《文訊》第 166 期，1999 年 8 月。

張錯，〈抒情繼承：八十年代詩歌的延續與丕變〉，文訊雜誌社[編]，《臺灣現代詩史論——臺灣現代詩史研討會實錄》（臺北市：文訊雜誌社，1996 年）。

張錦忠，〈他者的典律：典律性與非裔美國女性論述〉，臺北市：《中外文學》第 253 期，1993 年 6 月。

張錦郎，〈有關文學期刊的評論分類索引〉，臺北市：《文訊》第 27 期，1986 年 12 月。

張雙英，〈七〇年代臺灣新詩論述的流變〉，中華發展基金管理委員會主辦、佛光人文社會學院文學系承辦「兩岸現代文學發展與思潮學術研討會」會議論文，2004 年 10 月 29-30 日。

———，〈戰後臺灣文學界的第一次西方文學思潮：現代主義與新批評〉，東海大學中國文學系[編]，《戰後初期臺灣文學與思潮論文集》（臺北市：文津，2005 年）。

張騰蛟，〈筆與槍結合的年代——簡述早期軍中文藝及文藝刊物之興起與發展〉，臺北市：《文訊》第 213 期，2003 年 7 月。

郭成義，〈臺灣現代詩的本土意識〉，臺北市：《臺灣文藝》第 76 期，1982 年 5 月。

———，〈對立的幸福〉，臺北市：《笠》115 期，1983 年 6 月。

郭繼生，〈戰後臺灣的美術與社會〉，黃俊傑[編]，《高雄歷史與文化第 2 輯》（高雄市：陳中和翁慈善基金會，1995 年 10 月）。

———，〈詩作討論會：臺灣人的唐山觀——兼論巫永福「祖國」一詩〉，臺北市：《笠》149 期，1989 年 2 月。

———，〈臺灣孤立的哀愁——兼論桓夫先生「見解」一詩〉，臺北市：《笠》第 150 期，1989 年 4 月。

麥穗，〈談臺灣光復後第一本詩刊——臺灣大學詩歌研究社編印的《青潮》〉，《臺灣新聞報》第 13 版，1998 年 2 月 13 日。

十二劃

彭小妍，〈「寫實」與政治寓言〉，封德屏[編]，《臺灣文學出版——五十年來臺灣文學研討會論文集（三）》（臺北市：文建會，1996 年）。

———，〈何謂鄉土？——論鄉土文學之建構〉，臺北市：《中外文學》第

27卷第6期，1998年11月。

黃光國，〈「臺灣結」和「中國結」的社會心理分析〉，臺北市：《中國論壇》第286期，1986年10月。

———，〈「臺灣結」與「中國結」：對抗與出路〉，臺北市：《中國論壇》第289期，1987年10月。

黃克武，〈語言・記憶與認同：口述記錄與歷史生產〉，臺北市：《當代》第158期，2000年10月。

黃美娥，〈從「詩歌」到「小說」：日治初期臺灣文學知識新秩序的生成〉，國立成功大學臺灣文學系編，《跨領域的臺灣文學研究學術研討會論文集》，臺南市：國家臺灣文學館，2006年。

黃俊傑，〈論「臺灣意識」的發展及其特質——歷史回顧與未來展望〉，夏潮基金會編，《中國意識與臺灣意識論文集——一九九九澳門學術研討會》，臺北市：海峽學術，1999年。

黃錦樹，〈幽靈的文字——新中文方案、白話文、方言土語與國族想像〉，廖炳惠、黃英哲等[編]，《重建想像共同體》（臺北市：行政院文建會，2004年）。

黃麗玲、夏鑄九，〈文化、再現與地方接合空間研究與文化研究的初步思考〉，陳光興[編]，《文化研究在臺灣》（臺北市：巨流圖書公司，2001年）。

須文蔚，〈文學傳播科學發展成立意涵〉，中華發展基金管理委員會主辦、佛光人文社會學院文學系承辦「兩岸現代文學發展與思潮學術研討會」會議論文，2004年10月29-30日。

———，〈臺灣文學同仁刊物企畫編輯與公關活動之研究：以《創世紀》詩雜誌近二十年媒體表現為例〉，臺北市：《創世紀詩雜誌》第140/141合刊號，2004年10月。

———，〈臺灣文學傳播者之特質分析〉，東華大學中文系[編]，《文學研究的新進路——傳播與接受》（臺北市：洪葉，2004年）。

———，〈臺灣數位文學守門人角色與理念初探〉，臺北市：《當代詩學》第1期，2005年4月。

陽光小集詩雜誌社，〈《陽光小集》宣佈解散〉，臺北市：《葡萄園》第 87 期，1984 年 7 月。

焦桐，〈八○年代詩刊的考察〉，臺北市：《臺灣詩學季刊》第 3 期，1993 年 6 月。

游喚，〈一首問題詩的問題詮釋〉，臺北市：《臺灣文學觀察雜誌》第 1 期，1990 年。

──，〈八十年代臺灣文學論述之變質〉，臺北市：《臺灣文學觀察雜誌》第 5 期，1992 年 7 月，頁 29-54。

──，〈八十年代臺灣文學論述的變質〉，林燿德[編]，《當代臺灣文學評論大系·2.文學現象》（臺北市：正中書局，1993 年）。

──，〈大陸學者如何評釋五十年代臺灣詩〉，文訊雜誌社[編]，《臺灣現代詩史論──臺灣現代詩史研討會實錄》（臺北市：文訊雜誌社，1996 年）。

──，〈臺灣現代詩中的土地：河流與海洋──七十年代以前的現象考察（上）〉，臺北市：《臺灣詩學季刊》第 16 期，1996 年 9 月。

──，〈臺灣現代詩中的土地：河流與海洋──七十年代以前的現象考察（下）〉，臺北市：《臺灣詩學季刊》第 18 期，1997 年 3 月。

──，〈論臺灣現代詩史書寫的相關問題〉，彰化：《國文學誌》第 5 期，2001 年 12 月。

十三劃

葉云云，〈試論戰後初期的臺灣智識份子及其文學活動〉，文學研究會編，《先人之血·土地之花──臺灣文學研究論文精選集》（臺北市：前衛，1989 年 8 月）。

葉石濤，〈接續祖國臍帶之後──從四○年代臺灣文學來看「中國意識」和「臺灣意識」的消長〉，林耀德編，《當代臺灣文學評論大系·2.文學現象》（臺北市：正中書局，1993 年）。

───，〈七○年代各種文學刊物的表現〉，《臺灣新聞報》第 18 版，1996 年 6 月 13 日。

葉嵐，〈文體意識與文學史體例〉，臺北市：《中國文哲研究集刊》第 17

期，2000 年。

楊文雄，〈「龍族詩社」在七〇年代現代詩史的地位〉，臺北市：《臺灣詩學季刊》第 3 期，1993 年 6 月。

———，〈風雨中的一線陽光——試論「陽光小集」在七、八十年代詩壇的意義〉，文訊雜誌社主編，臺北市：《臺灣現代詩史論——臺灣現代詩史研討會實錄》，臺北市：文訊雜誌社，1996 年。

楊昌年，〈現、當代華文創作之承傳與轉化〉，淡江大學中文系主辦「第八屆文學與美學國際學術研討會」會議論文，2003 年 10 月。

楊宗翰，〈重構詩史的策略〉，臺北市：《創世紀》第 124 期，2000 年 9 月。

楊聰榮，〈從民族國家的模式看戰後臺灣的中國化〉，臺中市：《臺灣文藝》38 期，1993 年 8 月。

解昆樺，〈道家美學觀點下的文化反省——專訪葉維廉教授〉，臺北市：《文訊》第 241 期，2005 年 11 月。

十四劃

趙天儀，〈團結合作、鼓勵創作——中部地區文學發展的可能與限制〉，臺中市：《臺灣現代詩》第 11 期，2007 年 9 月。

趙孝萱，〈五、六〇年代中國古典文學研究概況〉，http://engine.cqvip.com/content/i/81908x/2002/000/002/sk11_i4_6974462.pdf（2008/6/18 查詢）。

趙彥寧，〈國族想像的權力邏輯——試論五〇年代流亡主體、公領域、與現代性之間的可能關係〉，臺北市：《臺灣社會季刊》第 36 期，1999 年 12 月，頁 37-83。

瘂弦，〈現代與傳統的省思〉，臺北市：《創世紀》第 73、74 期合刊本，1989 年 8 月。

廖咸浩，〈逃離國族——五十年來的臺灣現代詩〉，臺北市：《聯合文學》第十一卷第十二期，1995 年 10 月。

———，〈離散與聚焦之間——八十年代後現代詩與本土詩〉，文訊雜誌社主編，臺北市：《臺灣現代詩史論——臺灣現代詩史研討會實錄》，臺北市：文訊雜誌社，1996 年。

———，〈合成人羅曼史——當代臺灣文化中後現代主義與民族主義的互動〉，臺北市：《當代》第144期，1999年8月。

廖炳惠，〈文化研究與文學教育〉，臺北市：《中外文學》第23卷8期，1995年。

———，〈由幾幅景物畫看五〇至七〇年代臺灣的城鄉關係〉，文建會[編]，《何謂臺灣？近代臺灣美術與文化認同》（臺北市：文建會，1997年）。

廖朝陽，〈批判與分離——當代主體完全存活手冊〉，臺北市：《中外文學》25:5期，1996年10月。

十五劃

劉正忠，〈紀弦與現代派運動：從上海到臺北〉，文化大學中國文學系[編]，《回顧兩岸五十年文學學術研討會論文集》（臺北市：文化大學中國文學系，2003年11月）。

———，〈主知·超現實·現代派運動：臺灣，1956-1969〉，臺北市：《臺灣詩學學刊》，第2期，2003年11月。

———，〈軍旅詩人的疏離心態——以五六十年代的洛夫、商禽、瘂弦為主〉，臺南市：《臺灣文學學報》，第2期，2001年2月。

———，〈墳墓，屍體，毒藥：新月詩人的魔怪意象——以徐志摩、聞一多、朱湘為主〉，新竹：《清華中文學報》第2期，2008年12月。

———，〈摩羅，志怪，民俗：魯迅詩學的非理性視域〉，新竹：《清華學報》第39:3期2009年9月。

———，〈暴力與音樂與身體：瘂弦受難記〉，臺北市：《當代詩學》第2期，2006年9月。

———，〈藝術自主與民族大義：「紀弦為文化漢奸說」新探〉，臺北市：《政大中文學報》第11期2009年6月。

劉紀蕙，〈故宮博物院 vs. 超現實拼貼——臺灣現代讀畫詩中兩種文化認同之建構模式〉，臺北市：《中外文學》25:7期，1996年12月。

———，〈序論：何謂「中國」？哪裡有「臺灣」？〉，臺北市：《中外文學》第338期，2000年7月。

劉翠溶，〈八十年來臺灣的都市發展〉，中華民國建國學術討論集編輯委員會編，《中華民國建國 80 年學術討論集第四冊》（臺北市，近代中國，1992 年。

鄭良偉，〈民主化政治目標及語言政策——七十年代的一個臺灣語文計畫草案〉，施正鋒[編]，《語言政治與政策》（臺灣臺北：前衛，1996 年）。

鄭明娳，〈文藝環境與校園文學〉，臺北市：《幼獅文藝》第 437 期，1990 年 5 月。

———，〈鍛接的鋼——論現代詩中古典素材的運作〉（《文訊》第 25 期（1986 年 8 月）。

鄭慧如，〈從敘事詩看七十年代現代詩的回歸風潮〉，文訊雜誌社[編]，《臺灣現代詩史論——臺灣現代詩史研討會實錄》（臺北市：文訊雜誌社，1996 年）。

———，〈狂戀福爾摩沙（上）——詩社、詩選與族群認同〉，臺北市：《臺灣詩學季刊》第 20 期，1997 年 9 月。

———，〈狂戀福爾摩沙（下）——詩社、詩選與族群認同〉，臺北市：《臺灣詩學季刊》第 21 期，1997 年 12 月。

———，〈隱藏與揭露——論臺灣新詩在文化認同中的世代屬性〉，臺北市：《臺灣詩學季刊》第 32 期，2000 年 9 月。

蔡振念，〈冷文學與熱風潮〉，臺北市：《文訊》第 186 期 2000 年 4 月。

———，〈從地方文學到世界文學〉，金門：《金門文藝》第 25 期，2008 年 7 月。

———，〈預借的現代性——論郁達夫對西方頹廢美學的挪用〉，嘉義：《中正大學中文學術年刊》第 13 期，2009 年 6 月。

蔡詩萍，〈臺灣文學傳播模式觀察〉，中國古典文學研究會編，《文學與傳播的關係》，臺北市：臺灣學生，1995 年。

———，〈創造不出「傳統」意識的創作文化〉，文訊雜誌社主編，臺北市：《臺灣現代詩史論——臺灣現代詩史研討會實錄》，臺北市：文訊雜誌社，1996 年。

潘麗珠，〈論近二十年來的臺灣現代詩研究〉，行政院文化建設委員會主辦「一九八〇年以來臺灣當代文學學術研討會」會議論文，2001 年 9 月。

十六劃

蕭阿勤，〈1980 年代以來臺灣文化民族主義的發展：以臺灣文學為主的分析〉，臺北市：《臺灣社會學研究》第 3 期，1999 年 7 月。

———，〈民族主義與臺灣一九七〇年代的「鄉土文學」：一個文化（集體）記憶變遷的探討〉，臺北市：《臺灣史研究》第 6 卷第 2 期，2000 年 10 月，頁 77-138。

———，〈抗日集體記憶的民族化：臺灣一九七〇年代的戰後世代與日據時期臺灣新文學〉，臺北市：《臺灣史研究》第 9 卷第 1 期，2002 年 6 月。

———，〈世代認同與歷史敘事：臺灣一九七〇年代「回歸現實」世代的形成〉，臺北市：《臺灣社會學》第 9 期，2005 年 6 月。

———，〈臺灣文學的本土化典範：歷史敘事、策略的本質主義與國家權力〉，臺北市：《文化研究》第 1 期，2005 年 9 月。

蕭蕭，〈臺灣詩刊概述〉，臺北市：《文訊》第 213 期，2003 年 7 月。

蕭新煌，〈當代知識分子的「鄉土意識」——社會學的考察〉，臺北市：《中國論壇》第 265 期，1986 年 10 月。

十七劃

鍾怡雯，〈從追尋到偽裝：馬華散文的中國圖像〉，臺北市：《中外文學》第 31 卷第 2 期，2002 年。

薛茂松，〈臺灣地區文學雜誌的發展（一九四九～一九八六）〉，臺北市：《文訊》第 27 期，1986 年。

應鳳凰，〈五十年代臺灣文藝雜誌與文化資本〉，封德屏[編]，《臺灣文學出版——五十年來臺灣文學研討會論文集（三）》（臺北市：文建會，1996 年），頁 85-102。

———，〈人與雜誌的故事——文藝雜誌與臺灣文學主潮〉，臺北市：《聯合文學》第 200 期，2001 年 6 月。

———，〈鍾肇政與五、六十年代臺灣文化生產場域〉，文學臺灣基金會[編]，《葉石濤及其同時代作家文學論文集》（高雄市：春暉，2002年2月）。

———，〈張道藩《文藝創作》與五〇年代臺灣文壇〉，東海中文系[編]，《戰後初期臺灣文學與思潮國際學術研討會論文集》（臺中市：東海中文系，2003年）。

———，〈五〇年代文藝雜誌概況〉，臺北市：《文訊》第 213 期，2003 年7月，頁 28-34。

———，〈五〇年代文藝雜誌與臺灣文學主潮〉，中正大學中文系[編]，《文學傳媒與文化視界國際學術研討會論文集》（臺北市：行政院文建會，2004年3月）。

十八劃

顏健富，〈一個「國民」，各自表述——論晚清小說與魯迅小說的國民想像〉，臺北市：《漢學研究》第46期，2005年6月。

———，〈「易屍還魂」的變調——論魯迅小說人物的體格、精神與民族身分〉，臺北市：《臺大文史哲學報》第65期，2006年11月。

十九劃

羅石圃，〈論世界學潮與學生心理〉，臺北市：《幼獅月刊》第 197 號，1969年5月。

羅青，〈評估過去，預示未來——《草根詩刊》復刊感言〉，臺北市：《新書月刊》第16期，1985年1月。

羅庭瑤，〈殖民拼貼畫的裂痕：帝國主義與跨文化「書」入機制〉，李有成[編]，《帝國主義與文學生產》（臺北市：中央研究院歐美研究所，1997年）。

歐美學者部分

Joan Judge[著]，孫慧敏[譯]，〈改造國家：晚清的教科書與國民讀本〉，臺北市：《新史學》第12卷第2期，2001年6月。

克莉斯汀娜·雷丹[著]，〈觀察「文學原野」——從出版事業的角度看臺灣50 年代的文學出版〉，文學臺灣基金會[編]，《葉石濤及其同時代作家文學論文集》（高雄市：春暉，2002 年 2 月）。

馬蘇菲（Silvia Marijnissen）[著]，李家沂[譯]，〈「造物」：臺灣現代詩的序列形式（以楊牧〈十二星象練習曲〉為例）〉，臺北市：《中外文學》2003 年 1 月號。

三、學位論文

四劃

王昭文，〈日治末期臺灣的知識社群（1940-1945）——《文藝臺灣》、《臺灣文學》、《民俗臺灣》三雜誌的歷史研究〉，新竹：清華大學歷史研究所碩士論文，1991 年。

王建國，〈百年牢騷：臺灣政治監獄文學研究〉，臺南市：成功大學中國文學研究所博士論文，2005 年。

王啟明，〈1960 年代反叛文化對臺灣的影響〉，臺北市：中國文化大學史學研究所碩士論文，2002 年。

七劃

何孟樺，〈在自然的背後——探討劉克襄書寫及政治關懷之關係〉，臺南市：成功大學臺灣文學研究所碩士論文，2005 年。

何雅雯，〈創作實踐與主體追尋的融攝：楊牧詩文研究〉，臺北市：臺灣大學中國文學研究所碩士論文，2000 年。

李癸雲，〈詩和現實的辯證：蘇紹連、馮青、簡政珍之研究〉，臺中市：東海大學中國文學研究所，1995 年。

李桂芳，〈逆聲與變奏的雙軌——現代詩語言觀的典律化與延變之研究〉，臺北市：淡江大學中文系碩士論文，1999 年 6 月。

李素貞，〈向陽及其現代詩研究〉，臺南市：臺南大學語文教育研究所教學碩士論文，2005 年。

李麗玲，〈五〇年代國家文藝體制下臺籍作家的處境及其創作初探〉，新竹：國立清華大學文學研究所碩士論文，1994 年。

阮美慧，〈臺灣精神的回歸：六、七〇年代臺灣現代詩風的轉折〉，臺南市：成功大學中國文學研究所博士論文，2001 年。

八劃

林民昌，〈當代臺灣小說文本知識的構成——寫作政治研究藍圖初步〉，臺南市：成功大學藝術研究所碩士論文，1997 年。

林秀姿，〈重讀 1970 以後的臺北：文學再現與臺北東區〉，臺北市：臺灣大學建築與城鄉研究所博士論文，2002 年。

林承緯，〈臺灣都市蔓延發展型態之研究——以臺灣四大都會區為例〉，臺南市：成功大學都市計劃研究所碩士論文，2004 年。

林貞吟，〈現代詩的街頭運動：〈陽光小集〉研究〉，宜蘭：玄奘人文社會學院中國語文研究所碩士論文，2004 年。

林振平，〈七十年代「臺灣意識」論述探求——以大學雜誌、臺灣政論、美麗島三本雜誌為中心〉，臺北市：臺灣師範大學國文學系研究所碩士論文，2004 年。

林婉瑜，〈楊牧〈時光命題〉語言風格研究〉，臺北市：東吳大學中國文學研究所碩士論文，2003 年。

林淇瀁〈文學傳播與社會變遷之關聯性研究：以七〇年代臺灣報紙副刊的媒介運作為例〉，臺北市：中國文化大學新聞研究所碩博士班論文，1993 年。

林淇瀁〈意識型態·媒介與權力：《自由中國》與五零年代臺灣政治變遷之研究〉，臺北市，國文政治大學新聞研究所碩博士班論文，2002 年。

十劃

徐秀琴，〈「中國本位」與「臺灣本位」意識型態形成制度過程的衝突與調和：以國民中學納入「認識臺灣」課程為例〉，臺中市：東海大學社會學研究所碩士論文，2000 年 12 月。

十一劃

陳文成，〈解嚴後詩刊選題策略之研究（1987-2004）〉，嘉義：南華大學出版事業管理研究所碩士論文，2005 年。

陳秀貞，〈余光中詩的語言風格研究〉，嘉義：中正大學中國文學研究所碩士論文，1992 年。

陳明成，〈陳芳明現象及其國族認同研究〉，臺南市：成功大學歷史學研究所碩士論文，2002 年。

陳建宏，〈劉克襄新詩研究〉，高雄市：高雄師範大學國文研究所碩士論文班，2005 年。

陳政彥，〈戰後臺灣現代詩論戰史研究〉，桃園：中央大學中國文學研究所博士論文，2006 年。

陳柏伶，〈據我們所不知的——夏宇詩研究〉，臺南市：成功大學中國文學研究所碩士論文，2003 年。

陳柏伶〈據我們所不知的——夏宇詩研究〉，臺南市：國立成功大學中國文學系碩博士班論文，2003 年。

陳銘凱，〈文學教育的臺灣本土化：析論當前高中國文教材中臺文作品的編選及臺灣文學師資之培育〉，臺北市：臺灣師範大學教育研究所碩士論文，2004 年。

陳錦玉〈紮根泥土的青年作家——洪醒夫及其文學研究〉，臺南市：國立成功大學中國文學系碩博士班論文，1995 年。

陳瀅州，〈七〇年代以降現代詩論戰之話語運作〉，臺南市：成功大學臺灣文學研究所碩士論文，2005 年。

十二劃

游淑清，〈蘇紹連詩研究〉，彰化：彰化師範大學國文學研究所碩士論文，2006 年。

十三劃

解昆樺，〈論臺灣現代詩典律的建構與推移：以創世紀、笠詩社為觀察核心〉，嘉義：中正大學中國文學研究所碩士論文，2003 年。

十五劃

劉正忠，〈軍旅詩人的異端性格——以五、六十年代的洛夫、商禽、瘂弦為主〉，臺北市：臺灣大學中國文學研究所博士論文，2001 年 1 月。

劉志宏，〈邊緣敘事與島嶼書寫——陳黎新詩研究〉，臺中市：靜宜大學中國文學研究所碩士論文，2002 年。

蔡欣倫，〈1970 年代前期臺灣新世代詩人群研究〉，中壢：中央大學中國文學研究所，2006 年 5 月。

蔡明諺，〈龍族詩刊研究／兼論七〇年代臺灣現代詩論戰〉，新竹：清華大學中國文學研究所碩士論文，2002 年。

鄭智仁，〈苦惱與自由的平均律——陳黎新詩美學研究〉，高雄市：中山大學中國語文學研究所碩士論文，2002 年。

鄭慧如，〈現代詩的古典觀照——一九四九～一九八九〉，臺北市：政治大學中國文學研究所博士論文，1995 年 7 月。

十七劃

戴美慧，〈戰後臺灣文化政策與文化發展關係之研究：以文化多元主義為觀點〉，臺北市：臺灣師範大學三民主義研究所碩士論文，2002 年。

十九劃

藍建春，〈「臺灣文學史」觀念的歷史考察〉，新竹：清華大學中文系博士論文，2002 年 1 月。

二十劃

蘇昭英，〈文化論述與文化政策：戰後臺灣文化政策轉型的邏輯〉，臺北市：國立藝術學院傳統藝術研究所碩士論文，2001 年 8 月。

國家圖書館出版品預行編目資料

轉譯現代性：
1960-70年代臺灣現代詩場域中的現代性想像與重估
解昆樺著. – 初版. – 臺北市：臺灣學生，2010.12
面；公分

ISBN 978-957-15-1512-0 (平裝)

1. 臺灣詩 2. 新詩 3. 現代主義 4. 臺灣文學史

863.091 99024374

轉譯現代性：

1960-70年代臺灣現代詩場域中的現代性想像與重估

著作者：解昆樺
出版者：臺灣學生書局有限公司
發行人：楊雲龍
發行所：臺灣學生書局有限公司
臺北市和平東路一段七十五巷十一號
郵政劃撥帳號：00024668
電話：(02)23928185
傳眞：(02)23928105
E-mail：student.book@msa.hinet.net
http：//www.studentbooks.com.tw
本書局登記證字號：行政院新聞局局版北市業字第玖捌壹號
印刷所：長欣印刷企業社
中和市永和路三六三巷四二號
電話：(02)22268853

定價：平裝新臺幣五〇〇元

西元二〇一〇年十二月初版

86305

ISBN 978-957-15-1512-0 (平裝)

臺灣學生書局出版

現當代文學叢刊

❶ 多元的解構：從結構到後結構的翻譯研究　莊柔玉著

❷ 詩賞　白雲開著

❸ 經典童話入門　梁敏兒著

❹ 透視悲歡人生：小說評論與賞析　歐宗智著

❺ 六〇年代台灣現代主義小說的現代性　朱芳玲著

❻ 中國知識青年題材小說研究——以文革時期到 90 年代　曹惠英著

❼ 童話背後的歷史——西方童話與中國社會（1900-1937）　伍紅玉著

❽ 轉譯現代性：1960-70 年代
臺灣現代詩場域中的現代性想像與重估　解昆樺著